W0463236

Gallmeister

L'ÎLE DES ÂMES

Piergiorgio Pulixi

L'ÎLE DES ÂMES

Roman

Traduit de l'italien
par Anatole Pons-Reumaux

Gallmeister

FICTION

Titre original: L'ISOLA DELLE ANIME

ISBN 978-2-35178-249-1
ISSN 1956-0982

Photo de l'auteur © Daniela Zedda
Illustration de couverture © Bomocoeur
Conception graphique : Aurélie Bert

Pour les miens

Non timas sos mortos, ma time sos bios.
Ne crains pas les morts, mais les vivants.

PROVERBE SARDE

Cette terre ne ressemble à aucune autre…
Un espace enchanteur et de la distance à parcourir,
rien de fini, rien de définitif.
Elle est comme la liberté même.

D.H. LAWRENCE, *Mer et Sardaigne*

Prologue

Des cinq policiers affectés à l'enquête sur le meurtre de Dolores Murgia, je suis la seule encore en vie. J'ai perdu quatre collègues, quatre amis. Certains disaient que cette affaire était maudite. Qu'on aurait tous mieux fait de l'oublier, de la classer. À force de creuser, nous avions réveillé *sas animas malas*, les esprits malfaisants, et la noirceur s'était emparée de nous, l'un après l'autre. Comme une malédiction.

Je sais aussi ce qu'on dit de moi : que ce sont mes collègues les plus chanceux, que celle qui a payé et qui paiera le plus lourd tribut, c'est moi, qui suis toujours en vie. La damnation pèse désormais sur moi. Et c'est une terrible croix à porter. Dans les bons jours, je cherche à me convaincre que ça n'a pas d'importance : c'était notre métier et la jeune fille devait obtenir justice, d'une manière ou d'une autre. Dans les mauvais jours, j'ai l'impression de m'être trompée sur toute la ligne, d'avoir laissé les autres sombrer pour rien. Ces derniers temps, les mauvais jours sont bien plus nombreux : il m'est plus difficile chaque matin de sortir du lit et d'aller au travail. J'aurais dû démissionner quand je me suis retrouvée seule, mais je n'ai pas réussi. Trop de spectres, trop de griefs. Et ceux qui disent que les fantômes s'estompent avec le temps, qu'ils se résignent et disparaissent, ceux-là mentent. Mes fantômes à moi sont plus présents que jamais. Ils me rappellent que je suis la seule rescapée de feue l'équipe spéciale. Il est de ma responsabilité de finir le travail, même si tout le monde semble avoir oublié Dolores et les autres filles.

Mon sentiment de culpabilité, lui, n'a pas oublié les fantômes. Il les convoque en permanence. Impossible de les ignorer. C'est pour ça que je suis encore policière. Pas pour Dolores, mais pour *eux*. Parce que je sais qu'ils ne s'en iront pas tant que cette histoire ne sera pas terminée.

Je laisse errer mon regard sur la photo de mon équipe punaisée au mur. Dans leurs sourires, je cherche à puiser des forces et une étrange forme de réconciliation. Avant de sortir, j'inspecte mon reflet dans le miroir. Ce que je vois ne me plaît pas. Ce que je scrute n'est que mon corps, mais mon âme, elle, n'est plus là. Je l'ai laissée sur cette scène de crime macabre. Et c'est là que je dois retourner, pour essayer de la récupérer.

J'espère seulement qu'il n'est pas trop tard.

PREMIÈRE PARTIE

*SA DIE DE SOS MORTOS**

Il existe un autre temps.
Je l'ai vu, moi.
Avant que du sol jaillisse le sang.
Avant le magma qui fissurait le sol.
Allongé la bouche à terre.
J'ai attendu que s'achève la saison.

MARCELLO FOIS,
L'infinito non finire

* Le jour des morts.

I

Vallée d'Aratu, montagnes de la Barbagia, Sardaigne, 1961

Le chien flaira l'odeur du sang à des centaines de mètres de distance. L'humidité de la nuit exaltait les parfums du maquis méditerranéen, créant une explosion de fragrances : myrte, ciste, arbousier, genêt, serpolet… Et pourtant, sous le mélange d'essences typiques de ces montagnes, charrié par le vent à travers un carreau brisé de la fenêtre, la bête décela un effluve âcre sans équivoque, acidulé et ferreux : du sang humain. Elle dressa les oreilles et se campa sur ses pattes à quelques centimètres du lit de l'enfant, émettant un grondement sourd.

Le petit s'éveilla et lui ordonna de retourner dormir. L'animal ne parut même pas l'entendre : comme attiré par un étrange appel, il détala de la chambre et quitta la maison. Il courut à perdre haleine vers le bosquet derrière l'habitation, suivant les relents perceptibles par-delà les senteurs terreuses du sous-bois et celles, plus humides, de l'herbe couverte de rosée. Ses glandes olfactives le guidaient tel un radar. Il traversa une forêt de gigantesques chênes séculaires, s'égratignant dans les labyrinthes de ronces sauvages. La douleur ne le freina pas. Plus il s'approchait de la source, plus l'odeur se faisait âpre et violente, presque comme si, de simple bruit de fond, le sang s'était mué en un hurlement strident. Il ralentit le pas en rejoignant, au pied d'un versant rocheux, une clairière constellée d'arbres épars et presque vierge de tout maquis. Elle était entourée d'arbousiers, de chênes verts multiséculaires et de genévriers vieux comme les montagnes. Le feuillage des arbres avait cessé de bruire. Même la stridulation des insectes s'était atténuée, jusqu'à se fondre dans un silence surnaturel qui recouvrait comme un sortilège la trouée encaissée entre les collines. Une lune gibbeuse imbibait le plateau d'une lueur argentée qui faisait ressortir la silhouette de l'être humain recroquevillé par terre, couvert de toisons de moutons et encerclé d'une nuée de moucherons.

Le jeune bâtard regarda autour de lui, apeuré. Ceinte de gradins de roche naturels recouverts de mousse et de lichen et protégée par les branches feuillues des arbres qui semblaient érigées pour la défendre, se trouvait une antique construction en pierres, dévorée par un rempart de plantes enchevêtrées : une sorte de vagin de trachyte dans les replis de la paroi rocheuse. Un voile de brume bleuâtre émergeait de l'intérieur de ce temple, et le chien distingua un gargouillement d'eau : il s'agissait d'une source dont il s'était toujours tenu à l'écart, même quand la soif le tenaillait aux heures les plus infernales de l'été. De ce lieu enveloppé d'une quiétude lugubre, sépulcrale, comme assimilé à la végétation voluptueuse, émanait une vibration sinistre. Ses sens l'exhortaient à s'en aller, mais il ne parvenait pas à bouger le moindre muscle. Il décida de franchir cette frontière invisible et avança de quelques pas en direction de l'être humain. C'était une femme, nue sous les toisons de moutons. Du sang s'écoulait d'une plaie à sa gorge, imbibant le terrain humide. Ses mains étaient attachées derrière son dos. Elle se trouvait au centre d'un cirque mégalithique, dans un cercle au motif de spirale, devant le temple qui protégeait le puits sacré. Le clapotement de l'eau à l'intérieur de la construction s'était intensifié. Autour du cadavre encore chaud, la mort continuait de flotter ; le chien en percevait presque l'écho piégé entre les pierres colossales. Une stèle plus imposante que les autres, sur laquelle se détachait un croissant de lune en haut-relief, luisait d'un rayon diaphane. La pierre semblait observer, glaciale, le corps sans vie.

Les pattes du chien tremblaient comme des brindilles. Dans sa gueule, il sentait la saveur âcre du danger. Il savait qu'il n'avait pas sa place en ce lieu, que sa seule présence altérait un équilibre ancestral. Il avait les flancs endoloris, embrasés par les griffures et les égratignures récoltées durant sa course à travers le maquis ; mais cette souffrance physique n'était rien comparée à la peur paralysante qui s'était emparée de lui. Tout autre bruit était éclipsé par le battement frénétique de son cœur.

— Angheleddu !

Il entendit à quelques mètres de lui la voix de l'enfant qui l'appelait.

L'animal fit volte-face. Il vit son jeune maître le rejoindre et s'arrêter à quelques pas de la femme recroquevillée au sol. L'odeur ovine des peaux qui l'enveloppaient était si forte qu'elle masquait celle des humeurs de la terre et du sang. Si intense qu'elle couvrait même les relents aigres du corps moite d'adrénaline et de peur de l'enfant.

Angheleddu émit un hurlement sourd, comme s'il cherchait à dissuader le petit de s'approcher de la victime et du sanctuaire.

C'était une de ces notes si glaciales qu'elles vous fendillent les lèvres et la peau des articulations. L'enfant frissonna, oui, mais pas à cause du froid ; la vue du corps à terre avait étouffé en lui toute sensation physique. Au-delà du sang, qui semblait acheminé par les canaux de pierre qui serpentaient vers le puits, un autre détail le frappa : le cadavre avait le visage couvert d'un masque en bois d'apparence bovine aux longues cornes pointues ; il lui rappelait ceux du carnaval paysan auquel son père l'avait emmené une fois et qui, pendant des semaines entières, avait hanté ses rêves. Il aurait parié tous ses trésors d'enfant que le visage de la femme était dissimulé sous *sa carazza 'e boe*, le masque du bœuf.

Il soupira, partagé entre la surprise et l'effroi, observant la masse de cheveux sombres qui détonnait sur la peau diaphane de la femme et son ovine couverture.

Le chien se posta devant lui, comme s'il voulait le protéger de ce spectacle et s'efforçait de l'en éloigner.

Tous deux entendirent un bruit qui les fit tressaillir. Il provenait de l'intérieur du temple, autour duquel flottait un voile de brume qui le dérobait presque entièrement à la vue.

Dans le ciel nébuleux de novembre, les lueurs palpitantes des étoiles éclairaient à grand-peine l'affaissement dans la roche et il était difficile de distinguer les contours du sanctuaire. Quoique installé depuis peu dans la région avec son père charbonnier, le garçon avait exploré ces montagnes de long en large, mais il ne s'était encore jamais aventuré en ce lieu si primitif que la végétation, en l'engloutissant, semblait avoir voulu en dissimuler l'existence.

Il esquissa un mouvement vers le puits, mais le chien l'en empêcha en se plaçant en travers de son chemin.

Ils entendirent un pas lourd, comme si quelqu'un était en train de monter les marches pour émerger à la surface. Chaque pas était suivi de tintements métalliques aigus.

Le chien et l'enfant restèrent immobiles, comme figés par un sortilège. Le cœur au bord des lèvres, ils virent le rideau de brume se disloquer, déchiré par une silhouette gigantesque qui jaillissait des entrailles de la terre, telle une antique divinité forestière se manifestant après une très longue léthargie. Un dieu-animal. Un être à l'aspect humain, quoique cyclopéen, dont le visage était recouvert lui aussi d'un masque effrayant avec de longues cornes pointues, éclairé par la flamme de la torche qu'il tenait à la main. Il était revêtu d'un lourd manteau de peau de bouc sombre et non tondue, serré à la taille par une grosse ceinture. Sur ses énormes épaules, il portait un chapelet de sonnailles de fer, et sa main gauche, indubitablement humaine, étreignait un couteau à la lame recourbée encore humide d'eau et de sang. Un foulard noir de femme, semblable au *muccadore* de sa grand-mère, lui recouvrait la tête, tandis que ses jambes, longues et épaisses comme des troncs de chêne vert, étaient ceintes de guêtres en cuir et de hautes bottes noires, comme les *cusinzos* qu'enfilait son père pour aller à la campagne.

Le géant remarqua leur présence, mais ne parut pas s'en soucier.

Angheleddu et l'enfant étaient pétrifiés. Ils regardèrent l'ogre s'approcher de la femme, soulever d'un geste impérieux *sas peddes*, les peaux, dénudant son dos maculé de sang. L'être laissa tomber sa torche sur les pierres et ôta de sa ceinture une corne de bélier avec laquelle il versa de l'eau sur la peau du cadavre, révélant une récente incision radiale pratiquée à la pointe du couteau, comme *sa pintadera* que la mère du petit dessinait sur la pâte à pain avant de l'enfourner. Puis, comme en attente d'un signal, il leva son visage masqué vers la voûte étoilée. Le ciel parut réellement lui répondre, parce qu'après quelques secondes, le vent se remit à souffler, s'engouffrant entre les branches comme une grosse bête enragée.

L'enfant eut l'impression que cette bourrasque glaciale lui arrachait l'âme et que quelque chose, dans la forêt, s'était réveillé après un long sommeil.

Sous le lourd masque de bois, la voix caverneuse du géant récita une sorte de prière adressée aux astres : *A una bida nche l'ant ispèrdida in sa nurra de su notte. Custa morte est creschende li lugore a sa luna. Abba non naschet si sàmbene non paschet.*

Le petit ne saisit le sens que de quelques mots : eau, mort, lune, sang. Mais l'intonation du démon avait suffi à lui inspirer une peur mystérieuse, comme si cette prière avait ouvert les limbes de *sas animas* ; parce que cette langue ancestrale ne parlait pas à l'esprit, mais aux entrailles. Aux entrailles de l'homme et de la terre.

Angheleddu parvint à sortir de son hébétude et se mit à grogner.

Le dieu-animal se tourna vers le chien, se pencha et déplia une main colossale. Sur le dos de sa main, le garçon aperçut une cicatrice luisante en forme de demi-lune ; il vit aussi la lame d'acier briller sous le reflet de la lune et ferma les yeux de toutes ses forces, redoutant le pire. Mais le géant n'avait pas d'intentions meurtrières : il caressa la tête du chien, qui demeura immobile, comme hypnotisé par les cavités ténébreuses du masque taurin.

Quand le petit rouvrit ses yeux baignés de larmes, il s'étonna de voir le jeune bâtard sain et sauf à ses côtés. Le géant avait déposé sur la tête de la femme une sorte de couronne de feuilles et s'éloignait à pas lents vers le bois, jusqu'à être englouti par les ténèbres. L'enfant entendit le grésillement des flammes avant d'en distinguer l'éclat. Le feu commença à s'attaquer au maquis, puis à dévorer les arbres. Moins d'une minute plus tard, les langues du brasier léchaient le sanctuaire.

Angheleddu attrapa le caleçon de l'enfant avec ses crocs, comme s'il voulait l'arracher à ces lieux et à l'état catatonique auquel il était en proie.

Ses aboiements furieux n'étaient guère plus qu'un bruit de fond pour le petit, qui continuait à fixer le corps de la femme sur le point d'être consumé par les flammes. Seule la morsure de l'animal au mollet parvint à l'extirper des tréfonds paludéens de l'inconscience et à lui faire recouvrer ses esprits. Autour d'eux, le feu avait ravagé une bonne partie du coteau. Les flammes crépitaient en tous sens. Une dense fumée noire empestait l'air, embuant ses yeux de larmes, et les ondes de chaleur s'intensifiaient. Encore quelques secondes et il serait impossible de fuir, ou même seulement de respirer.

Le petit détala vers un passage que l'incendie n'avait pas encore gagné, sans se retourner vers le cadavre que les flammes transformaient en bûcher. De la femme, il ne resterait qu'une poignée de cendres.

L'enfant, de crainte que l'ogre ne revînt s'en prendre à lui, ne révélerait jamais à âme qui vive la scène dont il avait été témoin.

Une fois rentré chez lui, il se glissa dans son lit encore imprégné de l'odeur de fumée, Angheleddu tremblant à ses pieds. Il essaya de se persuader d'avoir rêvé toute la scène, mais la femme au masque bovin n'avait aucune intention d'abandonner ni ses rêves, ni sa réalité quotidienne.

Elle continuerait à le tourmenter pour le restant de ses jours. Jusqu'à la fin.

Comme cette mystérieuse formule qu'il ne pourrait jamais oublier : *Abba non naschet si sàmbene non paschet.*

"L'eau pour naître doit de sang se repaître..."

2

Complexe nuragique de Sirimagus, Tratalias, Sardaigne méridionale, 2016

En sardaigne, le silence est presque une religion. L'île est composée de distances infinies et de silences ancestraux qui ont quelque chose de sacré. Tout en est imprégné : les collines de maquis qui se découpent jusqu'à l'horizon, les champs de blé à perte de vue, les plaines recouvertes de ciste, de lentisques, de myrte et d'arbousiers qui saturent l'air de parfums enivrants ; les montagnes qui se dressent timidement vers le ciel, comme par peur de le profaner. Les hauts plateaux et les pâturages où paissent les troupeaux et souffle le mistral. Partout règne un silence pénétrant. L'homme ne cherche pas à dominer la nature, car il la craint. C'est une peur inscrite dans son sang, fille d'époques révolues. Il sait d'instinct que la nature gouverne le destin des hommes et des animaux, et il apprend vite à connaître et à traduire tous les faits naturels qui l'entourent, car, aussi étrange que cela puisse paraître, ce silence parle. Il instruit et met en garde. Il conseille et dissuade. Et malheur à celui qui ne témoigne pas la déférence attendue.

Au sommet de l'éminence de Sirimagus, Moreno Barrali observait en contrebas la plaine baignée d'un calme irréel et cherchait à convertir ce silence en hypothèse. On lui avait dit que la fille avait disparu dans cette zone. Le terrain était constellé de nuraghes, de tombes de géants, de murailles mégalithiques et de vestiges paléosardes. Un lieu de culte et d'ésotérisme, comme dans les autres dossiers. Sauf qu'ici, aucun homicide n'avait eu lieu. Après l'annonce de la disparition, l'homme avait passé la zone au peigne fin avec les bergers et les agriculteurs des environs, mais n'avait trouvé aucune piste.

En soi, ça ne signifie rien, se dit-il. Celui qui l'a enlevée a très bien pu effacer les traces.

Lui-même n'y croyait pas : dans les autres dossiers, le corps avait été laissé bien en vue. Et puis, ce n'était pas encore *sa die de sos mortos*, le jour des morts. Dolores était vivante, il le sentait. On l'avait cachée quelque part, en attendant cette nuit maudite.

L'homme regarda autour de lui. C'était une belle journée, même si le mois d'octobre touchait à sa fin. Les nuages s'estompaient lentement dans le ciel azur. L'air était doux et pur. Le soleil répandait une onctueuse lumière ambrée.

Il chercha du regard le petit lac artificiel.

"Sirimagus" signifie lac du magicien ou du diable, pensa-t-il. Selon les légendes qui circulaient au village, ces endroits étaient le théâtre d'apparitions surnaturelles. Le lieu aurait-il été choisi précisément pour cela ?

Ses réflexions furent interrompues par une soudaine quinte de toux qui le plia en deux : comme s'il avait du papier de verre dans les poumons. Ce qui lui rappela qu'il avait un rendez-vous qu'il ne pouvait manquer. Il était déjà en retard. Il contempla une dernière fois les étendues devant lui, en quête d'un détail quelconque qui aurait pu lui révéler le sort de la jeune fille. En vain.

Animé d'un pressentiment funeste, l'homme se dirigea vers le sentier. Peut-être que tu te trompes. Peut-être que c'est une fugue et que ça n'a rien à voir avec les autres filles, songea-t-il.

En réalité, il savait très bien qu'il n'en était rien.

Ou mieux : il le sentait.

Il rejoignit le petit groupe qui l'avait accompagné au sommet et ils repartirent vers la vallée.

3

Hôpital Businco, Cagliari

Tous les policiers en ont au moins une : une affaire non résolue qui les empêche de dormir, qui continue de les tourmenter pendant des années, qui les réveille au milieu de la nuit, tailladés par la culpabilité, en proie à des rafales de souvenirs et d'images indélébiles. Et ceux qui sont trop jeunes pour en avoir une en héritent d'un officier plus expérimenté. Comme un passage de témoin. Un pacte pour étouffer les démons du passé, apaiser les fantômes et pouvoir mourir en paix, sans regret pour tout ce qu'on aurait pu faire et qu'on n'a pas fait.

Moreno Barrali, inspecteur en chef de la police d'État, réfléchissait à son affaire quand l'oncologue de l'hôpital Businco de Cagliari lui annonça, avec un bel euphémisme, que la radiothérapie n'avait pas eu les effets escomptés.

— Combien ? le coupa Barrali.

— Combien quoi ? demanda le médecin, déconcerté.

Le policier se leva. À cet instant, le simple fait de se lever de sa chaise semblait lui déchiqueter les muscles. Sans sa canne, il n'aurait sans doute pas pu tenir debout. La faute à la promenade de Sirimagus, mais pas seulement : il sentait qu'il lui restait peu de temps à vivre. Mais il devait savoir combien.

— À la louche, j'en ai encore pour combien ?

— À l'heure actuelle, il nous faudrait de nouveaux examens pour…

— Docteur, je suis en train de mourir, on ne va pas tourner autour du pot. Il faut juste que je sache quand ça va arriver, afin de… m'organiser.

— Selon le diagnostic actuel, il vous reste entre quatre et six mois, huit maximum. Le problème, c'est votre état général. Si nous poursuivons la thérapie…

— Non. Finie, la thérapie. Il faut parfois savoir accepter la défaite. Je suis trop fatigué pour continuer à me battre.

— Je comprends. Dans ce cas, encore moins.

Barrali tressaillit.

— Je suis désolé.

— Et là-dedans, dit Moreno en se tapotant la tempe, combien de temps est-ce que ça va encore fonctionner normalement ?

C'était sa principale préoccupation. La maladie avait déjà commencé à affecter sa lucidité, à dévaster ses souvenirs. Penser devenait chaque jour plus difficile. Il lui arrivait de s'arrêter au beau milieu d'une phrase sans la moindre idée de comment la conclure, provoquant malaise et compassion chez ses interlocuteurs.

Le regard que lui lança le médecin suffit à répondre à sa question. À cet instant, il comprit qu'il ne pouvait plus attendre. Jusqu'au bout, il avait espéré trouver une solution tout seul, mais l'heure était venue de demander de l'aide. Sans délai.

— Merci pour tout, docteur.

Il quitta l'hôpital avec difficulté. Il monta dans un taxi et se fit déposer devant un vieux bar qu'il fréquentait quand il était jeune agent de patrouille, à la fin de son service de nuit. À l'intérieur, rien n'avait changé depuis trente-cinq ans : les lumières basses, le carrelage en damier, le solide comptoir en acajou, le laiton des tireuses qui reluisait dans la pénombre, les enseignes au néon, les cendriers Cinzano, le juke-box poussiéreux et les affiches Campari jaunies sur les murs, qui se partageaient l'espace avec des posters de matchs de boxe en noir et blanc. La seule différence tenait au barman derrière le comptoir qui n'était plus penché sur un journal, mais qui suivait les informations sur une tablette.

Oui, à part ça, rien n'a changé. Il n'y a que toi qui sois méconnaissable, se dit Barrali en observant son reflet dans une glace. Cet individu émacié, accablé par la maladie, aux joues décharnées, au regard effrayé et incrédule ne pouvait pas être lui. Mais le miroir ne mentait pas.

Malgré l'heure, il commanda une grappa et s'installa dans un box, le souffle court, éreinté. Il sirota son eau-de-vie. Il l'avait bien méritée, même si le médecin n'aurait sans doute pas été de cet avis.

Au diable les docteurs. J'en ai fini avec eux, pensa-t-il en fixant sa main droite qui avait désormais du mal à tenir le petit verre. Il la regarda trembler comme si elle ne lui appartenait pas, comme s'il était inconcevable d'être prisonnier de ce corps malade qui s'étiolait un peu plus chaque jour.

Est-ce que ce sont les horreurs que tu as vues qui t'ont contaminé ? se demanda-t-il. Il préféra laisser sa question en suspens. Il en avait d'autres plus importantes à régler.

Il sortit un papier de sa poche. Il ne pouvait plus reporter cet appel : il tergiversait depuis trop longtemps, dans l'illusion non pas de vaincre la tumeur, mais de tenir le coup encore quelques années, ne serait-ce qu'une ou deux. À cet instant, il prit conscience qu'il ne pourrait pas rendre justice lui-même. Cette conclusion fut presque libératoire.

Il but la dernière gorgée, chaussa ses lunettes et composa sur son portable le numéro de la seule personne qui pouvait encore l'aider.

— Bonjour, Mara. Ici Moreno Barrali… Pardon de te déranger. J'ai demandé ton numéro au commissaire Farci… Oui, je suis encore en arrêt. J'aurais besoin de te parler… Non, j'aimerais mieux que ce ne soit pas à la questure*… Oui, c'est Farci qui m'a conseillé de t'appeler. Je sais ce qu'on dit de moi mais, s'il te plaît, je te demande juste de me faire confiance… Je suis dans un bar, là… Si c'était possible de… Oui, c'est assez urgent… Merci. (Il lui donna l'adresse précise.) Parfait. Je t'attends ici, alors. À tout à l'heure.

Il commanda une autre grappa et sortit un portrait de Dolores, la dernière fille. Puis il en prit deux autres : des photos beaucoup plus vieilles devenues sépia avec le temps. Il les avait observées et étudiées tant de fois qu'il aurait pu fermer les yeux sans qu'elles perdent de leur netteté dans son esprit.

Tandis que les instantanés l'emportaient dans les remous habituels de la mémoire, de la culpabilité et de la colère, le policier commença à mobiliser ses souvenirs afin de convaincre sa collègue de reprendre sa seule affaire non élucidée et d'empêcher le meurtre qui, il en était certain, allait avoir lieu d'ici quelques jours.

* Équivalent de notre préfecture de police. (Toutes les notes sont du traducteur.)

4

Bureaux de la section homicides et violences aux personnes, questure de Cagliari

L'INSPECTRICE EN CHEF Mara Rais raccrocha et secoua la tête, blême de rage.

— Merde, pesta-t-elle à part elle.

Les collègues levèrent les yeux de leurs dossiers et formulaires respectifs et la regardèrent un sourire aux lèvres. En les dévisageant, Mara comprit que quelqu'un les avait déjà mis au courant. Un énième coup de poignard dans le dos.

— Qu'est-ce qui se passe, Mara ? la taquina l'un d'entre eux. Un problème ?

— Farci m'a collé ce bouffon de Barrali sur le dos, avec ses tueurs en série.

Toute l'équipe de la brigade mobile d'investigation, contrainte de partager un seul grand bureau, éclata de rire. Moreno Barrali était devenu une blague pour la section homicides : au fil des années, il avait développé une véritable obsession pour de vieux meurtres rituels – selon ses dires – et il harcelait ses collègues et ses supérieurs pour faire rouvrir les dossiers.

— Mara, ils viennent de te mettre aux affaires classées, ça paraît évident qu'ils te demandent de faire équipe avec Barrali, non ?

— Ben tiens. Je me réjouis d'avance. Et pour ta gouverne, Piras, le nom officiel est “unité des crimes non élucidés”, déclara Mara.

Elle se leva et abandonna les cartons où elle rangeait ses effets personnels en vue de son transfert dans son nouveau service qui, de l'avis général, était un purgatoire pour tout enquêteur de la brigade mobile.

— Tu vas où ?

— *Fariscazzustusu*, l'envoya paître Mara en sarde entre ses dents.

Sur le pied de guerre, elle se dirigea vers le bureau de leur supérieur : le commissaire en chef Giacomo Farci.

— Mara, je ne crois pas que ce soit une bonne idée…, la mit en garde Ilaria Deidda, une des collègues avec qui elle s'entendait le mieux.

Mara Rais était une bonne policière, mais elle avait son caractère : elle faisait partie de ces gens qui se croient toujours obligés de la ramener, ce qui lui valait d'être particulièrement mal vue de ses chefs, qui finissaient par en oublier ses qualités d'enquêtrice pour s'acharner sur sa “grande gueule” : toutes les occasions étaient bonnes pour la parquer dans un bureau, et limiter les dégâts causés par sa “dialectique fleurie”, comme l'avait définie le questeur.

— T'en fais pas, je n'ai pas l'intention de lui coller une balle. Du moins pas ici, plaisanta Rais.

La policière frappa à la porte et n'attendit pas que son supérieur l'invite à entrer.

— Fais comme chez toi, Rais, lança le commissaire Giacomo Farci d'un ton sarcastique, voyant qu'il s'agissait de son irascible ex-partenaire, avec qui il avait travaillé à la direction anticriminelle quelques années plus tôt.

La femme ferma la porte, écarquilla les yeux et ouvrit les bras en signe d'incrédulité.

— Bon, écoute, je comprends la situation. Ils veulent se venger de moi ? Parfait. C'est un coup de pute, mais d'accord. Ils veulent foutre en l'air ma carrière ? C'est déjà quasiment fait. Mais Barrali ? Je suis vraiment tombée aussi bas ?

— Il va bientôt mourir, Mara. C'est le minimum qu'on puisse faire. L'écouter, faire semblant de le prendre au sérieux. Je ne te demande rien d'autre. Il est l'un des nôtres, malgré tout.

— Alors je dois faire quoi, au juste ? Me maquer avec lui ?

Une pointe d'ironie perçait dans sa voix.

— Non. Moreno est encore en arrêt. Il se rapproche de la phase terminale et il y a peu de chances qu'il reprenne du service.

— Je suis vraiment désolée pour lui… Et donc ? Je dois m'intéresser à ses délires sur le serial killer nuragique juste parce qu'il va mourir ?

— Assieds-toi.

— Je n'ai pas envie de m'asseoir. C'est une idée à toi ?

Farci ne répondit pas et ferma un dossier qui provenait du parquet.

— J'en étais sûre. C'est la dernière crasse de Del Greco, pas vrai ?

Farci acquiesça. Il lui lança un regard mauvais et lui fit signe de baisser d'un ton.

— Calme-toi et assieds-toi, bon sang.

Elle se contenta de croiser les bras d'un air belliqueux.

— Mara, s'il te plaît, dit Farci en lui tendant une chemise cartonnée.

Elle la prit avec méfiance. C'était la fiche d'une policière : l'inspectrice en chef Eva Croce.

— Qu'est-ce que… ?

— Lis.

L'inspectrice Eva Croce était une enquêtrice spécialisée dans les sectes et les meurtres rituels au sein de la deuxième division du SCO, le Service central des opérations – l'élite de la police –, la section qui enquêtait sur les crimes les plus sanglants commis sur l'ensemble du territoire national. À en croire le dossier, après plusieurs années passées à Rome – où elle avait été formée au siège du SCO à la direction centrale anticriminelle de la police d'État –, elle avait été mutée comme enquêtrice détachée à la brigade mobile de Milan, sa ville natale. Pour l'heure, elle opérait au sein de l'unité nationale des crimes non élucidés, une structure qui apportait soutien et conseil aux brigades mobiles territoriales.

— Je suis très contente pour elle, mais…

— Lis aussi la note qui va avec.

La deuxième page était un ordre de service signifiant à la femme et à la brigade mobile de la via Amat sa mutation à la toute nouvelle et expérimentale unité des crimes non élucidés de la section homicides de Cagliari.

— Ne me dis pas que…

— Si, c'est ta nouvelle collègue.

— Bien sûr. Comment n'y ai-je pas pensé ? Ça ne suffisait pas de me virer des homicides. Maintenant vous m'envoyez carrément une baby-sitter débarquée tout droit du continent. Merci beaucoup, Giacomo, dit Rais en fermant la chemise d'un geste brusque.

— Tu l'ouvres encore une fois et je t'envoie faire le service d'ordre au stade de Sant'Elia, *comprendiu* ?

Le ton brutal de Farci prit Mara de court : sous ses airs de gros dur, c'était une bonne pâte, un de ses rares alliés au sein de la questure, et il ne recourait quasiment jamais au sarde pendant le service. S'il le faisait, c'était qu'elle et sa "grande gueule" avaient dépassé les bornes.

— Je ne sais pas qui est cette Croce, mais avec un CV pareil, s'ils l'ont envoyée ici, c'est forcément une sanction, continua le commissaire. Pendant plus d'un an, elle a été en arrêt maladie, et ça fait quatre mois qu'elle est en congé payé à titre conservatoire – va savoir ce que ça signifie. Elle a dû faire une connerie ou marcher sur les pieds de quelqu'un d'important. Mais ça, je m'en fous. Ce qui m'intéresse, c'est que vous vous mettiez tout de suite au travail, toutes les deux.

— Et ce travail consisterait en quoi ? Jouer les auxiliaires de vie pour ce taré de Barrali ?

— Non. Je te l'ai déjà dit, et c'est la dernière fois que je le répète. Vous aurez trois choses à faire, à l'unité des crimes non élucidés : un, prendre les dossiers communiqués par Rome, vérifier s'il y a des pièces éventuelles à examiner ou des pistes qui ont été négligées. Deux : déterminer s'il y a lieu d'effectuer de nouvelles filatures ou des écoutes. On nous donne des délais précis, deux, trois mois maximum par dossier. Trois : proposer un plan d'enquête à la magistrature pour les dossiers les plus intéressants et, si on obtient leur feu vert, le mettre en action. C'est clair ?

— N'importe quoi, murmura-t-elle.

— Je n'ai pas bien entendu.

— J'ai dit que les vétérans ne vont pas bien le prendre, si je me mets à enquêter sur leurs…

— On n'est pas là pour corriger les erreurs des collègues. Au contraire. Vous les contactez, s'ils sont encore vivants, parce qu'on veut entendre leurs suggestions. Vous aurez une petite équipe de la scientifique qui vous aidera pour les relevés, avec l'accord des magistrats.

— C'est une perte de temps.

— On a besoin de faire du chiffre : en tant que brigade mobile, on doit augmenter la moyenne d'affaires résolues. Sinon, on peut dire adieu à l'augmentation des subventions et à la relève du personnel. On doit améliorer le taux de résolution. Que ce soit des dossiers actuels ou vieux de trente ans, peu importe pour les statistiques.

— Et Barrali ?

— Qu'on le veuille ou non, c'est un pilier de la questure. Qui bosse comme un dingue depuis quarante ans. Personne ne lui a jamais donné sa chance…

— Ben voyons. Et tu ne t'es jamais demandé pourquoi ? lança Rais feignant la surprise.

Farci laissa couler.

— Le vice-questeur, Del Greco et moi-même voulons lui donner une chance. Comme je te l'ai dit, nous lui devons bien ça. Toi et Croce, vous ferez appel à lui comme consultant et travaillerez sur ses homicides en parallèle des autres affaires en souffrance.

— Ce ne sont que des légendes.

— Non, pas tant que personne n'a refermé le dossier. Je veux que vous y jetiez un œil. Il y a au moins deux victimes certifiées. Les crimes n'ont jamais été élucidés, ce qui signifie qu'il pourrait y avoir un ou plusieurs assassins en liberté.

— Même si c'était le cas, le meurtrier doit sûrement être mort.

— Peut-être, mais Barrali ne veut pas partir avec ce regret et, sincèrement, moi non plus. Voilà le numéro de ta partenaire, dit-il en lui tendant un petit papier. Je sais qu'en ce moment tu préférerais la jouer solo, mais ce n'est pas moi qui fixe les règles, ni les binômes.

— J'y crois pas, murmura-t-elle en se massant énergiquement le front dans un tic nerveux, cherchant à se contrôler.

— Tu vas devoir passer beaucoup de temps avec elle, alors je te conseille de commencer du bon pied et de faire amie-amie. Sois à l'écoute et regarde si elle a besoin de quelque chose. Bref, montre-lui que la fameuse hospitalité sarde n'est pas un mythe.

— Giacomo…, soupira la policière en se levant et en jetant le dossier sur le bureau.

— Commissaire. Pour toi, à partir de maintenant, je suis le commissaire Farci, Mara.

— Mais bien sûr. Je dois te vouvoyer, aussi ?

— Doucement sur les sarcasmes, Rais. Rappelle-toi que tu es en observation pour le moment et que ceci, dit-il en tapotant la chemise, est un traitement de faveur. Si je n'avais pas répondu de toi, le questeur t'aurait transférée en Barbagia.

— Tu dis ça parce que c'est pas toi qui t'es fait tripoter par ce *malarione* répugnant.

— Il y a eu une enquête interne qui…

— Qui m'a cassé les reins, en me collant tous les torts sur le dos, Farci. Pardon, *commissaire* Farci. Il a bousillé ma carrière, cet enfoiré, tu l'as compris, ça, ou pas ? Et tout ça grâce à nos connasses de collègues qui ont pris son parti, ces vendues.

— Rais, lâche l'affaire et estime-toi heureuse d'avoir encore un travail. Tu t'es battue, mais c'est lui qui a gagné. Je te conseille de considérer l'affaire close, pour le bien de tous. Pour le tien, surtout.

Mara lui lança un regard méprisant et fit mine de s'en aller.

— Et souviens-toi, dit Farci. Ma mère me disait toujours : peu de mots, beaucoup de sagesse.

— T'es sérieux, là ?

— C'est un proverbe qui te va comme un gant, non ?

Ma ba' farì coddai, le maudit mentalement Mara en sortant du bureau.

5

Villa Invernizzi, via Cappuccini, Milan

Tu as pris ce dossier trop à cœur… Ça a tourné à l'obsession… Tu as oublié ton rôle, tu t'es plantée sur toute la ligne… Tu as foutu l'enquête en l'air… Tu as conscience de la gravité de ton geste ? Peut-être que tu as besoin de méditer plus longuement sur tes erreurs…

Ces mots résonnaient encore dans sa tête sans qu'elle parvienne à les étouffer. Elle avait espéré que ses quatre mois de congé forcé auraient apaisé les tensions, calmé les esprits. Mais tout ce temps n'avait servi à rien, sinon à exacerber les rancœurs. Ses chefs l'avaient attendue au tournant, brûlant de se débarrasser d'elle. De fait, ces mots avaient été le prélude à une condamnation sans appel :

— Nous avons décidé de te muter pour un temps. C'est le magistrat qui a fait pression, mais pas seulement. Cette fois, tu es allée trop loin, Eva. Nous comprenons tous ta situation, ce qui s'est passé… Mais on ne peut rien y faire. Il faut qu'on envoie un signal.

— Où ça ? avait-elle demandé.

— Cagliari. En Sardaigne. Tu seras affectée à leur unité des crimes non élucidés.

L'inspectrice en chef Eva Croce avait souri. Il ne s'agissait pas d'une mutation, mais d'un moyen détourné de la pousser à jeter l'éponge.

— C'est une unité expérimentale qui aura compétence sur tout le territoire régional. Tu les aideras à mettre l'équipe en place. Prends ça comme des vacances, une pause pour recharger les batteries, avaient-ils dit pour faire passer la pilule.

Contre toute attente, elle avait accepté sans la moindre protestation. Elle se serait accommodée de n'importe quelles conditions pour retourner au travail. C'était tout ce qui lui restait, son seul moyen d'exorciser et de combler l'abîme sidéral de son existence. Encore quelques jours à la dérive des souvenirs et des regrets et elle serait devenue folle. Mieux valait encore un bureau à Cagliari qu'un canapé envahi de réminiscences douloureuses dans un appartement vide à Milan. Mieux valait mettre la mer entre elle et cette prison de souvenirs.

— Quand est-ce que je commence ?

Pressés de se débarrasser d'elle, ils avaient accéléré les formalités administratives. Quatre jours plus tard, elle avait reçu un appel du bureau du personnel l'invitant à prendre connaissance de plusieurs formulaires du ministère et à les signer. Elle s'était exécutée sans poser la moindre question. À leurs yeux, l'envoyer loin de Milan devait représenter une punition ; aux siens, c'était une forme de salut et, qui sait, peut-être le début d'une nouvelle vie. Dieu seul savait combien elle en avait besoin.

Cet après-midi-là, le soleil s'était tapi dans les nuages et grommelait des menaces de pluie. Le ciel froid de Milan semblait emmitouflé dans un manteau de plomb, déversant une ombre amère sur les rues. L'air exsudait une odeur méphitique de soufre qui enivrait les habitants de tristesse. Un octobre mordant s'acharnait depuis des semaines sur la métropole, comme pour lui faire expier un été qui n'avait été que trop prodigue en soleil. La seule touche de couleur venait du plumage rose des flamants que la policière observait à travers les grilles de la villa Invernizzi. Elle ne savait rien de sa destination. Elle n'était jamais allée en Sardaigne. Alors elle avait jeté un coup d'œil sur internet. Les flamants roses étaient devenus un des symboles de Cagliari. Ce détail lui avait rappelé que Milan en hébergeait une petite colonie, chose que bien des Milanais ignoraient. Eva avait décidé d'aller les voir, comme pour établir un premier contact avec sa nouvelle ville.

Les regarder lui apporta une sensation de légèreté qui calma ses angoisses, la grisa de beauté et d'élégance. La villa se trouvait dans la zone connue sous le nom de "quadrilatère du silence" : une poignée de rues derrière le corso Venezia où les bruits de la ville étaient étouffés par les splendides édifices de style néoclassique et Liberty, les statues et les jardins cachés, les villas si élégantes qu'elles avaient comme cristallisé le temps qui, en ces lieux, semblait s'être arrêté dans les années 1930.

Eva ne s'était pas hasardée là-bas que pour s'imprégner d'art ou chercher un peu de paix dans une oasis protégée, ni – malgré ses illusions – pour établir un premier contact avec la ville qui allait l'accueillir.

Le vrai motif était tout autre, bien plus profond.

Elle posa les mains sur les grilles du portail, s'agrippa aux barreaux. Elle ferma les yeux. Au premier abord, elle ne perçut que la sensation de froid du métal. Puis, comme si cette clôture était imbibée de souvenirs, des images et des bribes de conversation jaillirent dans son esprit.

Ils sont magnifiques, entendit-elle résonner dans le théâtre de sa mémoire. On peut en emporter un chez nous ?

D'instinct, Eva Croce sourit. Puis elle essuya du revers de la main une larme qui lui léchait la joue et retourna chez elle.

Elle n'avait plus d'excuse.

L'heure était venue de faire ses valises et de partir.

6

Barbagia supérieure, arrière-pays sarde

On les appelait "les Ladu de la montagne" pour les distinguer de ceux du village. Les légendes allaient bon train les concernant. On racontait qu'ils vivaient dans la consanguinité depuis l'Antiquité et qu'ils avaient engendré une lignée d'hommes aussi violents, sauvages et imprévisibles que des bêtes fauves, qu'ils avaient préservé un mode de vie archaïque, quasi primitif, aux marges du pacte social. *Zente mala*, des mauvaises gens, des hommes dont il valait mieux se tenir à distance ; une engeance à laquelle on témoignait des égards en réalité dictés par la peur. Le territoire des Ladu de la montagne commençait à une poignée de kilomètres d'un bourg légendaire, au cœur de la Barbagia supérieure, à environ mille mètres d'altitude, cramponné au mont Santu Basili, au milieu d'un territoire d'épaisses forêts séculaires, riche de sources et de rivières, royaume sans partage d'une nature voluptueuse, sauvage et primitive. On les voyait peu au village parce qu'ils n'aimaient pas se mêler aux autres, à l'égard desquels ils nourrissaient une défiance instinctive qui souvent débouchait sur une hostilité ouverte.

On disait des Ladu qu'ils s'entendaient mieux avec les bêtes qu'avec les êtres humains. Leur isolement prolongé s'était également traduit par une immobilité séculaire au niveau linguistique : quiconque les aurait entendus parler entre eux n'aurait saisi que des bribes de leur sarde à la pureté originelle, fille de temps immémoriaux ; une variante quasi incompréhensible, même pour ceux qui vivaient à quelques kilomètres de chez eux. Tout cela venait grossir la mythologie qui s'était lentement développée autour de cette famille : le bruit courait par exemple qu'ils se livraient au cannibalisme, que leurs femmes s'adonnaient à des rituels païens dans les trois cents hectares de champs et de forêts de leur propriété, que nombre de leurs enfants n'avaient jamais été inscrits à l'état civil, que les rares bergers qui avaient essayé de s'aventurer sur leurs terres n'en étaient jamais revenus. Les mauvaises langues disaient qu'ils avaient été ensevelis dans des champs assoiffés de sang, précipités dans les grottes calcaires de ces montagnes, ou encore – une légende qu'on racontait aux enfants pour les dissuader de s'aventurer dans ces bois – embrochés comme des porcelets et dévorés lors d'un banquet macabre et pantagruélique par une nuit de pleine lune. Les légendes se nourrissant d'elles-mêmes, les racontars s'étaient accumulés au fil du temps. D'aucuns affirmaient ainsi que les Ladu étaient les seuls héritiers des *Civitates Barbariae*, ces communautés sardes indigènes qui avaient résisté à la christianisation des Romains et des Byzantins, s'accrochant à ces âpres territoires et ridiculisant les troupes qui pendant des centaines d'années avaient tenté en vain de les "racheter" ; autant d'éléments invoqués pour justifier leur marginalisation.

Avec le temps, les récits de ces bergers disparus, des bandits et des *balentes* qui avaient essayé d'infiltrer ce territoire et dont il n'était revenu que les chevaux ou les mules, ou encore des prêtres qui s'étaient aventurés dans les collines des Ladu pour les évangéliser et qu'on avait castrés, réduits en esclavage ou jetés en pâture aux porcs, avaient revêtu les oripeaux du folklore. L'exemple le plus marquant était le comportement des vieilles du village, qui se signaient les rares fois où elles croisaient le chemin d'un Ladu, ainsi que le silence qui s'abattait subitement à l'intérieur d'un *tzilleri*, un bistrot, quand un Ladu entrait pour se désaltérer. Personne, du reste, ne les avait jamais laissés payer un verre.

Sebastianu Ladu avait conscience des racontars des paysans au sujet de sa famille et, au fond de lui, il s'en réjouissait. On disait de lui qu'il avait le physique d'un taureau et l'esprit aussi aiguisé que les défenses d'un sanglier. Il était le seul de sa famille à avoir fait un semblant d'études, la plupart de ses frères et de ses cousins n'ayant même pas eu le temps de finir le collège avant d'être enrôlés, encore imberbes, sur les terres de pâturage du clan. Bastianu était entré tout jeune chez les gardes forestiers et connaissait comme sa poche les flancs du mont Gennargentu. Il avait beau être un Ladu de la montagne, nombre de bergers, chasseurs, braconniers et agriculteurs lui avaient demandé service en vertu de son uniforme ; car, à la différence de sa famille, il avait la réputation d'un homme à qui l'on pouvait parler. Toujours prompt à satisfaire ceux qui sollicitaient ses faveurs, il avait gagné auprès de la communauté agropastorale de Barbagia un respect qui avait rejailli sur son clan par ricochet ; grâce à lui, la réputation d'*animas dannadas*, d'âmes damnées, des Ladu s'était atténuée ces dernières années.

En cette fin d'après-midi, Bastianu était d'humeur sombre. Sa jeep traversa le chemin de terre qui conduisait au village et, comme d'habitude, plusieurs chiens s'amusèrent à suivre le 4x4 entre les nuages de poussière. Il dépassa la carcasse rouillée d'un tracteur abandonné dans les champs et se gara à l'entrée du hameau, composé d'une trentaine de maisons éparses. Une fois dehors, le parfum résineux des arbustes envahit ses narines. L'ensemble de petites constructions en pierre à deux étages avait un air claustral, cramponné à la colline et presque dévoré par les bois, qui se rapprochaient de plus en plus. Les toits bas, couverts de tuiles en pente recouvertes de mousse et de lichens, étaient obscurcis par les vapeurs émanant des cheminées. Les maisons étaient aussi mutiques que les *tzie* qui l'observaient en silence derrière les fenêtres, enveloppées dans leurs châles noirs et aussi inexpressives que les pierres nues des murs. Des tourbillons de ronces couraient le long des étroites ruelles pavées, toutes identiques et disposées en toile d'araignée. Quelques-uns de ses oncles les plus âgés, assis sur des bancs de pierre, levèrent imperceptiblement le menton en guise de salut.

La paix ancestrale du village était troublée par la violence d'une hache s'abattant sur des bûches. Son cousin Zirolamu, sourd-muet et simple d'esprit, tranchait le bois torse nu malgré le froid, à l'extérieur du village, mugissant comme un bœuf sous l'effort. Bastianu le salua d'un signe de tête et observa au loin ses frères et ses cousins qui revenaient des champs sur des charrettes tirées par des ânes. Ces tableaux champêtres lui inspiraient d'ordinaire une sorte de sérénité paysanne, mais pas ce soir-là. Sans même entrer dans la maison, il se dirigea vers l'écurie et fit sortir un des chevaux les plus jeunes. Il le monta à cru et se lança au galop vers une bâtisse en pleine campagne, le long du coteau des vignes.

Il abandonna le poulain sans l'attacher et entra dans la ferme. Elle était construite en briques de terre crue et le mur décrépit était rongé par l'humidité. À l'intérieur, l'odeur de bois et de vernis piquait à faire pleurer les yeux. La pièce était plongée dans la pénombre, mais ça n'aurait rien changé pour le vieux si elle avait été en pleine lumière, car il était complètement aveugle depuis une dizaine d'années.

— Qui est-ce ? demanda l'ancien en sarde antique.

— C'est moi, Bastianu.

Benignu Ladu, avec des mouvements ralentis par l'arthrite, posa son ciseau à bois et se tourna vers son petit-fils. La faible lueur provenant de l'extérieur éclaira son visage : un masque de rides flétries où trônaient des yeux inutiles, aussi désorientés que des chauves-souris chassées d'une grotte par la lumière.

— Il y a une mauvaise couleur dans ta voix, dit le vieux.

— Les Ciriacu ne nous ont pas écoutés. Ils continuent.

— Qui te l'a dit ?

— *Sos carabineris.*

Parmi les nombreux services qu'on demandait à Bastianu, beaucoup émanaient des dirigeants des casernes de carabiniers implantées dans les petits villages de montagne ; la plupart des militaires venaient du continent, c'était souvent leur première affectation, et ils ne comprenaient ni la langue ni les us et coutumes des populations locales. Alors Bastianu jouait les intermédiaires, il allait intercéder auprès des bandits du maquis ou des braconniers, en échange de quoi les carabiniers fermaient l'œil sur certaines de ses activités et se tenaient à distance des terrains des Ladu.

— Je me trompe, ou nous leur avions donné des bêtes, à ces salopards ?

— Deux chevaux, vingt chèvres, un bélier, deux ânes et trois truies, énuméra Bastianu. Ils auraient déjà dû devenir riches avec tout ça.

Benignu Ladu prit une poignée d'arbouses dans la *taschedda*, une besace de peau que les jeunes de la famille se faisaient un devoir de remplir de fruits chaque matin, et les mastiqua avec les rares dents qui lui restaient.

Au bout de quelques secondes, il prononça un seul mot catégorique, avant de se remettre au travail :

— *Sàmbene.*

Bastianu sortit de la ferme qui servait d'atelier au grand-père et émit un double sifflement qui résonna dans toute la vallée, battant le rappel de ses frères.

— Ho, emmène Micheli avec toi, cria le grand-père depuis l'intérieur de la bâtisse. Son heure est venue. Assure-toi que le loup s'est fait les dents.

Bastianu monta à cheval en serrant la crinière dans son poing et lança la bête au galop en direction du village.

Comme tu voudras, *mannoi*, pensa-t-il. Va pour le sang.

7

Cagliari

Le lien qui se tisse entre l'enquêteur et la victime d'un homicide est sacré. Il transcende la simple bureaucratie, les comptes rendus d'enquête, les rapports d'autopsie, les pièces à fournir au magistrat. Il devient quelque chose de beaucoup plus intime. Dans l'éventualité où l'affaire n'est pas résolue et où le bourreau reste en liberté, ce lien sacré, indissoluble, peut se muer en une obsession éreintante, impossible à fuir. Le temps qui passe renforce le sentiment de culpabilité, accentue le doute selon lequel le tueur pourrait frapper de nouveau… La vie continue, évidemment, mais la peur d'avoir fait fausse route, de ne pas avoir été à la hauteur, d'avoir permis que d'autres vies soient brisées reste vissée au cœur et à l'âme et, plus les années passent, plus ce poids devient insupportable. Une affaire non résolue est la condamnation la plus sévère que peut subir un policier. Parfois, c'est un point de non-retour.

Lorsque Mara Rais revit Moreno Barrali après plus d'un an de congé, elle comprit très concrètement à quel point un meurtre non élucidé pouvait bouleverser la vie et le physique d'un enquêteur. Le tourment dans lequel l'avaient plongé ces homicides avait été son élixir de vie et, à cet instant, c'était peut-être la seule chose qui le maintenait encore en vie.

— Salut, Barrali, dit la policière en serrant la main ramollie de son collègue. Même le cancer n'a pas réussi à avoir ta peau, hein ? Moi je dis que tu nous enterreras tous.

Barrali sourit à cette pique. À la différence des autres, Mara ne versait pas dans la politesse excessive ni dans le sentimentalisme, qui ne faisaient qu'ajouter à ses malheurs, mais elle le gratifiait de son cynisme acéré d'authentique Cagliaritaine qui n'hésite pas à dire ce qu'elle pense, même à un homme sur le point de mourir.

— Salut, inspectrice. Bien obligé : avant de mourir, il faut encore que je t'apprenne le métier, répondit-il sur le même ton.

— Hum, j'ai peur que tu perdes ton temps, Barrali. Tu connais le proverbe ? Qui naît âne ne peut mourir cheval.

— C'est vrai, Rais, c'est vrai. On m'a dit que tu ne t'en sortais pas vraiment mieux que moi, professionnellement en tout cas. Passer des homicides aux affaires classées… Méfie-toi, la prochaine étape, ce sera les rondes au jardin public pour traquer les voyeurs et les voleurs de goûter.

— M'en parle pas. Un jour je te raconterai ce qui s'est vraiment passé, mais pour l'instant dis-moi plutôt comment tu vas.

— Il n'y a pas grand-chose à dire, comme tu peux le constater.

Barrali flottait dans ses vêtements : il avait bien perdu dix kilos depuis leur dernière entrevue, et il n'avait jamais été en surpoids. Rais repéra aussi une canne posée contre la table.

— Je suis désolée. Vraiment.

— Je sais. Merci. Mais je ne t'ai pas appelée pour t'apitoyer.

— Bien sûr, et je crois même savoir pourquoi tu as demandé à me voir. Je voulais te dire d'entrée de jeu que quoi que tu…

Barrali la réduisit au silence en posant une poignée de photos sur la table. Certaines étaient de vieux Polaroids. D'autres, des portraits que le temps avait assombris et défraîchis. Les sujets, en revanche, étaient bien nets. Les instantanés représentaient deux cadavres aux caractéristiques similaires : deux femmes allongées, les mains liées derrière le dos, recouvertes de toisons de mouton, et le visage dissimulé par un masque en bois d'apparence animale aux longues cornes pointues. La cause du décès était également identique : une blessure à la gorge. La personne qui les avait tuées les avait saignées comme des chèvres. À la qualité des photos, Mara Rais comprit qu'un laps de temps assez long avait dû s'écouler entre les deux homicides : au moins dix ou douze ans. Autre point commun, la scène de crime : dans le cas le plus ancien, il semblait s'agir du puits d'un sanctuaire nuragique construit en hauteur ; les photos plus récentes, elles, montraient la victime au pied d'un puits sacré en tout point semblable au premier, mais entouré de deux autres temples sacrés, creusés dans le terrain rocheux. Dans les deux cas, il s'agissait de lieux de culte remontant à des époques très reculées.

— Tu en as forcément entendu parler. La première victime remonte à 1975, la deuxième a été tuée onze ans plus tard, en 1986. La première dans la province de Nuoro, la deuxième sur les monts de Vallermosa. Plus de deux cents kilomètres de distance, deux points pratiquement opposés de l'île… L'âge des victimes est plus ou moins le même : entre dix-huit et dix-neuf ans pour la première et seize, dix-sept pour la deuxième. Les homicides ne diffèrent qu'à un ou deux détails près. Des détails tout à fait négligeables. Ni l'un ni l'autre n'a été élucidé et on n'a jamais ouvert de dossier commun pour établir un lien entre eux. Les filles ont toutes deux été tuées la nuit de *sa die de sos mortos*, la nuit des morts, ou des âmes. Zéro témoin, zéro suspect. Un mystère jamais résolu.

La policière reporta son regard sur son collègue. Après toutes ces années à la section homicides, ses yeux s'étaient accoutumés à la cruauté et à l'horreur. Pourtant, les photos de ces jeunes filles la secouèrent profondément, peut-être en raison du rituel bestial suivant lequel on les avait trucidées.

— En réalité, le plus grand point d'interrogation est ailleurs, poursuivit le policier. On n'est jamais parvenu à identifier les victimes, dans un cas comme dans l'autre. Pas de nom, pas de prénom. Pas d'avis de disparition. Personne qui soit venu les chercher. Ni un père, ni une mère, ni même un membre de la famille. Comme si elles étaient apparues de nulle part. *Pantumas*. Des fantômes.

Mara, entendant ce mot *in limba*, en sarde, se rappela que Barrali était originaire de Barbagia, mais elle ne savait plus de quel village.

— Écoute, Barrali…

— J'ai tout entendu au fil des années. Que j'étais fou, pour ne pas dire plus. Que j'avais déformé les faits pour les adapter à mes théories, parce que j'avais un intérêt ésotérique quelconque à le faire, et mille autres conneries. Ces photos, dit-il en les désignant, m'ont clairement savonné la planche au niveau professionnel. Elles ont fichu en l'air ma carrière. Je n'ai jamais été masochiste, mais je ne peux pas m'empêcher de ressentir une part de responsabilité, que je ne peux pas ignorer ni mettre de côté.

— Et moi, je le comprends et je le respecte…, essaya encore d'intervenir Mara, avant d'être interrompue à nouveau.

— Et maintenant je suis en train de mourir, Rais. Littéralement. Quelques mois, et puis adieu. Et là-dedans, dit-il en se tapotant la tempe, ça tiendra encore moins longtemps. Je n'ai pas l'intention de te convaincre de quoi que ce soit, mais je voudrais juste que le travail de toutes ces années ne finisse pas aux oubliettes. J'aimerais que le dossier reste ouvert.

— Là-dessus, tu peux être tranquille. Farci m'a assuré qu'il sera traité et qu'il constituerait une des priorités de l'unité des crimes non élucidés, donc…

— Non, Rais, je crois que je me suis mal exprimé, dit Barrali, dont les yeux s'étaient subitement assombris. Il ne s'agit pas seulement de vieilles affaires jamais résolues ou de je ne sais quels rituels étranges. (Il lui montra une autre photo, bien plus récente.) Elle s'appelle Dolores Murgia, elle a vingt-deux ans et elle a disparu depuis plusieurs jours. Je suis convaincu que pendant toutes ces années, les meurtres ont été beaucoup plus nombreux, qu'ils ne se sont jamais arrêtés. Et j'ai peur que Dolores soit la prochaine victime.

8

Corso Indipendenza, Milano

Se regarder dans le miroir était comme de scruter son visage à *elle*. La ressemblance était prodigieuse, mais déchirante. Une douleur devenue insupportable. Il fallait qu'elle neutralise ce souvenir qui, devant chacun de ses reflets, la transperçait des lames effilées de la mémoire.

Eva Croce retourna dans la salle de bains après avoir laissé poser une demi-heure la coloration capillaire. Elle ne portait qu'un soutien-gorge noir et un jean. Elle se rinça les cheveux dans le lavabo, observant la teinture sombre tourbillonner jusqu'à ce que l'eau redevienne limpide. Elle se tamponna les cheveux avec une serviette et se regarda dans la glace. Du roux flamboyant précédent, il ne restait aucune trace. La teinte noir de jais avait masqué la moindre nuance auburn de sa couleur naturelle.

Elle eut du mal à se reconnaître, mais c'était une bonne chose. Les cheveux noirs faisaient ressortir davantage encore ses yeux bleu ciel, sa carnation diaphane, sa constellation de taches de rousseur et sa discrète veinule bleuâtre sous la paupière droite. Elle éprouva une légère sensation de flou : comme si elle dévisageait une inconnue.

C'est ce que tu dois te convaincre d'être, pensa-t-elle. Une nouvelle personne.

L'inspectrice enroula une serviette éponge autour de sa tête et retourna dans sa chambre pour ranger les dernières affaires dans ses valises.

Il était temps de laisser derrière elle ce lieu imprégné de souffrance et de recommencer à vivre.

Ou du moins d'essayer.

9

Terres de la Barbagia supérieure, arrière-pays sarde

La terre trahit moins que les hommes. C'était une leçon que les Sardes, fils du progrès, avaient oubliée depuis longtemps. Ils avaient succombé aux sirènes trompeuses du dieu industriel, courbé l'échine avec enthousiasme, abjuré la nature qui durant des siècles avait accueilli et nourri leurs ancêtres. Mais après les promesses éblouissantes d'une vie meilleure et prospère, cette divinité capricieuse et versatile les avait abandonnés, ne laissant derrière elle qu'épaves rouillées, chômage, déforestation, émigration de masse, âmes à la dérive dans les vapeurs d'*abbardente*, territoires et animaux irrémédiablement empoisonnés. Pendant des années, les jeunes générations n'avaient daigné se souvenir du monde de leurs aïeux qu'à Noël et à Pâques, lorsqu'il leur fallait des agneaux et des cochons de lait "de pays" pour frimer devant leurs copains de la ville, histoire de se donner des airs rustiques alors qu'ils n'avaient jamais manié une houe ou une *leppa* et qu'ils auraient été bien incapables de distinguer un taureau d'une vache. Par ailleurs, le confort matériel avait éradiqué des professions séculaires, les faisant sombrer dans l'oubli ; il était de plus en plus rare de trouver des dompteurs de chevaux, des éleveurs de bœufs, des chevriers, des bergers, des agriculteurs, des charbonniers, des artisans, des maîtres charpentiers dignes de ce nom. Des générations d'enfants avaient délaissé les terres de leurs pères, préférant les villes ou ces cathédrales laïques qu'on appelait des usines, perdant la "mémoire de la terre". Des myriades de bourgades s'étaient dépeuplées, surtout à l'intérieur de l'île, où les hameaux étaient désormais des purgatoires des âmes, des villages fantômes habités presque exclusivement par des anciens dans l'attente que le grand sommeil vienne les emporter, les libérer de cette humiliation contre laquelle ils n'avaient pu lutter. Paradoxalement, les rares enfants qui n'avaient pas quitté l'île, eux, s'étaient vendus aux envahisseurs et à *sos continentales* qui assaillaient la région depuis des siècles, cédant à leurs caprices, s'humiliant à quémander trois sous la tête basse et à réclamer l'aumône de l'aide sociale, eux qui avaient un sang laborieux dans les veines et l'esprit aussi indomptable que les âpres montagnes d'où ils venaient. Quand l'État lui-même avait coupé les vannes, les "fils prodigues" poussés par le désespoir étaient revenus téter le mamelon de mère Nature, s'acharnant comme des sangsues dans l'espoir de lui tirer au moins quelques gouttes de lait.

Les frères Ciriacu avaient suivi cette parabole à la lettre : quand le père était mort, ne leur laissant qu'une poignée de terrains et quelques centaines de brebis, ils avaient cru pouvoir retourner s'enrichir au pays en cultivant la terre, eux qui avaient toujours raillé la vie à la campagne.

Pendant des millénaires, le rythme de l'homme avait été scandé par le tempo de la nature. Les Ciriacu, comme la plupart des paysans improvisés, avaient cherché à imposer leur propre tempo : ils se levaient tard, ensemençaient sans la moindre rigueur, négligeaient les troupeaux, agressaient les potagers et les vignes avec des produits chimiques, changeaient de semences du jour au lendemain et, au bout de quelques années, les champs fertiles dont ils avaient hérité devinrent aussi arides et stériles que leurs cœurs et le bétail mourut peu après de maladie et d'incurie. Obtus et cupides, ils avaient joué leur dernière carte : avec les derniers bénéfices de la vente d'une partie de leurs *tancas*, ils avaient mis en place un système complexe d'irrigation basé sur un puits artésien créé sur mesure et acheté des groupes électrogènes, des citernes et des centaines de mètres de tuyaux pour irriguer plus de deux mille plants de cannabis, confiants dans le fait que l'épaisse végétation des terres de Barbagia suffirait à dissimuler ces fruits défendus au regard avide de la justice.

Sur quelques kilomètres, les terres des Ciriacu étaient contiguës à celles des Ladu et il n'y avait qu'une seule chose que les Ladu détestaient plus que les prêtres et les églises : la loi. Les bergers et les paysans du secteur ne voulaient pas avoir de problèmes avec les carabiniers, or les Ciriacu, avec leurs plantations, les mettaient tous en danger en leur faisant courir le risque de voir les militaires venir fourrer leur nez dans leurs propres parcelles. Alors une délégation de bergers et de pasteurs barbaricins était allée trouver Sebastianu Ladu pour lui demander d'intervenir avant qu'il faille en arriver au pire. Le "pire" étant un duel en face à face *a balla sola*, à une seule balle.

— L'affaire prend une mauvaise tournure, Bastianu, avaient-ils dit. Plus vite on la réglera, mieux ce sera pour tout le monde.

Sebastianu s'était entretenu avec le patriarche des Ladu et il était revenu avec une solution qui mettrait tout le monde d'accord. Benignu avait proposé l'antique rituel de *sa paradura* : comme les bêtes des Ciriacu étaient mortes et qu'on demandait aux frères d'abandonner leurs récoltes illicites en faveur d'une reconversion légale, tous les bergers de la zone leur céderaient une petite partie de leur troupeau, comme cela se pratiquait depuis des siècles en Barbagia pour aider ceux qui avaient subi un décès, une inondation ou des pertes de bétail dues à un incendie ou à une famine.

Quand Juanne Ciriacu s'était trouvé face à Sebastianu, il n'avait pas eu le cran d'ouvrir la bouche, acceptant la chaîne de solidarité des "collègues". Les bêtes avaient été livrées en quantité généreuse, accompagnées d'un quintal de meules de fromage, de plusieurs hectolitres d'huile et de suffisamment de *binu nieddu* pour saouler tout le village.

— À charge de revanche, les avait remerciés Juanne en promettant de mettre le feu à sa plantation.

Au bout de quelques jours, les Ladu avaient vu des volutes de fumée remonter des terres des Ciriacu au milieu de la nuit. Mais la fumée était trop mince. Ces vautours de Ciriacu avaient accepté *sa paradura* en ne sacrifiant qu'une infime partie de leurs plants de cannabis, comme l'avait confirmé un carabinier corrompu, voisin des Ladu, qui avait conseillé à Sebastianu de résoudre le problème avant qu'il attire l'attention du commandement de la province de Nuoro, au-delà de sa sphère d'influence et de sa zone de contrôle.

Ainsi, cette nuit-là, les Ladu traversèrent les terres des Ciriacu écorchées par le givre et, tels des fantômes, s'approchèrent en silence de la ferme où dormaient Juanne et Gianmaria, près des champs de marijuana, à plus d'un kilomètre et demi de toute habitation. La lune déversait sur la campagne une lueur sanguine. Le chant des cigales et le hurlement rauque du mistral facilitèrent le travail des Ladu. Ils se présentaient sans arme à feu : avec des phénomènes comme les frères Ciriacu, nul besoin de fusils ou de pistolets.

Bastianu observa Nereu, son frère cadet, Zirolamu, son cousin sourd-muet, et Micheli, son fils de quinze ans, que le grand-père lui avait ordonné de "sevrer". En plus de leur tempérament fruste, les Ladu étaient connus pour leur carrure de cyclopes : Bastianu, Nereu et Zirolamu frôlaient les deux mètres et Micheli avait déjà dépassé le mètre quatre-vingt-cinq, tous avaient de grosses mains calleuses aux doigts épaissis par le labeur des champs, les épaules larges et une force de mule ; on les aurait crus engendrés par le ventre même de ces montagnes.

D'un hochement de menton, Bastianu donna un ordre à son frère, qui se dirigea vers la bergerie et revint en tirant une brebis par l'oreille. Le chef de la tribu s'approcha de la bête et lui asséna deux coups d'*arresoja* au flanc. La brebis se mit à pousser des bêlements désespérés, attirant l'attention à l'intérieur de la maison, où, au bout d'une dizaine de secondes, une lumière s'alluma.

Nereu laissa filer la bête et fit signe à son cousin de se cacher.

La porte s'ouvrit et Juanne émergea, le souffle court ; il tenait une carabine.

— Qui c'est ? demanda-t-il à l'obscurité d'une voix rendue pâteuse par le sommeil et le *fil'e ferru.*

Suivant les instructions de son père, le gamin s'approcha de la maison.

— Micheli, répondit-il.

— Qui ? demanda Juanne en avançant d'un pas, comme s'il n'avait pas entendu.

— Micheli Ladu, répéta-t-il.

La lune faisait luire ses cheveux noir de jais caractéristiques de sa lignée.

— Qu'est-ce que tu veux ?

— *Sàmbene*, répondit le gamin.

Juanne lui rit au visage.

— Tu es seul ? demanda-t-il sans baisser son arme.

— Non, répondit Bastianu à sa place, surgissant de l'obscurité.

Il s'empara de la carabine d'une main pour la lui arracher et, de l'autre, le saisit au cou et le jeta dans la cour comme un vulgaire sac. Zirolamu lui tomba dessus en un clin d'œil et lui posa la lame de la *resolza* sur la gorge.

Gianmaria sortit en jurant et Nereu, vif comme l'éclair, lui passa un nœud coulant autour du cou et le balança à terre.

Les Ladu les traînèrent à bout de bras jusqu'à un gros olivier à l'orée du champ. Les Ciriacu s'agitaient comme des bêtes devant l'abattoir, la bouche écumante, cherchant à atténuer la morsure des cordes de chanvre. Nereu et Zirolamu suspendirent Gianmaria à une branche de l'arbre et le forcèrent à se tenir sur la pointe des pieds pour ne pas suffoquer ; ils lui enfoncèrent un mouchoir dans la bouche pour le réduire au silence. Ils attachèrent Juanne au pied du gros tronc. La corde était si serrée qu'elle lui coupait le souffle. Il blêmit, conscient de ce qui l'attendait.

— Dites-moi seulement pourquoi, leur demanda Bastianu de sa voix caverneuse.

— Tu as raison, Bastianu, marmonna Juanne. On allait brûler le reste des champs, je te jure.

— *Vesserias*, grommela Nereu, penché au-dessus d'eux tel un chêne. Nous prenez pas pour des cons…

— Regarde-toi, à pleurer et à demander pardon comme une *feminedda*, siffla Bastianu.

— S'il te plaît, Bastianu. Je t'en prie…

— Va plutôt prier à l'église.

Il lui avait dit ça en italien, comme s'il n'était même pas digne de la langue de leurs ancêtres.

— Micheli, appela-t-il.

Le garçon s'approcha. Son père dégaina une *arresoja* avec un manche en corne de mouton et une lame scintillante de neuf pouces. Il la lui mit dans la main.

— Tu as peur ? demanda-t-il dans cette langue qu'eux seuls parlaient.

Micheli secoua la tête. Ses yeux étaient deux éclats glaciaux d'obsidienne. À sa posture, le père comprit que son fils brûlait de devenir un homme. Cela le rassura quant à l'avenir des Ladu.

— Alors crève-le.

Avant que Juanne pût esquisser un cri, Zirolamu lui enfonça un chiffon dans la bouche, étouffant ses hurlements.

— Bon voyage en enfer, lui murmura Nereu à l'oreille.

Pendant quelques secondes, le garçon observa sur la lame le reflet de la lune cramoisie qui paraissait l'exhorter à la violence, puis il asséna le premier coup. Le couteau pénétra dans la chair comme dans du beurre tiède. Ivre de cette nouvelle sensation de puissance, il maintint fermement le prisonnier en lui saisissant le cou de la main gauche et le frappa à plusieurs reprises de la droite avec une virulence croissante, comme pris de folie.

— Arrête de jouer ! le reprit son père.

Avec la maestria d'un boucher, le garçon éventra Juanne Ciriacu et grimaça dès que l'odeur âcre des boyaux atteignit ses narines. Il recula de quelques pas et observa, immobile, le sang qui s'écoulait du ventre ouvert et imbibait le sol, tandis que les yeux de l'homme s'éteignaient telles des braises recouvertes par les cendres.

Bastianu s'approcha et lui prit la *leppa* de la main, l'arrachant à sa transe meurtrière.

— Gare à ne pas attraper le vice, *fizzu meu*, lui dit-il en lui donnant une tape affectueuse.

Les yeux du gamin étaient transfigurés par une extase sanguinaire. Il était hors d'haleine, mais il acquiesça avec un sourire aux lèvres ; il sentait qu'il était devenu un Ladu de la montagne à part entière. Enfin.

Sebastianu s'approcha de Gianmaria, qui avait assisté impuissant à l'équarrissage, et essuya le sang de la lame en la passant sur ses joues couvertes d'une barbe hirsute.

— *Segundu sa vida, sa morte*, dit-il.

Il effaça les empreintes de son fils du manche du couteau, ouvrit la main du Ciriacu avec ses doigts forts comme des tenailles et lui mit la *resolza* dans le poing pour le forcer à y imprimer les siennes.

— Ton heure est venue.

Gianmaria commença à se débattre tel un porc qui entend le sifflement du couteau.

Nereu et Zirolamu le hissèrent à un mètre et demi du sol. Ils attachèrent solidement la corde à une branche noueuse et les quatre Ladu regardèrent d'un air impassible leur rival danser *su dillu*, pendu comme Juda. Enfin, Gianmaria se pissa dessus et, dans un ultime frétillement animal, il se rompit le cou et expira, accompagné du chœur incessant des cigales.

Le couteau était tombé à ses pieds.

Sans dire un mot, Nereu et Zirolamu s'éloignèrent pour récupérer plusieurs jerricans d'essence qu'ils allaient déverser sur les cultures, tandis que les deux autres balayaient le terrain avec des branches d'olivier pour effacer leurs traces.

— Enlève ton chandail et ton tricot, ordonna Bastianu à son fils, qui lui obéit en frémissant dans le froid nocturne.

L'homme prit ses vêtements et retira son lourd manteau d'orbace, dont il couvrit le garçon.

— Ton grand-père sera content, dit-il en lui ébouriffant les cheveux.

Père et fils se dirigèrent en silence vers chez eux comme si de rien n'était.

Lorsque les champs derrière eux se mirent à brûler, ils ne se retournèrent même pas.

10

Mer de Ligurie

Il aurait été plus simple de prendre l'avion, mais elle avait éprouvé le besoin impérieux de traverser la mer. Elle avait caressé l'espoir de pouvoir larguer les amarres du passé, abandonner derrière elle cette étendue infinie d'obscurité liquide, refréner la puissance carnivore des souvenirs pour les noyer ensuite en traître dans les abysses. Ce n'était pas un simple départ, mais une fuite. Mieux valait dès lors trancher net le cordon ombilical de la mémoire, en se raccrochant à quelque chose de concret, de tangible ; un symbole de sa renaissance : l'eau. Raison pour laquelle elle était montée sur le pont le plus haut auquel elle pouvait accéder. Elle ne s'était pas retournée une seule fois vers Gênes, du côté de la péninsule. Elle avait seulement regardé droit devant elle, en direction de l'avenir, aussi voilé et indéterminé fût-il.

Sur le pont, l'odeur de mazout et de rouille dominait celle, saumâtre, de la mer. La rambarde de la passerelle était visqueuse d'eau salée, mais ça ne l'empêcha pas de s'y cramponner. Les vagues chuchotaient autour d'elle, tandis qu'une lune vermeille faisait étinceler la silhouette rocailleuse de la Corse.

La Sardaigne était encore une illusion lointaine. Mais elle était là, perdue dans cette opacité goudronneuse, dans le liquide amniotique de l'éloignement.

Eva Croce avisa d'autres passagers insomniaques sur le pont inférieur. Elle ne distinguait pas leurs silhouettes, seulement la braise de leurs cigarettes et les volutes de fumée qui se dévidaient dans l'obscurité. Malgré leur présence, elle se sentait seule.

Le tangage du bateau lui évoquait les contractions d'une parturiente. Le clapot des vagues, les gémissements causés par les douleurs. Le souffle du vent, la respiration haletante de la femme sur le point de perdre les eaux. Le battement sourd des moteurs du ferry qui montaient dans les tours, l'augmentation vertigineuse du pouls. Elle sourit, amère. En un sens, c'était ça : cette nuit enveloppante était l'utérus qui la retiendrait encore quelques heures, jusqu'à ce qu'elle accouche d'une nouvelle vie, d'une nouvelle *elle*.

Eva rabattit la capuche de son blouson et se prépara aux contractions qui précédaient la renaissance. Il n'y aurait aucune sage-femme pour l'assister. Elle devrait se débrouiller toute seule. Alors elle serra les dents et regarda les tréfonds de la nuit, attendant l'aube qui tôt ou tard viendrait la ramener à la lumière.

II

Quartier de Stampace alta, Cagliari

— CE N'EST PAS tant ce que tu vois. La vraie difficulté, c'est d'apprendre à trouver un moyen de vivre avec.

C'était un médecin légiste qui lui avait dit ça une douzaine d'années auparavant, lors de l'autopsie d'une prostituée slave assassinée par un sadique. Mara Rais avait relégué cette phrase dans un tiroir oublié de sa mémoire. Et pourtant, cette nuit-là, les mots du légiste continuaient de résonner en elle, comme s'ils venaient juste de revêtir une véritable signification à ses yeux.

Elle s'était levée vers trois heures du matin, en proie à un cauchemar. Elle avait tellement bougé dans son sommeil qu'elle avait réveillé sa fille, qui – après la séparation – s'était mise à dormir avec elle dans le "maxi-lit", comme elle l'appelait. La petite avait réussi à se rendormir au bout de quelques minutes ; pour Mara, en revanche, c'était peine perdue. Les images bestiales des cadavres défilaient en continu sur son écran mental.

Tout ça, c'est la faute de Barrali et de ses foutus délires, songea Rais tandis qu'elle glissait hors des couvertures en prenant soin de ne pas réveiller la petite. Elle s'enferma dans la cuisine après avoir récupéré son sac dans le salon. Elle avait envie de quelque chose d'alcoolisé, mais elle opta pour une double camomille.

Regarde-toi. Tu te fais vieille, se railla-t-elle en observant les sachets d'infusion d'un air écœuré.

En attendant que l'eau arrive à ébullition, elle prit dans son sac les photos que le policier lui avait confiées en dépit de ses protestations. Quand il lui avait dit : "S'il te plaît, *sa sposa*, fais-le pour moi", avec ses yeux de chiot abandonné, Mara n'avait pas pu refuser. Elle les disposa sur la table pour les étudier. Ces pauvres filles l'avaient tellement bouleversée qu'elle en avait rêvé. *Vijones malas*, aurait dit sa grand-mère : des cauchemars funestes. Au fil des années, elle avait entendu pas mal de choses sur ces deux meurtres d'origine apparemment rituelle, mais elle n'y avait jamais vraiment prêté attention, surtout depuis qu'on avait commencé à raconter à la questure que Barrali faisait une fixation sur cette histoire, qu'il avait gâché sa vie tout seul. Il avait tellement cassé les pieds à ses collègues et ses supérieurs, il les avait tellement harcelés pour faire rouvrir ces dossiers que, pour s'en débarrasser, ils l'avaient transféré à la paperasse, le faisant vieillir prématurément ; il était cité en exemple à ne pas suivre pour toutes les nouvelles recrues de la section homicides.

C'est vrai que c'est bizarre, se dit-elle en observant les clichés.

— Maman ? Tout va bien ?

Telle une élève surprise en train de copier, Mara fit disparaître les photos à la vitesse de l'éclair.

— Ma chérie, qu'est-ce que tu fais debout ? demanda-t-elle en allant à la rencontre de sa fille.

— Je ne t'ai pas sentie près de moi et j'ai eu peur. Qu'est-ce que tu fais ?

— Je me prépare une camomille et je retourne me coucher. Tu en veux un peu ?

— Je croyais que tu avais recommencé à fumer.

Mara sourit. Non seulement je suis entourée de flics toute la journée à la questure, pensa-t-elle, mais voilà que je me retrouve avec une mini-flic à la maison... Celle-là, quand elle sera grande, elle va m'en faire baver.

— Non, mon trésor. Je t'ai promis d'arrêter, et c'est ce que j'ai fait. Viens là.

Elle la souleva et la serra contre elle, la couvrit de baisers. Elle avait l'odeur du sommeil.

Par la fenêtre, Mara observa la silhouette de la tour de l'Éléphant et des remparts délimitant *Casteddu 'e susu*, le quartier de Castello, qui à une époque protégeait la noblesse de Cagliari. Mara avait toujours rêvé de vivre là-bas, de regarder la ville d'en haut comme une reine. Son ex-mari y avait un appartement et elle s'y était installée juste après leur mariage, exauçant ce souhait enfantin. Or, après la séparation, elle avait quitté les lieux pour ne plus l'avoir dans les pattes – et éviter le risque bien réel de lui tirer dessus –, et elle avait loué cette petite maison à l'extérieur des remparts, condamnée à contempler depuis sa fenêtre le statut qu'elle avait perdu.

Mieux vaut vivre dans un taudis qu'aux côtés de ce salopard, se dit-elle en pensant à la stagiaire d'à peine plus de vingt ans – la dernière d'une longue série, avait-elle découvert par la suite – avec qui il l'avait trompée. Depuis ce jour, elle avait compris pourquoi, chaque fois qu'elle devait témoigner à un procès ou traverser les couloirs du parquet, tout le monde riait derrière son dos ou la dévisageait d'un air compatissant : les tribunaux et les palais de justice sont les lieux les moins propices pour dissimuler un secret et, manifestement, son ex ne s'était même pas donné la peine de cacher plus que ça ses aventures, l'exposant à la risée publique.

Stop. Ça ne sert à rien de ressasser ces humiliations, se sermonna-t-elle en avalant la dernière gorgée de tisane.

La camomille ne fit aucun effet. Une fois au lit, Mara continua à se tourner et à se retourner comme une âme damnée. Elle n'arrêtait pas de voir ces *caras de bundos*, ces masques démoniaques, de se demander pourquoi les corps n'avaient jamais été identifiés et de chercher les raisons de ce laps de temps entre les deux homicides.

Elle l'ignorait encore, mais c'était comme si elle avait subi une transfusion lymphatique : l'obsession de Barrali l'avait contaminée.

12

Barbagia supérieure

DANS LES HAMEAUX de l'arrière-pays sarde, *sa oghe de Deu*, la cloche, scandait encore les étapes fondamentales de l'existence des habitants : naissances, mariages, deuils, fêtes religieuses. C'était en quelque sorte la voix de la communauté, dont tous apprenaient dès l'enfance à reconnaître les tintements pour s'orienter dans la vie du village.

Avant de se rendre au travail, Bastianu Ladu gara sa jeep devant le *tzilleri* et pénétra à l'intérieur. Après l'avoir salué, le barman lui prépara un café double arrosé d'un doigt de grappa.

Un silence ouaté envahit le bar. Avant même de lever sa tasse, Bastianu entendit sonner le glas, *su toccu de s'ispiru*.

Les clients se dévisagèrent et le barman croisa l'espace d'un instant les yeux froids du Ladu, qui sirotait son café dans cette quiétude imprégnée d'insinuations et rythmée par le timbre d'airain des cloches. Tous, même s'ils faisaient semblant de rien, avaient entendu parler de l'incendie qui dans la nuit avait réduit en cendres les terres des Ciriacu, retrouvés morts dans ce qui s'apparentait à un meurtre-suicide faisant suite à une dispute.

À peine Bastianu eut-il esquissé le geste de sortir son portefeuille que le barman lui fit signe que c'était pour la maison.

— Non, j'insiste, dit le Ladu de la montagne en posant un tas de billets sur le comptoir poisseux. Aujourd'hui, les frères Ciriacu paient leur tournée. À tout le monde.

Tous les clients du bistrot acquiescèrent solennellement, formulant collectivement les mots *Deus ti lu pachete*.

— Bonne journée, salua Bastianu avec son accent barbaricin à couper au couteau.

— Bonne journée ! répondirent en chœur les habitants.

Bastianu se dirigea vers sa jeep, satisfait. Une fois distillée dans le *tzilleri*, la rumeur allait se répandre en quelques minutes à tout le village et, si les militaires venaient poser des questions au sujet des Ciriacu, personne n'oserait parler, pas même sous la torture. Pour les carabiniers, il serait plus facile de faire chanter des pierres que ces hommes auxquels Bastianu venait d'offrir un frisson de *balentia*.

13

Plage du Poetto, Cagliari

Ce fut en marchant pieds nus le long de la plage du Poetto qu'Eva Croce découvrit que Cagliari possédait deux mers. La première, elle l'avait devant elle : une étendue d'eau infinie, assez paisible pour une journée de fin octobre. La deuxième avait une liquidité très différente : c'était une mer de lumière. Une luminosité onctueuse, d'une douceur maternelle, qui se déversait impétueusement sur toute la ville, s'écoulait dans ses moindres recoins. Une mer de lumière qui satinait l'eau de scintillements irisés et faisait papilloter le sable, fin comme de la semoule, qui courait sur des kilomètres et des kilomètres dans cette avancée connue sous le nom de golfe des Anges.

Eva ne résista pas : elle enleva ses chaussures et marcha sur la plage jusqu'à immerger ses pieds dans la mer émeraude. L'eau était fraîche, mais pas autant qu'elle l'aurait cru ; elle s'en trouva revigorée après une nuit presque blanche et un long voyage en voiture, d'un bout à l'autre de l'île.

Au bout de quelques minutes, une voix féminine résonna derrière son dos :

— Tu dois être Eva Croce.

La policière se retourna pour faire face à une belle femme d'une quarantaine d'années, élégante dans son tailleur sombre et ajusté qui accentuait ses rondeurs voluptueuses. Elle était blonde, de taille moyenne, et avait des yeux bleu ciel qui, ajoutés à son allure générale, allaient à l'encontre de tous les préjugés qu'Eva avait entendus sur les Sardes, sur leur stature et leurs couleurs méditerranéennes – car son accent guttural et traînant était assurément sarde. Elle reconnut la voix de la collègue qui l'avait appelée une heure plus tôt pour lui donner rendez-vous à la plage, au sixième arrêt. Pour comprendre ce qu'elle entendait par "sixième arrêt", Eva avait dû s'en remettre à Google.

— Qu'est-ce qui te fait croire ça ? répliqua la Milanaise.

Mara Rais jeta un coup d'œil autour d'elle.

— Tu es la seule *macca* avec les pieds mouillés dans ce putain de froid, dit-elle en reportant son regard sur sa collègue.

— Froid ? Il doit faire dix-huit degrés.

— C'est bien ce que je dis ! Allez, sors de là, tu me donnes la chair de poule.

— J'imagine que *macca*, ça veut dire *matta*, folle, c'est ça ? demanda Eva.

Elle la rejoignit et lui tendit la main.

— Exactement, dit la Sarde en la serrant vigoureusement. Comment était le voyage ?

— Long, mais beau.

— Bien. Bienvenue en Sardaigne, dit Rais, sur un ton tout sauf amical.

14

Torre Spagnola, Poetto, Cagliari

EVA DÉCOUVRIT très vite que le temps s'écoulait différemment sur l'île : il était dilaté, distendu, discontinu – surtout devant la mer et ces immenses prairies de ciel turquoise –, suspendu dans une atemporalité qui déteignait sur ses habitants. Par rapport à Milan, c'était comme si les gens évoluaient au ralenti, et cette façon de profiter de la vie dans le calme, sans toujours penser à quelque chose, lui plut immédiatement.

Elles s'étaient arrêtées boire un verre au Corto Maltese, une des petites buvettes aux terrasses en bois disséminées sur le front de mer ; à l'instar des arrêts de bus, ces cahutes ombragées servaient de point de référence aux Cagliaritains pour se donner rendez-vous, comme le lui avait expliqué Rais. Le littoral était ponctué de rangées de palmiers et bordé par une longue piste cyclable et piétonne. Une foule nombreuse profitait de la tiédeur de l'après-midi pour faire un footing, une promenade ou une virée à vélo à quelques centaines de mètres de la mer.

— À ton regard extatique, je déduis que c'est la première fois que tu viens à Cagliari, dit la Sarde après avoir jaugé d'un air dédaigneux l'accoutrement de sa collègue : rangers noires, jean déchiré et blouson en cuir défraîchi. Elle observa son piercing au nez qui lui donnait davantage l'air d'une rockeuse que celui d'un officier de police judiciaire. Zéro vernis sur les ongles, pas même un peu de gloss ni de rouge à lèvres. Aucune trace de sac à main, cartable, pochette, de n'importe quel accessoire où ranger au minimum un paquet de mouchoirs ; ce détail en particulier l'inquiéta, parce qu'une femme sans sac à main est aussi imprévisible qu'un chat sous amphétamines.

Si tu cherches à camoufler ta féminité, tu t'en sors comme une cheffe, chérie, pensa Rais, caustique.

— Première fois en Sardaigne tout court, répondit Croce en examinant la tenue de sa collègue, à ses yeux excessivement élégante pour une flic.

Habillée comme ça, soit elle veut attirer l'attention sur elle, soit elle essaie de me donner des complexes. Dans un cas comme dans l'autre, tu ne pars pas du bon pied, ma belle, se dit Eva. Si tu continues à me fixer comme ça, ça va mal finir.

— Bon, ça aurait pu être pire, non ? dit Mara, avant d'avaler une gorgée de bière.

— Ça, c'est à toi de me le dire.

— Tu sais quoi ? Je ne veux pas te gâcher la surprise, rétorqua Mara avec un sourire étudié.

Eva perçut une rancœur mal déguisée : comme si la Cagliaritaine avait été contrainte de lui souhaiter la bienvenue. Elle espéra qu'il s'agissait seulement de la fameuse défiance des Sardes envers les "Continentaux".

— Au début, je t'ai prise pour une touriste. Tu n'as pas un physique très italien, dit Rais en observant la carnation lunaire de sa collègue, ses yeux céruléens, la constellation de taches de rousseur sur son visage aux traits délicats, presque elfiques.

Un seul coup d'œil à sa chevelure noire suffit à Mara pour comprendre que la Milanaise s'était récemment teint les cheveux : une couleur maison, estima-t-elle ; une teinture de supermarché au rabais. À ses fins sourcils clairs, Mara conclut qu'elle devait être blonde, ou même rousse.

— Ma mère est irlandaise. J'ai beaucoup pris d'elle, dit Eva, lapidaire.

Mara Rais arqua un sourcil en signe de surprise.

— Une Irlandaise à Milan. On dirait le titre d'un film.

— Donc si je comprends bien, c'est toi ma partenaire ? demanda Eva, changeant subitement de sujet comme si cela la gênait de parler d'elle.

— Exact. Tu veux déjà me coller un rapport pour me signaler comme "élément perturbateur" ? Ça ne serait pas la première fois.

— Pour l'instant, disons que tu es encore en observation, la taquina Eva. Je n'ai jamais fait équipe avec une femme.

— Moi non plus. Et je dois te dire que l'idée ne me fait pas sauter au plafond.

— Non, sans blague ? Tu as l'air tellement contente de me voir…

Rais détendit ses lèvres pour esquisser un sourire, authentique cette fois.

— Depuis quand tu travailles aux affaires classées ? demanda la Milanaise.

— Je viens juste d'être transférée. En gros, je n'ai pas encore commencé. On débutera ensemble.

— Je ne sais pas ici, mais à Milan les affaires classées sont un placard pour les gens qui ont déconné. Un endroit pour les losers, quoi.

— Ici c'est pareil, sauf que l'unité vient d'être créée et que toi et moi on va devoir se coltiner tous les dossiers non résolus, non seulement de Cagliari, mais d'un peu toute l'île, parce que notre questure joue les déblayeuses pour les autres, lui expliqua Mara.

— Tu plaisantes ?

— Si seulement. Non, je suis on ne peut plus sérieuse. Ça signifie d'une part que partout où on ira on va nous détester et nous accueillir comme les casse-couilles de service, mais qu'en plus, à la moindre erreur, ça leur fera deux magnifiques boucs émissaires à sacrifier. Un double entubage, en gros… Tu fumes ?

— Non.

— Moi non plus. Tant mieux, comme ça mes affaires ne pueront pas la clope et ma fille n'insinuera pas que j'ai repris. Une question : tu as l'intention de jouer le jeu ou tu comptes te mettre en arrêt jusqu'à ce qu'on te mute ailleurs ? demanda Rais sans y aller par quatre chemins, à la limite de l'affront.

Eva dut se retenir de lui envoyer sa bière au visage.

— Je ne suis pas ce genre de personne, Rais. Je veux juste faire mon travail, réussit-elle à dire d'un ton conciliant.

— S'ils nous laissent le faire.

— Pourquoi ?

— Disons que l'ambiance n'est pas au top. Et si moi aussi j'ai fini aux affaires classées, ce n'est clairement pas pour bons et loyaux services.

Un vent tiède s'était levé, qui charriait vers le littoral le ressac de la mer et faisait bruire doucement les palmiers. On sentait dans l'air la capitulation de l'après-midi face au soir.

— Si jamais tu te poses la question, c'est le sirocco. Il souffle de la mer vers la côte et, l'été, il nous apporte la chaleur de l'Afrique et met la ville en feu. Littéralement, parce qu'il alimente et attise les incendies et qu'il rend les gens complètement fous.

— Combien ils te donnent pour jouer les guides touristiques ? la taquina Eva.

— Regardez-moi l'étrangère qui se sent pousser des ailes. Tu lui donnes un doigt, et elle prend déjà la confiance.

Elle avait dit ça avec un demi-sourire. Eva le prit comme un nouveau signal de dégel.

— Quand est-ce que tu commences officiellement ? demanda Mara.

— Après-demain. Je suis venue en avance pour me mettre dans l'ambiance et jeter un œil aux environs.

— Bien. Écoute, il faut aussi que je te dise qu'en plus de ces conneries d'affaires classées, ils nous ont refilé une autre patate chaude.

— Vas-y, dis ?

— Si tu veux, je t'emmène directement voir l'intéressé pour qu'il te raconte.

15

Questure de Cagliari

Eva croce avait suffisamment d'années de service au compteur pour repérer au premier coup d'œil le professionnalisme et le dévouement de ses supérieurs : un simple regard à son bureau lui permettait de conclure à l'abnégation ou au laxisme d'un commissaire. D'après son expérience, les mieux rangés étaient d'ordinaire l'apanage de chefs distraits, ayant peu de contact avec leurs subordonnés et bien plus de proximité avec les journalistes et les chaînes de télévision ; les bureaux sens dessus dessous, à l'inverse, reflétaient souvent une personnalité encline aux échanges avec le personnel. Le bureau du commissaire en chef Farci était en tout point similaire à celui des dizaines de responsables pour lesquels Eva avait travaillé : il y régnait une sorte de chaos organisé. Cependant, à la rangée de dossiers suspendus contre le mur contenant les notes et rapports de service les plus récents, au tableau raturé indiquant la rotation et les congés des enquêteurs de la brigade mobile, aux fanions de football et aux insignes utilisés comme presse-papiers sur une table envahie de paperasse – et pas pour impressionner les visiteurs –, aux différentes tasses incrustées de résidus de café abandonnées dans les coins les plus improbables et au fait qu'il était encore au travail alors que son service était fini depuis longtemps, Eva déduisit aisément que Farci n'était pas un bureaucrate, mais qu'il aimait son métier, qu'il s'y consacrait avec passion et se montrait disponible pour ses collaborateurs. Autre élément venant corroborer cette impression, il l'avait immédiatement tutoyée, une pratique pas si répandue chez les chefs. Tout comme le fait d'avoir un minimum de sens de l'humour ; Farci, à en juger par une petite affiche punaisée à la cloison derrière lui qui annonçait SI TU N'ENTRES PAS ICI AVEC UNE SOLUTION, C'EST QUE TU FAIS PARTIE DU PROBLÈME, n'en était pas démuni.

— Avant toute chose, sache que Rais se permet des familiarités avec moi, ce que personne ne lui demande, note bien, parce qu'on a fait équipe pendant quelques années à la direction anticriminelle et qu'elle nous croit encore au même niveau, commença le commissaire après les présentations d'usage. Je n'arrive pas à lui faire entrer dans le crâne qu'il y a des conventions, des hiérarchies et des formalités à respecter.

— Attention, on a juste fait équipe, hein, ça ne veut pas dire qu'on a couché ensemble, clarifia Mara, vautrée sur le canapé adossé à une cloison.

— Rais !

Eva réussit à grand-peine à étouffer un rire.

— Ça t'aurait plu, pas vrai ? continua la Cagliaritaine en lui adressant un clin d'œil.

— Tu veux que je te foute dehors ? la menaça Farci. Arrête ça.

L'homme se tourna vers Eva.

— Elle en a après moi parce qu'elle convoitait mon poste, expliqua-t-il. Il fallait bûcher plus que ça, ma vieille.

— Vas-y, essaie de bûcher pour un concours avec une petite en bas âge et un mari qui a besoin de Google Maps pour se repérer chez lui, rétorqua Rais, acerbe.

— Par souci d'exactitude, je confirme que son ex-mari était une vraie tête de con, et qu'il a fait des coups de pute à pas mal d'entre nous au tribunal. C'est un pénaliste… Enfin bref, personne ne te comprend mieux que moi, Croce. S'il te vient l'idée de régler son compte à Rais – et crois-moi, tu vas mourir d'envie de le faire –, appelle-moi et je t'en débarrasse quelque temps.

— Je ne crois pas que ce sera nécessaire, chef.

— Espérons… Alors, j'ai lu que tu avais des états de service de premier ordre… Tu as reçu plusieurs distinctions, tu as suivi des tas de formations, tu as connu et pratiqué différents terrains, métropolitains et autres, et tu es encore très jeune. Félicitations. Le fait qu'on t'ait placardisée ici n'est pas un bon signe, mais ce qui s'est passé, les raisons de ta présence ici, franchement, je m'en fiche. Considère ça comme un nouveau départ.

— Merci, commissaire.

— Ne me remercie pas. J'ai un immense besoin de personnel qualifié et professionnel, et tu m'as tout l'air d'un excellent élément. Tu as même travaillé dans plusieurs unités spécialisées dans les crimes non élucidés, ce qui est un bon point pour nous. Comme Rais aura l'occasion de te l'expliquer, notre questure est très en retard sur les *cold cases*. Cagliari n'est pas Milan, et pas Rome non plus. C'est une province assez modeste, avec un taux d'homicides assez bas. Le seul gros problème qu'on ait en ville, ce sont les stupéfiants. Ces dernières années, l'île est devenue une plaque tournante pour les narcotrafiquants, et c'est pour ça que le Viminal* a renforcé la section antidrogue : ils veulent bloquer la route avant qu'il soit trop tard.

— OK.

— À la tête de la brigade mobile, on a un directeur principal assisté d'un vice-questeur adjoint : ils sont tous les deux

* Le palais du Viminal, à Rome, est le siège du ministère de l'Intérieur.

Calabrais et spécialisés dans la lutte contre le narcotrafic. Pour te la faire courte : le ministère a envoyé beaucoup de personnel qualifié, mais les saisies et les arrestations ne sont pas à la hauteur de leurs attentes.

— Traduction : ils risquent de sauter, dit Rais.

— Synthétisé à l'extrême, c'est à peu près ça, admit Farci.

— J'imagine que ça signifie que le Viminal a commencé à mettre la pression pour augmenter les statistiques, afin de pouvoir justifier les dépenses de la direction, les heures supplémentaires, les frais de mise sur écoutes et ainsi de suite.

Farci acquiesça.

— Comme ils n'ont pas pu capitaliser tout de suite sur les opérations antidrogues, ils ont demandé à faire grimper le taux de résolution des homicides, continua Eva Croce. Mais dans cette province peu peuplée où les meurtres sont peu nombreux, pour gonfler les statistiques, je présume qu'ils ont décidé de recourir aux affaires en souffrance, en espérant élucider de vieux homicides avec l'aide de la scientifique et des nouvelles technologies.

— Tu as parfaitement résumé la situation, Croce, dit le commissaire en reportant son regard sur la nouvelle venue. Au bout du compte, ce n'est qu'une question de chiffres : une véritable analyse coûts-bénéfices, comme s'il s'agissait d'une multinationale.

— Et c'est vous qui devez équilibrer les comptes.

— Exactement. Plus qu'un flic, un expert-comptable. Officiellement, je supervise la section homicides, et tandis que les deux chefs se consacrent corps et âme à réaliser des saisies avant d'y laisser leur poste, moi je dois pressurer mes équipes pour résoudre des affaires de meurtre.

— Nous ferons de notre mieux, je vous le garantis, dit Eva, parlant également au nom de sa collègue.

Cela plut à Farci : il avait craint qu'avec son impressionnant CV, la Milanaise fût habituée à faire cavalier seul. Ce "nous" le rassura.

— Au-delà du fait que ta partenaire soit dotée d'un caractère de merde…

— Ne commence pas avec ça, dit Mara, offensée.

— … Rais est un des meilleurs éléments de la brigade mobile. Pour l'instant, elle est dans une position un peu délicate pour des motifs que… qu'elle t'expliquera elle-même, si elle le souhaite. J'aimerais qu'une chose soit claire pour vous : je joue dans votre camp. Je ne vous cache pas que le questeur, Carlo Del Greco…

— *Bellu arrogh'e merda*, murmura Rais.

— Vu le ton, j'en déduis que ce n'est pas un témoignage d'estime, dit Croce.

— Tu déduis bien, répondit Farci. Rais, arrête. Donc, je disais, le questeur n'est pas le plus grand fan des affaires classées. Par contre, nous avons le chef de la brigade mobile de notre côté, parce que son destin dépend en partie de nous… De vous, devrais-je plutôt dire.

— Au niveau territorial, de quelle compétence dispose-t-on ? demanda Croce.

— Excellente question. Alors, nous travaillerons en tandem avec le parquet général de Cagliari, qui nous donnera compétence sur tous les dossiers de l'île. Je sais déjà que ça va vous attirer une certaine antipathie, mais vous pourrez vous déplacer dans toute la région avec l'aide des questures ou des commissariats locaux. Ceci afin…

— De bénéficier d'une base de dossiers plus large et de plus grandes chances de résolution, le devança Eva.

— Au moins, ils nous ont envoyé une dégourdie. Moi je dis, celle-là, dans un mois elle prend ton poste, fit Rais en se tournant vers son ancien partenaire.

— Je ne suis pas sûr que ce soit ce qu'elle cherche. En tout cas, oui, Croce. C'est l'idée. Ça ne va pas durer, parce que les autres chefs-lieux vont bientôt se doter d'une unité dédiée aux crimes non élucidés, mais pour le moment Cagliari dispose de cet avantage stratégique.

— On a seulement la possibilité de rouvrir des dossiers de chez nous, ceux de la police, ou bien ceux des Caramba aussi ? demanda Mara.

— Enfin une parole intelligente qui sort de ta bouche, Rais. Les Caramba, ce sont les carabiniers, Croce.

— OK.

— Rais, ça dépend du juge. Vous aurez un tas de dossiers signalés par Rome et, en accord avec la magistrature, vous déciderez lesquels ont le plus de chances d'être résolus. Si le ministère public décide que la police d'État est plus compétente ou plus expérimentée pour une affaire donnée, peu importe qui a mené l'enquête : le plus important, c'est qu'elle soit bouclée. Après, bien sûr, si c'est par nous, c'est forcément mieux.

— Dis donc, vous allez nous donner un bureau, au moins ? demanda Rais.

Les lèvres de Farci s'étirèrent en un sourire cruel, comme s'il savourait d'avance un mauvais coup.

— Plus ou moins, dit-il en ouvrant un tiroir pour en tirer un trousseau de clés.

— Ça veut dire quoi, ça, "plus ou moins" ?

— Je propose de vous laisser juges, répondit-il en se levant. Allons-y. Je vous montre votre nouveau *bureau*.

16

Salle des archives de la brigade mobile, questure de Cagliari

Alors que le chef de la section homicides les guidait dans cette espèce de sous-sol qui vibrait du bourdonnement sourd et sinistre des néons, serpentant entre les cartons et les boîtes de rangement amoncelés par terre dans tous les coins, Eva Croce saisit dans son dos les derniers mots d'une longue série d'imprécations de sa partenaire, qui s'achevait sur un sibyllin – du moins pour elle – "*'nne tzia rua…*"

Mara était suffisamment avisée pour égrener ses jurons du bout des lèvres, loin de Farci qui les conduisait dans la vieille salle des archives papier de la brigade mobile. Là-dessous, c'était comme si la température avait baissé d'au moins cinq ou six degrés. L'air croupi était chargé de l'odeur ferreuse de la rouille et des relents moites et aigres-doux du vieux papier.

— Est-ce que l'une de vous souffre d'asthme ? demanda ironiquement le commissaire en chef.

Ses pas laissaient des traces sur le carrelage à damier noir et bordeaux tapissé de poussière.

— *'stizia di coddiri…*, poursuivit Rais dans un ruminement d'obscénités inintelligibles.

Des rangées de dossiers et des rayonnages hauts de deux mètres couraient le long du sous-sol, lui conférant l'aspect d'une vieille bibliothèque souterraine oubliée.

Farci s'arrêta devant deux bureaux disposés l'un en face de l'autre. Deux ordinateurs volumineux et antédiluviens trônaient sur les plans de travail, dont le bois semblait se gondoler dangereusement sous la montagne de documents et de classeurs empilés.

— Je parie que ça aussi, c'est une idée du questeur, dit Mara, regardant autour d'elle d'un air dégoûté.

— On ne peut rien te cacher, admit-il.

— Farci, sérieusement, dis-moi que c'est une blague, l'implora presque Mara.

— Malheureusement non. Mais quand on y pense, il y a une certaine logique : l'unité des crimes non élucidés s'occupera d'affaires très anciennes, remontant à des périodes où il n'existait pas d'archives numériques. Vous devrez fouiller les étagères pour trouver les dossiers qui vous intéressent. Seuls vingt pour cent des archives ont été numérisés, et en commençant par les affaires les plus récentes, pas les plus datées. Au moins, vous vous épargnerez les allers-retours incessants, vous n'aurez pas à monter et descendre les escaliers à longueur de journée.

— On ne va pas se mentir, Giacomo. Cet enfoiré ne la joue pas réglo : il cherche par tous les moyens à me faire jeter l'éponge pour que je demande une mutation. Et ça se tient, vu qu'on sait tous que c'est un enfoiré. Mais elle, qu'est-ce qu'elle vient faire là-dedans ? Elle doit se demander si elle a atterri au Burundi, explosa Rais. Ça te semble vraiment un endroit approprié pour deux officiers de police judiciaire ?

— Cette fois, je ne peux que lui donner raison, intervint Eva. On ne peut pas travailler dans ces conditions, commissaire.

— Ce sont des ordres d'en haut. Je ne peux rien faire.

Ses propos furent interrompus par un remue-ménage derrière une des étagères métalliques.

Les deux femmes eurent un mouvement de recul et balayèrent le carrelage des yeux à la recherche de l'origine du bruit.

— *Merdonasa*, dit Rais, hystérique.

— Pardon ? demanda Croce.

— Des rats ! Je le savais… Je jure sur Dieu que si un rat s'approche de moi, je lui colle une balle, Farci. Je le jure sur la tête de ma fille.

De derrière un gros casier surgit un homme d'une soixantaine d'années.

— Du calme, *sa sposa*. La dernière dératisation remonte à la semaine dernière, dit Moreno Barrali avec un sourire. Les vraies *merdonasa* ne sont pas ici, mais là-haut, au dernier étage.

17

Salle des archives de la brigade mobile, questure de Cagliari

MORENO BARRALI AVAIT le visage poli et buriné, semblable à du granite modelé par des millénaires de mistral enragé. Sur ses traits creusés par la maladie ressortaient des yeux vert outre-mer légèrement exorbités. De taille moyenne, avec des cheveux gris acier coupés très court, il se déplaçait avec une sorte de béquille qui l'aidait à se tenir en équilibre et à marcher avec plus d'assurance. Son regard vif et nerveux semblait vouloir se rebeller contre la trahison d'un corps dans lequel il paraissait mal à l'aise, comme pris au piège.

— Mince, Barrali ! J'ai failli avoir une attaque, explosa Mara. Mais d'où tu sors, bon sang ?

— Il y a une sortie de secours qui donne directement sur la rue, dit Farci après avoir fait les présentations. Et c'est l'une des raisons pour lesquelles je ne me suis pas opposé à l'ordre de vous envoyer ici. Moreno peut aller et venir à sa guise sans avoir à passer par l'entrée principale et attirer les regards. Beaucoup de collègues désapprouveraient, et puis sa "collaboration" ferait jaser, ce que j'aimerais autant éviter. Croce, Moreno est…

— Je lui en ai déjà touché un mot, le devança Mara. Et c'est moi qui lui ai dit qu'on allait passer à la questure, j'avais oublié. Je ne m'attendais pas à cette apparition façon ninja.

— Quoi qu'il en soit, Moreno est notre mémoire historique et il peut vous donner un coup de main pour récupérer de la documentation et des éléments sur de vieux dossiers, poursuivit Farci.

— Oui, je suis un dinosaure de la brigade mobile. On m'a relégué ici à une époque, en "quarantaine", dit le policier. Au moins, je sais me repérer et où chercher, pour ça je peux vous être utile… C'est un plaisir de vous rencontrer, inspectrice.

— Je vous en prie, vous pouvez me tutoyer. Le plaisir est pour moi, dit Eva.

Par la suite, elle repenserait beaucoup à cette première rencontre, et le mot qui résonnerait le plus souvent dans son esprit serait "prédestination". Dès le premier instant, ce face-à-face l'avait investie d'une sorte de sentiment de responsabilité, comme si Barrali lui avait transmis une charge intérieure qui l'avait opprimé trop longtemps ; un fardeau de souvenir et de douleur qu'elle était destinée à endosser. À la façon dont ses yeux s'animèrent quand il lui serra la main, Eva comprit que le vieil inspecteur aussi était immédiatement entré en résonance émotionnelle avec elle, comme s'il l'avait reconnue après une longue quête inlassable.

— Alors laisse tomber le "vous" et appelle-moi Moreno.

— More', présente-lui tes condoléances : elle va devoir faire équipe avec Rais, dit Farci.

Mara étouffa un juron.

— Chacun ses problèmes, répondit-il avec un sourire.

— Et mon problème à moi, c'est vous et ce foutu taudis… Tu crois que tu pourrais au moins nous avoir une cafetière et un distributeur d'eau ? demanda Rais à Farci.

— Tu ne veux pas aussi une femme de ménage, un domestique et un cuisinier personnel ? répliqua ce dernier.

— Tu sais que ce serait pas mal ? fit Rais, un sourire perfide plaqué sur le visage.

— Allez, arrête... Croce, Moreno a été un véritable guide, pour moi et pour plein d'autres collègues. Il a appris ce métier à beaucoup d'entre nous. C'est un flic de la vieille école, et il ne veut pas nous quitter. D'autres à sa place auraient déjà pris leur retraite depuis un bout de temps, mais lui a un compte à régler avant de raccrocher l'uniforme, pas vrai ?

— Ça, tu l'as dit, confirma le policier.

— Tu as un accent différent du leur, dit Eva.

— Oui. Je viens de la région de Nuoro, le cœur de la Sardaigne.

— N'exagérons rien. Le cœur de la Sardaigne, carrément, protesta Mara, agacée. Ne crois pas ce qu'il dit.

— Je t'informe que nous autres Sardes avons l'esprit de clocher. Et c'est un euphémisme, intervint Farci. Bref, Croce est ici de manière informelle, pour l'instant. Elle commence son service après le week-end. Moreno aussi va collaborer avec vous de manière officieuse. Il vous aidera sur les vieux dossiers, mais je voudrais que cette collaboration, définissons-la ainsi, demeure confidentielle. C'est clair ?

Eva Croce le fixa d'un air perplexe et le commissaire perçut son malaise.

— Je fume une dernière cigarette et je lève les voiles, dit-il. Croce, viens avec moi, j'aimerais voir où tu en es question logistique.

Il serra la main de Barrali et lui promit de l'appeler bientôt.

Avant de suivre son supérieur, Eva vit Moreno Barrali poser un gros dossier sur le bureau. Sur la première page, elle lut un titre qui la troubla : MEURTRES RITUELS, 1975-1986.

Quand elle leva les yeux, elle croisa ceux de Mara, qui lui adressa un hochement de tête imperceptible.

— On t'attend ici, Croce. Je vais voir si ces épaves fonctionnent ou si on doit prendre nos portables avec nous.

— À tout de suite, dit Barrali.

Eva acquiesça et suivit Farci. Son esprit, en revanche, resta au sous-sol, rivé à ce dossier, comme si elle avait subi un influx magnétique difficile à expliquer de manière rationnelle.

18

Piazza della Repubblica, tribunal de Cagliari

ALORS QUE le mois d'octobre touchait à sa fin, la ville semblait enveloppée d'un printemps éternel. Un vent tiède charriait l'odeur douceâtre du jacaranda. Dans le ciel, pas un nuage.

— On est au-delà du coucher de soleil, là… Regarde-moi ça : on dirait une orange pressée.

— C'est vrai. La lumière de cette ville a quelque chose de magique, dit Eva Croce, en extase devant la douceur du soir. Le soleil du Sud est différent à sa manière, mais ici, c'est encore plus spectaculaire.

— L'île a pas mal de défauts, mais c'est un paradis, crois-moi. Tu ne t'attendais pas à un temps pareil, pas vrai ? demanda Farci.

Ils s'étaient assis sur un banc, dans le petit parc devant le tribunal.

— Non, vraiment pas.

— Nous avons cette chance. C'est comme avoir un été qui dure huit mois, plus trois mois de printemps et un petit dernier d'automne ou d'hiver, selon les années. Là, on dirait bien que l'été n'a pas envie de s'en aller… Ça te dérange si je fume ?

— Non, chef.

— Bien. Alors : ça, c'est le tribunal, et là-bas, le parquet. Comme tu le vois, ils sont à deux pas de chez nous. Ça accélère les procédures. La semaine prochaine, on vous mettra en contact avec le magistrat qui a été affecté aux affaires classées par le procureur général. Ce sera votre référent pour tout ce qui est mandats, autorisations, demandes de prélèvement ADN, etc.

— Il est du genre collaboratif ? demanda Eva.

— *Elle*. Oui, c'est une femme bien, consciencieuse et douée. Si on arrive à boucler des enquêtes en souffrance, elle en bénéficiera aussi, donc sois tranquille, elle fera tout pour nous faciliter la tâche… Bon, sinon, j'espère que ta prise de contact avec Rais ne t'a pas traumatisée. Elle est parfois dure à cuire, mais, fais-moi confiance, c'est vraiment une personne en or, et elle sait mener une enquête. Elle a ce petit problème de caractère. Elle semble toujours de *luna mala*, de mauvaise humeur, mais le plus souvent ce n'est qu'une posture.

— Écoutez, excepté le fait que j'ai parfois du mal à comprendre ce qu'elle dit et qu'elle me donne l'impression de réfléchir à la torture la plus douloureuse à m'infliger, elle m'a l'air d'une fille super, répondit Eva, lui arrachant un sourire. Pourquoi est-ce qu'elle est aux affaires classées ?

— En raison d'un différend avec la hiérarchie : elle a eu un problème avec le questeur. Je lui laisse le soin de te mettre au courant des détails, si elle le souhaite. Ce que je peux te dire, c'est qu'ils voulaient la virer et que les personnes qui auraient dû la défendre, ses collaboratrices, ont profité de l'occasion pour l'enfoncer et se débarrasser d'elle. Une en particulier a profité de cette histoire pour obtenir de l'avancement.

— Un beau coup de pute.

— Tu peux le dire. Sachant ça, tu n'auras aucun mal à imaginer qu'elle n'est pas enchantée à l'idée de faire équipe avec une femme. Les affaires classées, pour elle, ça risque d'être un vrai placard, à moins que…

— À moins qu'on réussisse à boucler des dossiers, le devança Eva.

— Exactement. Rais est consciente que c'est son seul moyen de sortir de ce tunnel, donc je ne pense pas qu'elle te mette trop de bâtons dans les roues. Sois juste un peu patiente les premières semaines, ensuite elle se détendra, j'en suis sûr. Mais toi, par contre ?

— Moi quoi ?

— Comme je te le disais, un officier avec un CV comme le tien, dans une province aussi tranquille, voire carrément somnolente, c'est du gâchis. Je ne veux pas savoir pourquoi on t'a envoyée chez nous…

— Vraiment, vous ne savez pas ? Il vous suffirait d'un coup de fil.

— Je ne le passerai pas, à moins que tu ne mijotes un sale coup. La seule chose que je veux savoir, c'est si tu vas me créer des ennuis. Je joue franc jeu. Si tu respectes les règles et que tu donnes tout pour ramener un résultat, je me fiche de savoir ce qui s'est passé dans les équipes et les championnats précédents.

— Je ne suis pas là pour vous créer des problèmes, commissaire.

— Formidable. Si tu ne veux pas me causer de soucis, oublie les mots tels que Milan, Inter et, pire encore, Juventus, OK ? Ici, on ne supporte que le *Casteddu*.

Eva écarquilla les yeux comme si elle avait eu une hallucination auditive.

— Pardon ? Vous êtes sérieux ?

— On ne peut plus sérieux.

— Je déteste le foot.

— Plus maintenant. Tu es en terre sarde, donc à partir de maintenant tu supportes Cagliari. Essaie de dire le contraire, et je te colle d'astreinte tous les week-ends et je te force à avoir une photo de Gigi Riva* dans ton sac, *comprendiu* ?

— Je…

— Je te charrie, Croce. Détends-toi.

Ils éclatèrent de rire.

— Bien, maintenant qu'on a résolu la question footballistique, venons-en à Barrali.

* Légende du club de Cagliari, avec lequel il fut champion en 1970, et de l'équipe nationale italienne, dont il détient encore le titre de meilleur buteur aujourd'hui.

19

Vignoble des Ladu, Barbagia supérieure

LA SARDAIGNE n'est pas une île. C'est un archipel d'innombrables îlots séparés non par la mer, mais par des langues de terre. Certaines ne sont que de petits atolls, mais chacune a sa propre identité. Parfois même une langue et des coutumes spécifiques. Et les démarcations qui les séparent sont invisibles à l'œil nu. Du moins pour qui n'est pas du coin. Pour tous les autres, elles sont bien perceptibles, car tracées avec du sang en des temps immémoriaux. Des frontières inviolables qui imposent le respect. Parce qu'en certains lieux la mort est plus sacrée que la vie.

Les limites des vastes territoires des Ladu de la montagne étaient bien connues dans la région, et personne n'aurait imaginé s'aventurer dans cette *isoletta proibita*, cette île interdite, tant le sang avait coulé par le passé pour délimiter les *tancas* où les Ladu s'étaient en quelque sorte exilés, embrassant une immobilité temporelle à laquelle ils ne souhaitaient renoncer à aucun prix, fermés qu'ils étaient à la modernité, aveugles et sourds à ses promesses, dévoués au contraire à une vie en totale symbiose avec le monde naturel et ses lois ataviques.

Les Ladu n'avaient jamais participé aux agapes campagnardes, aux déjeuners de communauté ou aux fêtes paysannes au-delà de leur territoire, ce qui ne signifiait pas qu'ils n'avaient pas leurs propres rites et festivités, bien au contraire. Les leurs, cependant, n'avaient rien de religieux, du moins pas au sens catholique du terme. Ils incarnaient plutôt un héritage des rites païens liés au culte de la terre et au sacrifice de ceux qui la travaillaient : des coutumes, des croyances et des superstitions archaïques qui sur leur domaine se perpétuaient à rebours du reste de l'île.

Cette nuit-là, sous la voûte étoilée, les Ladu célébraient la fin des vendanges, qui marquait l'arrivée de l'hiver ; une récolte particulièrement tardive cette année-là due à la grave sécheresse qui avait accablé l'île. Toutes les familles avaient quitté leur maison pour se retrouver à proximité du vignoble. Le doux arôme des vignes et du raisin, qui imprégnait l'air frais de la nuit, laissait progressivement place au parfum des viandes grillées. Sur un lit de braises ardentes de racines de chêne et de lentisque séchées était disposée *sa gabbia*, la "cage", formée de rangées de broches sur lesquelles rissolaient une douzaine de cochons de lait et plusieurs agnelets positionnés à la verticale. Le grésillement des couennes dégoulinant de gras – ce qu'on appelait le "chant" du *porcheddu* – et le crépitement des tisons formaient une toile de fond derrière les cris des enfants qui jouaient à se courir après dans les rangées de vignes délestées de leurs fruits. Une douzaine de gardiens des braises, avec leurs barbes épineuses qui leur donnaient un air féroce et leurs yeux voilés par le vin servi en quantité, veillaient maintenant en silence depuis près de cinq heures sur la viande qui dorait peu à peu ; de temps à autre, ces hommes patients jetaient dans le feu des branches de myrte ou de genévrier pour aromatiser les chairs ou enfonçaient dans l'épaule ou la cuisse des porcelets leurs *resolzas*, qu'ils posaient ensuite sur la paume de leur main : à la température de la lame, ils déduisaient l'état de la cuisson. Les enfants avaient interdiction de s'approcher de la "cage" ; ils avaient cependant le droit de faire griller des fromages frais et des tranches de ricotta sur des brochettes de bois, qu'on plaçait ensuite dans des récipients en liège près du feu pour en conserver la chaleur.

Dans la cour, autour d'un public amusé, les plus jeunes se défiaient sur un carré de foin à *s'istrumpa*, l'antique pugilat barbaricin à mains nues semblable à la lutte gréco-romaine, pour lequel les Ladu, avec leurs corps cyclopéens, possédaient un talent naturel. L'espace était illuminé par des foyers entourés de pierres, des torches et des braseros disséminés tout autour. Les filles circulaient entre les membres de la famille, portant des plateaux en écorce de liège sur lesquels étaient posés des morceaux de fromage de chèvre et de lard ainsi que des tranches de joue de porc sur une base de *pane carasau*.

De l'intérieur de la ferme, où l'on cuisinait les entrées, parvenait le parfum intense du ragoût de sanglier qui allait accompagner les pâtes préparées à la main par les anciennes, les délicieuses *maccarrones de busa* typiques de la région. Malgré le froid, ils mangeraient tous ensemble en plein air, près des feux, réchauffés par le *binu nieddu* au fort titrage d'alcool, par l'abondance de nourriture et par l'euphorie d'être réunis. De longs bancs et des tables déjà dressées avaient été disposés pour accueillir toute la lignée, un peu plus de quatre-vingt-dix personnes.

Bastianu revint des champs avec une poignée de cousins et son fils aîné Micheli. Comme le voulait la tradition, ils avaient brûlé les épouvantails de la saison achevée avant d'uriner ensemble dans les braises. Dès qu'elle le vit s'approcher de *sa gabbia*, une femme à l'embonpoint maternel, enserrée dans un châle noir, vint à sa rencontre. Il s'agissait de sa tante Gonaria, qui était comme une mère pour lui.

— Il veut te voir, se contenta-t-elle de dire, avant de disparaître dans la nuit tel un spectre.

Bastianu contempla quelques secondes sa famille élargie, heureuse, enjouée.

C'est au moins ça, pensa-t-il. Après tous ces efforts, ils ont bien mérité un peu d'insouciance et de divertissement.

Le millésime avait été avare en pluie et il n'y avait pas grand-chose à fêter ; et pourtant, précisément pour maintenir la cohésion des siens et leur faire oublier les mauvais tours de la nature, Bastianu avait décidé d'organiser une célébration en grande pompe. Il appela Micheli et ils traversèrent ensemble les champs comateux pour se diriger vers la demeure du patriarche de la famille : Benignu Ladu. Le vieux mangeait seul. L'air mordant de la nuit aurait été une torture pour ses os effrités par la vieillesse.

— Hum, ça sent la chair fraîche. C'est toi, Micheli ? demanda le vieillard, posant sa fourchette et ajustant sur ses épaules la couverture de laine brute qui l'enveloppait.

La chair du porcelet était si tendre qu'elle fondait sous la langue, ce qui lui permettait d'en manger malgré sa bouche édentée.

— Oui, c'est moi, répondit l'adolescent.

— Tu as bien fait de l'emmener, Bastianu. Micheli prendra ta place, un jour. C'est un garçon qui a du nerf.

— Tu te sens bien, *mannoi* ? demanda Bastianu.

— Oui. Je profite de la fête d'ici… Même s'il n'y a rien à célébrer.

— Je sais, mais j'ai pensé que…

— Tu as très bien fait, ce n'est pas ce que je dis. Ta cousine, la femme de Jacu, a donné naissance à un enfant mort-né, hier.

— J'ai entendu.

— *Signale malu este*, dit le vieux. En une seule année, c'est déjà la deuxième fois que ça arrive à nos femmes. Pour la communauté, ce sont des présages de mort. Surtout après une mauvaise année comme celle-là. On n'a pas vu une année aussi aride depuis l'époque de la grande famine de mon enfance. Ça fait plusieurs semaines que je fais de mauvais rêves. Dans ces *vijones malas*, je vois nos champs partir en fumée, des bêtes efflanquées qui se jettent exprès dans le feu… Il souffle un vent néfaste, Bastianu. Des temps de grande et de terrible sécheresse.

— Qu'est-ce que tu as vu d'autre ? demanda l'adolescent.

— J'ai vu des femmes pleurer leurs enfants, nos maisons brûler. J'ai vu des fils se révolter contre leurs pères… Tu crois que je suis en train de devenir fou ?

— Pas du tout, *mannoi*.

Bastianu avait un grand respect pour son aïeul. C'était un *omine praticu*, un homme qui avait le flair d'un animal, et pas seulement pour les choses terrestres. Au contraire. Avec la vieillesse et la cécité, il affirmait ressentir une intimité grandissante avec le monde spirituel et la nature invisible qui l'entourait, comme s'il devenait un *bidemortos*, quelqu'un capable de voir l'âme des morts.

— Nous devons apaiser la fureur de la terre. Nous devons le faire pour le bien de notre famille.

— Ne t'inquiète pas, *mannoi*. Je vais le faire.

— *Vous* allez le faire. Je veux que Micheli vienne avec toi.

— Mais…

— S'il est assez grand pour tuer le sanglier qui agrémentera votre dîner de ce soir, et encore plus pour éventrer un chrétien, ça veut dire qu'il est assez *mannu* pour sauvegarder sa famille.

— Bien sûr.

— Maintenant, allez et buvez pour moi aussi.

Une fois dehors, déjà sur le chemin des vignes, Micheli demanda à son père avec curiosité :

— Qu'est-ce qu'il veut qu'on fasse ?

— *Cosas de bestias*, se contenta de répondre Bastianu, à qui l'envie de faire la noce était passée.

20

Arrière-pays sarde

C'ÉTAIT COMME être piégée dans un cauchemar qui semblait ne jamais vouloir finir. Elle avait beau essayer, son corps ne répondait pas à ses sollicitations mentales. C'était une sensation de totale impuissance, une léthargie forcée par les membres et les muscles : comme un purgatoire entre la vie et la mort. Plus elle cherchait à s'éveiller de ce rêve angoissé, plus elle s'y enfonçait.

Toutes ses facultés sensorielles l'avaient abandonnée.

Toutes, sauf une : l'odorat. Même dans ce Léthé où elle flottait à la merci de forces extérieures à sa volonté, Dolores Murgia parvenait à déceler un parfum distinct d'humidité et de moisi, les relents âcres de la terre et des branches mouillées, si violents qu'ils prenaient le pas sur la puissante odeur du sang qui s'était coagulé sur elle telle une seconde peau. Elle en déduisit qu'on l'avait enlevée et cachée quelque part dans les bois. Quelques heures plus tôt, elle avait pu percevoir le froid paralysant, le gonflement et le gercement de ses lèvres sous l'effet de la déshydratation, le bruissement des feuilles sur les arbres agités par le vent et le cri des animaux nocturnes hors du lieu où elle se trouvait. Mais à présent l'odorat l'abandonnait, comme avant lui la vue, l'ouïe, le goût et le toucher. La mémoire elle-même était désormais inaccessible : elle se rappelait à grand-peine son nom. Rien d'autre. Comme si elle régressait, seconde après seconde, vers un état bestial de sensations et d'instincts corporels.

Dolores se sentit glisser dans l'inconscience la plus absolue.

Une dernière pensée parvint à s'accrocher à son esprit avant la nuit comateuse. Une réflexion provoquée par un sentiment vertigineux d'inéluctabilité et illuminée par un dernier éclair de conscience : On ne me retrouvera jamais… Je n'ai aucune issue…

Vaincue par cette certitude déchirante, Dolores cessa de résister aux chimères de l'obscurité et s'abandonna aux marées carnivores de la nuit.

21

Vallée des âmes, Barbagia supérieure

Quand il avait besoin de se retrouver, Bastianu Ladu abandonnait son petit village et s'immergeait dans la nature immaculée des flancs de la vallée où s'agrippaient les *tancas* et les maisons de sa famille. Il marchait pendant des heures, dans une totale solitude, le long des sentiers, accompagné du chant des hiboux petits ducs et des gazouillis des oiseaux qui filtraient à travers l'enchevêtrement de branchages. Plus il avançait, plus il lui semblait remonter le temps ; même le paysage se faisait plus âpre et archaïque, plus éprouvant.

Ce matin-là, avec une agilité caprine, Bastianu grimpa sur les gradins de roche naturels pour rejoindre un des points les plus élevés de la Barbagia supérieure. On l'appelait *Sa Punta Manna*, un nœud granitique qui culminait à plus de onze cents mètres d'altitude et depuis lequel, les jours où le ciel était clair et l'humidité raisonnable, le regard plongeait vers l'horizon par-delà la nature sauvage constellée de roches majestueuses, jusqu'à rencontrer la vallée du Tirso, puis le Montiferru, et à embrasser le bleu cobalt de la mer Tyrrhénienne d'une part et l'azur intense de la mer de Sardaigne de l'autre : comme si l'observateur se trouvait à cheval sur les deux mers et que l'île était un immense radeau flottant et lui son unique passager. Là-haut, les pensées se raréfiaient. Le raisonnement se muait en contemplation. Il n'était pas rare de voir des aigles royaux fendre le ciel, planant au-dessus de la troisième mer, cette immense étendue de verdure qui recouvrait tel un manteau la Barbagia transie de froid, d'apercevoir un petit groupe de mouflons, un vautour fauve ou, avec un peu de chance, un spécimen de cerf sarde, auquel les Barbaricins associaient un heureux présage.

Juché au sommet, à l'aube, Bastianu avait presque la sensation de soutenir le ciel, de lui serrer la main et de l'encourager à enfanter un jour nouveau, un soleil nouveau. Et il le faisait sans souffler mot, sans bouger le moindre muscle, comme si la beauté de la nature méritait un respect physique, une révérence quasi animiste. C'était à la fois un rituel de mort et de renaissance. Par instants, en plus de répandre un flot de parfums balsamiques, le vent sifflait dans les lézardes des roches, créant une symphonie de pierres musicales, et Bastianu était capable de reconnaître les yeux fermés le type de brise qui soufflait, simplement au son que produisaient les roches, car chaque courant d'air vibrait selon un accord différent. Ce matin-là, cependant, l'air était mystérieusement immobile. La terre entière semblait palpiter, comme si elle était vivante : elle émettait un grondement sourd, pareil à celui d'une bête affamée.

La nuit précédente, avant que Bastianu se retire chez lui, le grand-père lui avait fait remettre un message par l'intermédiaire d'une de ses tantes les plus âgées. Le vieux avait été catégorique :

— L'utérus de la terre ne peut plus donner de fruits s'il n'est pas inséminé. La prospérité est fille du sacrifice.

— Non, ce n'est pas nécessaire. J'ai déjà trouvé qui devra payer, s'était opposé Bastianu.

Sa tante, dépositaire à l'instar du grand-père de savoirs antiques et de traditions millénaires, s'était montrée intraitable en lui désignant la victime.

— Non, avait répondu Bastianu sèchement. Vous ne pouvez pas lui demander de faire ça. Pas à elle.

— Un sacrifice exige de la douleur, il doit faire saigner le cœur. La terre se nourrit de souffrance.

Des paroles cinglantes comme des coups de fouet, granitiques et tranchantes comme les montagnes, sans appel.

— Mais…

— Il ne peut en aller qu'ainsi. La terre a faim et soif… Fais ce que tu as à faire, Bastianu.

Ces phrases ne cessaient de résonner dans sa tête.

Bastianu observa les vallées immaculées qui s'étendaient à perte de vue et s'éveillaient sous les caresses de la lumière albescente. Mais cette paix était illusoire. Les Ladu appelaient ce site "la vallée des âmes" parce qu'elle avait servi de lieu de sépulture depuis l'ère préhistorique. Selon certains, les premières traces de vie et d'habitat humains sur ces hauteurs remontaient au Néolithique moyen, quand d'autres parlaient carrément du Paléolithique. Quelle que fût la datation réelle, Bastianu était certain que ces monts étaient constellés de grottes et de crevasses où ses ancêtres avaient vécu et enterré leurs proches, convaincus que la mort n'était pas une chose définitive, mais simplement un passage indispensable pour accéder à une autre vie spirituelle. Sa certitude provenait de son expérience directe : il avait exploré ces cavernes toute son enfance, touchant de ses mains les *sinnos*, les signes de cette antique civilisation.

Parfois, Bastianu imaginait un de ses aïeux assis comme lui, mais six ou sept mille ans plus tôt, sur cette saillie pour écouter le chant des rochers. Après l'âge de la pierre, ces montagnes avaient recueilli sous leur aile les populations nuragiques issues de la plaine du Campidano qui fuyaient les Carthaginois, et après eux les Romains, les Byzantins et ainsi de suite, une succession quasi infinie de conquérants. Aucun envahisseur n'avait réussi à pénétrer jusqu'à ces hauteurs et à imposer son règne à la Barbagia et à ses habitants. Aucun. Comme si ces zones reculées, ancestrales, inaccessibles, étaient protégées par une divinité des forêts. Une nature divine qui se moquait de leurs ennemis, mais qui, en échange, exigeait des sacrifices et une fidélité absolue.

Bastianu ferma les yeux. Il avait l'impression d'entendre tout autour de lui la présence insaisissable des *animas* millénaires de ses aïeux.

Qui es-tu pour t'opposer à la terre ? semblaient lui demander les *antigos 'spiritos*.

— Personne, murmura-t-il.

Ainsi, caressé par les premiers rayons du soleil, Bastianu Ladu se laissa persuader par les esprits de ses ancêtres d'exaucer la volonté primale de la nature.

22

Anse de Mari Pintau, Geremeas, Quartu Sant'Elena

Elle avait senti l'appel de la mer, irrésistible, telle une voix qui murmurait en elle, douce et envoûtante. Peu avant l'aube, Eva Croce avait quitté sa chambre pour s'évader hors de la ville, désireuse de commencer son exploration des côtes de l'île. Mais au bout de vingt kilomètres, sur la route du littoral qui l'aurait conduite à Villasimius, un scintillement d'eau l'avait happée depuis le haut de la colline ; elle n'avait pu faire autrement que s'arrêter, garer sa voiture et descendre à pied vers une anse appelée Mari Pintau, "mer peinte", comme elle le découvrit en effectuant une recherche sur son téléphone.

C'est pas possible, murmura-t-elle en son for intérieur, emplie d'un émerveillement religieux, en empruntant un sentier qui descendait en lacets vers la plage. La terre de la colline, recouverte d'arbustes, semblait transpirer le givre et répandre dans l'air les parfums du maquis : une fragrance rendue plus vive et plus fraîche par l'odeur piquante de la mer.

Elle se retrouva devant un bleu intense et cristallin comme elle n'en avait jamais vu. Une couleur qui semblait prolonger la mer pour embrasser le ciel, comme s'ils étaient une seule et même entité, un délice pour les yeux et un baume pour l'âme. Les premiers mètres du fond de l'eau, en galets granitiques clairs, laissaient ensuite place à un sable très fin, blanc comme de la farine, sur lequel se reflétait la lumière du soleil, conférant à l'eau émeraude une limpidité surnaturelle. Paradoxalement, c'était par l'odorat plus que par la vue qu'Eva percevait l'immensité et le prodige de la nature : ses narines étaient envahies d'un effluve enivrant d'infini ; aucun mot n'aurait pu encapsuler les sensations qu'il produisait.

Elle s'assit sur la plage de gravillons et se perdit dans les couleurs irisées et apaisantes de la mer, le souffle coupé par sa beauté.

Au bout de quelques minutes, elle en vint à méditer sur le fait que, depuis son arrivée sur l'île, les tonalités de sa douleur avaient diminué d'intensité. Ces dernières années, la souffrance s'était mise à résonner en elle en permanence, si bien qu'elle connaissait par cœur tous les mouvements, les changements de rythme, les solos, les pauses et les refrains de cette sonate. Elle ne la quittait jamais. Mais dès qu'elle avait posé le pied sur cette terre ancestrale, encerclée par la mer, le chant du mal s'était atténué, comme si la nature elle-même en supportait désormais le poids et l'étouffait sous sa propre mélodie.

La nuit précédente, comme toutes celles qui avaient suivi ce jour maudit, elle avait allumé son PC, ouvert Netflix et lancé un Disney : *Le Monde de Némo*. Le rituel se passait du volume, qu'Eva coupait tout de suite : les dialogues, les bruits et les rires de ses personnages, elle les entendait dans sa tête, avec une netteté absolue, parce qu'elle les connaissait par cœur. Elle avait traversé une année entière ainsi, à Milan : elle créait chez elle une nuit artificielle et regardait en continu des dessins animés sans le son, l'un après l'autre, s'abrutissant dans le souvenir, sans presque jamais sortir de l'appartement, sans répondre au téléphone ni à l'interphone. Une liturgie de douleur privée, dont personne n'avait connaissance. *Pocahontas*, *Mulan*, *Dory* et tous les autres perdaient, à ses yeux d'adulte, leur caractère enfantin, optimiste et féerique, pour prendre la forme de monstres terribles. C'était l'expiation qu'elle avait choisie : de sympathiques personnages imaginaires qui devenaient pour elle seule des geôliers et des bourreaux impitoyables, tandis que son canapé se transformait en un radeau lancé dans une lente et inéluctable descente du fleuve Léthé. Toutes les nuits.

Mais le soir précédent, elle avait éteint son PC au bout de quelques minutes. Ça n'était encore jamais arrivé. Comme si son esprit n'avait pas eu besoin de la torture des souvenirs pour s'endormir, comme si quelque chose d'autre avait lénifié ses réminiscences, dilué leur acuité jusqu'à les réduire au silence. Elle avait fermé les yeux et dormi d'un sommeil serein, sans rêve, comme ça ne lui était plus arrivé depuis bien longtemps.

Est-ce juste un hasard, ou bien suis-je en train de guérir ? se demanda-t-elle. Elle l'ignorait. Mais elle avait la sensation de s'être enfin réveillée de ce coma qu'elle s'était infligé ; Rais, Barrali et Farci étaient les premières personnes avec lesquelles elle avait parlé et s'était ouverte depuis des années. Il était encore trop tôt pour l'affirmer, mais elle sentait qu'elle était sur la bonne voie pour retrouver son moi originel, l'identité qu'elle avait étouffée lors de ces nuits artificielles.

— C'est toi qui as fait ça ? demanda-t-elle à l'île en regardant autour d'elle, un sourire ironique aux lèvres.

La voix du ressac était indéchiffrable.

Elle tira une chemise de son sac. La posa sur ses genoux et l'ouvrit. Elle contenait des documents, des photos et des éléments d'enquête issus du dossier sur les homicides rituels de 1975 et 1986.

— Il t'inspire quoi, Barrali ? lui avait demandé sa partenaire la veille au soir.

— Je crois que c'est quelqu'un de bien et qu'on devrait lui donner une chance, avait répondu Eva. Il me fait l'effet d'un type qui a lutté tout seul pendant longtemps et qui est sur le point de baisser les bras. Il a besoin d'aide.

Mara Rais avait acquiescé et lui avait passé le dossier.

— OK. Je ne sais pas pourquoi, mais je suis d'accord avec toi. Ne lis pas ça la nuit, ou tu es bonne pour une insomnie, lui avait-elle conseillé. Mais jettes-y un œil. Si tu es experte en meurtres rituels, ça devrait être dans tes cordes. Ensuite on en reparle tranquillement.

Eva craignait de rompre le charme en ouvrant cette boîte de Pandore dans ce coin de paradis, mais la curiosité eut raison de ses appréhensions. Après quelques minutes de lecture et d'analyse des documents, une nouvelle prise de conscience la frappa brutalement : désormais, elle ne pourrait plus se fier à ses certitudes passées, parce qu'il s'agissait là d'un monde totalement inconnu pour elle, dont elle ignorait tout de l'histoire, de la symbolique et des traditions.

Son téléphone se mit à vibrer.

— Oui ? répondit-elle.

— C'est moi, dit Mara. Je te réveille ?

— Non, je suis debout depuis un moment. Tu dois lire dans mes pensées, cela dit, parce que j'étais en train de jeter un œil au dossier.

— Ah oui ? Tu veux avaler ton petit-déjeuner de travers ?

— Arrête. Écoute, je ne sais pas comment te le dire, mais pour l'experte, on repassera : je comprends que dalle. C'est quoi ces trucs ? Des masques de *mamuthones* ?

— Pas d'hérésie. S'ils t'entendent à Mamoida, ils t'embrochent sur un *schirone*. Ils leur ressemblent, mais non, ils sont plus proches des masques du carnaval d'Ottana.

— Ah, merci beaucoup, c'est beaucoup plus clair maintenant, la railla Eva.

— T'es où, Croce ? J'entends le bruit de l'eau.

— À la mer. Un endroit qui s'appelle Mari Pintau. Un coin de paradis.

— À la mer ? C'est bien, tu es allée prendre le soleil. Tu as bien fait, parce que sans vouloir te vexer, ton teint cadavérique me soulève le cœur. D'accord, tu viens de la section homicides, mais j'ai l'impression que tu t'es un peu trop identifiée au rôle. Déjà que tu as le handicap d'être milanaise, si en plus…

— Je suis à deux doigts de t'envoyer chier, Rais. Viens-en au fait, s'il te plaît. À moins que tu n'appelles que pour m'insulter ?

— Malheureusement pour toi, non. Barrali nous a invitées à déjeuner.

— Aujourd'hui ?

— Non, dans deux mois. Ben oui, aujourd'hui. Tu avais d'autres projets ?

Eva ne fut pas assez vive pour s'inventer une excuse.

— Je vois que ça ne t'emballe pas non plus. Écoute, si tu veux un conseil désintéressé, on s'enlève tout de suite cette épine du pied, comme ça on fait plaisir à Farci, ensuite on retourne au travail et bien le bonjour chez Barrali.

— Je ne sais pas quoi dire. Je ne suis pas habituée à ce genre de…

— Tu t'habitueras. On se voit chez lui à une heure. N'apporte rien, je m'occupe du vin. Je t'envoie la localisation sur WhatsApp, il habite tout près de là où tu es. Je te laisse, il faut que j'aille te réserver une douche autobronzante.

— Va te faire foutre.

— Toi aussi, va te faire foutre, Croce. À toute.

Eva secoua la tête et replongea dans la lecture du dossier. Quelques secondes suffirent à ce que les images bestiales effacent son sourire.

23

Collines de Capitana, Quartu Sant'Elena

Il suffit à Eva Croce d'entendre l'explication de la symbolique et de l'histoire derrière ce qu'elle aurait défini comme un simple ravioli pointu pour comprendre à quel point cette île était pétrie de coutumes, de superstitions et de croyances millénaires qui imprégnaient jusqu'à ses traditions culinaires.

— C'est la spécialité gastronomique de la région d'où je viens, l'Ogliastra, dit Grazia Loy, la femme de Barrali, en lui servant une assiette fumante. Voilà : *culurgiònis all'ogliastrina* faits maison, avec ragoût de mouton, basilic frais, crème de pecorino et truffe de Laconi.

— Un plat léger, parfaitement recommandé pour une personne au régime, commenta ironiquement Mara Rais.

Grazia continua comme si elle ne l'avait pas entendue :

— Dans le reste de l'île, on les appelle aussi *angiulottus*. Ils contiennent de la purée de pommes de terre, de l'ail, de la menthe et un cœur de pecorino. Certains les assaisonnent avec de la poudre d'écorce d'orange ou de citron. Moi je mets juste du basilic et quelques gouttes d'huile aux truffes.

— Ils ont une drôle de forme, très spéciale, on dirait un…

— Oui, c'est ce qui fait leur particularité. On appelle ça une fermeture *a spighitta*, en épi de blé. Il faut les sceller comme s'il s'agissait d'une dentelle précieuse, en veillant à leur donner cette forme de larme caractéristique.

— Pourquoi un épi ? Qu'est-ce que ça représente ?

— C'est une forme de rituel : pendant l'Antiquité, dans les vieilles communautés agropastorales, il servait à invoquer une bonne récolte de blé et un bon millésime. C'était surtout un plat d'automne ou d'hiver, un plat festif, parce que ce n'était pas un plat de tous les jours, mais un luxe, expliqua Grazia. Dans certaines régions, on les faisait carrément sécher pour les utiliser comme amulettes contre *sas animas malas*, comme les appelle mon mari.

— *Bonu prangiu a tottus*, bon appétit à tous, dit Rais. Et merde aux véganes.

Tous éclatèrent de rire et commencèrent à manger.

— On les offrait aussi comme signe de bons auspices à la famille et aux amis, poursuivit Grazia. Dans le village d'où je viens, la tradition veut qu'on les cuisine uniquement en remerciement à la fin de la récolte du blé et pour honorer les défunts, à l'occasion de *sa dì de is mortus*, le jour des morts, en novembre.

Les trois policiers échangèrent un coup d'œil lourd de sous-entendus. Eva et Mara en conclurent que la femme de Barrali ignorait tout des investigations de son mari, à moins que l'enquête fût entrée si profondément dans leur quotidien qu'elle n'y prêtait plus attention.

— Ma grand-mère faisait pareil, dit Rais. Elle en laissait toujours une assiette sur la table dressée, pour *sas animas*.

Devant le regard perplexe de la Milanaise, Barrali vint à son secours :

— En Sardaigne, le culte des défunts et le respect envers les âmes des morts, qu'elles soient *bonas* ou *malas*, bonnes ou mauvaises, sont vieux comme le temps. Il faut savoir que, depuis l'époque nuragique, il y a cette croyance très forte sur l'île selon laquelle la mort ne représente pas la fin de la vie, mais seulement de la vie telle que nous la connaissons.

— Je ne comprends pas…

— Mange, ça va refroidir, dit Grazia.

C'était une femme gentille et prévenante : elle exsudait la douceur maternelle par tous ses pores, tout en affichant la même attitude provocatrice que Mara ; de fait, elle profita immédiatement de l'occasion pour l'asticoter :

— À moins que vous autres Milanais ne soyez pas capables de manger et d'écouter à la fois ?

— Joli, approuva Rais en lui adressant un clin d'œil.

— Deux contre une, hein ? Elle est belle, la solidarité féminine. Je me rends, OK ? dit Eva en levant les mains. Je t'en prie, Moreno, continue.

— Je disais : la mort n'a jamais été considérée comme quelque chose de définitif, mais seulement comme un passage indispensable pour accéder à une vie spirituelle différente. Qu'on le veuille ou non, on a toujours cru que les âmes des défunts menaient une vie en tout point similaire à la précédente, mais dans une dimension qu'on pourrait qualifier de parallèle…

— Un peu comme chez les Celtes, dit Eva.

— Exactement.

— Ah, je ne te l'ai pas encore dit, mais Croce est à moitié irlandaise, précisa Mara.

Eva acquiesça.

— Par contre, je ne sais pas à quoi vous faites allusion, avoua Mara. Désolée, mais j'ai toujours eu deux en histoire.

— Le *Samhain* – le Nouvel An celtique – est une antique fête païenne qui célébrait la fin de l'été et inaugurait la nouvelle année agricole, expliqua Eva.

— Tout à fait, confirma Barrali. Et elle a beaucoup de liens avec la tradition sarde.

Mara continua de le dévisager avec une confusion manifeste.

— Et donc ?

— Les Celtes divisaient l'année solaire en deux périodes : celle de la naissance et de l'épanouissement, appelée *Beltane*, et celle où la nature entrait en hibernation en passant par un temps de repos, le *Samhain*. Ils croyaient qu'au cours des nuits qui inauguraient ces deux périodes, le règne de la lumière et celui des ténèbres pouvaient se rejoindre et libérer ainsi les âmes des défunts, qui avaient alors le loisir de retourner sur Terre, clarifia Eva.

— Mais la célébration la plus importante du calendrier agricole était la fameuse "nuit de *Samhain*", la nuit de tous les morts et de toutes les âmes, pour nous *sa die de sos mortos*, qu'on fêtait entre la fin du mois d'octobre et les premiers jours de novembre, en l'honneur de la dernière récolte, ajouta Barrali.

— Tu sais que tu n'es pas mal du tout dans ce rôle à la Alberto Angela*, le taquina Mara. Il ne te manque plus que la chemise en jean.

Barrali ne réagit pas à la provocation. Tout était parti d'une assiette de *culurgiònis*, mais Croce avait la sensation que le policier était déjà en train de l'initier au contexte rituel des enquêtes non résolues.

— En Sardaigne, cette célébration est présente depuis des centaines et des centaines d'années avec des modalités très similaires ; seul le nom change : *is animeddas* ou *su Prugadoriu*, "les petites âmes" ou "le purgatoire". Et il est d'usage dans de

* Célèbre paléontologue et homme de télévision italien, connu pour son œuvre de vulgarisation et son éternelle chemise en jean.

nombreux villages, dans différentes régions de l'île, de laisser la table dressée avant d'aller se coucher, pour les esprits des morts qui pourraient revenir, exclusivement cette nuit-là, visiter leur ancienne demeure.

— C'est fou. Merci pour l'explication, dit Eva.

— Mais je t'en prie. Tu aimes le plat ?

— C'est un aller simple pour le paradis. Mes compliments, Grazia.

Celle-ci sourit. Il avait été hors de question de la vouvoyer ; quand elles s'étaient présentées à la porte, la femme de Barrali l'avait gratifiée d'une accolade et d'une bise sur les deux joues comme avec une enfant revenue d'un long séjour à l'étranger, et Eva s'était tout de suite sentie chez elle. Leur maison, une villa rustique avec une grande cheminée au centre du salon diffusant une agréable chaleur, était entourée par un bosquet d'oliviers sauvages, au milieu des collines recouvertes de peupliers, de tamarins et d'eucalyptus qui surplombaient une région appelée Capitana. Le panorama était divin : on pouvait admirer la mer, une marina et, dans le lointain, le profil sinueux de la plage du Poetto et de la Selle du Diable. Un vent léger avait balayé les rares nuages qui passaient encore dans le ciel, désormais immaculé.

Moreno se leva afin d'aller surveiller la viande qui cuisait sur le feu, et Mara en profita pour demander à voix basse à Grazia :

— Mais ton mari ne mange rien ?

— Pas grand-chose. Principalement des légumes bouillis. La chimio lui ravage l'appareil digestif et lui cause parfois des hémorragies et des vomissements. Il a perdu l'appétit et le goût de manger…

— Mais pas celui d'être ensemble, lança-t-il depuis l'autre bout de la pièce, la faisant rougir.

— Et pas l'ouïe non plus, apparemment. Celui-là, alors, commenta Mara.

L'homme se retourna avec un sourire aux lèvres.

— *Sa morte non jughet ojos*, malheureusement. La mort n'a pas d'œil. Elle ne regarde personne en face. Qu'est-ce qu'on peut y faire ? Mais le fait que vous soyez là toutes les deux… vous n'avez pas idée à quel point c'est important pour moi.

Les deux policières échangèrent un regard empreint d'inquiétude : elles redoutaient la charge que leur transmettait l'inspecteur ; elles ne se sentaient pas à la hauteur de ses attentes.

Moreno, au contraire, hocha la tête à part lui, satisfait. Pour la première fois depuis des années, il avait la certitude d'avoir enfin trouvé les bonnes personnes à qui passer le témoin.

24

Commissariat de sécurité publique, Carbonia, Sardaigne méridionale

Le corps national de secours alpin et spéléologique œuvrait inlassablement depuis le début d'après-midi de la veille, sur demande du maire de Tratalias et de ceux de Carbonia, Giba, San Giovanni Suergiu et des autres villages de la région, venant en renfort des policiers, des bénévoles de la Protection civile et des carabiniers qui cherchaient sans relâche, dans les montagnes et les terres du Sulcis, Dolores Murgia, la jeune fille disparue depuis près de quatre jours. On avait monté sur place un centre de coordination mobile d'où étaient synchronisées les équipes de techniciens qui avaient commencé leur battue, avec l'aide des bergers et des volontaires du coin. Mais toujours aucune trace de Dolores. Quelqu'un avait fait courir le bruit – infondé – auprès des médias selon lequel les agents étaient désormais convaincus de chercher un corps, ce qui avait décuplé la tension et la pression sur les enquêteurs.

Le commissaire en chef Maurizio Nieddu, à la tête du commissariat de Carbonia, avait passé une nuit blanche à coordonner les activités de recherche de la jeune femme de vingt-deux ans. À ses yeux, tout ça était une perte de temps: la fille avait la réputation d'être une rebelle et elle se sentait à l'étroit dans son hameau, Tratalias; quatre jours, c'était trop peu pour envisager quelque chose de plus grave ou une issue dramatique. Lui penchait plutôt pour une fugue amoureuse, ou simplement pour un éloignement volontaire dû à une dispute quelconque avec sa famille ou ses amis. Mais Adele Mazzotta, la substitut du procureur en charge de l'avis de disparition, cherchait les feux des projecteurs et l'appui de la presse en raison d'une lutte intestine au ministère public, de sorte qu'elle avait fait la grosse voix, exigé des recherches à grande échelle et accordé des interviews à tout va; c'était vraisemblablement d'elle que provenait la fuite aux médias.

Quel merdier, songea Nieddu. Il s'était justement fait muter de Cagliari à Carbonia pour passer ses deux dernières années avant la retraite en toute tranquillité, et voilà que dans ce trou perdu où il ne se passait jamais rien une jeune fille avait disparu et le parquet avait profité de l'occasion pour le poignarder dans le dos et l'envoyer en première ligne.

— Mais tu le crois, ça…, murmura-t-il en rentrant dans son bureau. Paola! appela-t-il à haute voix.

Son adjointe Paola Erriu, fille compétente et efficace qui n'avait pas encore la quarantaine, entra dans son bureau avec une tablette et un dossier sous le bras.

— Rien? demanda-t-elle au commissaire.

— Penses-tu… Ils la cherchent *in casin'e pompu* dans tout le Sulcis, mais c'est juste une énorme perte de temps et de ressources. À mon avis, il s'agit d'un éloignement volontaire, une pause pour réfléchir ou décompresser. Et avec la famille qu'elle se coltine, je te jure que ça ne me surprendrait pas.

La fille fronça les sourcils: elle avait longuement interrogé les proches de Dolores et elle souscrivait tout à fait à la théorie de son chef.

— Des nouvelles du standard ? demanda-t-il.

— Des crétins ont appelé pour dire que Dolores avait été enlevée par des extraterrestres.

— Ça se tient. Pourquoi on n'y a pas pensé plus tôt ? Ils ont déjà appelé pour la rançon ?

Elle sourit.

— Blague à part, qu'est-ce que tu as trouvé entre-temps ? reprit Nieddu en s'allumant une Marlboro au mépris du règlement.

Il avait demandé à sa collaboratrice d'enquêter sur le passé, les habitudes et le cercle d'amis de la fille : "Tu me passes sa vie privée au crible", lui avait-il ordonné, connaissant bien l'abnégation et la rigueur de sa protégée.

— Alors, commença la policière. En ce qui concerne les amitiés, rien à signaler. Situation scolaire : je confirme qu'une fois le lycée terminé, elle a fait quelques années d'université, en anthropologie pour être précise. Elle s'est lancée avec beaucoup d'enthousiasme, mais elle a renoncé au bout d'une dizaine d'examens.

— Situation sentimentale ?

— Pas de copain fixe. Quelques histoires par-ci par-là. L'été, elle travaille dans une buvette sur la plage à Porto Pino, mais le reste du temps, rien. L'analyse des réseaux sociaux montre une jeune fille de la campagne typique, remontée contre tout et tout le monde, querelleuse et rebelle.

— Et à part les jobs d'été, qu'est-ce qu'elle fait le reste du temps ?

— Comme vous le savez, elle n'a aucun antécédent et n'a jamais été signalée comme consommatrice de stupéfiants, mais j'ai cuisiné ses amis et ils ont avoué prendre régulièrement de la drogue.

— Herbes et cachets, ou des trucs plus costauds, aussi ?

— À les croire, ils s'arrêtent aux cachetons.

— OK. Continue.

— Le plus intéressant, et sans doute la clé de sa disparition, c'est tout à fait autre chose.

— Allez, Paola, la pressa-t-il en battant des mains. On n'est pas dans un épisode de *Chi l'ha visto**, là. *Ajò*, j'ai envie de rentrer chez moi !

La policière sourit et ouvrit le dossier.

— Depuis quelques mois, il semble que Dolores se soit mise à fréquenter les "néonuragiques".

— Qui ça ?

— Les "néonuragiques". Les adeptes de ce qu'ils appellent la Nuraxia, une pseudo-religion. Ces énergumènes croient que les nuraghes sont des sites de connexion avec les étoiles et avec d'autres planètes et ils attendent l'avènement d'une ère où ces "radars" naturels seront de nouveau actifs.

Les lèvres de Nieddu s'étirèrent en un sourire sournois.

— Tu te fous de ma gueule ?

— Non, chef. Je sais que c'est délirant, mais ces gens-là croient en une espèce de "caractère cyclique du temps, où tous les temps coexistent et où tout est recommencement", dit-elle en s'appuyant sur ses notes. Ils croient au pouvoir énergétique et curatif des nuraghes, des menhirs et de tous les sites mégalithiques où ils se rendent en groupe à des fins thérapeutiques. Ils sont guidés par un gourou : Roberto Melis, cinquante ans, dégaine de chamane. Il considère les nuraghes comme des "portails des âmes".

L'enquêtrice tira une photo du dossier et la tendit à son supérieur.

* Série policière culte qui passe sur la chaîne RAI 3 tous les mercredis depuis 1989.

— Donc cette espèce de Charles Manson version sarde serait le chef de la secte ? demanda Nieddu après avoir chaussé ses lunettes de lecture.

— Exactement. C'est un des principaux représentants du néopaganisme à l'échelle nationale.

— Antécédents ?

— Pas grand-chose : des petites condamnations pour stupéfiants, il y a une quinzaine d'années. Diverses accusations de harcèlement et de viol, mais toutes classées sans suite. Sur ce point-là, je voudrais mieux comprendre ce qui s'est passé… En ce moment, il a des problèmes avec la direction archéologique, mais là aussi je dois encore recueillir des informations plus détaillées.

— Hum, grogna le commissaire. Continue.

— Melis affirme – je cite – que "dans d'autres photogrammes de temps, les nuraghes étaient des antennes qui permettaient les communications interstellaires et multidimensionnelles, et le transfert énergétique avec d'autres niveaux d'existence." Grâce à une – ne riez pas – transe multidimensionnelle, il offre la possibilité de "rétablir ses connexions individuelles avec cette conscience et cette civilisation en entrant en contact avec les esprits des ancêtres nuragiques."

— Dis-moi que c'est pas vrai, intervint Nieddu, incrédule, en secouant la tête.

— Et si, malheureusement. Le plus triste, c'est qu'un tas de gens adhèrent à sa théorie, surtout des malades convaincus qu'en dormant sur les tombes des géants ou en embrassant des dolmens et des *perdas fittas*, ils parviendront à guérir de tumeurs, leucémies et autres maladies graves.

— Pourquoi est-ce qu'il est encore en liberté ?

— Parce qu'il évolue sur le fil de la loi, je pense.

— Personne pour tordre le cou à ses inepties ?

— Beaucoup de monde, en fait. Mais les gens désespérés croient aux choses les plus étranges. Melis prétend qu'il a testé et étudié les énergies des sites mégalithiques de Sardaigne et qu'il en a découvert plusieurs jusque-là inconnus. Mais surtout, il affirme avoir mis au jour la "vibration énergétique" qu'émettent les menhirs.

— Jésus Marie Joseph…

— La Nuraxia est la voie chamanique pour entrer en contact avec cette dimension énergétique. Ce processus est facilité, à en croire le site internet, si…

— Parce qu'évidemment il a aussi un site internet…

— … Si l'on visite ces sites mégalithiques avec le respect qui leur est dû, en acceptant que ce sont des êtres vivants doués de conscience, et pas seulement des pierres inanimées, des ruines, si imposantes et séduisantes soient-elles.

— Et cette "transe multidimensionnelle" qu'il propose, en quoi est-ce que ça consiste au juste ? demanda le commissaire, dégoûté, tandis que dans son esprit le caractère dramatique de la disparition se diluait de plus en plus en faveur d'un scénario cultuel.

— Aucune idée. Je dirais : sexe, orgies et drogue, au-delà de l'entendement.

Nieddu soupira bruyamment et tambourina avec ses doigts sur son bureau, jaugeant la suite des opérations.

— Qu'est-ce qu'il a, comme adeptes ? On parle de combien de personnes ?

Pour toute réponse, Paola Erriu lui montra une photo : environ quatre-vingts personnes faisaient cercle autour d'un nuraghe en se donnant la main comme pour effectuer une ronde géante.

— Merde, murmura Nieddu. J'aurais préféré la piste des extraterrestres.

— Il y a des gens qui arrivent directement du continent pour les rejoindre, lui et les néonuragiques.

— Il ne manquait plus que ça… OK. On suspend les recherches : contacte les autres et dis-leur qu'ils peuvent rentrer chez eux. Garde pour toi cette histoire de secte pour l'instant. Si la presse l'apprend, on sera dans la merde. Moi je téléphone à la magistrate… Ce Melis, il a une maison, ou bien il vit dans une grotte avec ses esprits nuragiques ?

— Oui, j'ai l'adresse de son domicile, mais je doute qu'il soit là-bas, bien au chaud, à nous attendre.

— Il faut quand même essayer. Dix minutes et on y va.

25

Lieu-dit Capitana, Quartu Sant'Elena

Eva, mara et moreno profitaient du soleil en sirotant leur café sous la pergola qui donnait sur le bosquet d'oliviers sauvages et sur une roseraie dont Grazia s'occupait avec un soin maniaque. Cette dernière était à l'intérieur en train de faire la vaisselle : quand les deux policières s'étaient proposé de l'aider, il s'en était fallu de peu qu'elle les jette dehors à coups de pied, comme si elles l'avaient offensée.

Eva s'apprêtait à parler, quand Mara la devança :

— Moreno, on a lu le dossier. Toutes les deux. Je l'ai passé à Croce hier.

Moreno Barrali regarda la Milanaise, qui acquiesça.

Pour la première fois, Eva perçut chez sa collègue un ton d'un sérieux absolu. Elle se leva et ferma la baie vitrée, comme si elle voulait laisser cette conversation hors de la maison.

— Qu'est-ce que vous en pensez ? demanda-t-il.

— On va être honnêtes, répondit Rais. On n'a pas la moindre idée de la marche à suivre. Aucune de nous deux n'a jamais rien vu de ce genre.

— Tant mieux. Vous avez un regard neuf sur le dossier, tandis que moi j'ai passé trop de temps le nez dedans, des dizaines d'années. J'avoue que j'ai perdu mon objectivité.

— Je crois que Rais entendait par là qu'il nous manque toutes les compétences spécifiques. Il est clair que les deux meurtres suivent un même dessein rituel, mais l'iconographie cultuelle nous échappe complètement, surtout à moi.

— C'est pour ça que je suis là. Ça fait quarante ans que j'enquête sur ces morts. J'ai parlé à des experts, des professeurs d'université, des anthropologues et des archéologues. J'ai rassemblé tellement de matériel que... Je ne crois pas que ce dossier dépasse vos compétences, bien au contraire. Je vous assisterai du mieux que je pourrai.

Les deux inspectrices échangèrent un regard perplexe.

— OK, Moreno. Et si on reprenait au début ? demanda Mara. Si tu nous racontais comment cette histoire a commencé ?

Le policier se leva et posa la main sur une des poutrelles couvertes de lierre de la pergola.

— OK, dit-il au bout de quelques secondes en se tournant vers elles. Mais d'abord, je dois boire quelque chose de fort. Quarante ans ont passé, mais cette histoire me donne encore des frissons.

26

Lieu-dit Capitana, Quartu Sant'Elena

— MON PREMIER CONTACT avec cette affaire remonte précisément au lendemain de la découverte de la première fille, le 3 novembre 1975. J'avais vingt-trois ans. Autant dire que j'étais un gamin. J'étais en poste à la questure de Nuoro. À l'époque, les policiers natifs de la région n'étaient pas nombreux : la politique du ministère était d'envoyer les agents loin de leurs terres, surtout ceux du Sud. Moi, j'étais un des rares chanceux qui avaient pu rester au pays.

Moreno s'interrompit pour avaler une petite gorgée d'eau-de-vie et tendit la bouteille aux filles ; toutes deux déclinèrent.

— Officiellement, le dossier a été ouvert par les carabiniers. Ils avaient été prévenus par des bergers de la région. La victime avait été retrouvée à la source sacrée *Su Tempiesu*, au milieu des terres d'Orune, dans le Nuorese, au centre de la Sardaigne. Un lieu de culte construit à l'époque nuragique.

La Milanaise ouvrit le dossier et hocha la tête en examinant la carte de l'île.

— Juste après le cimetière d'Orune, il y avait une route qui n'était pas encore complètement goudronnée. Au bout de cinq kilomètres environ, on arrivait au temple sacré. Il était dédié au culte des eaux et datait de l'âge du Bronze, une construction vieille de plus de trois mille ans… Les militaires étaient tous des *continentales*, du premier au dernier. Je n'ai rien contre eux, mais je vous jure qu'ils ne brillaient pas par leur perspicacité.

Elles sourirent.

— On les avait sûrement envoyés à Orune, en Barbagia, pour les sanctionner ou se débarrasser d'eux. En tout cas, dès les premiers interrogatoires ils ont compris qu'il leur fallait un Barbaricin pour jouer les interprètes. Et c'était encore mieux s'il avait un uniforme sur le dos, pour éviter que les paysans se paient leur tête. Ils ont appelé la questure, et mon chef de l'époque – qui entre parenthèses me traitait plus comme un larbin que comme un policier – m'a envoyé bosser pour *sos carabinieris*.

— C'est moche, commenta Mara.

— Au début, je ne le voyais pas comme ça, crois-moi. C'était mon premier homicide et le premier cadavre de femme que je voyais de ma vie, et à en juger par leur manière de mener l'enquête, je pense que c'était aussi le premier meurtre des carabiniers, même s'ils se vantaient d'être la fine fleur du métier. J'ai compris tout de suite à qui j'avais affaire quand ils ont décrit la source comme un abreuvoir pour chevaux.

Eva Croce sourit. Elle avait lu que *Su Tempiesu* était un monument unique en son genre : l'unique vestige sur toute l'île des structures surélevées qui recouvraient les puits sacrés ; en outre, c'était un des héritages les plus significatifs et les mieux conservés de la civilisation nuragique. La source sacrée était adossée à une paroi schisteuse, où les architectes nuragiques avaient canalisé l'eau qui jaillissait de la roche. Pendant des siècles, le temple, d'une hauteur de sept mètres environ, était resté scellé à cause d'un éboulement.

C'est incroyable qu'ils aient réussi à créer un ouvrage pareil à cette période et dans un lieu aussi isolé, pensa-t-elle en observant les photos du site archéologique.

— Le maréchal Cantarutti est mort il y a une dizaine d'années. À l'époque, il venait tout juste d'être nommé commandant des carabiniers, reprit Barrali. Dès le début, il a mis ça sur le compte d'une dispute entre bergers au sujet d'une femme, ou d'une *tanca* quelconque. Ils ont trouvé la fille dans le vestibule du temple, le corps recouvert de toisons de mouton, avec une incision réalisée à la pointe du couteau sur le dos qui représentait une *pintadera*, et un masque très similaire à *sa carazza 'e boe* du carnaval d'Ottana. À part ça, elle était nue, les mains liées derrière le dos avec du fil de fer. Elle était face contre terre, comme si elle priait. Juste à l'extérieur du temple, on a retrouvé les traces d'un incendie, ou de plusieurs feux différents. Le terrain était calciné et puait encore les cendres.

— Qu'est-ce qu'une *pintadera* ? demanda Eva.

— Les archéologues et les anthropologues s'accordent à peu près à dire que c'était une matrice circulaire de terre cuite en bas-relief qui servait à décorer le pain avant sa cuisson : une sorte de cachet, en gros. On l'utilisait pour imprimer des formes géométriques, principalement en étoile ou en spirale. La *pintadera* aussi remonte à l'âge du Bronze.

Barrali prit un stylo et traça un dessin sur un mouchoir en papier qu'il montra aux deux femmes.

— Voilà. Celle qu'on a trouvée sur la victime était légèrement différente des modèles les plus courants. Le motif insistait surtout sur la forme radiale. Ce qui m'a conduit à penser, des années plus tard, qu'il représentait plutôt *sa Arroda de Tempu*, la roue du temps, une sorte de calendrier nuragique lunaire, inspiré peut-être du culte de la Déesse-mère. Une espèce d'almanach magique semblable à celui des Celtes, selon certains spécialistes.

Eva hocha la tête et demanda :

— Quelle était l'opinion des carabiniers là-dessus ?

Barrali sourit.

— Que le ou les assassins présumés, probablement des bergers, avaient marqué la victime comme un affront envers leur adversaire. La même *pintadera* retrouvée sur le dos de la fille était présente au centre du masque : là où celle d'Ottana a une rosace, celle de la victime avait ce marqueur solaire ou lunaire particulier. Le masque zoomorphe, taurin pour être précis, était clairement de facture artisanale, en bois de poirier.

— Tu as cherché à les convaincre que leurs théories étaient absurdes ? s'enquit Mara.

— Non, je n'ai même pas essayé. Ils n'avaient jamais vu ce masque et ils ne connaissaient rien des traditions et de la culture du lieu. Ils avaient juste hâte de boucler le dossier le plus vite possible en coffrant le premier suspect venu. Et puis, vous devez comprendre que j'étais vraiment la cinquième roue du carrosse. J'avais été envoyé là-bas uniquement en tant que médiateur linguistique et ils me traitaient plus ou moins comme un esclave. (Il s'interrompit et rit à part lui.) Pardon, mais il vient de me revenir une phrase que j'ai lue dans un livre sur Bustianu Satta, grand poète et avocat de Nuoro. Elle disait : “La Sardaigne est le chenil de Rome.” Voilà, en ce temps-là je me sentais comme le chien d'arrêt de *sos carabineris* venus du continent, que je vouvoyais.

— Des témoins ? demanda Eva.

— Zéro, répondit-il. Personne n'avait rien vu, rien entendu, pendant la nuit de *sa die de sos mortos*.

— Les magistrats, les juges ? demanda Mara.

— À l'époque, le tribunal de Nuoro était complètement paralysé parce que de nombreux magistrats du continent s'étaient mis en arrêt maladie en attendant que leurs demandes de mutations dans la péninsule soient prises en compte. Divers bandits et ravisseurs les avaient pris pour cible, leur avaient envoyé des menaces. L'atmosphère était irrespirable... Beaucoup de parquets – et celui de Nuoro ne faisait pas exception – devaient faire face à l'afflux de milliers de dossiers. Dans les bureaux d'enquête, presque toujours de taille modeste ou au mieux moyenne, remplis de magistrats tout juste entrés en fonction, il était parfois difficile même pour nous autres policiers de trouver quelqu'un à qui parler des enquêtes...

— On peut pas dire que les choses aient tant changé que ça, commenta Mara. Et je ne parle pas que de Nuoro.

— Certes. Mais c'était une période d'autant plus difficile qu'il y avait aussi le terrorisme et la recrudescence des enlèvements de personnes. C'était d'ailleurs la thèse du magistrat initialement chargé de l'enquête. Pour lui, la fille avait été séquestrée et la famille n'avait pas voulu payer la rançon, si bien que les kidnappeurs l'avaient tuée de cette manière barbare pour envoyer un message à la communauté agropastorale de la région.

— Pourquoi tu as dit "initialement" ? demanda Eva.

— Parce qu'au bout d'une semaine, le commandant Giuttari a obtenu sa mutation à Milan, sa ville d'origine. Trois mois plus tard, les Brigades rouges le tuaient...

— Mince... Il a été remplacé ?

— Pas tout de suite. Pendant une quinzaine de jours, le poste est resté vacant. Les carabiniers ont continué tout seuls. Des enquêtes menées *a cudda manera*...

— C'est-à-dire ? fit Eva.

— À la va-comme-je-te-pousse, traduisit Mara. Continue, Moreno.

— C'est moi qui ai mené la plupart des interrogatoires. Mais les gens du coin ne voulaient pas parler. Entendons-nous, c'était tous des braves gens, mais tu dois comprendre, Eva, que quelqu'un qui portait l'uniforme, qu'il soit sarde ou non, n'était pas bien vu en Barbagia. Ça a toujours été une région soumise à l'omerta, et personne ne voulait parler, même pas à moi, d'autant que vu mon âge, je n'avais pas la moindre autorité.

— Mais le vrai problème, le vrai mystère était ailleurs, c'est ça ? fit Mara.

Moreno acquiesça gravement.

— Oui. L'identité de la victime. Il n'y a pas eu moyen de découvrir qui c'était. Personne n'est venu la chercher, personne n'a signalé sa disparition et personne au village, ou dans les villages voisins, ne l'a reconnue.

— Comment c'est possible ? demanda Eva. Il y avait combien d'habitants à Orune ?

— Même pas cinq mille.

— Et personne parmi eux n'avait jamais vu cette fille ? Comment ça peut s'expliquer ?

— Je ne sais pas. Voilà quarante et un ans que je me pose la question et je ne suis toujours pas arrivé à une réponse concluante. Je peux t'assurer qu'on a passé la zone au peigne fin, qu'on a montré à tout le monde le visage de la jeune fille. *Nudda*. Rien. Un journaliste de Nuoro a écrit un papier et, à notre demande, il a lancé un appel à témoins avec plein de photos de la fille, invitant quiconque la reconnaîtrait à se signaler. Personne ne s'est présenté.

— *Bellu casinu*… Un beau bordel, commenta Mara.

— Tu peux le dire. Surtout au niveau bureaucratique et administratif, une de ces pagailles, je te dis pas… L'article n'a pas eu l'effet escompté. Au contraire même, il a eu des répercussions fâcheuses pour Cantarutti, qui a senti sur sa nuque le souffle de ses supérieurs à Nuoro. Ils lui mettaient la pression pour qu'il referme le dossier et leur évite de passer pour des cons et de se faire ridiculiser par une bande de gardiens de troupeaux.

— Le pauvre, ça me fait presque de la peine, dit Mara.

— Ne t'y trompe pas. Le maréchal était *unu fizz'e bagassa,* un vrai fils de pute. Il a réagi par un gros coup de filet sur les bergers et les agriculteurs de la région, et il en a coffré une dizaine, en tant que simples suspects, sans l'ombre d'une preuve. Il a choisi les mines les plus patibulaires : voilà à quoi se résumait sa méthode d'investigation.

— Mais c'est un abus de…

— Ce genre de choses arrivait tout le temps dans cette région, Croce, dit Rais. Pas vrai ?

— Malheureusement oui, admit Barrali. C'était encore le Far West, dans ces années-là. Le progrès, le boom économique des années 1960 s'étaient arrêtés au pied du Gennargentu. Sans vouloir leur manquer de respect, on aurait dit que dans ces endroits, le temps ne s'écoulait pas normalement, comme s'il était suspendu.

— Et donc ?

— Donc : dix personnes en taule, une victime non identifiée, aucun témoin, un motif rituel incompréhensible, et la stratégie de Cantarutti a été d'attendre qu'un de ces dix-là se fatigue d'être au trou et finisse par moucharder en dénonçant quelqu'un, de manière à boucler le dossier avec un bel aveu.

— Mais enfin, et les gens de la région, alors ? demanda Eva, incrédule.

— Pour eux, c'était comme si rien ne s'était passé. La Barbagia est une île dans l'île, Eva. Un royaume à part entière, avec ses lois ataviques, ses codes, ses usages et ses comportements qu'on ne retrouve dans aucune autre région de Sardaigne. Des gens qui n'aiment pas s'immiscer dans les affaires des autres.

— Mais quand même… il a bien dû les laisser partir ? demanda Eva en parcourant le dossier.

— Oui. Et c'est un autre mystère de cette histoire sordide… Trois semaines après la découverte du corps, la caserne des carabiniers qui menaient l'enquête a été dévastée par un incendie criminel.

— Ben tiens, dit Mara.

— L'incendie a été revendiqué par plusieurs soi-disant terroristes locaux qui menaient des actions à l'époque contre la militarisation croissante de la Sardaigne. Les casernes de l'armée et des carabiniers étaient leurs objectifs.

— Et comment a réagi ce foudre de guerre de Cantarutti ? s'enquit la Milanaise.

— Il a relâché les gens d'Orune, il s'est mis en arrêt maladie et il s'est enfermé chez lui jusqu'à sa mutation dans son Frioul bien-aimé, quelques mois plus tard. Il était convaincu qu'il s'agissait de *balentes* de la région qui lui faisaient payer les arrestations arbitraires de bergers.

— Plausible, non ? fit Rais.

— Ça se tient, oui. Le problème, c'est que les archives de la caserne et la salle des scellés sont parties en fumée. Des éléments retrouvés sur la scène de crime à *Su Tempiesu*, il ne restait qu'une poignée de cendres.

— Merde… Donc tu penses qu'il peut y avoir eu un rapport entre l'homicide et l'incendie ? demanda Rais.

— Je ne sais pas… Ça n'a jamais été établi. Disons que la destruction des preuves physiques et l'absence d'identification du corps ont contribué au classement de l'affaire. Après l'incendie, les gens d'Orune ne nous ouvraient même plus la porte de chez eux, craignant qu'une simple conversation avec les uniformes leur crée des problèmes avec les bandits ou avec ceux qui avaient mis le feu à la caserne.

— Et toi, quelle était ton opinion sur la question? Tu penses qu'ils savaient qui était la fille? demanda Rais.

— Je peux me tromper, mais mon instinct m'a toujours dit que non.

— Donc il pouvait s'agir de quelqu'un d'extérieur à leur communauté?

— Je ne sais pas, Eva. Je vous le répète: je ne peux pas en avoir la certitude, mais quelque chose me dit que c'était ça. La fille n'était pas de là-bas.

— Pourquoi la tuer de cette manière, alors?

— Ça, c'est la question à un million de dollars, dit Barrali. Moi, j'étais un blanc-bec de vingt-trois ans sans la moindre expérience. Et Cantarutti et les autres, non seulement ils ne servaient à rien, mais en plus ils envenimaient la situation en se mettant à dos la communauté, déjà portée sur l'omerta. Sans compter que ni la magistrature ni personne d'autre ne s'est jamais soucié de cette gamine. Ils avaient tous d'autres chats à fouetter.

— Les empreintes digitales? demanda Eva.

— Entre les carabiniers et ceux qui avaient trouvé le corps, il y avait de quoi devenir fou à tenir le compte. Les rares empreintes qu'on n'a pas associées à quelqu'un de chez nous n'ont mené à rien. Évidemment, on a aussi pris celles de la fille, mais ça n'a été qu'une perte de temps.

— Qu'est-ce qu'a indiqué l'autopsie? demanda Eva.

— La fille avait entre dix-huit et dix-neuf ans. Cause du décès: hémorragie provoquée par une profonde entaille à la jugulaire. Elle a été égorgée avec une lame d'une longueur d'au moins dix centimètres. Une entaille nette, professionnelle.

— Et j'imagine que ça corroborait la thèse du Frioulan selon laquelle c'était un berger qui avait fait le coup, dit Rais. Quelqu'un qui avait l'habitude de saigner des chevreaux et des porcelets.

— Exactement.

— Le vestibule du temple, c'était la scène de crime primaire ou secondaire ? demanda Mara.

— Primaire. En partant du sang présent sur les pavés, le médecin légiste a déduit que la fille avait été tuée là, aux alentours de minuit.

— Donc elle n'a pas été déplacée… À ton avis, c'était l'œuvre d'une personne seule ou de plusieurs individus ? demanda Eva.

— J'ai toujours pensé qu'il s'agissait d'une personne seule. Le lieu était très isolé, donc cette personne a pu mettre en scène le rituel tranquillement, faire le *staging*, comme disent les criminologues d'aujourd'hui, en prenant tout son temps.

— L'incision dans le dos ? continua Mara.

— *Post mortem.*

— Donc la victime n'a pas été torturée, et on ne s'est pas acharné sur elle, déduisit Eva.

— D'après le rapport du médecin légiste, il semble que non. Le meurtre était clairement brutal, mais sans aucun élément de sadisme.

— Des signes de violence sexuelle ?

— Zéro. La fille était vierge… Les seuls signes de contrainte physique étaient des blessures dues à des frottements aux poignets. Ils l'avaient probablement ligotée avec de la corde de chanvre dans un premier temps, et ensuite avec du fil de fer. Rien d'autre n'est ressorti de l'autopsie.

— Les examens toxicologiques ? l'interrogea Mara.

— Ils ont mis près d'un mois à arriver, à cause d'une flopée de soucis bureaucratiques et de retards du laboratoire. À dire vrai, j'ai toujours eu cette crainte que ce ne soient même pas les nôtres. Enfin, les échantillons de sang étaient clean : elle n'avait pas été droguée ni empoisonnée.

Eva et Mara échangèrent un regard inquiet : en général, travailler aux affaires classées impliquait des affaires difficiles à résoudre en raison de la distance temporelle des faits, de la disparition des témoins et des enquêteurs – souvent décédés – et de la décomposition des preuves physiques. Ce dossier en particulier avait été entaché d'enquêtes sommaires – doux euphémisme – et d'une série de mystères qui s'étaient épaissis au fil des années. Il était donc impensable de s'appuyer sur les sciences médicolégales pour en venir à bout.

— Quand l'affaire a été classée, qu'est-ce que tu as fait ? demanda Eva.

— J'ai essayé de faire pression pour demander un supplément d'enquête.

— Ils te l'ont accordé ?

Moreno Barrali eut un sourire amer et secoua la tête.

— Non, mais en revanche ils m'ont muté à Cagliari, sanctionné pour avoir osé suggérer à mon supérieur comment procéder sur ce meurtre.

Un silence sinistre s'abattit sur les trois policiers.

— Donc, si je comprends bien : l'enquête est classée, toi tu es envoyé en quarantaine à Cagliari, tout le monde s'en lave les mains et le psychopathe qui l'a tuée reste en liberté ? dit Mara d'un ton incrédule.

— La personne qui l'a tuée n'était pas un psychopathe, objecta Eva.

— Pardon ?

— Réfléchis : quel est le profil clinique d'un psychopathe ? demanda Eva à sa partenaire avant de répondre elle-même : un sujet manipulateur, narcissique, menteur pathologique, vaniteux, fascinant, intuitif, sans aucune conscience, sans empathie, qui cherche à attirer l'attention, qui s'ennuie facilement, qui se montre perfide quand on s'oppose à lui, qui souffre d'impulsivité et d'un instinct prédateur…

— Hé, à peu de chose près, tu es en train de décrire mon ex, lança Rais pour détendre l'atmosphère.

— T'es bête… À partir du tableau brossé par Moreno et des éléments présents sur la scène de crime, rien ne me laisse penser que ce puisse être l'œuvre d'un individu de ce type, dit Croce. Ici on a clairement un meurtrier organisé, froid et calculateur, mais dont la personnalité est à l'opposé de celle d'un psychopathe. Il suit un rituel précis auquel il se tient avec une rigueur scrupuleuse. À moins qu'il y ait un sens qui m'échappe, le fait qu'il ait couvert la victime d'une toison de mouton me semble presque un signe d'empathie, de sollicitude envers la fille. Un geste d'humanité totalement étranger à un psychopathe, non ?

— Je suis d'accord avec Eva, dit Barrali. C'est certainement un monstre *de sàmbene frittu*, de sang-froid, mais je ne crois pas qu'il ait été poussé par un instinct prédateur ou une pulsion sexuelle.

— Nous savons comment il a tué, mais nous ne savons pas pourquoi, et on ne peut connaître ses motivations qu'en déchiffrant l'aspect totémique du rituel qu'il a mis en place, continua Eva.

— En clair ? demanda Mara, irritée par le ton professoral de sa collègue.

— Pour attraper un assassin de ce genre, il ne suffit pas de comprendre comment il pense, il faut aussi découvrir en quoi il croit… Toi, tu as étudié le dossier en long en large et en travers, Moreno.

— Ça, tu peux le dire.

— Quelle est la signification de ce masque, de la *pintadera*, de l'élément sacré que représente la source nuragique ?

Moreno se sentit traversé par une vertigineuse impression d'inéluctabilité. Il avait conscience que les deux policières se trouvaient à un point de basculement ; si elles faisaient un pas de plus, l'enquête les phagocyterait, comme elle l'avait fait avec lui ; il était encore temps de s'y soustraire et cette lourde responsabilité l'accablait.

— Vous voulez vraiment aller plus loin ? leur demanda-t-il.

Toutes deux acquiescèrent, dévorées par la curiosité.

— Très bien, dit le policier. Par contre, je ne veux pas en discuter ici. Grazia m'a interdit d'emporter cette sale histoire entre les murs de la maison… On va prendre la voiture pour aller à quelques kilomètres d'ici. J'ai un endroit où on pourra parler du dossier plus tranquillement.

Les deux inspectrices échangèrent un regard perplexe, mais décidèrent de le suivre.

27

Lieu-dit Is Mortorius, Quartu Sant'Elena

À L'INSTANT MÊME où Barrali les invita à entrer dans son "cabinet de travail", comme il le définissait, Eva Croce comprit pourquoi Grazia lui avait interdit de conserver tous ces éléments chez eux : c'était à vous glacer le sang.

Depuis Capitana, les trois inspecteurs avaient rejoint le lieu-dit Is Mortorius en quelques minutes avec la voiture de Mara par la route provinciale 17 en direction de Villasimius.

— Is Mortorius… Et le nombre 17*. Tu ne pouvais pas trouver lieu plus adapté, hein, More' ? avait lancé Rais en garant l'Alfa à côté d'un complexe d'habitations enkystées dans une colline rocailleuse, entourées de figuiers de barbarie et d'arbustes desséchés, à quelques pas de la côte. Les maisons, érodées par le sel et l'humidité, paraissaient livrées à elles-mêmes. C'était un lieu spectral, même en plein jour.

— Pourquoi un nom aussi lugubre ? avait demandé Eva. Qu'est-ce que ça signifie ? "Les mortuaires" ?

* En Italie, c'est le nombre 17 qui porte malheur, et non le 13.

— Ou bien “les morts” ou “les enterrements”, avait précisé Mara.

— Certains disent qu'on l'a appelée ainsi parce que la route longeait la falaise et qu'elle était très dangereuse, surtout la nuit, étant dépourvue d'éclairage, avait expliqué Barrali. Beaucoup de gens perdaient le contrôle de leur véhicule et tombaient directement dans la mer. D'où son nom.

— Ô joie, ô bonheur, avait commenté Mara à voix basse, faisant sourire sa partenaire.

Une fois à l'intérieur de la petite maison, les policières s'étaient comme paralysées. Les murs étaient constellés de reproductions des masques de *su Boe*, de photographies et d'agrandissements de cadavres, de cartes de la Sardaigne, d'images de nuraghes et d'autres sites archéologiques, de portraits de victimes agenouillées devant des puits sacrés et des grottes ; dans un coin, un gros casier métallique contenait des tas de dossiers et une pile de vieux quotidiens. Au fond de la pièce trônait une reproduction grandeur nature d'une sorte de *mamuthone* : le mannequin avoisinait les deux mètres et semblait sur le point de s'animer à tout moment. La quantité de documents accumulés de toute part rendait l'atmosphère encore plus oppressante dans ce lieu confiné.

Quand Moreno ferma la porte derrière elles, toutes deux tressaillirent.

— Il y a juste cette pièce, une kitchenette et une salle de bains. C'était une sorte de garage ou de petite remise, qui servait sans doute à stocker des bateaux et du matériel de pêche, vu la proximité avec la côte. J'ai acheté ça il y a une trentaine d'années pour une bouchée de pain. Ça vous plaît ? demanda-t-il, ironique.

Croce et Rais ne soufflèrent mot, perdues dans l'observation de l'horrible corpus entreposé contre les murs et de la table au milieu de la pièce débordant de livres de nécromancie, de magie noire et de criminologie. On y trouvait également un ordinateur, une imprimante et des photocopies de vieux dossiers. L'endroit reflétait l'étendue de l'obsession qui animait Barrali.

— Excusez le désordre, poursuivit le policier. Vous êtes les premières personnes que j'amène ici.

— Ce n'est ni un compliment ni un gage d'estime, Moreno, dit Eva, faisant rire sa collègue.

Mais c'était le rire nerveux de quelqu'un qui n'arrive pas à surmonter une terreur primitive.

Comment a-t-il réussi à garder pour lui une horreur pareille pendant toutes ces années ? se demanda Eva, sûre que sa partenaire se posait la même question. Moi je serais devenue folle.

— Moreno, j'avais déjà l'intuition que ça ne tournait pas rond dans ta tête… Mais ça… dit Mara en montrant les crânes de boucs – apparemment authentiques – accrochés aux murs aux côtés de cornes de mouflons et d'autres animaux, et de couronnes de branches séchées. Franchement ? C'est un coup à finir à l'asile.

Barrali ne les écoutait pas. Il lança la machine à café et en prépara un pour chacun tandis que les policières regardaient autour d'elles, partagées entre un sentiment de répulsion et une curiosité macabre.

— Quand on m'a envoyé à Cagliari, j'ai continué à enquêter et à faire des recherches sur l'affaire pour mon propre compte, avec mes propres moyens, sans impliquer mes supérieurs, poursuivit Barrali comme s'il n'avait jamais interrompu son récit. La leçon de Nuoro m'avait suffi. (Il leur apporta le café et s'assit, imité par les deux femmes.) À la différence des carabiniers, il était clair pour moi que ce meurtre avait une dimension religieuse ou sacrale. Mais au-delà du masque et du lieu de culte symbolisé par la source sacrée, j'ignorais tout de l'iconographie, alors je me suis mis à potasser.

Il tira quelques photos d'un dossier et les tendit aux inspectrices : elles représentaient des masques et des personnages du carnaval insulaire.

— Quelle est ta première impression sur l'affaire, Eva ? demanda-t-il.

— Alors, j'ignore totalement le contexte anthropologique et religieux sarde, mais un premier examen des deux homicides me porte à penser que nous avons affaire à des rites messianiques d'évidente inspiration païenne… On dirait presque que la victime incarne métaphoriquement un retour à l'énergie créatrice et destructrice de la nature. Une spiritualité archaïque, quasi animiste.

Barrali acquiesça, épaté.

— Et à ton avis, Mara ?

— Ben, il est clair que les peaux de mouton, le masque et l'estampille radiale sont l'expression d'une symbolique agropastorale, et ça me rappelle beaucoup les rites du carnaval barbaricin. Le sang… c'est comme s'il devait fertiliser la terre, non ?

— Exact. Moi non plus, il ne m'a pas fallu longtemps pour comprendre que l'homicide de *Su Tempiesu* était lié aux rituels apotropaïques des anciennes civilisations méditerranéennes. Encore aujourd'hui, cette terre est imprégnée d'une forte dimension sacrée, et elle a été considérée pendant des siècles comme un des centres spirituels les plus importants de l'Antiquité. Au fil des époques, il y a eu dans l'île un brassage d'ethnies, de divinités, de rites, de coutumes et d'usages, mais le sens du sacré demeure profondément enraciné dans les communautés pastorales et paysannes, surtout dans les zones les plus rurales et les plus reculées. Pourtant, bien que j'aie grandi dans ces régions, le contexte m'était en quelque sorte étranger.

— Imagine pour moi, alors, dit Eva.

Barrali sourit et reprit son récit :

— Selon un anthropologue que j'ai contacté, l'homicide représentait un sacrifice humain semblable à ceux pratiqués dans l'Antiquité en l'honneur de Dionysos, dieu de la végétation en plus d'être celui de l'ivresse et de l'extase, qui chaque année renaissait au printemps et réveillait la terre, et dont les bons auspices étaient indispensables pour obtenir de la pluie et des récoltes abondantes.

— Mais Dionysos n'était pas une divinité grecque ? Quel rapport avec la Sardaigne ? demanda Mara.

— Son culte s'est propagé dans l'île avec les migrations mycéniennes et grecques. Mais il vaut peut-être mieux revenir un peu en arrière. Eva, que sais-tu de la civilisation nuragique ?

— Pas grand-chose, si ce n'est que c'est une des plus anciennes du bassin méditerranéen.

— Pour te la faire courte, elle s'est développée en Sardaigne entre le deuxième et le premier millénaire avant Jésus-Christ, principalement durant l'âge du Bronze. En réalité, la période prénuragique – celle qui nous intéresse en premier lieu – recouvre une séquence temporelle incroyable. Durant cette période, les Sardes prénuragiques, auxquels les archéologues associent la culture dite d'Ozieri, pratiquaient une religion animiste particulière qui provenait vraisemblablement de l'archipel des Cyclades. Ils adoraient le soleil et le taureau, symboles de force masculine, et la lune et la Méditerranée, signes de fertilité féminine.

— C'est-à-dire la Déesse-mère ? demanda Rais.

— Exactement. À l'instar de l'Europe à la même époque ou du Proche-Orient, il est aujourd'hui attesté qu'il existait alors en Sardaigne un culte de la Déesse-mère prenant racine dans le Paléolithique, qui fut observé pendant tout le Néolithique. Initialement, cette Déesse-mère évoquait une divinité primitive, la seule à détenir le secret de la vie. Un être spirituel capable d'une part de soulager l'événement traumatique de la mort, de l'autre de garantir la vie après le trépas. On la disait née par parthénogenèse, sans la médiation d'un élément masculin qui…

— Hé là, arrête-toi une seconde, je suis déjà perdue, admit Rais, déconcertée. On est là pour rouvrir une affaire d'homicide ou pour passer un examen d'anthropologie ? Calme un peu tes ardeurs, Moreno, et parle-nous en italien normal.

— Excuse-moi… Disons-le comme ça : cette figure représentait une divinité féminine protectrice des défunts, donc du monde de l'au-delà, et incarnait un idéal religieux naturaliste qui renvoyait aux déesses-mères des Cyclades et de Crète, auxquelles étaient liées trois dimensions très fortes : la vie, la mort et la renaissance. C'est mieux comme ça ?

— Jusqu'ici, ça va… Mais ma question reste la même : qu'est-ce que Dionysos vient foutre là-dedans ? explosa Mara, agacée.

— Avec le temps, la Déesse-mère a été remplacée par des figures viriles qui incarnaient mieux la fonction masculine dans les nouvelles structures sociales de ces peuples… Vous savez ce que sont les protomés taurins ?

— Des cornes de bœuf ou de taureau, répondit Eva.

— Exact. Le taureau est l'animal le plus représenté dans l'art et la religion néolithiques sardes, notamment à travers les protomés retrouvés dans les *domus de janas*, sur plusieurs menhirs, dans des grottes et des tombes hypogées, etc. Et on parle de quatre mille avant Jésus-Christ, donc bien avant l'arrivée dans l'île du culte de Dionysos.

— Tout ça est très intéressant, mais…

— Je vais essayer d'être bref, Mara. Au fil du temps, cette Déesse-mère, incarnée en grande partie par la lune selon les protosardes, a été progressivement associée à une autre énergie très chère aux communautés agricoles : le soleil ; le soleil symbolisé par le taureau, un animal tellement sacré pour eux qu'il constituait presque une union entre la nature humaine et la nature divine.

— Ah oui, et en quel honneur ? demanda Mara, impatiente.

— Les caractéristiques du carnaval sarde remontent directement au "culte du bœuf", pratiqué depuis le néolithique dans toutes les sociétés agropastorales de la Méditerranée antique. Le taureau était symbole de force, de vitalité et de fertilité. Ce qui n'empêchait pas de le sacrifier en l'honneur de la Déesse. Au contraire, même. Le rite avait une fonction apotropaïque. Il était pratiqué pour se protéger des esprits malins et favoriser la fertilité… Dionysos était le dieu de la végétation et de la fertilité, comme je le disais, et chaque année il mourait et renaissait au rythme de la nature. D'après vous, par quel animal était-il représenté ?

— Arrête de jouer les intellos et accouche, le pressa Mara.

— Ne te laisse pas avoir, Eva. Celle-là est plus futée que toi et moi, tu peux me croire… Je disais donc que, pendant les célébrations en son honneur à Éleusis, dans la Grèce antique, une victime était dévorée vivante pour rappeler son sacrifice – selon la mythologie grecque, Dionysos avait été livré en banquet aux Titans – dans un rituel qui mettait en scène la résurrection de la divinité. C'était un dieu cruel et sanguinaire, qui s'est transformé progressivement en un dieu de l'ivresse et de l'extase. Ses adorateurs acquéraient la certitude de la vie après la mort et s'agitaient en tous sens pour sortir d'eux-mêmes et se trouver possédés par lui. À travers la danse, la musique, le sexe, le vin et…

— Le sacrifice de sang, le devança Eva.

— Voilà. Tout comme les rites dionysiaques, les carnavals sardes, qui sont des célébrations aux fortes connotations tribales, exhibent une victime. Le nom lui-même du carnaval en sarde, *carrasegare* ou *carresecare*, rappelle le sacrifice : *carre' et segare* signifie "chair vivante à lacérer".

Eva Croce lança un regard inquisiteur à sa collègue, qui acquiesça imperceptiblement, confirmant les paroles de l'homme.

— Héraclite soutenait que Dionysos et Hadès, roi des Enfers, étaient la même divinité, dédoublée et divisée. Hérodote disait à peu près la même chose de Dionysos et Osiris. Mais pour tous, sa force muette et sauvage était représentée par le taureau. En Sardaigne, on a commencé à lui donner le nom de *Maimone*, considéré comme une divinité pluviale.

— Pourquoi aller jusqu'au sacrifice humain ? demanda Mara.

— Parce que le rituel suppose le sacrifice d'une victime à la divinité, afin d'entrer en communion avec elle. C'est le sang de la victime qui établit le contact. S'il n'y a pas de sang, il n'y a pas de contact avec le sacré, avec le divin.

— Mais donc, dans l'Antiquité, on sacrifiait aussi des gens ici, en Sardaigne ? demanda Eva, abasourdie.

28

Lieu-dit Capitana, Quartu Sant'Elena

GRAZIA LOY ACHEVA de ranger la cuisine et s'assit sous la pergola, dans le jardin. Elle se perdit quelques minutes dans ce ciel de porcelaine turquoise, puis son esprit revint à son mari et aux deux policières. Depuis qu'il lui avait parlé de Mara et Eva, et de la nouvelle unité dédiée aux crimes non résolus, Grazia avait caressé l'espoir que Moreno puisse enfin se décharger sur quelqu'un d'autre de toute l'horreur qu'il gardait en lui. Grazia était fatiguée : ces meurtres avaient bouleversé et conditionné leurs existences de manière inéluctable. Après 1975, Moreno n'avait plus été le même. Cette horreur semblait avoir pris racine en lui, elle l'avait transformé, créant un besoin obsessionnel de parvenir à la vérité, comme si ces filles avaient fait partie de sa famille. Or ce n'était pas le cas. Grazia avait tenté de le lui faire comprendre, mais c'était peine perdue. Après diverses tentatives pour le faire renoncer à cette mission dont il se sentait investi, elle avait baissé les bras, comprenant qu'il était trop tard.

C'est à cause de cette affaire qu'il est tombé malade, personne ne pourra m'enlever ça de la tête, se dit-elle. Il y a quelque chose d'obscur dans ces morts, quelque chose de métaphysique. Comme si une malédiction flottait sur ces filles.

Ni son isolement à la questure ni sa carrière torpillée par ses collègues et ses supérieurs ne l'avaient fait démordre de ses convictions.

Ni même ton amour, pensa Grazia non sans amertume.

Mais le dilemme qui la tourmentait était encore différent : d'un côté, elle était soulagée que Moreno ne soit plus seul à endurer cet enfer intérieur et que quelqu'un allège son fardeau en rouvrant les enquêtes ; de l'autre, elle se demandait s'il ne fallait pas mettre en garde ces jeunes femmes avant qu'elles aussi appareillent vers les rives de l'occulte et de la violence, qu'elles abandonnent à jamais leur pureté et la vie telle qu'elles l'avaient connue. Mais si Grazia leur parlait de l'affaire, qu'elle leur montrait à quel point elle allait bouleverser leurs existences, Mara et Eva tourneraient à coup sûr le dos à Moreno, elles le renverraient à sa douloureuse et solitaire marginalisation, et ceci, ajouté à l'affaiblissement physique et psychologique provoqué par la maladie, lui porterait un coup mortel.

Alors que faire ? se demanda la femme, transpercée par la lame du doute.

29

Lieu-dit Is Mortorius, Quartu Sant'Elena

— Il semblerait que oui, et d'ailleurs il est assez logique de recourir à des sacrifices humains pour s'attirer les bonnes grâces des divinités et apaiser la fureur de la terre, répondit Barrali à Croce. Dites-vous aussi qu'en Sardaigne, la commémoration de Dionysos est sûrement arrivée en des temps très reculés, parce qu'elle s'est maintenue dans sa forme la plus sanglante… Je vous donne un exemple. Au début du siècle dernier dans certains villages, au moment de planter des vignes, il était encore d'usage de disposer entre les rangées deux cornes de bouc *po ammamuttonare su logu*, comme on disait : pour placer le vignoble sous la protection du dieu-bouc, Maimone, Dionysos ou quel que soit le nom qu'on lui donne. Nul doute que, dans des temps encore plus anciens, ils ne se contentaient pas de sacrifier un animal…

— Mais quel était le but de cette folie ? demanda Rais. S'attirer les bonnes grâces de la nature, invoquer la pluie et un bon millésime, tout ça, d'accord mais… c'est tout ?

— Non. Le rituel était aussi un moyen de franchir la frontière qui séparait l'homme du divin. L'homme tentait ainsi de se fondre dans le dieu, opérant une régression vers le chaos de la vie primitive.

Barrali passa à Eva Croce une série de clichés du carnaval sarde dans ses diverses variantes, selon les villages où était perpétué le rite. L'enquêtrice plissa le front devant les photos montrant des défilés de visages hideux, masqués, de pantins à l'effigie d'enfants ou d'hommes que l'on jetait au feu, de chaînes, de grappes de sonnailles et de grelots, d'hommes-bêtes tenus par des cordes ; ce cérémonial n'avait rien du carnaval entendu comme un travestissement burlesque et désacralisant, il évoquait des rituels archaïques de mort et de violence, de deuil et de désespoir.

— Il y a une chose qui m'échappe, dit Eva.

— On t'écoute.

— Pourquoi la nuit du 2 novembre ? J'imagine qu'on fête le carnaval pour placer la nouvelle année agricole sous de bons auspices, non ?

— Permets-moi d'abord de préciser une chose, sans doute importante pour notre affaire. En plus de sa capacité à perpétuer les rythmes de la nature, Dionysos avait aussi la qualité de psychopompe…

— Qu'est-ce qu'il pompait, celui-là ? fit Mara avec un sourire malicieux. Ce à quoi je pense ?

— Absolument pas, Rais. Ça signifie qu'il guidait les âmes, intervint Eva.

— Fayotte…, murmura Mara en faisant la grimace.

— Exact, confirma Barrali. On pensait que, l'espace d'une journée, il ramenait les esprits sur terre. Et ce jour-là on observait certaines coutumes, comme de laisser la table dressée pour *sas animas*. Pendant un temps, cette tradition a coïncidé avec les calendes de janvier, mais avec les modifications de calendrier elle a été déplacée au…

— 2 novembre, dit Eva.

— *Sa die de sos mortos*, précisa Mara.

— Tout à fait, dit Moreno en croisant les doigts. Par la suite, ces rituels ont été condamnés et sévèrement réprimés par l'Église catholique et l'Inquisition, qui les ont relégués à la seule semaine de carnaval, à des fins folkloriques et non religieuses, mais le fait qu'ils se soient poursuivis jusqu'aujourd'hui nous laisse entrevoir à quel point ces traditions sont enracinées dans l'île, surtout dans l'intérieur des terres, où les représentations ont conservé leur nature plus barbare et primitive.

— OK, je commence à y voir plus clair dans le contexte traditionnel, annonça la Milanaise. Mais j'ai une autre question : pourquoi le choix de la source sacrée comme théâtre du meurtre ?

— Les protosardes considéraient qu'il existait sur l'île des lieux spécifiques où il était plus simple de se sentir proche du divin, des *antigos 'spiritos*, les esprits des ancêtres. Des sites considérés comme des sortes de lieux de passage, des intervalles entre le monde des vivants et celui des morts. Et ils les choisissaient donc pour ériger des autels, des temples ou des puits sacrés. Le modèle de construction du puits sacré doté d'un escalier reflétait l'acte rituel de descendre au sous-sol, dans le royaume des enfers et des esprits... Les sources et les puits sacrés symbolisaient, à travers l'eau, le retour au giron maternel, une sorte d'accomplissement du cycle de la vie et de retour à la divinité originelle représentée par la Déesse-mère, qu'on honorait par ce sacrifice. Voilà l'idée que je me suis faite.

Un silence sinistre s'abattit entre eux.

— *S'imbovamentu*. C'est ainsi que l'on nommait la régression de l'homme au bœuf, reprit ensuite Barrali. Pour résumer, je crois que c'est en ça que consiste le rite.

— Donc, après l'homicide de 1975, c'est le calme plat? demanda Eva.

Moreno acquiesça.

— Je me suis dit alors qu'il s'agissait probablement d'un cas isolé, même si quelque chose en moi me disait qu'un meurtrier aussi organisé, avec un rite de mort aussi précis, aurait fini un jour ou l'autre par frapper de nouveau... Mais les faits m'ont contredit. Rien de semblable n'est advenu dans l'île pendant onze ans, au point que j'en suis venu à penser que je m'étais trompé, que j'avais monté en épingle un tas de conjectures stupides.

— Et ensuite? s'enquit Eva.

— Ensuite ils en ont retrouvé une autre.

30

Carbonia

MAURIZIO NIEDDU écoutait la magistrate au téléphone sans détacher le regard de la maison du gourou. Avant même qu'Adele Mazzotta ait fini de parler, le commissaire se maudit de l'avoir appelée.

J'aurais dû faire les choses à ma façon au lieu de me la coller dans les pattes, pensa-t-il.

— … Donc non, en l'état actuel des choses, je ne peux pas vous signer de mandat de perquisition.

— Mais…

— Vous avez une raison de penser que la fille est séquestrée dans cette maison ?

— Non. À vrai dire, nous ne savons même pas si elle est vraiment…

— Alors oubliez, conclut son interlocutrice, mettant un terme à la conversation.

— *Bagassa burda*, siffla le commissaire, contrarié, en rangeant son portable.

— Rien à faire ? demanda Paola Erriu.

Il secoua la tête. Il se demanda s'il était envisageable d'ignorer l'interdiction de la magistrate et de forcer la serrure du domicile de Melis ; ce ne serait certes pas la première fois, mais depuis la dernière il s'était écoulé quelque chose comme quinze ans. Autres temps…

— Qu'est-ce qu'on fait ? l'interrogea Paola.

S'il avait été seul, peut-être… Mais s'il avait fait les choses à sa façon en présence de Paola et que quelqu'un s'était rendu compte qu'il n'avait pas respecté la procédure, elle aussi aurait dû en payer les conséquences, et il lui restait encore pas mal d'années avant la retraite. Non, il ne pouvait pas lui faire courir ce risque.

— On s'en va. Il n'est pas chez lui et on ne peut pas entrer. Il faut inventer autre chose.

— Quoi ?

Le commissaire ne répondit pas. Il continuait de fixer la demeure de Melis, l'homme à la tête de la secte néonuragique. Son instinct lui disait que Melis était mouillé dans la disparition de la fille et qu'il aurait mieux fait de jeter un œil dans ses affaires.

— Chef ?

— Oui, oui, on y va, dit-il en la suivant.

Avant d'entrer dans la voiture, il sortit son téléphone et chercha un numéro dans son répertoire. Il lança l'appel et s'alluma une Marlboro.

— Allô ?

— C'est bien cette vieille *pedde mala* de Barrali, ou bien je me suis trompé de numéro ? lança Nieddu au collègue avec qui il avait travaillé à la section homicides de Cagliari des années auparavant. Je ne me souvenais pas que tu avais une voix de merde comme ça.

— Nieddu… Ils ne t'ont pas encore foutu dehors ?

— Pas encore, pas encore. Je peux t'embêter une seconde ?

— Dis-moi.

— J'ai sur les bras une affaire de disparition, même s'il ne s'est écoulé que quelques jours depuis la dernière fois que la fille a été vue…

— Dolores Murgia ?

— Je vois que tu te tiens informé. Elle-même.

— Je t'écoute.

— Il semblerait que la fille était une disciple de cette connerie de Nuraxia. Ça s'appelle bien comme ça, Paola ?

Sa collaboratrice acquiesça.

— Nuraxia… Donc on parle de Roberto Melis, dit Barrali.

— Exactement. Il t'est déjà arrivé d'avoir affaire à lui ?

— Oui, mais je préfère ne pas en parler au téléphone… Tu crois qu'il est impliqué dans la disparition ?

Le commissaire se retourna pour observer la maison, comme si elle émettait des vibrations sinistres.

— Oui, je le crains. Je voudrais discuter un peu avec Melis, mais je n'arrive pas à le trouver. Tu as une idée de l'endroit où il peut être, ou tu connais quelqu'un qui pourrait m'aider ?

Barrali ne répondit pas.

— Moreno ?

— Oui, je suis là. Je réfléchis… Écoute, c'est peut-être mieux que je fasse un saut chez toi et qu'on en parle en personne, OK ? Tu es où, là ?

— Je rentre au commissariat. Je t'attends là-bas.

— Parfait.

Nieddu coupa la communication et lança un dernier regard au domicile du gourou.

— Tout va bien ? s'enquit Paola.

— Oui. J'ai appelé un vieux collègue qui en sait sûrement davantage que nous sur la question. Je te préviens, c'est un type un peu bizarre, mais pour l'instant c'est le seul qui puisse nous aider.

— Bah, il ne pourra pas être plus bizarre que vous, non ?

— Très aimable. Vraiment très aimable, Erriu.

Elle démarra avec un sourire aux lèvres et roula en direction du centre.

Maurizio Nieddu resta étrangement silencieux pendant tout le trajet jusqu'au bureau : il n'arrivait pas à se départir de la sensation d'avoir commis une erreur monumentale en n'entrant pas dans cette maison.

31

Route nationale 130, "Iglesiente"

— Allez savoir pourquoi, je m'imaginais la Sardaigne comme une île semi-désertique, déclara Eva en observant le panorama. En fait, ça me rappelle l'Irlande.

— C'est simple, moi, du bout de la plaine du Campidano jusqu'à, disons, Sassari, je l'appelle "la terre du milieu", dit Mara.

— Comme dans *Le Seigneur des anneaux* ?

— Voilà. Et pas seulement à cause du format hobbit de ses habitants.

Moreno et Eva sourirent. À ce moment-là, les enceintes de l'autoradio diffusaient les notes d'*Entula*, de Kenze Neke, un groupe ethno-rock de Siniscola.

— Ce sont des endroits sauvages, tellement verts qu'on se croirait en Irlande ou en Écosse, continua Mara. Je ne rigole pas.

— Je confirme, dit Barrali. La Sardaigne est un vrai paradis naturel. Dommage qu'il y ait les Sardes, surtout les Cagliaritains, hein, Rais ?

— Va te faire foutre, Barrali.

Croce et Barrali gloussèrent. Depuis qu'ils étaient montés en voiture, les trois policiers n'avaient plus parlé des deux homicides : après le coup de fil que Barrali avait reçu alors qu'il s'apprêtait à aborder le meurtre de 1986, c'était comme si quelque chose s'était brisé dans le flux de souvenirs auquel il s'était abandonné.

— Je dois aller à Carbonia, avait-il annoncé. Un vieux collègue a besoin de moi. Il est question d'une fille disparue.

— Celle dont tu m'as parlé l'autre jour ? avait demandé Mara.

Barrali avait acquiescé.

— Elle-même. Ça vous dit de m'accompagner ?

Eva ignorait pourquoi elle avait répondu oui immédiatement ; sa réaction avait été viscérale – ou peut-être avait-elle seulement besoin de laisser derrière elle cette pièce emplie de fantômes. Mara avait accepté de l'accompagner à condition de s'arrêter au retour à la coopérative de Santadi pour prendre un peu de Carignano del Sulcis, un excellent vin rouge ; Moreno lui avait promis de lui en acheter une caisse pour le dérangement, sous réserve qu'elle surveille son langage en présence de son vieux collègue.

— Bon alors, qu'est-ce qu'il te veut exactement, Nieddu ? demanda la Cagliaritaine à brûle-pourpoint.

— Il semble que la fille fréquentait la secte des néonuragiques, répondit Moreno.

— C'est-à-dire ? intervint Eva.

— Un groupe de crétins convaincus que les nuraghes sont des lieux de communication avec les étoiles et que les menhirs ont des pouvoirs magiques, c'est ça, More' ?

— Oui, plus ou moins.

— Pardon, mais toi, qu'est-ce que tu viens faire là-dedans ?

— Pendant un moment, j'ai infiltré cette secte, admit-il à leur grande surprise.

32

Commissariat de sécurité publique, Carbonia

TANDIS QUE PAOLA allait chercher d'autres chaises pour que tout le monde puisse s'asseoir dans le bureau du commissaire, Eva Croce fixait Barrali avec une attention redoublée. Il lui semblait plus pâle qu'à l'accoutumée et, peu de temps avant leur arrivée au commissariat, elle l'avait surpris en train d'ingurgiter tout un tas de pilules en s'efforçant d'être discret.

— *Sa medichina*, lui avait-il dit avec un sourire, en remarquant son regard.

Il lui avait fait de la peine, cet homme souffrait vraiment ; une souffrance qui tendait les muscles de son visage, comme s'il ressentait à chaque pas les lacérations de la douleur.

— Tu es sûr que ça va, Moreno ? On peut reporter, si tu veux, lui avait-elle proposé.

— Non, non. Allons-y.

C'était comme si l'urgence le guidait. Comme s'il savait que son temps était presque écoulé et qu'il ne voulait pas disparaître avant d'avoir transmis les consignes, en bon soldat.

— Et voilà, dit Paola Erriu en disposant les chaises en éventail autour du bureau de Nieddu.

— Donc, Maurizio, je te présente l'inspectrice Eva Croce, fraîchement débarquée de Milan, et Mara Rais. Mara n'était pas encore chez nous quand tu nous as quittés pour Carbonia. Elles travaillent ensemble aux affaires classées, expliqua Barrali.

Sa voix était voilée par la fatigue, ce qu'il essayait de camoufler en gesticulant énergiquement.

— Il y a une unité qui s'occupe des affaires classées, à Cagliari ? demanda Nieddu, surpris.

Eva remarqua que le commissaire était encore sous le choc : en serrant la main à son vieux collègue, il avait blêmi ; Eva avait lu dans ses yeux le trouble et l'incrédulité, comme s'il avait du mal à croire que cet homme devant lui était bien le Moreno qu'il avait connu. À sa mine décontenancée, elle comprit la gravité de la maladie de Barrali.

— Ils viennent juste de la créer, répondit Rais.

— Bien. Merci d'avoir accompagné Moreno, ajouta-t-il en s'adressant aux policières.

Elles acquiescèrent et se tournèrent vers la fille en uniforme qui les avait invitées à s'asseoir.

— Ah, oui. Voici Paola Erriu, mon bras droit, dit Nieddu. Je vous en prie, je vous en prie, asseyez-vous.

— Maurizio, je tiens à préciser que nous ne sommes pas ici à titre officiel. Moi, je ne suis plus en service depuis un bail. Je suis en arrêt maladie. Nous n'avons pas prévenu Farci, donc…

— Ne t'inquiète pas, il s'agit juste d'une discussion informelle, clarifia le commissaire.

Il exposa en quelques minutes à ses invités la situation relative à la disparition de Dolores et conclut en disant que Robert Melis, le gourou, était introuvable.

— Donc tu te concentres sur lui ? demanda Barrali.

— Eh bien, pour le moment c'est ma seule piste. Lui et sa secte représentent la seule note discordante dans le tableau général de la vie de cette fille… Tu le connais, toi, n'est-ce pas ?

— Oui, j'ai eu affaire à lui.

— Je peux te demander pourquoi ? Le travail ?

— Pas exactement… Il y a eu un moment où j'ai pensé que tout cet intérêt pour les sites nuragiques, pour les cercles mégalithiques et les tombes des géants, pouvait avoir un lien avec les crimes de 1975 et 1986. Pas Melis directement, évidemment, parce qu'il aurait été trop jeune, mais… tu as compris.

Nieddu acquiesça. Il connaissait l'obsession de son collègue pour ces homicides.

— Tu avais une preuve quelconque de son implication dans ces événements ? lui demanda-t-il.

— Absolument aucune. C'était plus une impression. J'étais déjà malade, et ça se voyait sur mon visage. Alors je me suis mis à suivre son site, son blog, et peu à peu j'ai commencé à participer aux rassemblements, en me faisant passer pour un désespéré ne sachant plus à quel saint se vouer et disposé à essayer des "traitements alternatifs", appelons-les comme ça.

— Des rassemblements ? demanda Rais.

— Des rassemblements de prière ou de purification, oui.

— C'est-à-dire ? l'interrogea Nieddu.

Moreno lui passa un dossier contenant diverses chemises cartonnées. Il posa aussi une clé USB sur le bureau.

— Tu trouveras là-dedans tous les éléments que j'ai rassemblés sur ce détraqué, y compris ses sermons en MP3 que j'ai enregistrés en cachette… Quant aux rassemblements, Melis réunissait autour de lui diverses personnes s'adonnant au néopaganisme et les emmenait faire des circuits dans des sites archéologiques, surtout des cirques mégalithiques et des puits sacrés. Il soutenait que les pierres choisies et travaillées par nos ancêtres possédaient une force magnétique telle qu'elles diffusaient des ondes bénéfiques. Il parlait carrément de "radiothérapie néolithique".

— *Fill'e bagassa*..., commenta Rais, amère. Excusez-moi, mais je déteste ces conneries New Age.

— Et il y a quelqu'un pour y croire ? demanda Croce.

— Quelqu'un ? fit Barrali, ironique. Des dizaines et des dizaines de personnes. J'ai vu des douzaines de femmes embrasser des menhirs ou s'étendre sur une *tumba de sos zigantes* en invoquant une grossesse, convaincues que l'énergie des pierres les aiderait. J'ai vu des malades du cancer dormir en groupe dans les nuraghes, des mères amener des enfants handicapés, convaincues que les dolmens ou les *domus de janas* allaient les "guérir"...

— Quel connard..., laissa échapper Paola Erriu. Pardon.

— Lui, c'est quel genre de type ? Tu penses que cette Nuraxia peut déboucher sur quelque chose de violent ? demanda le commissaire.

— C'était ça que je voulais comprendre. Mais je n'ai pas eu le temps.

— Pourquoi ?

— Parce que ma couverture a sauté. Un des participants avait déposé une plainte auprès de moi. Il m'a reconnu et il a prévenu Melis que j'étais policier. Ça a été la fin de mon enquête : ils m'ont jeté dehors sans plus de cérémonie.

— C'est pas de bol... Il y avait des histoires d'argent derrière tout ça ? s'enquit Mara.

— Bien sûr, comme toujours dans ces cas-là. De drogue aussi, je crois, surtout dans le petit cercle le plus proche de lui, ses adeptes. Il y avait différents niveaux, à l'intérieur de la secte. Les intimes du gourou étaient sûrement impliqués dans des festins lysergiques, des orgies et que sais-je encore.

— De combien de personnes on parle ? demanda Maurizio.

— Le nombre oscillait en permanence. Disons au minimum quarante et au maximum quatre-vingts. Si tu fais référence au cercle plus restreint de fidèles, je dirais une petite dizaine.

— Pour revenir à ma question initiale, tu penses qu'au-delà des drogues ils auraient pu accomplir des crimes plus graves ? Peut-être de nature sexuelle ?

— Je ne sais pas, Maurizio. Melis est sans aucun doute un type charismatique, doté d'un fort pouvoir de persuasion. Il a sûrement mis dans son lit toutes les adeptes qui excitaient ses ardeurs, mais en ce qui concerne la violence… Je ne saurais pas dire.

— La fille avait atterri au milieu de tout ça ? demanda Eva au commissaire.

— Il semble que oui. Depuis quatre ou cinq mois.

— La pauvre. Quand est-ce qu'on a perdu sa trace ? demanda Mara.

— Pas si longtemps, à vrai dire. Quatre jours environ. Le truc, c'est que ce salopard aussi a disparu. Les deux événements pourraient être liés, non ?

— Ils pourraient, bien sûr. Si tu veux mon avis, Melis doit être quelque part sur l'île en pèlerinage avec son petit groupe de néopaïens. Il est probable que Dolores se trouve avec eux et que, pour une raison ou pour une autre, elle n'ait pas voulu en informer ses parents.

— Effectivement, elle a eu un différend avec sa mère. La fille est du genre difficile, et elle fait un usage régulier de drogues, intervint Paola Erriu.

— Ce qui corrobore le fait qu'elle soit liée aux néonuragiques. La "transe médiumnique" dont parle Melis, vous pouvez être sûr qu'on n'y accède pas en buvant de la camomille.

Les policiers sourirent à la plaisanterie de Barrali.

— J'espère que tu as raison, parce que j'ai un mauvais pressentiment concernant cette histoire. Vous travaillez sur les homicides rituels ? demanda Nieddu à ses collègues, changeant de sujet.

— Nous sommes en train de voir si nous disposons de suffisamment d'éléments pour rouvrir les enquêtes, précisa Rais. Il est encore trop tôt pour le dire.

— J'étais là pour celui de 1986. Ils nous avaient appelés pour une consultation. Sale histoire, vraiment. Dites-vous qu'il m'arrive encore d'en rêver.

— On est deux, alors, déclara Barrali en s'aidant de sa canne pour se lever. Si jamais tu as besoin de quoi que ce soit d'autre…

— Je ne me gênerai pas pour t'embêter, dit Maurizio en lui tendant la main. De toute façon, je sais que, sans rien à faire, tu ne tiendras pas en place.

Moreno chercha à imprimer le plus de force possible dans sa poigne, mais Nieddu eut l'impression de serrer une main d'enfant.

— Tiens-moi au courant des évolutions pour Dolores, s'il te plaît, demanda Barrali.

— Compte sur moi. Merci encore pour les documents et pour la visite. À bientôt.

— Qui sait…

— Mais arrête, More', tu as une constitution de sanglier !

— Ça c'est clair : celui-là va nous rester accroché sur le dos comme une *cardanca* jusqu'à ce qu'on ait résolu ces affaires, dit Rais, ironique, en saluant le commissaire. Pardon, Croce. Une *cardanca*, c'est une tique.

— *Bie tue*… Celle-là n'a aucun respect, même pas pour un vieux, soupira Barrali.

Tandis que Barrali se retournait pour saluer Paola Erriu, Eva remarqua que les yeux de Nieddu s'étaient voilés de larmes.

— Prenez soin de lui, dit-il presque dans un murmure en lui serrant la main.

— Bien sûr, répondit Eva.

Avant de quitter le bureau, elle prit une des photos de Dolores Murgia, la plia et la fourra dans sa poche ; elle n'aurait su l'expliquer, mais elle avait la sensation inéluctable que son chemin croiserait de nouveau celui de cette jeune fille disparue.

33

Corso Vittorio Emanuele II, Cagliari

Mara l'avait emmenée boire un verre au Old Square, un pub dans le plus pur style irlandais, dans ce qui était devenu le nouvel épicentre de la vie nocturne cagliaritaine depuis que *su sindacu*, le maire, avait piétonnisé le Corso, lui avait-elle expliqué. Le bar était plein à craquer de jeunes, pour la plupart occupés à regarder un match de foot diffusé sur plusieurs écrans. L'air était saturé de sueur alcoolisée et du fumet de cette viande grillée qui faisait la réputation du Old Square. On entendait en fond *Bright Lights*, un blues de Gary Clark Jr.

— Ça braille trop, ici. Viens, on va dans la crypte, dit Mara, haussant la voix pour se faire entendre.

Elles traversèrent le pub et se faufilèrent dans "la crypte" en descendant quelques marches en pierre.

— Ouah, on se croirait dans une église, s'extasia Eva, en admiration devant les voûtes à croisée d'ogives du plafond.

En bas, l'atmosphère était beaucoup plus calme, presque ouatée. Elle donnait l'impression d'être dans un bar à l'intérieur du bar.

— Ce sont des murs qui datent du XIIIe siècle, dit Mara, en la conduisant vers une petite table au fond de la salle nimbée d'une aura unique. En fait, cette partie du pub faisait partie de l'ancien couvent de Saint-François de Stampace. C'est beau, hein ?

— C'est le moins qu'on puisse dire. On a l'impression de remonter le temps.

— C'est une sensation que tu éprouveras souvent dans cette ville… Bière ?

— Va pour une bière.

— Tu aimes la Guinness ?

Eva arqua un sourcil.

— La Guinness ? Je suis à moitié irlandaise, Rais. Bien sûr, j'adore ça, mais toi… ? Je croyais que tu ne buvais que de la Ichnusa.

— Les préjugés ont la vie dure, hein…, fit Mara en secouant la tête.

— Attends, j'ai encore de la marge avec tes vannes sur mon teint.

— À propos, je t'ai réservé une douche autobronzante pour demain…

— Va te faire foutre, *casteddaia*, lança Eva en souriant.

Quelques minutes plus tard, un serveur leur apporta deux pintes de bière brune irlandaise et une assiette de frites.

Elles trinquèrent, détendues.

— On a fait un paquet de kilomètres aujourd'hui, hein ? dit Eva.

— Et encore, ce n'est rien. Je sens qu'on va en avaler à la pelle, à travailler sur des vieux dossiers.

— Mon Dieu… Donc je vais devoir me farcir toutes tes chansons larmoyantes en sarde ?

— Compte là-dessus. Et si tu dis encore qu'elles sont "larmoyantes", je te colle au trou. Celle-là, c'est de la poésie pure.

— Si tu le dis…

— Ce qui est larmoyant, c'est vos pleurnicheries avec de la harpe, de la cornemuse, des flûtes et des violons, des trucs à se suicider dans la seconde.

Eva feignit de se caresser le piercing avec son majeur et sa collègue lui sourit en retour.

Pendant quelques secondes, elles burent en silence, observant les clients dans la salle, sans éprouver le besoin de se parler. Ce n'était pas un silence gêné, mais celui de deux personnes qui commencent à se cerner et à pouvoir se comprendre d'un simple regard. Une aptitude qu'elles allaient devoir nourrir et affiner, si elles voulaient faire du bon travail d'équipe.

— Tu t'es fait ton idée, alors ? finit par demander Mara.

— Tu parles de Moreno ?

— Non, de Padre Pio, rétorqua-t-elle, acerbe.

Eva laissa couler et lui demanda :

— Tu sais ce que c'est qu'un "biais cognitif" ?

— Une maladie ?

— Non, non… C'est une sorte de distorsion du jugement causée par un préjugé.

— Une sorte d'effet tunnel ?

Croce acquiesça, de plus en plus convaincue que Rais était bien plus intelligente qu'elle ne le laissait paraître. Son air revêche, le dialecte et les vannes n'étaient qu'une posture, un masque visant à dissimuler une lucidité diabolique et forcer son interlocuteur à baisser la garde, pour bénéficier d'un avantage stratégique.

— Exactement. C'est une conviction – le plus souvent inexacte – développée sur la base d'une interprétation pas forcément très objective des éléments en ta possession, qui cause ainsi une sorte de distorsion de la réalité, un jugement erroné à la base, car entaché de cette vision en tunnel… Tu vois ce que je veux dire ?

— Parfaitement. C'est comme s'il était parti en considérant a priori la mécanique de l'homicide comme un rituel, et que ça avait conditionné toutes ses spéculations ultérieures… J'ai eu la même sensation, moi aussi, et c'est quelque chose qui arrive souvent aux enquêteurs. Mais quand même, ça se tient, ce qu'il raconte.

— C'est vrai. Mais c'est comme les thèses qui affirment que Jim Morrison est encore vivant et qu'il a orchestré sa propre mort, ou que les Américains n'ont jamais marché sur la Lune : à force de les décortiquer, elles finissent par te paraître vraisemblables.

— N'exagérons rien…

— D'accord, mais tu ne vas pas me dire qu'il n'est pas obsédé par cette affaire.

— Là-dessus il n'y a aucun doute, j'en suis persuadée aussi… Et sur ce qui s'est passé dans la voiture tout à l'heure, tu en dis quoi ? demanda Mara.

Sur la route du retour, tandis qu'elles le raccompagnaient chez lui, Mara avait demandé à Barrali pourquoi il lui avait fait part deux jours plus tôt de sa conviction que Dolores serait la prochaine victime. Le policier était tombé des nues, comme s'il n'avait aucun souvenir de lui avoir parlé de ça ; il s'était mis à bafouiller et à trembler, comme en proie à une crise d'angoisse, et Eva avait essayé de le rassurer, en lui disant que Mara devait se tromper.

— Tu es certaine qu'il t'a dit ça ? demanda Eva.

— Je le jurerais sur la tête de ma fille. J'ai décidé de lui laisser une chance justement parce qu'il était convaincu que la fille risquait d'être la prochaine victime.

— Il aurait pu mentir, pour essayer de te rallier à sa cause, suggéra Eva.

— Ça se pourrait… Mais alors, il mérite un Oscar, parce qu'il avait l'air foutrement sérieux quand il m'a dit ça.

— Donc ?

Mara avala une grande gorgée de Guinness, comme pour y puiser des forces.

— Je crois que la maladie a commencé à lui embrumer l'esprit.

Eva acquiesça : elle avait eu la même sensation.

— Ne te méprends pas, c'est un type bien et je l'apprécie beaucoup. Mais si on me demandait de jouer ma carrière pour défendre ses théories… Toi, tu te vois vraiment te présenter devant un magistrat et lui expliquer que la Déesse-mère se tapait le taureau, que le masque taurin représente une régression vers le chaos primitif et un retour à la nature, et que le jour des morts les âmes reviendront sur Terre guidées par Dionysos Maimone ?

Eva ne répondit pas.

— Voilà… On se ferait interner toutes les deux, continua Rais. Aujourd'hui je l'ai écouté et j'ai joué le jeu parce qu'il me faisait de la peine, mais au fond de moi je me demandais : est-ce qu'il croit vraiment à ces conneries ?

— Reste le fait que les deux filles sont mortes et que personne n'est jamais venu réclamer les corps, lui fit remarquer la Milanaise.

— Ça reste un mystère, certes, et je suis vraiment désolée pour elles. Mais, Croce, on parle d'homicides qui datent respectivement de quarante et trente ans. Même si on se consacrait corps et âme à cette affaire et à rien d'autre, en s'opposant à tout et tout le monde, on n'arriverait sans doute à rien et l'assassin se marrerait dans sa tombe. Tu sais ce qu'on dit : les mathématiques sont une science exacte. Soit il est déjà mort, soit il ne va pas tarder à casser sa pipe.

— Donc tu ne veux même pas lui laisser une chance? demanda Eva.

Mara Rais termina sa Guinness et se gratta nerveusement le cou.

— Le questeur m'a flanquée aux affaires classées par vengeance. Il n'attend qu'une chose, que je fasse un pas de travers pour me virer définitivement de la brigade mobile… Ressusciter cette enquête, ça serait lui servir ma tête sur un plateau d'argent, Croce.

— J'en conclus que ta réponse est non?

— Je suis vraiment désolée pour Moreno, mais j'ai une fille à qui je dois penser… Ma réponse est un non gros comme une maison, dit Rais, intraitable. Pour moi, l'enquête reste classée.

34

Lieu-dit Capitana, Quartu Sant'Elena

Grazia Loy acheva d'arroser ses rosiers adorés et leva les yeux vers le ciel damassé de nuages violacés. La lumière pourpre, fébrile, du couchant retombait, s'estompant à chaque minute. Grazia ferma les yeux à moitié et, au milieu du jardin, inspira l'arôme des fleurs, du maquis et des plantes bercées par une douce brise. C'était son rituel du crépuscule, son havre de paix : s'abandonner aux effluves du soir, se rassasier et s'enivrer des fragrances de la terre ; quelques minutes rien qu'à elle dans cette dimension parallèle, loin de la douleur logée dans son cœur à cause de la maladie qui, chaque jour un peu plus, lui enlevait son mari.

Elle rentra dans la maison convaincue que Moreno était encore au lit : la route jusqu'à Carbonia l'avait éreinté et il était revenu comme en proie à un étrange état de confusion ; il n'avait pas voulu dire de quoi il s'agissait, mais Grazia était sûre que c'était lié à l'affaire. Elle fut surprise de le voir à la table de la cuisine en train d'observer une photo.

— Hé ? Tout va bien ? lui demanda-t-elle en lui caressant l'épaule.

Moreno consultait de vieux clichés en noir et blanc.

— Je ne sais pas. Aujourd'hui, tout semblait aller à merveille, mais ensuite… ma mémoire a commencé à me jouer des tours. Je me suis ridiculisé, dit-il en bafouillant.

— Devant qui ? Tes collègues ?

Moreno acquiesça. Il semblait fragile et apeuré, comme un enfant projeté dans une réalité qu'il ne connaissait pas.

— Peut-être que tu étais juste fatigué, chéri.

— Non, malheureusement non. C'est comme si les choses se voilaient. Parfois j'ai la sensation que tous mes souvenirs arrivent par à-coups… J'ai peur, Grazia. J'ai peur de perdre le contrôle… D'oublier jusqu'à…

Elle l'enlaça et chercha à le rassurer.

— Moreno, après toutes ces années, peut-être que l'heure est venue de laisser cette histoire derrière toi, non ? C'est elle qui est en train de te tuer… Laisse Mara et Eva s'en occuper. Il me semble que ce sont des filles bien. Tu leur fais confiance ?

— Moi oui… Mais je crains que ce soient elles qui ne me fassent pas confiance. Je crois qu'elles se sont rendu compte qu'il n'y avait pas que la tumeur.

— Et moi je crois que tu as enfin trouvé les bonnes personnes. Tu dois leur raconter toute la vérité et puis laisser ça entre leurs mains. Tu dois penser à te soigner maintenant, tu ne peux plus te permettre de te retrouver dans des états pareils.

— Je sais… Je suis désolé, chérie. Je suis désolé de t'avoir forcée à cohabiter avec cette affaire.

— Je l'ai fait parce que je t'aime, Moreno, dit Grazia en caressant son visage décharné. Mais maintenant ça suffit. J'ai peur pour toi. En continuant à te tracasser comme ça, tu ne te fais pas du bien, et à moi non plus. Nous sommes seuls, tu le sais.

Moreno acquiesça. Il essuya ses yeux humides et se leva. Une fois au lit, Grazia s'endormit presque aussitôt. Lui en revanche eu toutes les peines du monde à trouver le sommeil. Mille pensées tourbillonnaient dans sa tête.

Ils m'avaient annoncé une dégénérescence cognitive et des variations de ma capacité d'attention, mais je n'imaginais pas que ça arriverait si vite, pensa-t-il. Si je perdais toutes les informations dont je dispose sur l'enquête, comment pourraient-elles tenter de la résoudre ?

S'efforçant de ne pas réveiller sa femme, Moreno se glissa hors des couvertures et se dirigea vers son bureau, comme en apnée. Il prit un cahier vierge et, terrorisé à l'idée que la maladie efface ses souvenirs, il commença à passer au crible sa mémoire lacérée et à transcrire tout ce qu'il se rappelait sur les meurtres rituels.

35

Arrière-pays sarde

Lorsque sa conscience refit surface depuis les limbes comateux où elle avait sombré, Dolores s'aperçut qu'elle ne sentait plus son corps. Comme si quelqu'un avait anesthésié ses sens. Elle discernait une puissante menace autour d'elle, mais elle était incapable de bouger le moindre muscle, et pas seulement en raison des cordes qui l'entravaient : son corps avait cessé de lutter et se laissait entraîner vers les profondeurs, s'abandonnant à l'obscurité.

Maman…, pria-t-elle, en se raccrochant à ses derniers instants de lucidité. Ce fut la pensée de sa mère qui lui fit le plus de peine. Tout à coup, elle se rendit compte qu'elle ne survivrait pas, qu'elle ne sortirait jamais vivante de ce lieu où on la retenait prisonnière, et que cela signifiait qu'elle ne la reverrait jamais. L'idée qu'elles s'étaient quittées en mauvais termes l'affligeait. Dolores avait craché à la figure de sa mère des mots imprégnés de venin, qu'elle avait regrettés quelques secondes après les avoir vomis. À cause de la honte et de son incapacité à les ravaler, à demander pardon, elle avait abandonné sa famille, sans plus donner de nouvelles.

Elle eut l'impression d'entendre la voix de sa mère lui dire : Rentre à la maison, *rundinedda.*

Je ne peux pas…, siffla la fille. Pardonne-moi, maman.

Ses pensées et sa conscience s'effilochèrent de nouveau, s'estompèrent comme la flamme d'un bout de chandelle qui s'étiole peu à peu, jusqu'à s'éteindre dans une volute évanescente de fumée.

Une nuit aveugle émergea de nouveau et, quand Dolores perçut son étreinte glaciale, elle se rendit sans opposer de résistance.

36

Quartier de Stampace alta, Cagliari

Elles avaient échafaudé une méthode pour se souhaiter bonne nuit quand Sara restait dormir chez son père, dans leur ancien appartement, vu que l'homme s'opposait à ce que la petite ait un portable. Armées chacune d'une lampe torche, elles s'envoyaient des signaux depuis leurs fenêtres respectives : Sara, du haut de l'immeuble accroché au rempart, Mara, en bas dans sa maison extra-muros.

Un flash équivalait à une question : "Tout va bien ?" Deux, à une réponse : "Oui." Trois, à un vœu : "Bonne nuit, alors." Quatre lueurs : "À toi aussi, maman."

Face à la véranda, attendant que sa fille, à même pas trois cents mètres à vol d'oiseau, se mette en pyjama et se lave les dents avant de la saluer, Mara Rais jouait avec sa lampe et pensait à sa partenaire. Pendant ces deux jours passés en contact rapproché, elle n'avait pas exactement fait de son mieux pour la mettre à l'aise ni pour qu'elle se sente *beni benida*, bienvenue ; parce qu'elle ne lui faisait pas confiance, mais surtout parce qu'elle n'aimait pas les contraintes. Elle était habituée à travailler en autonomie, sans devoir rendre des comptes en permanence, et voilà qu'on lui avait refourgué l'étrangère à sevrer. La pilule avait du mal à passer, surtout après sa dernière expérience encore cuisante : la trahison d'une collègue qui avait été témoin du harcèlement dont elle avait fait l'objet. Au lieu de plaider en sa faveur, la policière avait pris la défense du questeur, obtenant de l'avancement au passage. Depuis ce jour, la seule femme à laquelle se fiait Mara était sa mère. Elle ne pouvait même pas faire confiance à sa fille, vu que celle-ci lui mentait en permanence sur les devoirs donnés en classe.

Eva ne s'était pas révélée aussi grincheuse ou hautaine que l'avait craint Mara. Au contraire, elle était toujours la première à plaisanter, désireuse de rompre le plus vite possible cette membrane de rigidité et de formalisme que leur imposait le travail. Par chance, aucune des deux ne devait montrer à l'autre qu'elle avait la plus grosse, comme ce serait sans doute arrivé entre hommes : elles n'étaient que deux femmes reléguées aux marges du système, qui devaient vite apprendre à compter l'une sur l'autre si elles voulaient s'en sortir sereinement dans ce milieu précaire pour toute personne de sexe féminin dotée d'un minimum de personnalité. Mara avait incité Eva à s'ouvrir, cherchant à en apprendre davantage sur sa sphère privée, mais c'était comme essayer d'attraper une anguille à mains nues : elle se dérobait à chaque tentative. À cinq ou six reprises au moins, Mara avait vu le portable de sa collègue vibrer, mais Eva avait toujours ignoré son interlocuteur sans le rappeler. Mara n'avait fait aucun commentaire, mais elle avait noté cette particularité, ainsi que l'éclair de douleur mêlée de rage qui voilait le regard de sa partenaire chaque fois que son téléphone les interrompait.

Tu as des amis et de vieux collègues à la questure de Milan. Il te suffirait d'un message ou d'un coup de fil pour découvrir des choses sur elle, se dit-elle. D'ailleurs, si vous devez travailler ensemble, tu dois pouvoir lui faire confiance. Et pour lui faire confiance, tu dois savoir qui est cette métalleuse et pourquoi on l'a envoyée ici. Les apparences sont trompeuses. Tu t'es déjà fait flouer une fois par une collègue… Tu as envie de recourir ce risque ?

Le premier flash de la lampe l'arracha à ces pensées. Mara sourit et répondit à sa fille en lui demandant dans leur langue si tout allait bien. Sara lui répondit que oui et elles se souhaitèrent bonne nuit.

Mara jeta un œil à la dernière édition du JT régional sur Videolina pour voir s'il y avait du nouveau sur la disparition de Dolores, mais la journaliste n'en fit même pas mention ; elle consulta quelques titres de journaux locaux en ligne, mais ne trouva rien non plus de ce côté-là. Elle s'apprêtait à éteindre et à aller se coucher quand son téléphone vibra. C'était une amie qu'elle avait contactée l'après-midi même pour lui demander si le studio qu'elle louait au printemps et en été était libre.

Bien sûr! Si tu veux je vous le montre demain matin, avait-elle écrit.

Mara transféra le message à sa partenaire et lui demanda si, par hasard, ça lui dirait d'aller y faire un saut.

Au bout de quelques secondes, la réponse d'Eva lui parvint, en dialecte : *Eja*, accompagnée d'un smiley content.

Mara secoua la tête et lui donna rendez-vous pour le lendemain.

Deux jours, ce n'est rien… Accorde-lui encore un peu de temps, se dit-elle en se préparant pour la nuit, ajournant pour l'instant sa recherche d'informations sur le compte de sa collègue.

Alors qu'elle se massait le visage en s'étalant une crème de nuit, Mara Rais craignit soudain de ne pas réussir à fermer l'œil : elle avait beau s'évertuer à effacer les images que Barrali leur avait montrées, celles-ci refaisaient toujours surface, avec leur mystérieux fardeau qui la précipitait dans l'inquiétude.

Elle maudit mentalement son collègue et avala trois gélules de mélatonine.

Et si ça ne fait pas effet, je jure sur Dieu que je t'appelle pour te répéter en boucle l'hymne de la Brigade Sassari jusqu'à ce que je m'endorme, *su tziu*, pensa-t-elle. Elle se coucha le sourire aux lèvres en imaginant la scène.

37

Voie express, Cagliari

L'ESPRIT HUMAIN est diabolique : souvent nous pardonnons sans sourciller celui qui nous blesse, mais il nous est impossible de pardonner celui des nôtres qui s'est laissé blesser sans sourciller. Eva méditait là-dessus en observant son portable vibrer et clignoter sur le siège passager. Elle reporta son attention sur la route devant elle et monta le volume de l'autoradio. Après avoir salué Mara, elle avait décidé d'explorer Cagliari en voiture. Rouler de nuit, avec un peu de bonne musique en fond sonore, la relaxait et l'aidait à penser.

Tu peux l'ignorer tant que tu veux, un jour ou l'autre il faudra bien lui répondre, se dit-elle en fourrant le téléphone dans son sac. Il n'est pas responsable, et tu le sais.

Son seul péché, en effet, était de s'être laissé poignarder en plein cœur sans même lever la tête, sans verser la moindre goutte de haine, avec pour seul effet de rendre l'attaque d'Eva plus mesquine et sournoise ; la réaction de la femme avait alors été la fuite, la séparation totale. Regarder ses propres fautes se refléter dans ses yeux aurait été insoutenable.

Depuis combien de temps tu l'ignores ? se demanda-t-elle.

Encore trop peu…, murmura-t-elle pour elle-même tandis que les notes de *Iron Sky* saturaient la voiture. Encore trop peu.

Elle enclencha la cinquième et appuya sur l'accélérateur, cherchant à semer son sentiment de culpabilité.

38

Musée archéologique Sa Domu Nosta, Senorbì, Trexenta

Ce matin-là, Bastianu Ladu se présenta vêtu de manière élégante, parfumé et *barbivattu*, rasé de près, au chevet de son fils, si bien que le garçon se demanda s'il avait un rendez-vous galant.

— Micheli. Allez. On doit aller quelque part, lui dit-il en lui lançant des vêtements neufs : jean, chemise et pull. Bouge, je ne veux pas rentrer trop tard.

Le garçon était habitué à obéir. Une demi-heure plus tard, ils étaient en route dans la Cherokee noire de Bastianu.

— Où on va ? demanda Micheli, voyant que la jeep se dirigeait hors de leur territoire, vers la plaine du Campidano.

— Dans la Trexenta.

Le garçon ne posa pas d'autre question et ils passèrent le reste du trajet dans un silence complet.

Arrivés à Senorbì, ils firent halte dans un des bars du village. Tandis que son fils s'empiffrait de deux beignets à la crème, Bastianu en profita pour parcourir l'*Unione Sarda* ; il sauta les pages nationales et, parvenu à l'article sur la disparition de Dolores Murgia et son lot de photos de la jeune fille, il s'arrêta et lut avec attention.

— Vous n'êtes pas du coin, pas vrai ? demanda le barman, le détournant de sa lecture.

Il semblait avoir envie de faire la conversation.

— Par chance, non, répondit Bastianu, étouffant toute discussion dans l'œuf et faisant sourire Micheli.

Il paya et fit signe au garçon de le suivre dehors. Ils s'acheminèrent vers une maison de maître du XIXe siècle, avec puits, étables et tutti quanti. Micheli avisa des affiches qui annonçaient la présence, dans le musée du village, de l'antique Déesse-mère de Turrìga, d'ordinaire exposée au musée archéologique national de Cagliari.

— On est là pour ça ? demanda-t-il, perplexe.

L'homme acquiesça d'un geste brusque. Micheli remarqua que Bastianu était d'humeur ombrageuse et qu'il semblait presque mal à l'aise, comme s'il s'apprêtait à rencontrer une personnalité importante et qu'il ne se sentait pas à la hauteur.

Une fois à l'intérieur du musée, un employé proche de la soixantaine, assis à un bureau, leva les yeux de sa revue et les dévisagea.

— Bonjour… Vous êtes là pour la Déesse-mère ? demanda-t-il, vaguement intrigué ; les deux Ladu devaient détonner avec les visiteurs habituels.

— Oui. Deux entrées, s'il vous plaît, dit Bastianu, cherchant à atténuer son accent barbaricin à couper au couteau.

Il tendit un billet à l'homme et attendit la monnaie.

— Vous avez besoin d'un guide ?

Bastianu secoua la tête.

— Très bien. Par ici, je vous prie.

L'homme et le garçon se retrouvèrent dans une salle au milieu de laquelle était exposée une unique sculpture, protégée par une vitrine, une représentation particulièrement ancienne de Déesse-mère méditerranéenne.

Dans la pièce régnait un silence surnaturel.

Bastianu fut comme pénétré d'une sensation d'extase religieuse et se mit à tourner lentement autour de la vitrine, les yeux rivés sur la statuette de quarante-quatre centimètres en marbre blanc brillant qui, après plus de cinq mille ans, resplendissait encore comme de sa propre lumière. Au fil du temps, elle était devenue l'icône par antonomase de la Déesse-mère sarde, représentée sur des bijoux de toutes sortes.

— Pa' ? dit Micheli au bout de quelques minutes. Qu'est-ce qu'on est venus faire ? On doit la voler ?

Le visage de l'homme se détendit en un sourire amusé.

— Non, répondit-il.

— Alors quoi ?

Bastianu demeura silencieux à admirer la beauté virginale et la sacralité de la Déesse, qui dressait un pont entre des temps ancestraux et leur présent. C'était comme si la statue émettait une vibration subtile qui faisait entrer son âme en résonance avec elle.

— Papa ? dit Micheli en le secouant.

— Tu comprendras quand on sera à la maison, se contenta de répondre Bastianu Ladu.

39

Plage des cent mille, Viale Poetto, Cagliari

— Alors ? il te plaît ? demanda Mara. C'est pas bien grand, c'est sûr, mais…

— Je le prends, dit Eva, à la grande surprise de sa coéquipière et de son amie.

— Tu as peut-être envie d'y rester une ou deux semaines, pour voir si ça te convient ? proposa Raffaella, la propriétaire des lieux, après quelques secondes de silence gêné.

— Non, non. C'est parfait. Je le prends, répéta Eva, embrassant du regard les vingt-cinq mètres carrés à peine. Oui, c'est petit, mais la vue est magnifique. Il y a même une cafetière, qu'est-ce que je pourrais demander de plus ?

Raffaella fixa Mara, qui haussa les épaules.

— Elle est de Milan, expliqua cette dernière, comme si cette explication justifiait les bizarreries de sa collègue.

— À partir de quand est-ce que je pourrais m'installer ? demanda Eva.

Raffaella n'était pas préparée à tant d'impatience.

— À vrai dire, ça s'est fait de manière si improvisée que je n'ai même pas eu le temps de… Je ne saurais pas dire…

L'appartement est libre, mais il faudrait au moins que je fasse un coup de ménage et…

— Je peux le faire moi, pas de souci. Si ce n'est pas un problème pour toi, je le prends tout de suite.

— Tout de suite ? Toute de suite quand ?

— Tout de suite maintenant, répondit Eva, souriante.

— Mince, Croce. Le bed & breakfast où tu loges doit vraiment être pourri, pour que tu sois aussi pressée de le quitter, dit Rais.

— Non, c'est que j'ai envie d'un endroit où je me sente chez moi.

— Ben, c'est sûr que ça sera mieux que le logement de fonction qu'ils t'auraient donné à la caserne… Raffae' : qu'est-ce que tu veux que je te dise ? Elle le veut, y a rien à faire.

— OK, dans ce cas… Laissez-moi le temps de descendre imprimer quelques documents et je suis à vous tout de suite.

— Merci, dit Eva.

— Il te plaît vraiment ? lui demanda sa collègue une fois qu'elles furent seules.

— Il est à côté de la mer. On la voit même depuis la lucarne, là… Et puis cette petite terrasse… Viens.

Eva ouvrit la baie vitrée et Mara la suivit sur un modeste balcon couvert qui donnait sur le Viale Poetto et d'où l'on voyait l'immense miroir d'eau immobile des marais salants, constellés de centaines de flamants roses et entourés d'une végétation palustre.

— C'est incroyable…, murmura la Milanaise, admirant la vue appuyée à la balustrade.

Mara secoua la tête et rentra dans le studio, prépara deux cafés et les posa sur la petite table du balcon.

— Merci, dit Eva en sirotant son café.

Mara désigna les marais salants.

— *Sa genti arrubia.*

— Pardon ?

— Les flamants roses. Ici on les appelle comme ça. Ça veut dire “le peuple rouge”.

— Ils sont splendides.

— Aujourd'hui, ils sont le symbole de la ville. Nous avons la plus grande colonie sédentaire d'Italie et une des principales d'Europe. D'ici, tu les vois vraiment bien. Au coucher du soleil, ils migrent là-bas, dans ce qu'on appelle le parc naturel de Molentargius, vers l'étang de Santa Gilla. Des centaines et des centaines d'échassiers roses qui traversent le ciel. C'est à couper le souffle, même pour moi qui y suis habituée… Il y a des gens qui viennent du monde entier pour les voir.

— Alors je dirais que ce gourbi vaut son prix, ne serait-ce que pour le spectacle, non ? dit Eva.

— Tu es sûre que tu le veux ? Il me paraît plus adapté à une étudiante fauchée, ou à une *bagassa*, sauf ton respect.

— Bon, j'exclus le fait d'être une pute, mais je suis une étudiante, non ? J'apprends le *casteddaio*, oui ou non ?

Mara sourit.

— À ce propos…, dit-elle en sortant de son sac un quotidien froissé. Voici ta prochaine leçon. C'est le journal le plus lu de Cagliari. On l'appelle affectueusement l'*Ugnone*.

Eva sourit.

— C'est noté.

— Tu sais quelle est la rubrique la plus populaire chez les Cagliaritains ?

— Je t'écoute.

— La rubrique nécrologique.

— Arrête…

— Je te jure. Les *ziodde* des villages la lisent un crayon à la main et le sourire aux lèvres, et elles découpent fièrement les photos des pauvres femmes à qui elles ont survécu.

— Doux Jésus… Ça me paraît assez macabre, ton truc, Rais.

— Nous autres Sardes savons être très macabres, Croce. On n'arrive pas à ton niveau, c'est clair, mais on s'en approche…

— Si je ne t'envoie pas balader, c'est uniquement parce que tu m'as trouvé un appart… Du nouveau sur Dolores ?

— Zéro. Je l'ai acheté pour ça, mais pas une ligne.

— Tu as réussi à dormir hier soir ?

— Seulement avec un peu d'aide de la chimie… Toi ? Des cauchemars ?

— Oui. J'ai rêvé des deux victimes.

— Je te comprends. Mais je suis sûre qu'au bout de quelques jours, on oubliera toute cette histoire. Parce qu'on a décidé de poser une belle dalle de marbre sur cette affaire, n'est-ce pas ?

Mara ne perçut pas dans les yeux de sa collègue un regard très convaincu.

— Croce ? On a décidé de laisser l'affaire classée, pas vrai ?

— Si, si, bien sûr…, répondit Eva, comme si elle revenait brusquement à elle.

— Me voici, fit Raffaella, rentrant dans le studio avec les documents en main.

— Allez, dit Mara en se levant. Vu que tu as l'air si pressée, signe-moi tous ces *paperi*, comme ça on va pouvoir aller se taper des spaghettis aux oursins pour fêter ton nouveau cagib… Pardon, ton nouvel appart'.

40

Carbonia

Une superficie de vingt-quatre mille kilomètres carrés de bois, de montagnes, de grottes, de terres agricoles, de hameaux, sur la côte et dans l'arrière-pays. Dolores Murgia, si elle avait réellement disparu contre sa volonté, pouvait avoir été emmenée ou cachée n'importe où. Le seul parc du Gennargentu couvrait un territoire de près de huit cents kilomètres carrés et abritait sur ses hauteurs des forêts si denses et si impénétrables que l'on racontait que certaines portions n'en avaient jamais été explorées ; des lieux qui avaient préservé la grâce immaculée du Paléolithique et n'avaient pas connu de présence humaine depuis des millénaires. Des paradis inviolés. Parfaits pour se réconcilier avec les esprits des anciens.

Maurizio Nieddu avait découvert que le gourou de la Nuraxia avait pour habitude d'emmener ses adeptes en "pèlerinage" dans des lieux reculés, le plus loin possible de la civilisation, là où personne ne pouvait les déranger dans leur "transe régressive".

La battue à grande échelle impliquant des agents issus de la brigade forestière, de la Protection civile, de la police d'État et des forces de l'ordre locales n'avait donné aucun résultat. Le commissaire avait soumis une demande d'autorisation pour une exploration élargie à l'aide de drones, mais elle lui avait été refusée ; de nombreuses filles disparaissaient chaque année, et cela faisait moins d'une semaine que Dolores n'était pas rentrée à son domicile. Le fait qu'elle ait intégré le cercle restreint des néonuragiques ne suffisait pas – selon la magistrate – à faire passer le protocole de recherche au niveau supérieur. Les pressentiments de Nieddu ne pouvant être traduits en actes bureaucratiques ni en preuves matérielles, ils n'avaient aucun poids. Les recherches allaient se poursuivre en format réduit, qu'il soit tranquille là-dessus.

Quelle vaste blague, pensa-t-il en se garant à proximité de la maison du gourou. Ce fils de pute correspond parfaitement au profil du psychopathe et il a des antécédents pour viol. Des accusations qui, on ne sait comment, ont fini aux oubliettes. Quelqu'un protège ce mythomane : le plus tôt tu t'en rendras compte, le mieux ça vaudra. Maintenant ça suffit de jouer en suivant les règles.

Il descendit de voiture et regarda autour de lui. Il avait attendu la nuit pour opérer. La maison donnait encore l'impression d'être inhabitée. Le matin, il avait fait un tour de reconnaissance pour repérer d'éventuels systèmes d'alarme : il n'en avait pas trouvé. Le seul obstacle, c'étaient les serrures. Un jeu d'enfant : aucune ne résisterait à son kit de crocheteur, avec un peu de patience et à la faveur des ténèbres.

Il n'avait aucune idée de ce que la petite villa pouvait dissimuler. Mais il lui fallait quelque chose, même la piste la plus infime, pour orienter les enquêtes et les recherches de la fille.

Après une brève inspection, il sauta par-dessus le mur de pierre et se dirigea vers la porte qui donnait sur le jardin à l'arrière de la maison. Il se mit à l'ouvrage sur la serrure, conscient du risque qu'il courait.

La vie de cette gamine pourrait être en jeu. Je me fous des conséquences, se dit-il.

Après quelques minutes de travail, le policier baissa la poignée et entra.

Il déboutonna son étui, libérant son pistolet, et alluma une lampe de poche.

41

Viale Poetto, Cagliari

ELLE AVAIT OUVERT et rangé le contenu des bagages qu'elle avait emportés de Milan. Elle avait gardé pour la fin une valise à roulettes : l'appellation "mini-valise" aurait été plus juste. Eva la fixait comme s'il s'agissait d'un être monstrueux, semblant presque plus effrayée encore par les dessins criards de Minnie et Mickey que par les masques démoniaques que lui avait montrés Barrali. Elle regarda autour d'elle en quête d'une dernière corvée à effectuer, pour temporiser et éviter cette tâche douloureuse, mais le studio, après plusieurs heures de travail, était parfait. Elle n'avait plus d'excuses.

Accepter la mutation avait été un cap très important pour elle. Cela signifiait tourner le dos à la douleur, au passé, et tenter de recommencer à vivre. Après pas loin de deux ans, le moment était venu ; le travail serait son point de départ, comme un moyen de se réapproprier son ancien moi pour reprendre son existence là où elle s'était interrompue. Mais il lui restait encore plusieurs choses à affronter. Le contenu de ce bagage pour enfant en premier lieu. "On ne surmonte pas la douleur en l'éludant, mais en la traversant", lui avait répété son psy jusqu'à l'écœurement. Finis les échappatoires. Finie la culpabilité.

Eva Croce attrapa la valise et la posa sur le lit. Elle fit glisser la fermeture Éclair et l'ouvrit. La valise contenait des vêtements pour enfant. Pour une petite fille de six ans, alors que la sienne en avait huit la dernière fois qu'elle les avait portés : à ce moment-là, la maladie avait déjà interrompu sa croissance. Eva avait enveloppé de cellophane chacun des vêtements afin de préserver son aspect original, pour immortaliser en quelque sorte *sa* présence, mais surtout son parfum. C'était ce qui lui manquait le plus et qui l'angoissait tant, car elle était en train d'oublier l'odeur de sa peau. *Son* identité, *sa* corporéité, dans l'esprit d'Eva, se composaient essentiellement d'odeurs et de parfums, que le temps effaçait chaque jour un peu plus.

C'est étrange, pensa-t-elle. Parfois la mémoire se focalise sur des détails insignifiants, tandis qu'elle glisse sur des éléments qui devraient avoir une importance capitale pour la rémanence du souvenir. Je me rappelle toutes ses notes à l'école et ses résultats d'analyses, mais pas son odeur.

Au prix d'une grande souffrance, Eva libéra un à un les vêtements de la cellophane et les disposa en ordre sur le matelas. Chaque petit pyjama, chaque T-shirt et chaque blouse faisaient déferler des vagues de souvenirs, doux pour la plupart. Tous les habits qui au contraire évoquaient la douleur, les larmes, le désespoir et la maladie, elle les avait jetés un an et demi auparavant.

Quand elle eut fini de tout déplier, la garde-robe de sa fille occupait toute la surface du lit.

Eva ferma les yeux et d'un coup le parfum de la petite fille assaillit son odorat de manière si dure, intense et vivace qu'elle eut presque l'impression de l'avoir auprès d'elle, de sentir son regard sur son visage.

Elle avait peur d'ouvrir les paupières et de découvrir que Maya n'était pas assise là, au milieu de ses petits vêtements. Ou peut-être craignait-elle plus encore l'éventualité de la voir, avec ses grands yeux, ses longs cheveux roux vaporeux et son sourire espiègle. Alors elle les garda fermées et se laissa tomber sur les habits de sa fille, s'enivrant de son odeur. La force prodigieuse de l'odorat ouvrit grand des armoires et des tiroirs mnémoniques qui ramenèrent à la vie des souvenirs nébuleux. En quelques minutes, Eva passa du rire aux larmes, de l'émotion à la douleur. Et pourtant, elle savait qu'elle accomplissait une opération salvatrice pour son âme : elle retournait à la maison, une dernière fois.

Tu me manques, mon trésor, murmura-t-elle les yeux clos, en se caressant le ventre, comme si ce simple geste pouvait rembobiner la pellicule du temps, faire revenir cette vie sacrée en elle, dans ses entrailles. Elle fut envahie d'une sensation lancinante de trahison pour ne pas avoir été capable de respecter son devoir le plus naturel et instinctif, celui de la protéger. Elle avait failli et elle ne pourrait jamais s'absoudre.

Et toi ? Est-ce que tu me pardonneras un jour ? demanda-t-elle à la pièce vide mais quelque part emplie de *sa* présence.

Au bout de quelques minutes elle s'endormit, bercée par les vagues de l'odeur de sa fille, cramponnée à ses vêtements comme à des amulettes capables d'en exorciser l'absence.

42

Carbonia

Quand le faisceau tremblant de la lampe torche passa en revue les murs du "bureau" du gourou, Maurizio Nieddu se maudit d'avoir tant tardé à s'introduire chez lui.

Gesù Cristu…, murmura-t-il, les yeux rivés aux dessins exécutés à la craie sur les parois noires comme des tableaux de classe. Le policier se sentit aspiré dans le temps, jusqu'en novembre 1986, où, à peine sorti de l'adolescence, il avait été détaché sur la scène de crime dans la zone archéologique de Matzanni, entre les monts de Villacidro et Vallermosa. Les croquis sur les murs représentaient la victime qu'ils avaient retrouvée agenouillée devant un des trois puits sacrés, les mains liées derrière le dos, le visage caché par un masque de taureau en bois, le corps couvert de toisons de mouton. Le salopard était doué pour le dessin, mais ce furent les traces de morsures sur les portions de peau découvertes de la victime qui préoccupèrent le plus le commissaire ; la fille non identifiée qu'ils avaient découverte à Matzanni arborait les mêmes lésions, aux mêmes endroits : comme si ce salopard avait été présent ou carrément…

Merde, ça aurait pu être lui, pensa le commissaire en effectuant un rapide calcul mental. À l'époque, Melis devait avoir à peine plus de vingt ans. Trop jeune, peut-être, se ravisa-t-il.

Il poursuivit, toujours en éclairant les murs avec le faisceau de sa lampe. Un autre graffiti à la craie représentait avec précision la scène de l'autre crime rituel: celui de 1975. À l'époque, Nieddu avait vu le dossier de la section homicides. Il reconnut le vestibule de la source sacrée *Su Tempiesu* dans les environs d'Orune, ainsi que la disposition de la victime, anonyme, décrite avec une profusion de détails.

Fils de pute..., murmura-t-il. Les dessins à la craie continuaient: masques zoomorphes, femmes nues devant des autels nuragiques et des menhirs, figures bestiales, cirques mégalithiques... C'était comme si Melis avait imprimé sur ces murs son imaginaire pervers. L'estomac de plus en plus noué, le policier poursuivit son exploration clandestine. Il découvrit, accrochées aux murs, des reproductions d'armes nuragiques et de masques du carnaval sarde. Quand la lumière éclaira un crâne de bouc, Nieddu sursauta et la lampe lui échappa des mains.

Le bureau était encombré de textes sur l'occultisme, de croquis et d'ébauches de rites et sacrifices obscurs, de photographies représentant Melis et ses adeptes dans la forêt, le visage dissimulé derrière des masques, souvent nus, dans une sorte de procession devant les sources sacrées, les puits nuragiques et autres sites archéologiques perdus dans les bois.

La main protégée par le gant en polyéthylène avec laquelle le commissaire examinait les photos tremblait. Il avait le souffle court. Il aurait voulu allumer les lumières pour une inspection plus approfondie, mais n'en fit rien: par peur de trahir sa présence, mais aussi par crainte d'altérer des preuves éventuelles. Plus il passait de temps là-dedans, plus il courait le risque de laisser des traces.

Nieddu se remémora le visage de Dolores Murgia et se sentit pétrifié d'horreur à la pensée que la fille puisse se trouver entre les mains de ce psychopathe.

Tu aurais dû venir ici plus tôt…, se blâma-t-il.

Il revint éclairer les dessins à la craie des meurtres rituels et, en les observant, se fit cette réflexion : Et maintenant, qu'est-ce que je vais bien pouvoir inventer ?

43

Questure de Cagliari

Croce et Rais se retrouvèrent en fin d'après-midi devant le bureau du chef de la section homicides. Croce avait passé la matinée à régler les formalités bureaucratico-administratives pour entrer officiellement en service, et elle en avait profité pour se familiariser avec les bureaux et les différentes sections. Farci les avait convoquées toutes les deux pour faire le point sur la situation, afin de commencer à engranger des résultats.

Rais constata d'un air dégouté que la mise de sa collègue n'avait pas changé : rangers éraflées, jean déchiré, T-shirt d'un groupe de rock dont elle n'avait jamais entendu parler, blouson en cuir, piercing au nez et une flopée de boucles d'oreilles. Comme toujours, la seule ombre de maquillage sur ce visage diaphane était un trait de crayon trop prononcé sur le contour des yeux, qui lui faisait un regard sinistre ; ses cheveux – trop longs et trop foncés à son goût – renforçaient son air émacié ; elle ne portait pas de vernis sur ses ongles coupés à ras.

Au bout d'un petit quart d'heure d'antichambre, Mara, agacée, ne résista pas à lui lancer une pique après l'avoir toisée de la tête aux pieds :

— Dis-moi, tu reviens d'un concert de reformation de Led Zeppelin ou tu cherches à rentrer aux stups comme infiltrée ?

Eva lui renvoya son regard méprisant.

— Ben ça, de la part de quelqu'un qui s'habille comme une secrétaire de film porno…

Mara lui adressa un sourire glacial et lui montra son majeur.

— Je t'emmerde, murmura-t-elle.

Eva se mit à jouer avec son piercing pour l'embêter.

— Alors ? Comment ça va dans ta boîte de sardines ? reprit Mara au bout de quelques secondes, détournant le regard.

— C'est juste un point de chute, Rais. Une solution temporaire.

— Donc tu n'as pas l'intention de rester ? Tu te fais muter ?

— Mon Dieu, ton visage s'est illuminé. Je viens juste d'arriver. Je te les brise à ce point-là ? la charria Eva.

Sa coéquipière sourit, sournoise.

— En vérité, non, Croce. Je commence à réaliser que je vais devoir te supporter. Toi, ton look de métalleuse et ton teint cadavérique.

— C'est pas vrai, tu remets ça ? Moi non plus je ne saute pas de joie à l'idée de rester ici, mais c'est comme ça… Qu'est-ce que tu dirais de te montrer un peu plus professionnelle et de me briefer sur les dossiers ?

Rais souffla bruyamment.

— Ils nous ont refilé la bagatelle de trente homicides non résolus, pour le moment. Pendant que toi, tu faisais la visite guidée de la questure, moi je les ai examinés un par un et divisés en deux tas, quinze chacune, des plus récents aux plus anciens. Pour l'essentiel, ce sont des crimes familiaux : des gens tellement bêtes qu'ils ont réussi à passer entre les mailles du filet.

— Je parie que tu m'as refourgué les plus coton…

— Évidemment. J'ai choisi ceux qui ont eu lieu dans des quartiers où il y a de grandes chances qu'on ne te parle qu'en dialecte. J'ai tellement hâte de t'entendre les interroger à Sant'Elia ou à San Michele… Enfin bref, à mon avis, avec les tests ADN, on en résoudra la moitié en un mois. C'est plus un truc pour la scientifique : nous, on doit juste coordonner l'ensemble.

— C'est pas plus mal.

— Mon idée, si on veut gagner du temps, c'est de travailler chacune de son côté, et de ne se réunir que lorsqu'il faut interroger un suspect ou procéder à une arrestation.

— Dans la série : moins on a affaire l'une à l'autre, mieux c'est. Ça me va… Les homicides de Barrali sont compris dans tes trente dossiers ? demanda Eva.

— Non, je les ai remis aux archives.

— OK. Mais c'est toi qui l'annonces à Farci.

— Merci mille fois, Croce, c'est vraiment un bonheur de faire équipe avec toi.

— Je te renvoie le compliment.

— Fais entrer le chat et le renard, dit le commissaire en chef depuis son bureau, assez fort pour se faire entendre.

Ilaria Deidda, la collègue de la section homicides, franchit le pas de la porte et, avec un sourire, annonça aux deux inspectrices que le chef était tout à elles.

— Il est de quelle humeur ? demanda Rais.

— Comme d'habitude, articula Ilaria.

— Ce qui signifie que sa femme a encore fermé les cuisses hier soir, *sciadau*.

— Je t'ai entendue, Rais ! Allez, dépêchez-vous, je n'ai pas de temps à perdre !

— Oh, oh, scanda cette dernière en fronçant les sourcils.

Elle prit une profonde inspiration et entra dans le bureau de son supérieur, suivie par Eva qui secouait la tête.

44

Territoires des Ladu, Barbagia supérieure

Les deux jeunes regardaient le cheval s'abreuver dans la rivière, allongés dans le pré constellé de fleurs. Ils profitaient du calme de la campagne après avoir fait l'amour dans la remise à côté de l'amanderaie, à quelques dizaines de mètres du cours d'eau émeraude. C'était une splendide fin de matinée. Une lumière ambrée inondait le torrent bordé de saules et de lauriers-roses et réchauffait les deux amants enlacés, étendus sur le manteau du garçon comme par une journée de printemps. Les parfums du bois derrière eux imprégnaient l'air, et le gargouillement de l'eau en mouvement les rassérénait.

— Où tu es allé hier matin ? J'ai entendu que tu étais parti avec ton père, dit en sarde la fille, Esdra Ladu, d'un an plus âgée que lui.

Micheli continua à lui caresser ses cheveux satinés, en se rappelant qu'à peine quelques années plus tôt, quand ils étaient encore enfants, ils descendaient ensemble à la rivière, sortaient les nasses d'osier de la remise et s'amusaient à pêcher des truites et autres poissons d'eau douce.

Quand est-ce qu'on a grandi ? se demanda le garçon. Quand est-ce qu'on est tombés amoureux ?

— Oh ! dit Esdra, en le secouant avec force. Dis-moi où vous êtes allés : je meurs de curiosité.

— Quelque part, dit-il.

Elle lui planta un coup de coude dans les côtes, le faisant rire et gémir de douleur en même temps.

— Alors ?

— Il m'a emmené dans un musée, à Senorbì.

Esdra fit une drôle de tête. Elle ne voyait vraiment pas un type comme Bastianu, son oncle au deuxième degré, visiter un musée.

— Et qu'est-ce que vous avez vu ?

— Une statue… On l'appelle la Déesse-mère.

Il s'interrompit pour siffler le pur-sang qui pénétrait au milieu des joncs palustres dans un coude de la rivière, enfonçant ses sabots dans le sol marécageux avec le risque de se fouler une jambe.

— Elle était belle ?

Le garçon haussa les épaules.

— Une statue. Un morceau de marbre, rien d'exceptionnel. Toi, tu l'aurais mieux réussie.

La jeune fille resta silencieuse plusieurs secondes.

— Et ensuite ?

— Ensuite quoi ?

— Qu'est-ce que vous avez fait ? demanda Esdra, agacée.

— Rien. On est rentrés à la maison.

— Donc vous êtes allés jusque là-bas juste pour voir cette statue ?

— Voilà. C'est fou, hein ? Moi aussi, ça m'a semblé une perte de temps.

— Et ton père, qu'est-ce qu'il a dit ?

— Que je comprendrais après.

— Trop bizarre…

— Mon père et mon arrière-grand-père sont très bizarres, tu le sais.

— Tu ne te demandes jamais comment ça serait de s'en aller d'ici ? demanda Esdra après quelques minutes d'un apparent silence contemplatif. (À en croire l'intensité de son ton, elle avait dû longuement couver ces mots, craignant presque de les prononcer.) Tu n'en as pas marre de cette vie d'ennui, au milieu des champs et des animaux, sans télé, sans portable, coupés de tout ? À obéir aux vieux, comme si c'était nous les bêtes ?

— Le monde dehors, c'est de la merde. On vit comme ça pour se protéger, tu le sais, dit Micheli, une note âpre dans la voix.

— Ça, c'est ce qu'ils nous ont toujours fait croire, mais toi, qu'est-ce que tu en sais ? Qu'est-ce que tu en sais de ce que ça veut dire de vivre normalement ?

— J'ai confiance en mon père.

— Moi, je veux m'en aller. Je n'y arrive plus.

Micheli la fixa, sérieux, puis il sourit.

— Tu plaisantes, pas vrai ?

— Pas du tout… J'en ai marre. Je ne veux pas finir comme mes sœurs.

— Tu ne veux pas vivre avec moi ?

— Bien sûr que je veux vivre avec toi, mais pas ici. Pas au milieu de notre famille… Je veux voir le monde. Tu te rends compte que je n'ai jamais vu la mer ?

— Esdra, fais attention à ce que tu dis. Si ta mère t'entend, elle va t'écorcher comme une truie.

— C'est exactement ça le problème. Quel mal il y aurait ? On est allés à l'école jusqu'au collège, ici au village, où tout le monde nous regardait de travers. Et après ? Enfermés ici, loin de tout. C'est ton père qui nous raconte comment est le monde, mais nous, on ne peut pas le voir. Pourquoi ?

— On a tout ce qu'il nous faut ici. Tu m'as, *moi.*

Elle lui caressa la joue, voilée des premières ombres de barbe.

— Je sais, mais je veux vivre avec toi ailleurs, pas ici.

Micheli s'assombrit.

— Je n'aime pas ces discours. Ici, tu as ta famille. Tu voudrais vraiment abandonner tout le monde ? Comme ça, de but en blanc ?

— Tu t'es déjà demandé pourquoi ils nous forcent à vivre ici de cette façon ?

Le garçon la repoussa d'un geste brusque et se leva en rappelant le cheval.

— Je n'aime pas le ton que tu emploies, Esdra. Tu dis des conneries… Ici c'est ta terre et ta famille. Il y a qui, dehors, putain ? Qui prendrait soin de toi là-bas ? dit-il, cassant, en indiquant du menton le monde au-delà de la montagne. Je vais te le dire, moi : personne.

— Je ne voulais pas te mettre en colère…

Le garçon secoua la tête, irrité, et sella le cheval.

— Allez, l'exhorta-t-il.

Il l'aida à monter puis lança la monture au trot le long des sentiers muletiers qui grimpaient vers la communauté des Ladu, cravachant la bête avec une violence excessive.

Aucun des deux ne prononça un mot sur tout le chemin du retour.

Le cœur de Micheli était en plein tumulte. Les paroles de la fille qu'il aimait avaient réveillé de vieilles inquiétudes, d'amères interrogations auxquelles il n'avait jamais trouvé de réponse.

Et si Esdra avait raison ?

Il fouetta la bête plus fort encore, angoissé par ces questionnements, et chercha en vain à les faire taire.

— On se voit ce soir ? demanda la fille quand il la laissa à l'entrée du village.

— Non. Cette nuit, je dois aller quelque part avec mon père, répondit Micheli, abrupt.

— Où ça ?

— Rentre à la maison, Esdra, et sors-toi de la tête ce que tu m'as raconté, dit-il avant de s'éloigner vers les écuries sans un regard en arrière.

45

Viale Europa, Cagliari

Au sommet de cette colline, on avait l'impression d'avoir Cagliari à ses pieds. Il commençait à faire nuit et, depuis ce belvédère naturel, on entrevoyait un tapis infini de points lumineux qui drapait la ville. Un panorama à couper le souffle.

— C'est l'avenue la plus célèbre de Cagliari. Celle où on échange les premiers baisers, où on se retrouve avec les amis, où on fête les choses importantes... D'ici, on voit pratiquement toute la ville, expliqua Mara, blottie dans son manteau.

— C'est splendide. Vraiment.

— Elle est en retard, dit Mara en fixant sa montre. Elle devrait déjà être là.

Sans détacher les yeux de cette vue paradisiaque, Eva demanda à sa collègue :

— Tu ne m'as pas encore dit ce que tu pensais de la manœuvre de Farci ?

Mara haussa les épaules.

— Qu'est-ce que tu veux que je te dise... C'est une perte de temps.

Pendant l'entrevue avec leur supérieur, les deux enquêtrices lui avaient raconté leur journée avec l'inspecteur sans omettre le moindre détail, pas même l'état de confusion dans lequel avait sombré Barrali une fois qu'ils avaient laissé Carbonia derrière eux. Devant leur perplexité quant à la résolution de l'affaire et à leur proposition de ne pas la rouvrir, Farci s'était inscrit en faux : il voulait au moins donner une dernière chance au vétéran.

— Les victimes n'ont jamais été identifiées, avait-il insisté. C'est inadmissible. Je veux au moins un test ADN sur les corps, ou plutôt sur ce qu'il en reste.

— Ça signifie…

— Je sais ce que ça signifie, Rais. Ce n'est pas une suggestion… J'ai déjà pris les devants avec le magistrat. Occupe-t'en dès que possible, même si ce n'est que pour la forme, pour que le vieux parte l'âme en paix. S'il commence déjà à disjoncter, eh bien… Vous m'avez compris.

Alors les deux inspectrices étaient descendues dans la vieille salle des archives de la brigade mobile et avaient rédigé ensemble une demande d'exhumation des corps avec analyse du profil ADN, qu'elles avaient soumise par mail au substitut du procureur chargé de collaborer avec l'unité des crimes non élucidés ; le magistrat ne devait pas avoir grand-chose à faire, parce qu'il avait répondu en moins de deux heures, déclarant avoir confié la tâche à un médecin légiste et à un généticien de l'institut médicolégal de Cagliari, avec un délai de soixante jours pour remettre leurs conclusions, et il avait joint l'autorisation d'exhumation avec retrait du cercueil aux cimetières d'Orune et de Vallermosa, où avaient été enterrées les victimes.

— Barrali sera content, au moins, dit Mara.

— Voilà sa femme… Allons voir ce qu'elle nous veut, répliqua Eva.

Les deux policières allèrent à la rencontre de Grazia Loy, qui avait demandé un rendez-vous à Mara. Les trois femmes se saluèrent et s'assirent sur un banc au sommet de la colline, face à la ville qui s'enfonçait chaque minute un peu plus dans les brumes de la nuit.

— Merci pour votre disponibilité, dit Grazia.

— Mais avec plaisir. Comment va Moreno ? demanda Eva.

La femme se contenta de secouer la tête.

— Je… Je ne lui ai pas dit que je venais vous parler. Il n'aurait pas approuvé.

Les deux policières échangèrent un regard plein de désarroi.

— Je suis sûre qu'il n'a même pas évoqué sa maladie avec vous.

— Tu parles de la tumeur ? Bon, pas dans le détail, mais je dirais que c'est assez évident, malheureusement…

— Non, Mara. Ce n'est pas de ça que je parle.

— Alors non, intervint Eva. On ne sait rien de plus.

— C'est bien ce que je pensais… Moreno souffre de ce que l'on appelle la démence à corps de Lewy. C'est une maladie neurodégénérative, une démence sénile précoce, similaire à Alzheimer. Elle conduit dans un temps relativement bref à un grave déclin cognitif, avec troubles de la mémoire, grosses variations de l'attention, paranoïa, anxiété, crises d'angoisse, hallucinations, tremblements de repos et tout un tas d'autres symptômes affreux.

Les policières restèrent bouche bée : cette nouvelle information rebattait toutes les cartes.

— Il n'y a aucun lien avec la tumeur, mais il est probable que le cancer accélère l'évolution de la démence… Il l'a cachée pour garder son poste. Il ne me l'a même pas dit à moi, je l'ai découverte toute seule.

Derrière le maintien de la femme élégante assise à côté d'elle, Eva voyait défiler en creux toute la peur et l'angoisse dues au fait d'affronter seule cette situation. Elle avait pitié d'elle, et l'admirait en même temps ; elle connaissait bien l'aridité du désert émotionnel dans lequel sombraient ceux qui assistaient, impuissants, au déclin du malade.

— Personne ne peut dire à quelle vitesse ça ira, si la tumeur le tuera avant qu'il perde complètement le sens de la réalité, mais je peux vous assurer qu'à chaque jour qui passe, je perds des morceaux de lui. Je le vois : ça se produit sous mes yeux. C'est comme s'il était en train de lentement s'atrophier.

— J'imagine qu'il n'y a pas de traitement…, commença Mara.

— On peut seulement essayer de contrôler la maladie, de temporiser avec des médicaments, mais on ne peut pas l'arrêter.

— Je dois te dire la vérité : l'autre jour, on s'est aperçu que quelque chose n'allait pas, annonça Eva.

— Et vous n'avez pas idée à quel point ça l'a mis au trente-sixième dessous, à quel point il s'est senti humilié que son esprit le trahisse justement devant vous. C'est ça le plus douloureux : être conscient de ce qui lui arrive. Il s'en rend compte. Et ça le détruit…

— Merde, tu ne peux pas savoir comme je suis désolée. C'est un homme très intelligent, et à part cet après-midi-là, il nous a toujours paru tout à fait lucide, dit Mara. Nous… Il y a quelque chose qu'on puisse faire ?

— Je n'en ai aucune idée. Sincèrement, je ne sais même pas pourquoi je suis venue ici, mais ça me paraissait important que vous le sachiez. Les neurologues ne seraient sans doute pas de cet avis, mais moi je crois que c'est son obsession pour cette affaire qui l'a rendu malade.

— Tu parles des homicides non résolus ?

— Oui. Depuis que je le connais, ça le tourmente. Cette affaire est en train de le tuer. Littéralement.

Eva retourna par la pensée dans “l'antre de la bête”, comme l'avait défini Rais, où le policier conservait tous les éléments sur ces meurtres : à la longue, s'enfermer délibérément dans cette réalité avait dû le rendre malade, elle en était convaincue elle aussi.

— Donc tu nous suggères de ne pas rouvrir le dossier ? demanda Eva.

— Je ne sais pas, et je ne crois pas non plus que la décision vous appartienne vraiment. Ce que je voudrais, c'est qu'il arrête, qu'il pense sérieusement à se soigner et qu'il laisse cet enfer derrière lui.

— Et comment peut-on le convaincre de faire une chose pareille ? s'enquit Mara.

— En lui disant que vous prenez la relève, que c'est vous qui tâcherez de rendre justice, dit la femme avec un regard suppliant.

46

Vallée des âmes, Barbagia supérieure

À PEINE SORTIS des galeries de la forêt, ils entendirent le vent qui sifflait entre les fissures de la roche, créant une épaisse trame de murmures sinistres. On aurait dit que la nature autour d'eux les mettait en garde avant de pénétrer dans ce territoire ancestral, dans cette brèche invisible entre présent et passé. Par-dessus le chuintement de la brise, le vrombissement hypnotique des insectes et l'entrelacements des bruits de la nuit, on distinguait les craquements secs des glands piétinés par leurs lourds brodequins sur les étroits sentiers de pierre granitique, battus seulement par les animaux sauvages et nullement adaptés au passage d'êtres humains.

Micheli suivait son père, agile comme une bête de montagne, avec une profonde excitation : il avait rêvé de ce moment toute sa vie. Les arbres et les buissons du maquis, fouettés par le vent, libéraient d'intenses parfums : le garçon percevait avec une grande netteté l'arôme du myrte sauvage qui vivifiait l'air, faisant de chaque bouffée d'oxygène un fortifiant qui l'aidait à surmonter l'effort de la montée. Ils allumèrent leurs lampes électriques, car l'obscurité coagulait peu à peu, et le garçon nota les incisions sur l'écorce des arbres : demi-lunes, spirales, protomés taurins, *pintaderas* et autres symboles funèbres et ésotériques qui semblaient annoncer un parcours initiatique.

Au bout de quelques dizaines de mètres, la lampe de Micheli éclaira les premiers poteaux sacrificiels : des bâtons pointus plantés dans le sol auxquels pendaient les carcasses purulentes d'animaux et d'oiseaux, grouillantes de vers ; quelques années plus tôt, ses cousins et lui s'étaient chargés de circonscrire le lieu avec cette enceinte de mort qui – aux dires des hommes plus anciens – générait une force protectrice, une sorte de barrière destinée à empêcher les non-initiés d'accéder à la zone sacrée ; pour eux, ça avait été comme un jeu d'empaler de petites bêtes sauvages, en veillant à les remplacer une fois que le temps et les éléments les avaient dépouillés de leur chair, mais aucun d'eux n'avait jamais compris en quoi consistait exactement ce rite macabre auquel les vieux accordaient tant d'importance.

Quand le garçon franchit le seuil des poteaux, il eut la chair de poule sous sa lourde capote d'orbace. Jamais il ne s'était enfoncé aussi profond dans la vallée des âmes, car il lui avait toujours été défendu de pénétrer dans cette zone : seuls quelques adultes parmi les Ladu étaient autorisés à le faire, et son père faisait partie des rares élus.

— *Bene istas ?* demanda soudain Bastianu.

— Oui, *pa'*. Je vais bien.

— Alors arrête de regarder autour de toi et fais attention où tu mets les pieds. Il s'en faut d'un rien pour perdre l'équilibre et tomber dans ces crevasses. Là-dessous, c'est plein de squelettes de Ladu qui sont morts par négligence, lui dit Bastianu dans un sarde antique. Personne n'a jamais pris la peine d'aller les récupérer parce que ces *nurras* sont trop profondes.

Micheli observa avec horreur les cavités rupestres entre les rochers et hocha la tête, effrayé par la perspective de tomber dedans.

Ils progressaient avec difficulté, grimpant sans cesse plus haut. Aux branches des arbres solitaires qu'ils croisèrent en chemin, Micheli vit osciller des amulettes primitives destinées à chasser les esprits, réalisées avec des crânes d'animaux reliés par des nerfs de bœuf; le vent les faisait carillonner, donnant l'impression que les crânes riaient. Micheli sentit remonter dans sa gorge le goût de la soupe au lard et aux pois chiches qui avait constitué son dîner et, pour ne pas rendre, il se concentra sur le sol de granite rendu glissant par la mousse, veillant à ne pas se fouler une cheville.

Quand son père lui fit signe de s'arrêter, le garçon se rendit compte que l'odeur minérale de la roche avait laissé place à des relents d'humidité putride dont il n'arrivait pas à déterminer la source.

— On est arrivés, dit Bastianu.

Micheli regarda autour de lui, confus : il ne voyait rien d'autre qu'une paroi de roche schisteuse. Il regarda son père se courber et, en l'éclairant avec sa lampe, il distingua une cavité rendue invisible par la végétation, d'où émanait la pestilence.

— On doit descendre là-dedans ? demanda-t-il, incrédule, en observant l'entrée de la grotte.

Bastianu ne répondit pas : il écarta avec ses mains les arbustes épineux et les buissons de genévrier et se laissa tomber dans ces abysses de pierre qui dissimulaient l'énigmatique mémoire de leurs ancêtres.

Resté seul dans la nuit chuchotante, Micheli prit son courage à deux mains et se glissa à son tour à travers la mince échancrure dans le ventre de la roche, en se demandant comment diable son géant de père avait réussi à passer. L'air paraissait vicié par l'odeur stagnante de l'intérieur des montagnes, si intense qu'elle vous retournait l'estomac. Là-dessous, la température semblait plus basse de quelques degrés. Le garçon se blottit dans sa capote pour se réchauffer.

— Peur ? demanda Bastianu avec une pointe d'ironie, observant comment la sensation de claustrophobie avait dilaté les pupilles de son fils.

On eût dit que sa voix profonde se réverbérait en centaines d'échos. Ses mots, une fois exhalés, se muaient en nuages de condensation.

Micheli secoua la tête et suivit son père dans la gueule de calcaire. Au bout de quelques mètres, l'homme ramassa une torche par terre et l'alluma, éclairant la cavité souterraine à la lumière vacillante des flammes et importunant une colonie de chauves-souris qui partirent dans des voltiges chaotiques au-dessus de leurs têtes.

— Ne fais pas attention… C'est ici que vivaient et se réfugiaient nos ancêtres.

— Il y a combien de temps ?

— Il y a six, sept mille ans. Peut-être plus.

— Pourquoi on est descendus ici ?

— Tu poses trop de questions, garçon. *Mudu* et suis-moi.

Micheli obéit. Il se retrancha dans un silence absolu et talonna son père qui évoluait dans l'obscurité des cavernes avec l'assurance des chauves-souris qui voletaient autour de lui. Quelques minutes plus tard, Bastianu s'arrêta et fit un pas de côté pour permettre à son fils de contempler d'en haut une cuvette aménagée dans la roche.

Micheli prit dans sa main le flambeau que l'homme lui tendait et, éclairant la zone devant lui, regarda en bas et sentit son souffle se bloquer dans sa poitrine.

47

Cagliari

— À TON AVIS, c'est pour ça qu'ils n'ont pas eu d'enfants ? demanda Mara, rompant le silence qui s'était installé entre elles après le départ de Grazia Loy. À cause de l'affaire ?

— Oui, ça se peut, répondit Eva, à côté d'elle sur le banc, le regard perdu vers la ville qui se noyait dans l'obscurité. À la place de Grazia, j'y aurais réfléchi à deux fois avant de donner le jour à un enfant, en sachant que mon mari a la tête ailleurs en permanence, dans un monde de noirceur et de violence. Mais qui sait, peut-être qu'ils n'ont pas pu en avoir.

— Dis, il n'y a que moi qui me sens au fond du trou, ou bien…

— Non, moi aussi je me sens comme ça, Rais.

— Le pauvre…

— Oui… Tu crois qu'on devrait le dire à Farci ?

Mara médita là-dessus quelques secondes.

— Je ne sais pas… Quoi qu'il arrive, cette histoire de démence ne change rien à la situation. Toutes les pistes qu'on a sur les deux homicides ne sont pas seulement froides : elles sont carrément congelées… Je regrette déjà d'avoir dit oui à cette femme.

— À ton avis, d'où lui vient cet empressement à découvrir la vérité, à trouver un coupable ou une solution ? Tu ne penses pas que ça va un peu trop loin ? demanda Eva. C'est obsessionnel.

— Qu'est-ce que tu veux que je te dise… *No ddu sciu*, je ne sais pas.

— Si on en parle à Farci, il est probable qu'il nous ordonne de ne plus l'impliquer dans l'enquête.

— Ça, c'est sûr.

— Et ça, ça tuerait Moreno encore plus vite que la tumeur.

— Si on le lui cache, en revanche, et que d'une manière ou d'une autre il l'apprend, c'est Farci qui nous tue.

— Sacré dilemme.

— Bon. La nuit porte conseil : demain on décidera quoi faire, dit Rais en se levant. Je dois aller chercher Sara chez mes parents.

— Du nouveau concernant Dolores ?

— Rien pour l'instant.

— Comment tu le sens ?

Mara s'assombrit.

— Mal… Très mal.

— On est deux, alors, répondit Eva avant de la saluer.

48

Grottes de la Déesse, Barbagia supérieure

Ils se trouvaient dans une sorte de vaste sanctuaire souterrain : une nécropole paléolithique hypogée, un amphithéâtre rocheux composé de centaines de chambres funéraires creusées dans le trachyte, dotées de petits portillons étroits et abritant chacune une tombe à fosse monocellulaire.

— Descendons, murmura Bastianu d'un filet de voix, comme pour ne pas altérer l'immobilité et le silence ataviques qui régnaient dans les grottes ; on aurait dit que le temps s'y était cristallisé plusieurs millénaires auparavant.

Micheli éclaira les vestibules des cellules décorées de motifs spiraliformes, de dents de loups revêtues d'ocre rouge – couleur de la régénération –, de protomés taurins, de pétroglyphes, de fausses portes symbolisant l'entrée dans l'au-delà et de plusieurs symboles de la Déesse-mère que le garçon avait vue au musée de la Trexenta ; leurs ancêtres avaient aménagé de petites niches et construit des autels et des coupelles pour déposer les offrandes et le mobilier funéraire des défunts, dont on voyait encore les traces : vases, colliers, statuettes, armes et masques ornaient les tombes. Le garçon était bouche bée. Il percevait la présence d'une entité imprégnant chaque chose, comme une force magnétique qui le traversait de part en part et le rappelait à elle. Les catacombes serpentaient dans le labyrinthe de galeries karstiques qui pénétrait dans l'utérus de la montagne : ces profondeurs l'inquiétaient et le fascinaient tout à la fois, il voulait découvrir où elles conduisaient.

— Voilà où reposent nos ancêtres, murmura Bastianu.

Micheli acquiesça, encore incrédule ; il n'aurait jamais pu imaginer que leurs territoires étaient situés au-dessus d'une crypte préhistorique d'une telle ampleur, ni que leur famille était aussi ancienne.

— Viens, dit son père, en lui posant une main sur le dos pour l'inviter à avancer. Nous n'en sommes qu'au début.

Ils poursuivirent leur chemin en passant devant des chambres mortuaires de plus en plus larges. Les pétroglyphes changeaient, eux aussi : c'étaient désormais des bas-reliefs aux motifs en candélabre, des dessins de crânes censés protéger le sommeil des défunts et des figures anthropomorphes dotées de cornes de taureau. Plus ils descendaient la pente qui les menait dans les profondeurs, plus l'air se faisait vicié, voire par moments irrespirable. Le garçon était sur le point d'avouer à son père qu'il avait besoin d'une pause pour reprendre son souffle, quand Bastianu lui prit la torche des mains et éclaira la grande cuvette de deux mètres environ qui constituait la dernière pièce de la nécropole.

— Ça te rappelle quelque chose ? murmura l'homme.

Devant eux, posée sur une sorte d'autel sacrificiel avec des bas-reliefs représentant des spirales, se dressait une reproduction de la Déesse-mère de Turrìga grandeur nature. Sa hauteur d'un mètre soixante n'était pas l'unique différence avec la statuette qu'ils avaient vue au musée ; la couleur et le matériau aussi étaient en tout point distincts : la Déesse, qui semblait les observer, était d'un noir huileux, translucide, caractéristique de la roche dans laquelle elle était taillée, l'obsidienne.

Micheli sentait clairement que l'espèce de courant qui l'avait envahi dès qu'il avait posé un pied dans la grotte provenait de la statue. Sans même s'en rendre compte, il se retrouva le visage strié de larmes. Il avait l'impression d'être en présence, non pas d'un bloc de pierre, mais d'une entité vivante qui dégageait une force surnaturelle, éternelle et immuable.

— Voilà ce que sont les Ladu, mon fils, dit Bastianu dans leur dialecte. Nous sommes les gardiens de la Déesse, depuis l'aube des temps.

Cette langue avait le poids de l'Antiquité, qu'on discernait à chaque parole ; Micheli n'en avait jamais eu autant conscience qu'à ce moment.

— Telle est notre mission. Préserver ce lieu, révérer la Mère, la nourrir quand elle a faim.

— La nourrir ? demanda le garçon, qui ne parvenait pas à détacher ses yeux de la Déesse noire.

Bastianu le saisit par le bras, l'arrachant à son extase, et le fit approcher du pan de roche derrière la statue.

Leurs ancêtres avaient gravé des pétroglyphes sur cette vaste paroi : des signes et des peintures représentant une nuit étoilée et, par terre, des figures féminines, allongées au sol dans une soumission presque bestiale, les mains liées derrière le dos, nues, le visage couvert de ce qui semblait être des crânes de bouc, et la gorge ouverte d'où jaillissait du sang, reproduit sur la pierre avec de l'ocre rouge. Les femmes étaient nombreuses, toutes penchées vers une réplique en bas-relief de la Déesse noire, vers laquelle s'écoulait le sang des vestales, comme l'eau qui vient arroser les racines d'une plante.

Bastianu approcha encore la torche des graffitis, indiquant à son fils une figure anthropomorphe dont le visage était dissimulé par un masque, d'apparence bovine ; un être revêtu d'une fourrure animale qui se tenait debout devant la Déesse, une lame au poing.

— Celui-ci, c'est *su mazzamortos*, le passeur des âmes. Quand la Mère a faim, nous la nourrissons. Depuis toujours, depuis la création de ce refuge, il y a plusieurs millénaires de ça. Mon grand-père et moi, nous avons été les derniers gardiens, les derniers *mazzamortos*. Désormais, c'est ton tour…

49

Carbonia

Maurizio Nieddu avait vu avec une certaine satisfaction Adele Mazzotta, la magistrate en charge du dossier, blêmir tandis qu'elle errait, désorientée et abasourdie, dans le macabre bureau du gourou.

Il fallait y penser avant, connasse, pensa-t-il.

Quand la femme lui dit qu'elle avait besoin de reprendre ses esprits une seconde et respirer une bouffée d'air pur, le commissaire acquiesça d'un air compréhensif et en profita pour photographier avec son portable ce qu'il avait trouvé, murs et masques inclus, et envoyer les photos par WhatsApp à l'inspectrice des affaires classées, Mara Rais. *Voici la maison de Melis, le gourou de la Nuraxia. Ça te rappelle quelque chose ? Ça reste confidentiel, pour l'instant. Je crois que ce serait bien de se revoir bientôt*, écrivit-il en accompagnement des photos.

— Tout va bien ? demanda le commissaire à la magistrate en la rejoignant dehors.

— Redites-moi comment ceci a été porté à votre connaissance ? répliqua-t-elle, cherchant à recouvrer son aura d'autorité.

— Un signalement téléphonique. Quelqu'un qui promenait son chien a entendu des bruits venant de la maison et affirme avoir vu une personne s'enfuir en catimini. Nous avons envoyé une équipe, qui a trouvé des signes manifestes d'effraction. Les deux agents sont entrés pour jeter un œil et s'assurer qu'il n'y avait pas de victime, et ils sont tombés sur les dessins et le reste. Ensuite, ils sont venus au rapport, expliqua Nieddu en se gardant bien de préciser que c'était un ancien collègue retraité qui avait appelé le central sur ses instructions.

Adele Mazzotta fit semblant de le croire. Elle était encore secouée par les photos des néonuragiques nus dans la forêt, le visage dissimulé par ces masques démoniaques, par les orgies au milieu des cirques mégalithiques et sur les tombes des géants, sans parler des dessins aux murs.

— Faites venir les chiens de la brigade des stupéfiants pour voir s'il cache quelque chose que nous pourrions utiliser contre lui. Nous allons également émettre un mandat de comparution pour ce fils de pute, et lancer des recherches par drone, mais sans les rendre publiques, dit-elle, résolue. Dieu nous garde que cette pauvre fille soit vraiment entre les mains de ces cinglés, mais si c'était le cas et qu'ils nous savaient à leurs trousses, ils pourraient s'en prendre à elle.

Enfin elle se réveille, la Belle au bois dormant, songea Nieddu.

— C'est comme si c'était fait, madame la substitut, répondit-il.

— Aujourd'hui, nous sommes le 1er novembre, continua-t-elle d'un air distrait. C'est la nuit au cours de laquelle ils ont retrouvé les victimes de ces étranges meurtres rituels il y a des années de ça, n'est-ce pas ?

— Exactement. *Sa die de sos mortos*, répondit le commissaire.

— J'espère de tout mon cœur me tromper, mais j'ai un mauvais pressentiment... Rassemblez les pièces à conviction, faites une copie de tous les éléments et transmettez-les à la questure de Cagliari. Nous aurons aussi besoin de leur aide pour les recherches, et il vaut mieux qu'ils prennent immédiatement connaissance du sujet.

— Je m'en occupe tout de suite, madame, dit Nieddu, en se dirigeant vers sa voiture.

— Une dernière chose, commissaire.

— Dites-moi.

— J'ai étudié le casier judiciaire de Melis. Il a fait l'objet de plusieurs plaintes pour viol et harcèlement. Elles ont toutes été retirées, les accusations récusées et archivées. Vous avez une idée de ce qui a pu se passer ?

— J'ai peur que cette secte ne soit pas fréquentée que par des mythomanes et des désespérés en quête de réponses et de guérison, mais aussi par des personnalités influentes... Et je soupçonne Melis d'être protégé par quelqu'un de très important.

50

Salle des archives de la brigade mobile, questure de Cagliari

Rais et croce s'étaient plongées tôt le matin dans leurs dossiers respectifs, jonglant entre les coups de fil au bureau des immatriculations, à l'état civil et à divers services municipaux, pour vérifier que les suspects et les prévenus de vingt ans plus tôt étaient toujours en vie et soumettre ainsi aux magistrats les demandes de prélèvement ADN. Aucune des deux n'avait mentionné l'entrevue avec la femme de Barrali, comme si elles n'avaient pas encore pris de décision sur le sujet.

— La vache…, éclata Rais, après un énième coup dans l'eau. C'est vraiment le bonheur de bosser aux affaires classées : en gros, je suis devenue secrétaire.

— Et on vient juste de commencer, renchérit sa collègue.

— Ça te dit, un café ?

— Encore ? Tu veux me faire avoir un infarctus ?

— N'importe quelle excuse serait bonne pour sortir quelques minutes de ce trou à rats.

Eva s'étira, faisant craquer ses vertèbres.

— Je peux te poser une question ?

— Bien sûr. Tu veux le numéro d'un bon styliste ? Parce que j'aimerais t'informer que la mode ne s'est pas arrêtée au punk. Je t'assure qu'elle a évolué…

— OK, fais comme si je ne t'avais rien demandé, dit Eva en se replongeant dans ses papiers.

— Allez, qu'est-ce que tu voulais ? demanda Mara avec un sourire.

— Tous mes dossiers, et j'en ai une quinzaine, sont des disputes familiales ou des crimes domestiques.

— Les miens aussi.

— Voilà… Mais il n'y a pas de crime organisé, ici ? Je veux dire, comment ça se fait qu'il n'y ait pas de mafia en Sardaigne ?

— Ne crois pas que ce soit une île tranquille. Peut-être qu'elle l'a été, à une époque. Aujourd'hui, le Nord est aux mains de la mafia russe, et les nôtres, 'ndrangheta en tête de file, blanchissent un paquet d'argent sale sur la côte d'Émeraude, en achetant des hôtels, en construisant des villages touristiques, des restaurants et tutti quanti.

— Mais il n'y a pas d'organisation autochtone, comme en Sicile ou en Calabre ?

— Non. Je ne suis pas sociologue, mais je crois qu'ici, la culture mafieuse n'a jamais réussi à s'implanter parce qu'il y a toujours eu une tradition pastorale fondée sur l'idée qu'on se fait justice soi-même.

— Je ne te suis pas.

— Tu as déjà entendu parler du code de la vendetta en Barbagia ?

— Non, mais ça m'a l'air bien craignos.

— C'est le moins qu'on puisse dire… Sur cette île, surtout en Barbagia et dans l'arrière-pays, la justice a toujours été une affaire personnelle ; tu ne pouvais pas la réclamer à l'État ou à une autre institution, donc pas non plus à une quelconque forme de mafia. Les Sardes ont toujours manifesté de l'aversion contre le pouvoir en place, en se rebellant, parfois de manière violente, contre tout type de prévarication au nom de l'autorité.

— Tu sais que tu es douée, quand tu t'y mets ?

— Je t'emmerde… Va te chercher un tuto sur YouTube, alors. Moi je vais me faire un café.

— Non, pardon, termine. Je promets de ne plus te couper : je veux vraiment comprendre.

Rais la foudroya du regard, puis elle reprit son explication :

— En Barbagia, la société agropastorale, et pas seulement elle, était guidée par le sens de l'honneur et de la nécessité d'une vengeance violente, mais sous une forme privée ou tout au plus familiale. Tu as dû entendre parler des innombrables règlements de comptes sanglants qui ont jalonné l'histoire de ces terres.

— Oui.

— Voilà. Il y avait un code coutumier, transmis uniquement par voie orale, une série de normes comportementales qui légitimaient la vendetta dans des cas déterminés et selon des modalités précises…

— Et la police ? L'État ?

— L'État était assimilé à l'envahisseur, l'usurpateur, on ne pouvait pas lui faire confiance. C'était de l'autorégulation. Le Sarde est fondamentalement anarchique, intolérant à toute forme de contrôle et de prévarication. Aujourd'hui, on s'est un peu ramollis et on baisse notre froc devant n'importe qui, mais à une époque on n'était pas comme ça.

— Donc tu dis que vous avez été épargnés par ce fléau parce que votre mentalité ne concevait pas la passivité, l'acceptation des brimades et des humiliations, à l'inverse d'autres régions ?

— Exactement, et j'ajoute que nous avons un sens de la communauté différent, plus soudé. Si quelqu'un essayait d'aller demander le *pizzo* dans des villages comme Orgosolo, Lula ou Desulo, tu sais ce qui se passerait ?

— Règlement de compte à O.K. Corral ?

— Quelque chose dans le genre. C'est pour ça que la mafia s'est installée dans les zones côtières, au nord de l'île, où les Sardes autochtones se font rares aujourd'hui. Tu as plus de chance d'entendre des accents lombards, slaves ou calabrais.

— Et ici dans le Sud ? Il n'y a pas d'infiltration mafieuse à Cagliari ?

— Pratiquement pas. Nous avons une culture mafieuse différente, beaucoup moins tape-à-l'œil, mais tout aussi pernicieuse et néfaste. On l'appelle "les trois M".

— C'est-à-dire ?

— Maçonnerie, mortier, médecine : les francs-maçons, les entrepreneurs du bâtiment et les barons des établissements de santé. Un bloc de pouvoir immuable qui gouverne cette ville dans l'ombre depuis toujours, grâce à un réseau très dense de relations clientélistes. Une oligarchie d'affaires suffisamment établie pour faire la pluie et le beau temps à *Casteddu*.

— Aujourd'hui encore ?

— Absolument. C'est un groupe de pouvoir qui prospère dans le silence, composé au maximum d'une dizaine de familles qui contrôlent toute la ville, du palais de justice au palais Sanjust, le siège de la franc-maçonnerie, en passant par les hôpitaux, les universités, les banques, le conseil régional, etc. Si tu as le malheur de t'en mettre un à dos, tu les as tous contre toi.

— Tu décris un scénario assez inquiétant.

— Et encore, j'y suis allée mollo… Bon, le cours magistral est terminé. Moi, je vais me préparer ce fameux café. Si tu veux, viens aussi, comme ça on pourra également…

Mara fut interrompue par la vibration de son smartphone. Elle ouvrit le message de Nieddu, parcourut les photos en pièce jointe et pâlit.

— Hé, tout va bien ? demanda Eva.

Pour toute réponse, Mara brancha son portable à son PC et lui fit signe de s'approcher. Elle sélectionna la galerie d'images et les montra à sa collègue.

— Regarde. Je viens de recevoir ça de Nieddu.

— Où est-ce qu'elles ont été prises ? demanda la Milanaise d'une voix faible.

— De la maison de Melis, le connard qui est à la tête des néonuragiques.

Eva récupéra le dossier compilé par Barrali sur les homicides rituels et confronta les photos des scènes de crime aux graffitis sur les murs.

— *Fill'e cani*…, maugréa Mara, en notant la ressemblance impressionnante. Celui-là, il est dedans jusqu'au cou.

— Oui. Et cette histoire-là, on ne peut pas vraiment la cacher à Farci, dit Eva.

Mara tambourina nerveusement des doigts sur le bureau, puis elle hocha la tête et récupéra sa veste et son portable.

— Laisse tout en plan. On va voir ce que le grand chef a l'intention de faire.

51

Territoires des Ladu, Barbagia supérieure

Le craquement des feuilles sèches sous ses brodequins annonça l'arrivée de Bastianu dans la baraque entourée de myrtes et de haies de figuiers de barbarie avant même qu'il ouvre la porte grinçante.

À l'intérieur, les carreaux des fenêtres étaient tellement sales que la lumière du jour filtrait à grand-peine, mais pour Benignu Ladu ça ne faisait aucune différence : depuis plus de dix ans déjà, il vivait parmi les ombres.

— Il est prêt, dit le vieux par-dessus le crépitement du poêle à bois. Juste une seconde…

Bastianu le regarda apporter les dernières retouches à la pointe du ciseau à bois pour gommer les petites imperfections et, quand le grand-père lui tendit le masque, il fut comme toujours surpris du résultat extraordinaire, de la facture précise et irréprochable du bois de poirier parfaitement ciselé et poli, transformé en une réplique anthropomorphe de *su Boe*.

Comment un aveugle peut-il produire une telle merveille ? se demanda-t-il, laissant courir ses doigts le long des cornes pointues et sur les fentes lustrées des yeux.

— Tu as parlé à ton fils ?

— Pas encore… Mais hier, je l'ai emmené dans les grottes.

Benignu hocha la tête.

— Son heure est arrivée, Bastianu. Ce masque est le dernier pour moi. Ces mains ne réussiront pas à en fabriquer d'autres.

Bastianu observa les doigts arthritiques de l'ancien : ils ressemblaient à des serres, tant les rhumatismes les avaient déformés et engourdis. C'était réellement un miracle qu'il ait réussi, aveugle et dans son état, à sculpter cette merveille. Sur le dos de sa main droite, la grosse cicatrice en forme de demi-lune ressortait sur sa peau comme une veine variqueuse.

— Nous lui demandons un grand sacrifice, déclara Bastianu pour défendre son fils.

— C'est son destin, comme ce fut le mien et celui de mon père avant moi, rétorqua Benignu d'une voix faible.

Ce dernier effort semblait l'avoir éreinté.

— Je lui en parlerai plus tard.

Bastianu recouvrit le masque d'un voile noir, en le manipulant comme si c'était une chose vivante.

— J'envoie quelqu'un te chercher, *mannoi* ?

— Non, je veux rester seul encore un peu… Rappelle-toi ce que j'ai dit. Et sache que mes cauchemars continuent. La terre languit. Elle a faim et soif. Il n'y a plus de temps.

— Sois tranquille.

Quand le chef de clan des Ladu sortit de la maison, un vol de corbeaux croassant s'envola à son passage. Bastianu les regarda s'égailler dans le turquoise du ciel et fut transpercé par une terrible sensation.

Ce n'est qu'un enfant. Comment puis-je le convaincre de faire une chose pareille ? se demanda-t-il en scrutant les formes étranges que dessinaient les oiseaux dans le ciel. *Peu importe comment, tu dois trouver un moyen, et vite.*

52

Section homicides et violences aux personnes, questure de Cagliari

Farci détourna le regard des images macabres sur son ordinateur pour le reporter sur les deux enquêtrices.

— Vraiment un type bien, ce Melis, dit-il.

— Le gendre idéal : maison, église, travail, renchérit Rais.

— Nieddu a lancé un mandat de recherche contre ce charmant personnage. Apparemment, il pourrait être impliqué dans la disparition de Dolores Murgia. Que savez-vous à ce sujet qui n'ait pas encore été publié dans les journaux ?

— La fille a disparu depuis une semaine environ et, d'après l'enquête de Nieddu, il semble qu'elle fréquentait les néonuragiques depuis quelques mois, dit Rais.

— À en croire Paola Erriu, la collaboratrice du commissaire, la fille prendrait des stupéfiants. Nous savons grâce à Barrali que dans la secte, les drogues ont le plus souvent pour but de provoquer un état de transe et une connexion avec l'esprit des ancêtres nuragiques, poursuivit Eva. Il n'est pas impossible que Murgia soit entrée là-dedans à son corps défendant.

— J'ai vu que dans le passé Melis avait été accusé de harcèlement sexuel et de viol, dit Farci. Mais quelqu'un a nettoyé son casier judiciaire. Ça, ça ne me plaît pas. J'ai demandé à Deidda de creuser, mais il est probable que ce salopard soit couvert par quelqu'un.

— Vous sous-entendez qu'en plus des désespérés, la secte pourrait être fréquentée par des personnalités importantes ? demanda Eva.

— Les riches sont bizarres, tu le sais mieux que moi, donc ça ne me surprendrait pas plus que ça… Vous pensez que le gourou a quelque chose à voir avec les homicides rituels ? les sonda Farci.

— Il a une cinquantaine d'années. Techniquement, il aurait pu commettre le meurtre de 1986, mais à notre avis il était trop jeune… Le précédent, nous pouvons l'exclure : à l'époque il avait neuf ans. Un peu précoce, pour un tueur en série, non ? dit Mara.

— À moins que plusieurs personnes aient agi ensemble pour tuer les deux filles, dit Eva. Là, les choses se compliqueraient.

— OK. Pour l'instant, vous continuez à suivre les dossiers qui vous ont été assignés. Je vais mettre quelqu'un de la section homicides sur la secte, pour comprendre depuis quand elle existe et qui sont les personnes qui gravitent autour. Ces photos, là, dit Farci en les désignant sur son PC, vous les avez déjà montrées à Barrali ?

Les deux policières échangèrent un regard embarrassé.

— Non, répondit Eva.

— En l'état actuel des choses, Moreno est la personne la mieux informée sur la question. Mettez-le dans le coup : il pourrait remarquer quelque chose qui nous échappe. Essayez de le joindre et allez faire un saut à Carbonia demain. Emmenez-le. Moi, je m'occupe de la coordination avec Nieddu.

— Qu'est-ce que tu veux qu'on fasse, exactement ? demanda Mara, pas franchement emballée à l'idée de se trimballer sa partenaire et le vieux policier.

— Sous réserve de l'autorisation du magistrat, regardez autour de vous et relevez tout ce qui, selon vous, pourrait avoir un lien avec l'assassinat des filles non identifiées. Parmi les photos de Nieddu, il y en a certaines de gens nus au milieu des nuraghes et des tombes des géants. Ce serait pas mal d'établir l'identité des adeptes. Ça sent mauvais, cette histoire de Nuraxia.

Les deux policières se levèrent, prêtes à prendre congé.

— Vous avancez bien, sur les vieux dossiers ? Vous commencez à vous faire une idée ?

— L'idée qu'on s'est faite, c'est que c'est chiant à mourir, dit Mara.

— Tu sais ce qui est chiant à mourir, aussi, Rais ? Faire la circulation. Tu veux mener une enquête de terrain pour savoir laquelle des deux activités est la pire ?

— Pas la peine de t'emballer, je plaisantais.

— Moi non. Alors veille à filer droit.

Mara Rais se mit au garde-à-vous et claqua des talons.

— Oui, chef.

— Allez, fichez-moi le camp, dit Farci en retenant avec peine un sourire.

53

Grottes de la Déesse, Barbagia supérieure

LES SEULS BRUITS à l'intérieur des grottes étaient sa respiration et le crépitement des torches, dont les flammes se reflétaient sur la surface de la Déesse, lui donnant l'impression que la statue était vivante.

Bastianu était seul. Il avait posé le masque ciselé par son grand-père au pied de la sculpture, pour donner à la divinité un avant-goût du sacrifice qui allait être accompli en son honneur.

L'homme se leva et se dirigea vers une des plus grandes tombes à fosse. Ces grottes étaient utilisées depuis des siècles pour inhumer des individus, hommes et femmes, de tout âge et de toute extraction sociale. Les tombes étaient collectives, de manière à éclipser l'individualité au profit d'une énergie globale capable de faire rentrer en communication le monde des vivants et celui des défunts. Il y avait cependant une section de la nécropole réservée à un groupe spécial de "dormeuses" : un ensemble de petites cellules éloignées des autres où étaient ensevelies en position fœtale les prêtresses de la Déesse, qui seules pendant longtemps avaient invoqué les faveurs de la divinité, perpétuant un rite primitif jusqu'au jour où, pour sauver la communauté d'une épidémie de peste qui la décimait – selon le récit transmis par les Ladu de génération en génération –, toutes les prêtresses s'étaient immolées en offrande à la Déesse pour le bien de la communauté. Leur sacrifice collectif avait produit une rivière de sang qui avait abreuvé la terre, et il n'avait pas été vain : le fléau avait cessé presque aussitôt. En revanche, la caste sacerdotale avait été éradiquée par cet acte sacré qui privait la collectivité de ses guides spirituels.

Bastianu éclaira une des peintures rupestres sur la roche derrière l'ensemble de tombes, qui représentait le sacrifice sanglant des prêtresses. Depuis ce jour, en cas de famine, de sécheresse prolongée, de maladie ou de graves catastrophes naturelles, le représentant masculin le plus en vue de la communauté se transformait l'espace d'une nuit en *su mazzamortos*, reproduisant le sacrifice des vestales pour invoquer les faveurs de la divinité de la lune et du monde chtonien, souterrain, consacrant l'âme de la vestale à la Déesse-mère. Grâce à des connaissances mystérieuses et impénétrables pour lui, ses ancêtres étaient capables de déterminer – à travers des calculs astronomiques complexes et une analyse détaillée des équinoxes, des solstices et des éclipses lunaires et solaires – les endroits de l'île où, en vertu d'énergies astrales et karstiques, la symbiose entre le monde des vivants et l'au-delà était la plus puissante. Presque toujours, dans ces lieux magnétiques, les architectes des clans nuragiques avaient érigé des sanctuaires et des criques mégalithiques ou creusé des puits sacrés, conscients des influences célestes.

Les mains de Bastianu effleurèrent l'espèce de carte énergétique gravée dans la roche, et localisèrent l'endroit où ils allaient devoir immoler la victime sacrificielle.

D'une des cellules, il tira le gros manteau sombre en toison de mouton, le lourd ceinturon, le chapelet de sonnailles de fer et le couteau à lame recourbée pour pratiquer le rite de mort ; des accessoires vieux de centaines d'années, transmis de génération en génération. Enfin, il prit le masque aux cornes caprines. Il l'enfila et, pour se fondre dans le rôle auquel il était prédestiné, récita la formule ancestrale qui allait réveiller *sas animas*.

A una bida nche l'ant ispèrdida in sa nurra de su notte. Custa morte est creschende li lugore a sa luna. Abba non naschet si sàmbene non paschet…

Au son âpre de ces mots, rendus encore plus graves par les anfractuosités dans le bois du masque, les flammes tressaillirent presque jusqu'à s'éteindre, comme si la Mère lui avait soufflé sa bénédiction et que les âmes de ses ancêtres s'étaient rassemblées autour de lui pour lui donner des forces.

54

Quartier de La Vega, Cagliari

MARA RAIS LAISSA sa fille jouer au salon avec son grand-père et rejoignit sa mère, qui était sortie fumer sur la véranda.

— Je ne sais pas si c'est une bonne idée. Des fois que ça te redonnerait envie, dit la femme en indiquant sa dernière cigarette de la journée.

— Laisse-moi au moins respirer l'odeur. De toute façon, c'est impossible que je reprenne.

— Pourquoi ?

— Parce que si je replonge, ta *bagassedda* de petite-fille va me harceler jusqu'à la fin des temps. Quand elle s'y met, elle se parque dans tes oreilles et ne bouge plus de là. Le jour où elle est majeure, je lui fais un procès pour préjudice existentiel…

Antonia Priu sourit.

— Tu sais, ta fille est ton portrait craché au même âge. Tu étais une casse-couilles de première catégorie, tu m'as rendue folle. La rébellion incarnée… Et on ne peut pas dire que tu te sois améliorée en grandissant.

— Quand ta mère est la première à te mettre en valeur, tu sais que tu es sur de bons rails, ironisa Mara. Je crois que je vais rentrer, moi.

— Reste là, tu dois encore me raconter comment ça se passe à l'unité des *cold cases*. Je suis trop curieuse.

Mara éclata de rire.

— Maman, mais t'es sérieuse ? Tes *cold cases*, là, ils m'ont placardisée dans un débarras à prendre la poussière…

— Tu sais que je ne rate jamais un épisode à la télé, poursuivit la femme comme si elle n'avait pas entendu. Je suis incollable sur les affaires classées. D'ailleurs, si jamais tu as besoin d'un conseil…

Mara secoua la tête et contempla la ville en contrebas.

— S'il te plaît, ma', dis-moi que tu n'as raconté à personne qu'ils m'ont collée là-bas.

— À personne ? Tu plaisantes ou quoi ? Je l'ai dit à toutes mes amies.

— *Gesù Cristu*… Maman !

— D'après toi, je ne devrais pas me vanter d'avoir une fille commissaire ?

— Quoi ? Je ne suis pas commissaire, bon sang. Si quelqu'un que je connais t'entendait…

— Oh, allez, inspectrice, commissaire, c'est pareil…

— Mon Dieu, maman. Non, ce n'est pas pareil.

— Bah… Dis-moi un peu, et ta collègue, comment elle est ? Tu la traites bien, *mischinedda* ?

— Pardon, mais pourquoi elle serait *mischinedda* ?

— Parce qu'elle a affaire à toi, ma fille… *Sciadara.*

— Tu as fini, là, c'est bon… ? Moi, je rentre.

Antonia Priu eut un ricanement sournois et souffla la fumée de côté.

— Allez, reste, je te charrie, c'est tout.

— Non, sans blague ? Je n'avais pas compris.

— Comme ça, tu as une idée de ce que ça doit être d'avoir affaire à toi toute la sainte journée.

— Moi, je suis une personne tout à fait tranquille et accommodante…

— *Eja*, un ange descendu sur terre, ma chérie.

— J'admets qu'il m'arrive parfois d'avoir mes moments, comment dire, compliqués…

— Parfois ?

— Maman, tu charries, là.

— Alors, cette collègue ?

Mara soupira, croisa les bras et cala son dos contre la balustrade.

— Elle vient de Milan, donc elle part déjà avec un désavantage. Ensuite, le fait qu'on l'ait envoyée ici signifie qu'elle a dû faire une connerie et qu'on l'a sanctionnée, ce qui ne m'incite pas à lui faire confiance.

— Tu ne fais confiance à personne, Mara…

— Elle s'habille vraiment comme une merde, je me demande si elle n'est pas lesbienne, le genre masculine, tu vois ? Elle a même un piercing au nez, j'ai un peu honte qu'on nous voie ensemble… Sa mère est irlandaise, mais elle s'est teint les cheveux en noir, comme si elle voulait cacher qu'elle était rousse, donc probablement une *bruxa*.

— Attends, d'après toi les rousses sont toutes des sorcières ?

— Pas toutes, mais presque… Elle a l'air de se la raconter un peu, donc j'ai tendance à ne pas lui parler sauf quand c'est vraiment nécessaire. Enfin, à part ça…

— À part ça ? répéta sa mère en écarquillant les yeux. Tu viens pratiquement de la démolir, la pauvre.

— Et encore, j'y suis allée doucement.

— Eh ben dis donc… Elle est célibataire ? Elle a des enfants ? Elle est mariée ? Où est-ce qu'elle loge ?

— Maman, c'est moi la flic, ici ! C'est quoi, cet interrogatoire ?

— Je te l'ai dit, je suis curieuse.

— Curieuse, hein ? Je vais te dire, moi : tu vas à la pêche aux ragots pour *crastulare* avec tes amies.

— Et alors, si on ne peut même plus commérer un peu entre nous…

— Un peu ! Ben voyons…

— Alors, quand est-ce qu'on l'invite à déjeuner ?

— À déjeuner ? Mais je viens de te dire que c'était à peine si on s'adressait la parole !

— Justement, je voudrais m'excuser auprès de cette… Comment s'appelle-t-elle ?

— Eva Croce. Un bon nom à la con, qu'ils lui ont donné, tiens… Hors de question qu'elle vienne chez nous, en tout cas.

— On verra…

— On verra que dalle !

Mère et fille restèrent silencieuses quelques secondes, campées sur leurs positions.

— Dis, et ton mari, vous êtes en contact ?

— On va éviter ce sujet, s'il te plaît. Et d'ailleurs : *ex-mari*, maman, fais-toi une raison.

— Tu es bizarre, aujourd'hui. Plus aigrie que d'habitude.

Cette fois il n'y avait pas d'ironie dans les mots de sa mère, mais une sincère inquiétude.

— Je suis préoccupée, admit Mara.

— À cause du travail ?

Elle acquiesça.

— Une fille a disparu, elle s'appelle Dolores. Elle a de mauvaises fréquentations. J'ai peur qu'on ne la retrouve pas à temps avant que…

— Avant que quoi ?

Mara ne répondit pas et se contenta de fixer le majestueux ciel nocturne, constellé de milliers et de milliers d'étoiles.

— C'est la nuit des âmes, ce soir. *Sa die de sos mortos*, dit Antonia, suivant le regard de sa fille.

Mara acquiesça d'un air grave. Elle n'eut pas le courage de lui dire que c'était précisément la raison de son appréhension.

— Moi, je suis sûre que vous allez la trouver, la réconforta sa mère en lui caressant le dos, avant de se diriger vers la porte. Allez, rentre, il commence à faire froid.

— J'arrive dans une seconde.

Une fois seule, Mara sortit son portable et parcourut les photos que lui avait envoyées son collègue de Carbonia. En revoyant les murs de la maison du gourou, avec les graffitis des meurtres rituels, elle eut la chair de poule.

Où es-tu, Dolores ? se demanda-t-elle, tandis qu'un sombre présage s'enracinait dans son cœur.

55

Sanctuaire nuragique de Santa Vittoria, Serri

Federico "Billo" Marongiu faisait partie de ces gens qu'il était rare de trouver de mauvaise humeur. Mieux : il avait le don précieux d'instiller chez les autres optimisme et sympathie, grâce à une ironie naturelle irrésistible et une masse de cheveux informe et constamment ébouriffée qui lui donnait un aspect comique. Ce matin-là, dès qu'il eut fini de prendre le café avec Michela, l'autre guide de la coopérative qui gérait le sanctuaire nuragique de Serri, il jeta un œil au registre des réservations – réjoui par l'absence de scolaires –, quitta le centre d'accueil en lançant une vanne à Giorgio, son collègue à la double licence, au double master et au doctorat de recherche chargé, du haut de toute cette culture, de s'occuper du bar de l'espace restauration, et se dirigea vers la zone sacrée pour son tour de reconnaissance habituel avant l'ouverture des portes au public. Cette inspection était devenue une routine depuis que des groupes de néopaïens de l'île avaient commencé, quelques mois plus tôt, à visiter le sanctuaire à la tombée de la nuit pour "célébrer" des rites d'inspiration nuragique, endommageant le temple hypèthre en allumant des feux et en dérobant des pierres. Il y avait eu plusieurs plaintes contre X qui n'avaient abouti à rien, et les demandes de Billo et ses collègues pour se doter de veilleurs de nuit n'avaient pas été prises en considération par la coopérative qui, certes, ne roulait pas sur l'or ; même chose pour l'installation d'un système de vidéosurveillance.

Enfoui dans la nature, le sanctuaire couvrait trois hectares et demi de la Giara di Serri, qui dominait la vallée tout entière à près de sept cents mètres au-dessus du niveau de la mer. Du haut de ce promontoire basaltique, en se tournant vers la vallée et les plaines en contrebas, on pouvait embrasser du regard les territoires champêtres du Sarcidano, de la Trexenta et de la Marmilla ; bien que le connaissant par cœur, Billo continuait d'avoir le souffle coupé par ce panorama. Ce jour-là, le silence qui régnait sur les vestiges nuragiques avait quelque chose de surnaturel. Billo perçut dans l'air embaumé une discrète vibration sinistre qui l'emplit d'une étrange inquiétude.

Tu vas voir que ces cinglés sont revenus cette nuit pour bambocher, se dit-il tout en maudissant – et pas pour la première fois – *Su Nuraxi*, un site archéologique bien plus prisé des touristes, qui faisait de l'ombre à la beauté et à la réputation de Santa Vittoria, contrainte de ramasser, même au niveau économique, les miettes laissées par le prestigieux village nuragique de Barumini.

Il dépassa les différentes enceintes et les vestiges du marché et des temples qui, trois mille ans plus tôt, attiraient des pèlerins de toute l'île, jusqu'à tomber sur quelque chose de curieux.

Il se pencha sur le chemin de pierre, observant de plus près une sorte de pantin, semblable à un épouvantail, d'un mètre environ de hauteur, à la vague apparence anthropomorphe ; le mannequin semblait formé de tiges séchées de fleurs et de petites plantes. Quelqu'un l'avait étendu sur le sentier qui conduisait au puits sacré.

L'employé, en proie à un mauvais pressentiment, se redressa et se dirigea vers le temple.

Moins d'une dizaine de mètres plus loin, il la vit.

Elle était face contre terre au seuil du temple, à proximité de l'escalier qui descendait au sous-sol, à côté d'un autel où, à l'époque nuragique, étaient pratiqués les sacrifices d'animaux et les rites ordaliques requérant l'usage de l'eau.

Billo cilla plusieurs fois, comme s'il était victime d'un mirage.

Mais il eut beau cligner des yeux, la figure humaine était toujours là, à genoux, comme en position de prière, recouverte d'une toison de mouton, les mains nouées derrière le dos, le visage caché par un masque en bois aux longues cornes bovines.

Rassemblant son courage, il s'approcha lentement et, en voyant la flaque de sang presque sèche à côté de l'ancien trou destiné à l'écoulement des fluides autour de laquelle les mouches s'en donnaient à cœur joie, il se retourna brusquement et porta une main à sa bouche. Aux rondeurs du corps nu sous le manteau ovin et aux longs cheveux noirs qui dépassaient du masque, il comprit qu'il s'agissait d'une fille.

— Seigneur Dieu…, murmura-t-il, le cœur galopant follement dans sa poitrine, les mains tremblantes.

Il se mit à courir vers le centre visiteur, pris de nausée.

Au bout de quelques dizaines de mètres, il commença à hurler.

DEUXIÈME PARTIE

*SU BENTU 'E SU DESTINU**

Mir mourut, Sul brûla le corps, recueillit les cendres dans un vase de terre, creusa une chambre funéraire dans la montagne, y déposa le vase, sortit et dit : "Jana". Les jours suivants Sul se retira souvent dans la jana et parla avec les cendres de Mir, parfois durant des jours et des nuits.

SERGIO ATZENI, *Nous passions sur la terre, légers*

* Le vent et le destin.

56

Sanctuaire nuragique de Santa Vittoria, Serri

Eva et Mara se baissèrent pour passer sous le ruban délimitant la scène de crime, puis elles le soulevèrent à l'intention de Moreno Barrali. Le policier avait laissé sa canne dans la voiture, affirmant ne pas en avoir besoin ; Eva se dit qu'il devait avoir honte de se montrer dans cet état devant ses anciens collègues de la brigade mobile et ne lui tendit pas la main quand elle remarqua qu'il était en difficulté, afin de ne pas le mettre dans l'embarras.

Tous trois signèrent le registre de présence et enfilèrent des gants et des surchaussures pour ne rien altérer. Le crépitement des radios de police et le vacarme des gens agglutinés autour du corps formaient la toile sonore de leurs pensées.

Eva regarda autour d'elle : le sanctuaire était situé sur un haut promontoire niché dans une oasis de nature ; ses yeux pouvaient parcourir des kilomètres et des kilomètres sans rencontrer d'obstacle. L'immensité du territoire allait faire vivre un enfer aux techniciens de la scientifique en dilatant la durée de l'enquête.

Les trois policiers se dirigèrent en silence vers le cercle que formaient leurs collègues, certains en uniforme, d'autres non, autour du temple à puits. On avait déjà monté une grosse tente blanche qui grouillait de techniciens en combinaison Tyvek en train de recenser les éléments trouvés lors des premiers relevés. Les experts filmaient toutes les procédures avec des caméras dernier cri tandis que les photographes essaimaient autour d'un officier supérieur, immortalisant le moindre détail qu'il leur signalait.

Un policier en uniforme les fit patienter quelques minutes. Barrali en profita pour aller observer de plus près une sorte de pantin anthropomorphe confectionné avec des herbes séchées, à l'écart des hommes de l'équipe scientifique de Cagliari. Il le photographia avec son smartphone, murmurant quelque chose à part lui.

— Tout va bien, Moreno ? lui demanda Mara.

L'homme acquiesça. Son visage amaigri était pétrifié d'angoisse. Depuis qu'elles étaient passées le chercher après le coup de fil de Farci, Barrali n'avait quasiment pas ouvert la bouche, rongé par la culpabilité de ne pas avoir réussi à déjouer cet homicide.

Eva vit le commissaire en chef à quelques dizaines de mètres d'eux, absorbé dans une conversation téléphonique sous haute tension, à en juger par ses grimaces et ses gesticulations nerveuses.

Préfet ou questeur, pensa Eva. Voire quelqu'un d'encore plus haut placé.

L'agent finit par les laisser passer et les trois enquêteurs rejoignirent le puits sacré.

Eva Croce regretta de ne pas avoir accepté l'antiémétique que Mara lui avait proposé quand elles étaient encore dans la voiture : elle avait soupçonné sa collègue de vouloir mettre à l'épreuve son sang-froid de flic – exercice pour lequel elle devait nourrir une certaine prédilection, vu qu'elle s'y livrait en permanence – et avait refusé. En réalité, Mara était simplement perspicace : c'était une chose de voir les photos d'une personne tuée de cette manière, si effroyable soit-elle ; c'en était une autre de la trouver à quelques mètres de vos pieds, sous une nuée de mouches, avec l'odeur du sang qui venait vous titiller les narines.

Le médecin légiste était penché au-dessus de la fille, en pleine inspection préliminaire : à travers un masque, il dictait ses premières observations à un assistant qui les enregistrait en notant quelques détails sur un bloc-notes.

Toute constatation sur la mort relevait de l'évidence : la scène cultuelle parlait d'elle-même.

Moreno regarda autour de lui.

— Le cadre rituel est le même que pour les autres meurtres... J'ai l'impression d'être remonté dans le temps, murmura-t-il comme pour lui-même.

Eva l'entendit à la dérobée.

— Y a-t-il un détail qui détonne par rapport aux anciens meurtres ? demanda-t-elle.

Moreno observa le périmètre avec plus d'attention, puis il reporta son regard sur la victime.

— Il me semble que non. J'ai l'impression d'être revenu à Orune ou à Matzanni.

Mara jeta un regard circulaire.

— Il manque les restes d'un feu, intervint-elle, faisant preuve d'une excellente mémoire photographique.

— C'est vrai, constata Barrali.

— Voilà Nieddu, annonça Eva à ses deux partenaires.

Le commissaire s'approcha, flanqué de Paola Erriu, son bras droit. Eva trouva qu'il semblait avoir pris dix ans.

— Ils n'ont pas encore retiré son masque, dit Nieddu.

Dans ses mots brillait un pâle espoir, comme s'il y avait encore une infime possibilité d'évincer le soupçon qui se muait en évidence.

Personne ne répondit. Tous pensaient à la même chose. À la même personne.

Eva observa la végétation luxuriante qui entourait l'acropole naturelle où se trouvait le sanctuaire : des forêts séculaires de chênes-lièges, des cistes et des chênes verts qui descendaient jusqu'à disparaître dans les douces campagnes de la Sardaigne centroméridionale au pied du complexe cultuel. Elle cherchait à comprendre quel chemin avait emprunté l'assassin pour parvenir à la zone sacrée, sans doute avec la victime sur le dos.

— J'imagine qu'il n'y a ni gardien ni caméra, dit Mara au commissaire.

Elle aussi pensait à une possible voie d'accès.

— Exact.

— Ce qui en dit long sur la préméditation, poursuivit Mara. Et sur notre manque de chance.

— Qui a trouvé le corps ? demanda Moreno, rompant le silence dans lequel il s'était muré.

— Le type là-bas que vos collègues sont en train d'interroger. C'est un des employés de la coopérative qui gère le centre, dit Paola Erriu. Il est sous le choc.

— Il va vite se refaire, et avec les intérêts. Une fois enlevés les scellés et à peine la presse au courant de l'affaire, cet endroit va devenir le théâtre d'un tourisme de l'horreur, dit Mara, écœurée. Ils vont s'en mettre plein les poches, avec cet homicide.

— La femme avec eux est la substitut du procureur qui a ouvert le dossier sur la disparition, Adele Mazzotta, dit Nieddu en désignant le petit groupe de policiers. Il est probable qu'elle ait envie de vous toucher deux mots, à vous aussi.

— Ça y est. Ils lui enlèvent le masque, dit Mara.

Les policiers s'approchèrent.

Agostino Trombetta, le médecin légiste, retira la couronne de feuilles posée sur la tête de la victime et souleva *sa carazza 'e boe*, découvrant un visage livide, gonflé et tuméfié à la suite d'un sérieux passage à tabac.

— Y a-t-il quelqu'un en mesure de la reconnaître ? demanda-t-il.

À son accent, Eva déduisit qu'il n'était pas sarde. Il devait venir d'un village quelque part dans le sud de l'Italie.

— Nous, dit Nieddu en rassemblant son courage.

Il s'approcha de la victime avec son bras droit. Ils s'agenouillèrent et contemplèrent le visage bouffi, strié de taches de sang coagulé.

— Celui qui l'a tuée s'est bien amusé avant, dit un flic de la brigade d'enquête, accompagné d'un chœur d'imprécations en sarde de la part de ses collègues.

Eva nota que sa partenaire se signait et chuchotait ce qu'elle devina être une sorte de prière en sarde : "*Chi sa terra ti siat lebia*".

Les yeux de Moreno étaient humides et, quand il vit le regard sombre que Nieddu échangeait avec Erriu, deux larmes vinrent sillonner le visage du vieil enquêteur.

— Elle est sacrément amochée, mais je crois que c'est bien elle, dit Nieddu d'un filet de voix.

— Vous en êtes certain ? demanda Adele Mazzotta, la magistrate, qui s'était approchée pour assister à l'identification.

— Oui, c'est elle…, confirma Paola Erriu, au bout de quelques secondes. C'est Dolores Murgia…

57

Sanctuaire nuragique de Santa Vittoria, Serri

Croce et barrali s'étaient installés sur les bancs de pierre dans un lieu que les panneaux désignaient sous le nom d'"enceinte de la justice", où, supposait-on, était rendu le jugement des dieux nuragiques une fois les sacrifices accomplis. Moreno avait fait une sorte de malaise à la suite de l'identification de Dolores. Croce et Rais avaient réussi à le retenir avant qu'il s'écroule par terre.

— Tu es sûr que tu ne veux pas te faire examiner ? redemanda-t-elle en indiquant l'ambulance.

— Non, merci. C'était seulement passager. Je vais déjà mieux. J'ai juste besoin de me reposer un peu.

Croce était partagée : elle aurait voulu lui poser des dizaines de questions, sachant que Barrali était l'unique enquêteur à avoir été présent sur les trois scènes de crimes rituels. Sans compter qu'il était le seul à avoir eu un rapport direct avec Roberto Melis, qui était soudain devenu le principal suspect de l'homicide de Dolores. Mais elle avait peur, en l'impliquant, d'altérer sa lucidité, déjà affectée par la maladie ; comme si ça ne suffisait pas, Rais et elle avaient promis à Grazia de le tenir en dehors de l'enquête, pour son bien.

— Je sais à quoi tu penses, dit-il en envoyant valser ses réticences. Demande-moi ce que tu veux.

Eva observa sa partenaire, occupée à parler avec Farci, Nieddu et Mazzotta, à une centaine de mètres d'eux. Elle devait prendre une initiative personnelle, ce qui risquait de la mettre en porte-à-faux avec Rais.

Tu t'en fous, c'est trop important de recueillir ses impressions à chaud, pensa-t-elle.

— Qu'est-ce que tu en penses, Moreno ? Le *modus operandi* me paraît le même, non ? finit-elle par demander.

Trombetta, après l'identification, avait retiré la toison de mouton qui enveloppait Dolores, découvrant une incision réalisée à la pointe du couteau de forme radiale au milieu du dos de la jeune femme. Aux dires de Barrali, ce détail ne s'était jamais retrouvé dans les journaux.

— Oui, mais il y a quelque chose d'étrange. Quelque chose qui ne me revient pas.

— En dehors du fait que cette fois on a réussi à identifier la victime ? Tu as une idée de quoi il s'agit ?

— La violence… C'est un élément nouveau. Les autres victimes n'avaient pas été brutalisées. Dolores si. Quelqu'un s'est acharné sur elle … C'est l'unique point dissonant, si ma mémoire ne me fait pas défaut.

— La poupée que tu as photographiée… Qu'est-ce que c'est ? Elle figurait aussi dans les autres meurtres, me semble-t-il.

— D'aucuns l'appellent *sa pippia 'e Mannaghe*, d'autres *sa mamma 'e sa funtana*. Elle symbolise un esprit qui habiterait les puits sacrés.

— Donc elle est liée au culte des eaux ?

— C'est ça. Une sorte de divinité pluviale qui, de nos jours, est utilisée pour faire peur aux enfants, mais qui dans le passé, selon la religion animiste nuragique, était considérée comme une divinité souterraine puissante et redoutée, une des nombreuses déclinaisons de la Grande Mère de Méditerranée. On y revient toujours, comme tu vois.

— Tu me confirmes qu'on l'a aussi trouvée sur les autres sites ? demanda Eva.

En vérité, elle connaissait déjà la réponse, ayant étudié les dossiers : elle cherchait simplement à éprouver les facultés mentales de son collègue.

L'homme porta la main à ses tempes, les massa énergiquement. Il paraissait en difficulté.

— Moreno ?

— Oui, je crois qu'elle y était, à Orune comme à Matzanni. Nous avons trouvé ces poupées à côté des scènes primaires.

— OK… Au-delà des coups, il y a quelque chose d'autre qui détonne ?

— Oui, mais je n'arrive pas à mettre le doigt dessus, admit-il, la voix tremblante, révélant toute sa fragilité émotionnelle et intellectuelle.

— Ne t'en fais pas, dit Eva en lui posant une main sur l'épaule tout en veillant à ne pas lui donner l'impression de s'apitoyer ; elle se sentait coupable de l'avoir sollicité. Ça va te revenir.

Barrali secoua la tête.

— Non, il y a quelque chose d'autre de très important…, murmura-t-il, le regard perdu dans le vide. Mais ça m'échappe…

— Ne t'inquiète pas. Je suis sûre que cette fois on va l'attraper, qui que ce soit, dit-elle en se levant. Donne-moi une minute. Je vais demander si on peut lever le camp, avant que la scientifique nous foute dehors à coups de pied.

Elle s'éloigna de quelques pas, mais les mots de Barrali la forcèrent à s'arrêter.

— Je ne sais pas pourquoi, mais la personne qui a fait ça n'est pas celle que j'ai cherchée pendant toutes ces années, affirma-t-il, catégorique.

58

Lieu-dit Capitana, Quartu Sant'Elena

— Dis, je peux conduire ?

— Non.

— …

— Et pourquoi tu voudrais conduire ? Tu essaies de me dire que je ne suis pas douée ?

— Rais, pourquoi tu dramatises tout ce que je dis ? À force de tout prendre personnellement, tu vas finir par te rendre malade. Détends-toi. J'en avais envie, c'est tout.

— D'accord… mais non quand même.

Les deux policières remontèrent dans la voiture de Mara après avoir déposé Moreno Barrali chez lui et échangé deux mots avec sa femme. Aucune des deux ne parvenait à se défaire de la tension accumulée au sanctuaire de Serri. Ce à quoi il fallait ajouter la culpabilité pour la mort de la fille ; pour une raison obscure, elles se sentaient profondément responsables, alors qu'elles n'avaient fait qu'effleurer son dossier.

— Qu'est-ce que tu as dit à Grazia ? demanda Mara, mettant le contact direction Cagliari.

— La vérité. Que c'est Farci qui a voulu le mêler à tout ça et que la découverte du corps l'a bouleversé. Que si ça n'avait tenu qu'à nous, on ne l'aurait pas impliqué.

— Ça, c'est un mensonge, dit Mara, un sourire cynique aux lèvres.

— Je m'en remettrai, répliqua sa coéquipière.

— Comment elle l'a pris ? À en juger par le regard qu'elle m'a lancé quand on l'a saluée, je dirais pas très bien, si ?

— Non. Elle voulait en finir avec cette histoire, et voilà que le passé revient tourmenter son mari. Pour nous ça va, on n'a affaire à lui que quelques heures maximum. Mais elle, elle doit se le farcir toute la sainte journée. Si cette histoire de Dolores lui fait perdre la tête, ce sera à elle de ramasser sa psyché en morceau.

— Finalement, c'est lui qui avait raison, reconnut Mara.

— Alors que tout le monde le croyait fou. Nous comprises.

— Parle pour toi. Moi, je ne l'ai jamais pensé.

— Mais tu voulais classer l'affaire à tout prix, protesta Eva.

— Ça, c'est une autre histoire. J'étais absolument certaine qu'on n'aurait pas eu la moindre chance de résoudre des crimes après tout ce temps. Barrali perd les pédales, mais il n'est pas complètement timbré. Si je l'ai dit, c'était juste pour me moquer.

— Passons… Qu'est-ce qui va arriver maintenant, selon toi ?

Mara Rais parut réfléchir quelques secondes.

— Le fait que Farci ait convié tout le monde au parquet, sauf nous, ça veut dire qu'on va être exclues de l'enquête. Cette piste qui était froide n'est pas devenue chaude, mais bouillante. Donc bye bye, les affaires classées. C'est la section homicides qui prend la relève. Il est fort possible qu'ils montent une équipe spéciale juste pour cette enquête.

— Tu penses qu'ils y mettront aussi Nieddu ?

— C'est probable.

— Et nous ?

— Ils vont nous renvoyer dans ce putain de cagibi.

— Barrali est convaincu que l'assassin n'est pas le même que pour les autres meurtres, qu'il s'agit d'une imitation. Quelqu'un qui s'est inspiré des crimes précédents.

— Un *copycat* ?

Eva acquiesça.

— Il y a des choses qui ne lui reviennent pas, mais il n'a pas su dire lesquelles.

— Eh ben, nous voilà bien… Ils l'ont sacrément arrangée, cette fille.

— Pauvre petite. Tes anciens collègues, ils sont comment ? C'est des gens sérieux ?

— C'est une bande de têtes de nœuds machistes, gonflés de testostérone et pétris de préjugés. Aucun d'entre eux n'a assez d'expérience pour avoir la moindre chance de résoudre cette affaire.

— J'ai entendu quelqu'un de la scientifique dire qu'ils avaient prélevé du sang sous les ongles de la fille. Avec un peu de chance, on pourrait remonter à l'ADN de l'agresseur.

— Espérons. Ce serait un don du ciel, mais je ne compterais pas trop là-dessus. Elle a été exposée toute la nuit aux intempéries. La matière organique pourrait avoir été altérée.

— S'ils te reprenaient à la section homicide, tu y travaillerais ?

— C'est un scénario impossible. Del Greco ne le permettrait jamais.

— Mais dans l'hypothèse où ça arriverait ?

— Sûrement que j'aurais plus de chances qu'eux.

— Je vais essayer de parler à Farci, alors, dit Eva.

Mara étouffa un rire.

— Et comment tu comptes le convaincre ? demanda-t-elle d'un ton malicieux. En sortant de ton chapeau ta féminité refoulée ?

— Rais, tu te souviens quand je t'ai dit que ce n'était pas parce que tu conduisais mal que je voulais me mettre au volant ?

— Oui.

— Je t'ai menti. Tu conduis comme une merde.

— Va te faire foutre, Croce.

— Toi aussi, va te faire foutre.

59

Institut médicolégal, polyclinique universitaire de Monserrato, Cagliari

L'IMPÉRATIF CATÉGORIQUE était de trouver Melis, le gourou. Farci fut très clair sur ce point.

Croce et Rais le rejoignirent en fin d'après-midi devant l'institut médicolégal en compagnie de Nieddu, de Paola Erriu et d'un petit groupe d'anciens collègues de Rais à la section homicides. Le commissaire, pour accélérer les opérations, leur avait demandé de passer aux archives, de faire des copies de tous les éléments sur les précédents meurtres rituels et de les apporter à Monserrato, où l'autopsie était en cours, pour les remettre aux collègues qui allaient enquêter sur l'assassinat et qui attendaient avec appréhension les premiers retours du médecin légiste. La scientifique était déjà au travail sur les tampons contenant les prélèvements sous-unguéaux réalisés sur les mains de Dolores : les techniciens avaient évoqué une réponse possible en fin de soirée pour établir si les échantillons étaient utilisables ou non.

— C'est pas trop tôt. Venez avec moi une seconde, lança sèchement Farci aux deux policières dès qu'elles parvinrent à sa hauteur.

Elles échangèrent un regard silencieux qui signifiait : Qu'est-ce qu'on a bien pu faire, encore ?

Ils parcoururent une centaine de mètres et s'arrêtèrent à la table d'un bar, au milieu des étudiants et des professeurs de l'université. Ils s'étaient quittés le matin, mais, à la mine du commissaire, elles avaient l'impression que plusieurs semaines de nuits blanches s'étaient écoulées : Farci était au bout du rouleau.

— D'abord, je veux qu'on joue à un jeu, commença-t-il, en tournant fébrilement l'alliance à son annulaire. Voici les règles : on oublie certains mots, on les efface de notre vocabulaire. Le premier est "tueur en série". Un journaliste vous balance ce terme ? Vous lui riez au nez et vous lui dites d'aller voir le FBI au nouveau siège que les Américains ont ouvert à Ovodda.

Avec des gestes nerveux, le commissaire s'alluma une nouvelle cigarette.

— Le deuxième, c'est "meurtre rituel". Quelqu'un vous contacte pour vous demander des éclaircissements sur l'affaire et lâche le mot "rituel" ? Vous lui répondez que le seul rite que vous connaissez, c'est la procession de Sant'Efisio et qu'il vous tarde d'aller regarder défiler les chars au printemps.

Mara exhiba ce sourire diabolique qui lui allait si bien.

— La troisième, c'est "équipe spéciale". La seule équipe spéciale que vous connaissez, c'est le Cagliari, et Gigi Riva est votre seul et unique Dieu… Officiellement, il n'existe pas d'équipe spéciale, compris ?

Les deux inspectrices acquiescèrent.

— Pour les médias, il doit s'agir d'une enquête comme une autre. Nous devons observer la plus grande réserve au sujet de ce crime, le plus longtemps possible. Si la presse découvre ce qui s'est passé, on est foutus. Je vois déjà les maquettes de nuraghes et de sanctuaires aux infos du soir… Donc motus et bouche cousue, parce qu'ils vont utiliser n'importe quel moyen pour grappiller des informations.

— C'est compris, commissaire. Ils n'obtiendront rien d'autre qu'un "*no comment*" de notre part, promit Eva.

— Voilà. Surtout toi, Croce. Ils vont s'acharner sur toi, parce que tu viens du continent et en raison des fonctions que tu as occupées par le passé. Rembarre-les. Envoie-les se faire voir. Menace-les de les dénoncer. Et s'ils continuent, tu les arrêtes et tu me les amènes à la questure, compris ?

Eva acquiesça, surprise du ton de son supérieur : Farci ne plaisantait pas. Ce qui signifiait que les hautes sphères s'étaient déjà manifestées, qu'elles lui avaient imposé une ligne d'action et de conduite. C'était très étrange, sachant que la découverte du corps remontait à quelques heures à peine.

— Venons-en à vous, maintenant, dit Farci, soufflant la fumée de côté. En réalité, une équipe spéciale a déjà été mise sur pied, ce matin au parquet. Je vous annonce tout de suite que vous n'en faites pas partie.

— Quelle surprise…

— Rais, ce n'est pas le jour, hein. Ne t'avise pas de me foutre en rogne.

Mara fit signe de fermer sa bouche comme si c'était une fermeture Éclair.

— Je disais donc : Nieddu en est, idem pour une bonne partie de la section homicides. Roberto Melis est le principal suspect, vu tous les éléments à charge retrouvés dans sa maison, ses antécédents judiciaires et le fait que la fille fréquentait sa bande de dégénérés. Le commissariat de Carbonia, assisté de plusieurs questures dont la nôtre, dirige les recherches à large échelle. C'est une question d'heures. On va le trouver… Le vrai problème, c'est qu'on a vraiment mal choisi notre moment pour monter cette putain d'unité des crimes non élucidés. On dirait que c'est fait exprès…

— Peut-être que ça l'est, dit Mara.

— Rais ! la tança Farci.

— Non mais je ne plaisante pas…

— Elle n'a pas complètement tort, intervint Eva pour sa défense. (Mara et elle avaient beau ne pas toujours s'apprécier, elles se comprenaient à demi-mot.) Regardez : l'assassin découvre que quelqu'un travaille sur ces vieux dossiers, et il fait rouvrir les enquêtes avec un nouvel homicide, comme pour défier les enquêteurs… Ce n'est pas un scénario si improbable, commissaire. Même en imaginant que c'est un imitateur, la chose a une certaine logique. Perverse, certes, mais logique quand même.

Farci tambourina des doigts sur la table pendant quelques secondes, ruminant cette possibilité tordue qu'il n'avait pas envisagée.

— Enfin bref, reprit-il, notre position officielle est la suivante : personne ne travaillait sur les homicides de 1975 et 1986. Des ordres venus d'en haut. Compris ?

Les deux femmes acquiescèrent de nouveau.

— Que veux-tu qu'on fasse ? demanda Mara.

— Retournez enquêter sur vos dossiers et tenez-vous à disposition. Si la section homicides a besoin d'aide pour effectuer des tâches comme…

Mara se raidit.

— En gros, tu veux qu'on fasse les larbins, quoi.

Farci se contenta de la fixer comme si elle avait vomi sur la table.

Eva posa une main sur le bras de sa collègue pour lui faire comprendre que ce n'était vraiment pas le moment d'engager une joute verbale.

— On se tient à disposition, commissaire, dit-elle, conciliante. Nous aussi, on veut découvrir la vérité le plus tôt possible. Dolores mérite toute notre attention : donc, si nous pouvons être utiles de quelque manière que ce soit, nous sommes là. Qu'il s'agisse d'interroger des témoins, de faire des recherches ou autre, aucun problème. Comptez sur nous.

Mara se frotta à l'endroit où Eva l'avait touchée et la foudroya du regard.

— Arrête ton cirque et écoute ta partenaire, ça vaut mieux… Ilaria Deidda : ce sera votre officier de liaison avec l'équipe spéciale. Ils m'ont mis aux commandes, et le vice-questeur Grattaglia est passé à la direction de la brigade mobile. Ce qui vous donne une idée à quel point quelqu'un de haut placé souhaite que cette sale histoire soit bouclée fissa.

— Parfait, dit Eva avant que Mara puisse ouvrir la bouche.

— Barrali : comment vous l'avez trouvé ?

— Il est très secoué. Le fait qu'en un sens c'est lui qui ait eu raison… Il ne l'a pas pris comme une victoire ni une consolation, mais comme une défaite cuisante, expliqua Eva.

Farci acquiesça, pensif.

— Au-delà de l'identité de la victime, il a noté d'autres divergences par rapport aux précédents homicides ?

— Les coups. Le fait que la victime ait été aussi salement amochée, intervint Mara. Dans les autres affaires, il n'y avait eu aucun signe de violence, comme si les filles s'étaient rendues là-bas de leur plein gré, sans opposition.

— Autre chose ?

— Barrali soutient que oui, mais il ne se souvient pas quoi, dit Eva, sans révéler pour le moment la maladie neurodégénérative de Moreno.

Rais lui décocha un regard appuyé, mais s'abstint de tout commentaire.

Farci plissa le front.

— OK. Laissez-le se remettre un peu du choc, puis revenez à la charge. Et s'il se souvient de quoi que ce soit, vous m'en informez tout de suite… Vous avez apporté tout le matériel ?

Rais tapa de la main un sac de cuir contenant les dossiers.

— Bien.

Le commissaire sentit vibrer son téléphone et jeta un œil au message reçu.

— OK, je dois courir à la questure. Apportez tout ça à Nieddu et aux autres. Ah, une dernière chose… Les théories de Moreno, ses histoires de masques, tout ça. De qui il les tient ? Quelle est sa source ?

— Plusieurs professeurs de l'université. Un en particulier, un anthropologue, répondit Mara.

— OK. Allez lui toucher deux mots et essayez de comprendre s'il y a un fondement réel derrière ces…

— Attends, t'es sér…

Sous la table, Eva envoya un coup de pied dans le tibia de sa collègue, lui clouant le bec.

— Excellente idée, dit-elle.

— Faites-moi un rapport là-dessus, en triple exemplaire. Un pour moi, personnel, un pour l'équipe et un pour les magistrats, qui sont deux, à ce propos, sur décision du parquet : Mazzotta, qui enquêtait sur la disparition de Dolores, et le substitut du procureur Iaccarone, de Cagliari. J'ai besoin de leur donner quelque chose, si je ne veux pas les avoir sur le dos : même du vent, peu importe.

— On y va tout de suite, promit Croce.

Farci se leva.

— Dites aux autres de m'appeler dès que Trombetta aura fini avec le corps.

Elles acquiescèrent.

— Désolé si j'ai été un peu dur. Cette histoire m'a déjà mis la tête à l'envers.

Les deux policières le regardèrent s'éloigner d'un pas vif, la tête enfoncée dans ses épaules tombantes.

— Farci est un mec bien, mais il n'a pas la trempe pour encaisser ce genre de stress, commenta Mara. Le pauvre, je ne l'envie pas.

— Tu m'étonnes.

— Comment ça se fait que tu ne lui aies pas parlé de la maladie de Barrali ? demanda Mara d'un ton bourru.

— Je ne sais pas… Ça ne me semblait pas le meilleur moment.

— Mettons une chose au clair, Croce. Si on veut essayer de travailler ensemble, on arrête avec les initiatives personnelles.

— Ce n'était pas une…

— Si tu veux adopter une ligne de conduite avec les supérieurs, les témoins ou qui que ce soit, on la détermine ensemble d'abord. Parce qu'au cas où tu n'aurais pas compris, cette affaire peut être le coup de grâce pour toutes les deux… Si les choses devaient mal tourner, et je trouve que ça sent déjà le roussi, à ton avis qui seraient les deux premiers boucs émissaires que les hautes sphères pointeraient du doigt ?

— Nous, admit sa partenaire.

— Voilà. Et si je ne sais pas d'avance que je dois protéger ton cul, on ne fera que leur faciliter le travail, dit Rais, acerbe.

Elle se leva et se dirigea vers l'Institut médicolégal sans l'attendre.

60

Département d'anthropologie culturelle, université de Cagliari

Les policières ignorèrent la feuille affichée sur la porte du bureau qui annonçait le report des réunions et des oraux à la semaine suivante et frappèrent. Une fois, deux fois. Alors qu'Eva s'apprêtait à insister, la porte s'ouvrit à la volée et un quadragénaire à l'air professoral, la prenant pour une étudiante en retard sur son cursus, l'invectiva :

— Non mais alors, vous ne savez pas lire ? Vous n'avez pas vu la note ?

— Nous avons vu la note ; et vous, que diriez-vous de jeter un œil à ceci ? dit Mara en surgissant de derrière sa collègue, son badge avec la plaque dorée de la police d'État bien en vue.

Valerio Nonnis, enseignant vacataire en anthropologie culturelle, blêmit et bafouilla une excuse.

— Nous sommes les inspectrices Croce et Rais, de la brigade mobile, poursuivit Mara d'un ton sec. J'imagine que vous savez pourquoi nous sommes là.

Dans une certaine mesure, Eva apprécia la ligne de conduite de sa partenaire. Ce tacle appuyé – établissant d'entrée de jeu un périmètre relationnel hostile pour Nonnis, qui ignorait comment réagir à cette insinuation –, n'était pas une méthode d'interrogatoire très répandue, mais elle porta ses fruits : intimidé, Nonnis devenait de la glaise humide entre les mains des enquêtrices.

Le professeur blêmit de plus belle.

— Vraiment, je ne…

— On peut entrer ? le pressa Eva.

— Je ne…

— Nous ne vous prendrons pas plus de dix minutes, l'assura Mara en se glissant dans le bureau.

Une fois à l'intérieur, Eva Croce ferma la porte. Ce geste aussi débordait de sous-entendus psychologiques : désormais tu es coincé ici avec nous, la Loi.

— On peut s'installer ? demanda Mara en s'asseyant devant le bureau.

— Je vous en prie, balbutia le professeur.

Eva resta debout et regarda autour d'elle. Une autre manœuvre psychologique : la différence de taille entre les deux inspectrices forçait le professeur à promener son regard de l'une à l'autre, accroissant son appréhension.

— Détendez-vous, nous sommes ici en toute amitié, dit Mara avec un sourire ostensiblement faux. Je vous en prie, asseyez-vous.

Les deux inspectrices gardèrent le silence quelques secondes. Là encore, il s'agissait d'une technique pour instiller le malaise. À dire vrai, elles n'étaient pas là pour un interrogatoire, mais deux éléments les avaient alertées : d'abord, une révélation qu'elles avaient l'intention d'exploiter au maximum ; ensuite, les mains du professeur. L'une était bandée et l'autre avait les articulations si écorchées et contusionnées qu'il semblait avoir cogné sur un mur. Ou sur quelqu'un. Un détail qui ne pouvait passer inaperçu.

— Qu'est-ce que vous vous êtes fait aux mains ? demanda Mara d'un ton mielleux.

L'homme les regarda comme s'il ne comprenait pas.

— Vous vous êtes battu avec quelqu'un ? insista Mara.

— Ah, ça… Non, non… J'ai donné un coup de main à de vieux collègues sur une fouille, et je me les suis coincées sous un outil… Ce n'est rien.

— Une fouille archéologique ? demanda Eva.

— Oui.

— Où ça ? insista Mara.

— Pourquoi cette question ?

— Simple curiosité, dit-elle. Quand j'étais petite, je rêvais de devenir archéologue. C'était l'époque d'Indiana Jones…

— Je… Pourriez-vous m'expliquer les raisons de votre présence, je vous prie ?

Croce et Rais pouvaient donner l'impression d'être inoffensives : en réalité, elles décelaient les mensonges comme un requin détecte le sang.

Elles savaient que l'homme avait menti mais n'en dirent rien ; elles eurent un sourire compréhensif et poursuivirent.

— Nous sommes ici parce que vous êtes considéré comme un des plus grands experts en anthropologie culturelle et en ethnographie sarde, dit Eva d'un ton affable. Vous êtes célèbre et respecté dans le milieu universitaire, et vos recherches ont été saluées à l'échelle nationale, et même à l'étranger. Impressionnant, bravo.

Après le premier coup d'estoc, la flagornerie : ça perturbait l'interlocuteur, le forçait à baisser la garde.

— Je… N'exagérons rien, mais merci quand même…

— Ne soyez pas modeste. Nous avons vu tous vos livres, le flatta Mara.

— Eh bien, j'en ai écrit quelques-uns, oui…

Comme si de rien n'était, Rais sortit une tablette et la lui tendit : elle montrait les photos de la découverte du corps de Dolores.

Nonnis demeura paralysé de surprise, écarquillant les yeux.

— Nous sommes ici de manière officieuse pour une enquête, professeur, dit Eva. Nous vous demandons de garder cette conversation pour vous, car les investigations sont en cours.

L'homme leva les yeux vers la Milanaise et la fixa comme s'il n'avait pas compris un traître mot.

— Nous pouvons compter sur vous ? Vous n'en parlerez à personne ? le pressa Mara.

— Je… Bien sûr, bien sûr.

— Bien… Nous sommes en train de reconstituer le réseau de symboles anthropologiques à la base de ce que nous pensons être un meurtre rituel, poursuivit Eva.

— Encore un…

Les deux policières firent semblant de se lancer un regard surpris. Nonnis s'en aperçut.

— Il y a déjà eu des crimes similaires, dit-il. En 1975 et 1986…

— Pardon, mais qu'est-ce que vous en savez ? demanda Mara, reprenant son ton autoritaire.

— J'ai été consulté par un collègue à vous, Moreno Barrali. Il a sollicité mon expertise, à l'époque.

— Barrali, bien sûr…, dit Eva, avenante.

L'homme reporta son regard sur la tablette.

— Allez-y. Faites défiler les photos, l'encouragea Rais.

L'homme obéit. Ses yeux se fermèrent à moitié devant la crudité des clichés.

— Vous remarquez quelque chose de différent par rapport aux autres homicides ? demanda Croce.

— C'est le sanctuaire nuragique de Santa Vittoria, à Serri, dit le chercheur comme pour lui-même.

— Exact, confirma Rais.

— Quand est-ce que c'est arrivé ? s'enquit le professeur.

— Ça n'a pas d'importance, intervint Eva. Est-ce que vous remarquez un élément quelconque qui serait dissonant par rapport aux meurtres précédents ?

Nonnis analysa les photos en silence pendant quelques minutes.

— Il ne me semble pas, finit-il par dire en restituant la tablette à la policière.

— Si nous vous proposions d'examiner les éléments cultuels de cet homicide, vous le feriez ? demanda Eva.

— Bien sûr, si je peux être utile de quelque manière que ce soit à l'enquête…

— Vous pourriez nous consacrer une vingtaine de minutes, là, maintenant ? demanda Mara.

— Maintenant ? À vrai dire…

— Ces meurtres semblent s'inspirer des rites du carnaval sarde, n'est-ce pas ?

L'homme fixa Eva et acquiesça.

— Oui.

— Vous pourriez nous en dire plus à ce sujet ? fit Mara.

L'homme haussa les épaules. Eva remarqua qu'il portait son alliance à l'annulaire gauche. Elle fit le tour du bureau, en apparence pour jeter un œil par la fenêtre, en réalité pour observer de plus près la table de travail du professeur : elle vit les photos d'un petit garçon et d'une petite fille ; sur l'une d'entre elles, il y avait toute la famille réunie, épouse comprise.

Tu cherches à te faire passer pour un bon père de famille ou tu l'es vraiment ? se demanda Eva.

— Par exemple, quelle fonction avaient ces cérémonies ? s'enquit Mara, en sortant de son sac un bloc-notes et un stylo.

— Eh bien, la fonction des cérémonies carnavalesques était purificatrice, dérivant assez certainement des rites dionysiaques dont elles étaient une évolution directe… Les célébrations avaient une finalité thérapeutique pour la communauté qui, après le sacrifice, retrouvait un sens à la vie.

— Par sacrifice, vous voulez dire un sacrifice de sang ? demanda Eva.

— À l'origine, oui. Les rites de la passion de la victime sacrificielle étaient plutôt sanglants. Mais c'était nécessaire, parce qu'ils devaient simuler un sacrifice vital – excusez le jeu de mots – pour le bien de la communauté.

— Nous parlons d'une société agropastorale, n'est-ce pas ? demanda Mara.

— Tout à fait. Le rite tournait autour de la nature et de ses cycles de vie et de mort. L'alternance des saisons, tout ça.

— Au nom de qui était pratiqué le sacrifice ?

— Là-dessus, nous ne pouvons qu'émettre des suppositions. Comme vous le savez sûrement, la civilisation nuragique ne nous a laissé, dans l'état actuel de nos connaissances, aucun écrit, nous ne pouvons donc que nous perdre en conjectures…

— Mais si vous deviez vous mouiller ? l'encouragea Mara.

— Certains chercheurs estiment que les protosardes, puis les nuragiques, pratiquaient une religion monothéiste, avec un Dieu unique portant en lui à la fois l'élément masculin et l'élément féminin. L'immense variété de bronzes votifs et de mobilier funéraire découverts dans les puits et dans les zones limitrophes, notamment à Serri d'ailleurs, témoigne de la coutume consistant à faire des offrandes à la divinité.

— Et donc ? demanda Eva.

— L'offrande la plus noble était la vie d'un être vivant, d'ordinaire un animal. Les sacrifices avaient lieu en échange de quelque chose : guérison de maux physiques, expiation de fautes terrestres, intervention de la divinité en cas d'épidémie et de famines, les motivations étaient diverses.

— Et les êtres humains ? Eux aussi étaient sacrifiés, non ?

— Il semblerait que oui, surtout dans des situations d'extrême difficulté pour les clans nuragiques. Pour solliciter une intervention plus rapide et plus décisive de la divinité, les chèvres, les taureaux et les agneaux ne suffisaient plus… Ces populations croyaient qu'on pouvait s'attirer les faveurs du destin, entendu comme expression de la volonté divine, en renonçant à un élément important, à une figure clé de la communauté, car pour elles l'importance de la communauté dépassait celle de l'individu, quelle que soit sa place dans la hiérarchie. Ce sacrifice les rachetait aux yeux du dieu ou de la déesse.

— Mais pourquoi les puits ?

— Le puits sacré est le lieu de culte par excellence de la civilisation nuragique. L'eau représente la vie. La descente sous terre, en revanche, figure le passage dans un monde supraterrestre.

— Donc un moyen d'entrer en contact avec la divinité, dit Mara.

— Exactement.

— Qui célébrait ces rites ?

— Dans l'état actuel des recherches, on estime qu'il s'agissait de prêtresses. Elles étaient les détentrices de ces aspects sacrés liés, définissons-la ainsi, à la magie.

Mara arqua un sourcil. Nonnis s'en aperçut et réagit comme s'il avait été piqué au vif :

— Ne me regardez pas comme ça. La magie fournit depuis toujours aux gens des instruments pour affronter les moments critiques que les seules forces humaines ne suffisent pas à surmonter. Le magicien, ou en l'occurrence la magicienne, naît comme projection des besoins d'un contexte spécifique. C'est la pure expression d'une culture locale. Le recours à la magie a une forte valeur sociale : elle rend la communauté plus soudée et, au travers d'un rite commun, collectif, elle renforce la confiance dans les personnes et dans leur vivre ensemble. Elle a une fonction sociologique déterminante.

— Vous êtes en train de justifier les sacrifices humains ? insinua Mara.

— Non, bien sûr que non. Je les remets simplement dans le contexte d'une époque où la magicienne ou la prêtresse jouait un rôle fondamental de guide spirituel et, en un sens, politique de la société nuragique, s'anima Nonnis. L'acte de sacrifice ne revêtait pas seulement une dimension magique, mais également politique.

Eva décida qu'elles avaient tourné autour du pot suffisamment longtemps, en mettant le professeur à l'aise : il avait baissé la garde juste ce qu'il fallait. Elle sortit une photo de la poche de son jean, la déplia, la plaqua brusquement sur le bureau de l'enseignant et lui demanda :

— Pourriez-vous nous dire quels étaient vos rapports avec Dolores Murgia, professeur ?

61

Département d'anthropologie culturelle, université de Cagliari

Nonnis fixa quelques secondes la photo de Dolores, puis il leva les yeux vers l'inspectrice.

— Je l'ai eue comme étudiante pendant quelques semestres. Ça fait un moment que je ne l'ai pas vue : je pense qu'elle a dû décrocher, dit-il avec le plus grand naturel possible. Elle a des ennuis ?

— Vous devez voir défiler une flopée d'étudiants, répliqua Mara, ignorant sa question. Comment se fait-il que vous vous souveniez aussi bien de cette fille ?

— Parce que c'était une tête bien faite. Elle ne faisait pas beaucoup d'efforts, mais je me rappelle encore ses questions, toujours intelligentes.

— Depuis combien de temps est-ce que vous ne l'avez pas vue ? continua Eva.

— Je ne saurais pas vous répondre avec exactitude… Six mois, un an… Dans ces eaux-là… C'est la fille qui a disparu, n'est-ce pas ? J'ai lu quelque chose là-dessus dans les journaux. En voyant sa photo à la télé et dans les quotidiens, j'ai tout de suite pensé à elle. Et le nom est le même que celui dont ils ont parlé aux infos.

Mara adressa un hochement de tête imperceptible à sa collègue. Avant d'aller s'entretenir avec le professeur, Eva s'était souvenue d'avoir lu dans le dossier de Dolores que la jeune fille avait étudié l'anthropologie quelque temps à l'université de Cagliari. Elles avaient fait un saut au secrétariat de la scolarité pour demander si Dolores avait eu Nonnis comme professeur. Quand l'employé leur avait répondu par l'affirmative, elles avaient élaboré une ligne d'interrogatoire visant à creuser cette relation. Elles ne croyaient pas Nonnis impliqué dans l'homicide ; cependant, dans une enquête d'une telle envergure, on ne devait négliger aucune piste, même la plus insignifiante.

— Vous l'avez retrouvée ? demanda Nonnis.

— Fais-lui voir l'autre photo, dit Mara.

Eva Croce montra à l'anthropologue une photo de Roberto Melis, le gourou des néonuragiques ; le professeur réagit par des imprécations en sarde.

— Qu'est-ce que vous avez dit ? demanda-t-elle.

— Que la mère du type a une vivacité sexuelle particulièrement prononcée et qu'elle n'a pas honte d'entretenir des rapports intimes avec des bêtes de taille imposante, traduisit Mara.

Eva sourit.

— J'en déduis donc que vous le connaissez.

— Hélas oui. En plus de l'enseignement, je suis membre d'une coopérative d'anciens collègues de l'université. Nous nous occupons de la gestion de certains sites archéologiques… Ce fanfaron de Melis et ses adeptes endommagent les monuments en dormant dessus, en allumant des feux dans les zones limitrophes, en emportant des pierres et des rochers pour fabriquer des idoles et des amulettes… Ils ont déjà abîmé des dizaines de *domus de janas* et de tombes de géants. Mais au-delà du dommage archéologique, il abuse un tas de gens en leur faisant croire que les pierres ont des pouvoirs de guérison, des vibrations magnétiques et énergétiques capables de remplacer la radiothérapie ou la chimio, par exemple. Vous devriez l'arrêter…

— Vous avez déjà eu une confrontation directe avec l'animal ? demanda Mara.

— Bien sûr. Nous avons fait nos études ensemble. Il était en retard de plusieurs années sur son cursus. Déjà à l'époque, il avait toutes ces théories étranges sur le pouvoir thérapeutique des menhirs et sur les nuraghes qui seraient des centres énergétiques capables de communiquer avec les étoiles… Il n'a jamais réussi à obtenir son diplôme. Ensuite, avec d'autres collègues, nous avons dénoncé ses activités à la direction et nous sommes intervenus lors de plusieurs de ses conférences pour démentir ses propos, ainsi qu'à diverses présentations de ses livres, qui ont un succès inexplicable, vu qu'ils sont truffés de ces charlataneries.

— Et ça, vous ne vous le seriez pas fait en lui tapant dessus ? demanda Eva en désignant ses mains contusionnées.

— Non, non… Mais je reconnais que ça ne me déplairait pas d'en découdre avec lui… Il mène une entreprise de mystification de l'archéologie et de l'anthropologie traditionnelles en soutenant cette Nuraxia, une sorte de pseudo-religion d'inspiration néopaïenne qui va à l'encontre des sciences anthropologiques et se moque des recherches officielles. Le plus fou, c'est qu'une quantité incroyable de gens le suivent. Des désespérés, pour l'essentiel… Il est impliqué dans la disparition de la fille ?

— Disons que nous aimerions lui toucher deux mots, mais qu'il est introuvable pour le moment. Vous n'auriez pas une idée d'un endroit où nous pourrions le chercher, par hasard ? demanda Eva.

— Il fait souvent des pèlerinages de l'espérance avec ses fidèles, le plus souvent dans des sanctuaires nuragiques et des cirques mégalithiques.

— Vous pourriez être plus spécifique ?

Nonnis secoua la tête.

— À elles seules, les tombes des géants sont déjà environ huit cents, disséminées sur toute l'île… Il pourrait vraiment être n'importe où.

— Si on vous braquait un pistolet sur la tempe, quelle zone indiqueriez-vous ? demanda Eva.

Le professeur réfléchit quelques secondes.

— Peut-être le mont Arci… C'est un lieu qui a plus de huit mille ans d'histoire, où l'on trouve des vestiges nuragiques et des traces d'habitat primitif. C'est une montagne d'origine volcanique qui constitue le plus grand gisement d'obsidienne, l'or noir du Néolithique. Selon les théories des néonuragiques, l'obsidienne possède des pouvoirs énergétiques phénoménaux… C'est là-bas que je tenterais ma chance.

Eva acquiesça et composa un message avec l'indication du lieu, l'envoya à Maurizio Nieddu : *Essayez de jeter un œil, si vous ne l'avez pas encore fait. Il pourrait se cacher là-bas. Je vous explique pourquoi après.*

— À votre connaissance, à part endommager des monuments, est-il impliqué dans une quelconque activité illégale, ou pourrait-il avoir commis un crime grave ? demanda Mara Rais.

— Ça ne me surprendrait pas… Il y a des bruits qui courent sur ces pèlerinages : il paraît qu'on y fait usage de drogues et de substances hallucinogènes. J'ai aussi entendu parler d'orgies, de violences sexuelles envers les adeptes, et d'une sorte de lavage de cerveau opéré par Melis et son cercle d'acolytes sur les nouveaux arrivants. C'est une secte en bonne et due forme.

Mara lui tendit des chemises compilant des considérations d'ordre anthropologique sur le rituel à la base des homicides de 1975 et 1986. Elles étaient l'œuvre de Barrali.

— J'aimerais que vous fassiez une chose : survoler ces documents et me dire s'ils ont la moindre vraisemblance dans votre champ d'études, le pria la policière sarde.

Elles lui laissèrent quelques minutes, puis l'homme hocha la tête et lui restitua les dossiers.

— Si seulement mes étudiants étaient aussi appliqués… C'est tout à fait plausible. Ce sont des écrits de Moreno, n'est-ce pas ?

Rais acquiesça.

— Moreno Barrali avait sollicité l'intervention de celle qui a été mon professeur, avec qui j'ai étudié et avec qui je collaborais avant qu'elle parte à la retraite. Puis je l'ai aidé à mon tour à essayer de déchiffrer ce rituel de mort… Je vous avoue qu'il est plus compétent sur le sujet que la plupart de mes collègues.

— Nous nous en sommes aperçues, dit Eva. Merci infiniment d'avoir pris le temps de nous recevoir. Il se peut que nous revenions vous embêter.

— Je suis à votre disposition.

— Nous n'excluons pas la possibilité que des journalistes viennent vous poser des questions, et il est fort probable qu'ils se montrent extrêmement insistants, ajouta Mara. Préparez-vous à cette éventualité.

— Comment ? Pourquoi ?

L'inspectrice ne répondit pas et poursuivit :

— Nous vous déconseillons vivement de leur donner du grain à moudre. En parlant avec eux, vous risqueriez d'entraver nos investigations. C'est une enquête pour homicide, comme vous l'avez vu. Homicide volontaire, avec la circonstance aggravante de la préméditation, pour être précis. Un coup à prendre perpétuité.

Si Mara avait voulu l'effrayer, elle avait réussi haut la main, estima sa collègue.

— Je ne parlerai à personne, promit le professeur.

— Excellente idée, répliqua Mara.

Les policières serrèrent délicatement sa main bandée et s'apprêtèrent à prendre congé.

— La fille sur les photos au sanctuaire de Serri… Vous l'avez identifiée ? C'est Dolores ? demanda Nonnis alors qu'elles étaient déjà sur le pas de la porte.

Les femmes se retournèrent et le fixèrent en silence pendant quelques secondes.

— Non, mentit Eva. Nous excluons que ce puisse être elle. Nous travaillons encore à savoir de qui il s'agit.

62

Sa Duchessa, faculté de lettres et sciences humaines, Cagliari

— Il ment, dit Rais une fois qu'elles eurent rejoint la voiture dans le parking. Je ne sais pas sur quoi, mais il ment.

— Oui, c'est aussi mon avis… Il ne m'inspire pas du tout confiance. Il a l'air de cacher quelque chose.

— Quand on s'est présentées, j'ai entendu le son de ses couilles qui rebondissaient par terre. Il est devenu presque aussi livide que toi.

— Dis, tu as une pochette scellée ? demanda Eva en sortant la photo de Dolores sur laquelle Nonnis avait laissé ses empreintes.

— Comment ça ? Ah, tu… Pas mal, Croce. Pas mal du tout, concéda Mara, souriante, en fouillant dans son sac pour trouver ses clés.

— Tu sais ce que c'est, on n'est jamais trop prudent…, dit Eva.

Mara ouvrit le coffre de sa voiture et en tira un sachet pour pièce à conviction, dans lequel elle glissa la photo.

— Qu'est-ce que tu proposes ? demanda Eva.

— De creuser un peu plus sur lui.

— Je suis d'accord. Il a quarante-six ans et il est encore enseignant vacataire. Certes, on est en Italie, mais bon… Je ne dis pas être professeur titulaire, mais au moins maître de conférences, non ? Ça ne te paraît pas bizarre ?

— Très… J'ai un contact à l'université. Je peux demander quelques informations supplémentaires à son sujet.

— Tu veux prévenir Farci ?

— Pour lui dire quoi, que le petit prof ne nous plaît pas ? Il nous enverrait bouler. Si on veut l'impliquer, on doit avoir quelque chose de plus solide qu'une impression. Et de toute façon, la question ne devrait pas nous concerner. Nous ne faisons pas partie de l'équipe, ne l'oublie pas.

— Ça ne veut pas dire qu'on ne peut pas l'informer si on voit quelque chose.

— Sauf que pour l'instant, il ne me semble pas qu'on ait suffisamment d'éléments.

— Tu as vu qu'il portait une écharpe dans son bureau ?

— Bien sûr.

— Et il t'avait l'air enrhumé ?

— Non. Je l'ai remarqué aussi… Tu penses qu'il cache quelque chose, hein ? Des griffures, des bleus…

— Il y avait carrément le chauffage, là-dedans. On mourait de chaud, dit Eva. Et pourtant, lui il portait son écharpe, et bien serrée.

— Peut-être qu'on se laisse emporter par notre imagination.

— On est des femmes : on a l'habitude de se faire des films, ironisa Eva.

— Pas sur ces choses-là… En tout cas pas moi. Toi, en revanche, tu as l'air de quelqu'un qui ne fait que ça, je me trompe ?

— Il nous cache quelque chose, reprit Eva, ignorant la pique.

— Pour le moment, tout pointe vers Melis, et nos impressions ne valent pas une poignée de figues.

— Ça serait pas mal d'avoir une petite conversation avec Moreno pour lui demander ce qu'il pense de Nonnis, proposa Eva.

— Bonne idée. Pas aujourd'hui, par contre. Tu as vu dans quel état il était, le vieux ?

— Comment tu as trouvé Nonnis quand je lui ai montré la photo ?

— Il m'a fait l'effet de quelqu'un qui se faisait dessus.

— Pourquoi ?

— Ça, c'est une question à un million d'euros, Croce, dit Mara en mettant le contact.

63

Salle de crise, section homicides, questure de Cagliari

La salle de crise qu'on avait installée pour l'homicide de Dolores Murgia vibrionnait de zèle et de frénésie. On avait affiché aux murs différentes photographies représentant la scène de crime, en plus de divers agrandissements du corps. Sur une table, plusieurs officiers étudiaient les éléments que Nieddu avait fait venir directement de la maison du gourou, tandis que d'autres épinglaient au tableau les détails du crime, les premiers comptes rendus de la scientifique et une ébauche de chronologie des événements.

Les membres de l'équipe spéciale leur jetèrent un rapide coup d'œil, puis chacun se replongea immédiatement dans sa tâche sans faire plus de cas d'elles.

Eva et Mara éprouvèrent toutes deux une pointe de jalousie en voyant la machine parfaitement huilée de la section homicides à l'œuvre. L'adrénaline suintait des enquêteurs. La tension était palpable. Il y avait un assassin en liberté à capturer, et Dolores n'était sans doute pas sa seule victime. L'enjeu était trop important. L'objectif commun rendait inséparables des collègues qui jusqu'alors s'adressaient à peine la parole ; en l'espace de quelques heures, des traîne-savates désœuvrés s'étaient mués en chasseurs déterminés.

— Bougeons d'ici, il me vient l'envie de me suicider, dit Rais.

— Achève-moi d'abord, s'il te plaît, répliqua Croce. Mieux vaut une balle dans la tête que d'être enterrée vivante dans ce sous-sol puant. Avec toi, qui plus est.

— Tu es aussi sympa que l'arrivée des règles un premier jour de vacances à la mer, tu sais ? murmura Rais, faisant sourire sa partenaire.

Nieddu les avisa et s'approcha.

— Nous avons envoyé des agents ; ils sont en train d'explorer le mont Arci avec des drones. Merci pour le tuyau.

— Pas de quoi. Espérons que ça serve à quelque chose, dit Croce. Comment ça va, ici ?

— On n'a pas le temps de s'ennuyer. Vous savez mieux que moi que les quarante-huit premières heures sont vitales pour l'enquête.

— À propos, dit Mara, en tirant un autre dossier de son sac. Nous avons interrogé l'anthropologue qui a collaboré avec Barrali sur les précédents dossiers. Voici les nouvelles informations que nous avons recueillies sur le "pouvoir sacré de l'eau" et sur la symbolique des masques. Comme ça vous pouvez faire le plein de couillonnades… Tenez. Amusez-vous bien.

— Qu'avez-vous pensé du professeur ?

— Un type intéressant. Quand vous aurez un moment, on pourra vous raconter.

Nieddu posa le dossier sur un bureau et les invita à prendre un café, malgré l'heure tardive. Les deux enquêtrices acceptèrent, car elles avaient compris que le commissaire voulait discuter en privé.

— Ils vous ont exclues de l'enquête. Comment ça se fait ? demanda-t-il, perplexe.

— Les petits jeux habituels chez ceux d'en haut… Disons qu'ils ne nous portent pas vraiment dans leur cœur, fit Rais.

Nieddu secoua la tête.

— À la questure de Cagliari, il y a plus d'intrigues que dans toute une saison de *Game of Thrones*. Ça a toujours été comme ça. C'est dommage.

— On s'en remettra… Que dit Trombetta ? demanda Rais.

— C'est justement de ça que je voulais vous parler. La situation est plus grave que ce qu'on pensait, dit le commissaire, baissant d'un ton.

— Dans quel sens ? demanda Croce.

— Dans le sens que l'autopsie est encore en cours. Avant d'arriver à un rapport définitif, il va sans doute falloir attendre toute la nuit, voire plus.

— Comment ça se fait ?

— Dolores est morte de sa blessure à la gorge, mais il semble qu'elle était dans un état précomateux après avoir été rouée de coups. On l'a sauvagement tabassée. Elle s'était cogné plusieurs fois la tête, elle avait trois côtes cassées et, si elle n'avait pas eu la carotide tranchée, on aurait penché pour une grosse hémorragie interne causée par son passage à tabac.

— Doux Jésus…, murmura Rais.

— Il a pu déterminer l'heure du décès ? demanda Croce.

— Entre minuit et deux heures du matin.

— Donc elle était inconsciente quand on l'a amenée au sanctuaire ?

— C'est ce qu'il cherche à établir, mais il semble que oui : elle était dans un état semi-végétatif.

Les deux femmes échangèrent un regard lourd de tension.

— Et malheureusement, ça ne s'arrête pas là…, dit Nieddu.

64

Questure de Cagliari

— QU'EST-CE QU'IL PEUT y avoir d'autre ? demanda Mara Rais, un voile de panique assombrissant son visage.

Nieddu, éreinté, s'adossa au mur, comme s'il avait besoin de se départir du poids invisible qui reposait sur ses épaules et qu'il n'arrivait plus à supporter. Il souffla, écœuré par ce qu'il s'apprêtait à révéler.

— La fille a été violée plusieurs fois, dit-il d'un filet de voix.

— …

— Elle a subi des violences avant la nuit de l'homicide. Deux ou trois jours avant : c'est la version non officielle de Trombetta, à prendre avec des pincettes tant qu'il n'a pas remis son rapport définitif.

— Il est certain pour le viol ? demanda Mara après quelques instants de stupeur.

— *Les* viols… Oui, il en est certain.

— …

— Cette gamine, depuis sa disparition, a dû vivre un enfer, dit Nieddu, les yeux humides.

— Pourquoi ce traitement ? demanda Eva, sans s'adresser à personne en particulier.

— Elle pourrait avoir été violée par ce fils de pute et ses adeptes dans une de leurs saloperies de rites, suggéra Mara. Elle cherche à se rebeller et ils la cognent jusqu'à ce qu'elle perde connaissance. Mais ils s'acharnent tellement qu'elle sombre dans un état végétatif. Là-dessus, ne réussissant pas à la réveiller, ils décident de la tuer en imitant les vieux sacrifices rituels, comme pour tenter de rejeter la faute sur quelqu'un d'autre.

Croce et Nieddu la regardèrent sous un jour nouveau : son hypothèse se tenait.

— Oui, il est possible que ça se soit passé comme ça, admit sa partenaire. Ça suppose qu'ils ont dû la cacher ou la garder quelque part.

— Si on retrouve ce connard, on trouvera sans doute aussi l'endroit où ils l'ont séquestrée, dit Mara.

— Je sais qu'il est encore tôt pour les examens toxicologiques, mais Trombetta s'est-il prononcé sur la question ? demanda Eva.

— Oui. Je ne me souviens pas des détails, mais il me semble qu'à partir des tissus du foie, il a réussi à établir que la fille était sous l'effet de stupéfiants depuis plusieurs heures. Des trucs chimiques. Des substances hallucinogènes, probablement.

— Donc ils l'ont droguée pour la violer ensuite... Ça se tient. Peut-être qu'ils lui ont dit que c'était nécessaire pour accéder à cette fameuse transe dont parlait Barrali, alors qu'en fait...

Eva allait répondre quand ils constatèrent un exode soudain de la salle de crise. Leurs collègues se dirigeaient au pas de course vers les escaliers.

Nieddu interrogea Paola Erriu dès qu'elle sortit de la salle :

— Qu'est-ce qui se passe ?

— Apparemment, les drones l'ont retrouvé. Il campe avec ses adeptes dans une zone du mont Arci, exactement là où vous nous l'aviez indiqué. Nous avons demandé une couverture aérienne et une équipe rapide d'intervention.

Nieddu se tourna vers Eva : un sourire de gratitude illuminait son visage.

— Je peux venir avec vous ? demanda-t-elle.

— *On* peut, la corrigea Mara.

Les deux policiers se tournèrent pour dévisager Rais de la tête aux pieds, les ongles parfaits, le maquillage et la mise impeccables, le décolleté plongeant et les huit centimètres de talon. Elle semblait prête à soutenir un mémoire de maîtrise, pas à partir pour une incursion armée en montagne.

— Habillée comme ça ? dirent à l'unisson Croce et Nieddu, déconcertés.

— Ben, quelqu'un va quand même devoir relever le standard de beauté de l'équipe, non ? répliqua la Cagliaritaine en lissant nonchalamment son tailleur ajusté.

65

Village des Ladu de la montagne, Barbagia supérieure

MICHELI FIXA son père, incrédule, puis il secoua la tête avec force.

— Non… Tu ne peux pas me demander ça, soupira-t-il, ouvrant une trouée sonore dans le silence sidéral qui avait suivi les mots du chef de famille.

— Je ne te le demande pas, je te l'ordonne, répliqua vertement Bastianu.

— Non, *pa'*, je ne peux pas… J'ai fait tout ce que tu m'as demandé jusqu'à présent. Mais ça… *Cazzu diaulu*, ça non !

Un froid s'abattit sur la cuisine. Mal à l'aise, les deux frères cadets de Bastianu baissèrent le regard vers leur assiette. Le cri du garçon avait couvert le crépitement des bûches de lentisque et d'arbousier dans l'âtre.

Bastianu hocha la tête et les femmes assises en silence devant la cheminée, enveloppées dans leurs châles de laine sombre et occupées à tisser des corbeilles d'asphodèle, obéirent en quittant la pièce sans mot dire et en refermant la porte derrière elles.

Micheli observa son père qui finissait lentement de manger son pain *guttiau* garni de saucisses et s'essuyait la bouche. Puis, avec des gestes étudiés et un calme glacial, Bastianu nettoya soigneusement la lame de sa *resolza* avec un mouchoir, ferma le couteau à cran d'arrêt et le fourra dans sa poche. Il posa ses mains colossales sur la table en bois et, en lui décochant un regard funeste, dit :

— Alors comme ça tu remets en cause mes ordres, tu m'humilies devant les femmes ?

Le garçon eut l'impudence de ne pas baisser les yeux.

Avec une célérité féline, Bastianu se dressa sur ses pieds, envoyant valser la table et la chaise, et asséna à son fils une gifle si monumentale qu'elle le projeta contre le mur. La violence du choc fut telle qu'elle fissura la chaux qui recouvrait le mur et fit tinter les casseroles de cuivre suspendues à une poutre.

Les oncles du garçon craignirent qu'il l'ait tué.

Micheli s'écroula à terre telle une dépouille sans vie, le souffle coupé.

Une larme de sang coulait lentement sur le mur blanc.

Quand il avait neuf ans, le garçon avait reçu un coup de sabot d'un âne qu'il taquinait : comparée à la gifle de ce géant aux mains de pierre, la ruade du baudet avait été une caresse maternelle.

— Tu fais ce que je t'ordonne de faire, *mincialone*. Et si tu ne le fais pas, je te tanne comme du cuir, fils ou pas fils, c'est compris ? dit Bastianu sans même élever la voix d'un demi-ton. Je te plante au milieu des champs comme un épouvantail et je te fais arracher les yeux et les couilles par les corbeaux.

Micheli ne parvint pas à répondre : il arrivait à peine à se rappeler où il se trouvait et qui il était.

— Cette nuit, faites-le dormir avec les bêtes, comme ça on verra s'il baisse la *barra*, ordonna Bastianu à ses frères avant de quitter la cuisine en claquant la porte.

66

Parc régional du mont Arci, plaine d'Uras

Le silence étoilé de la nuit fut interrompu par le fracas de l'hélicoptère qui commençait à tournoyer au-dessus du campement des néonuragiques, éclairant la zone comme en plein jour avec un puissant projecteur.

Les agents de la questure d'Oristano, aux côtés des hommes de la section homicides de Cagliari et d'un groupe conséquent de carabiniers du coin appelés en renfort, restèrent en arrière tandis que les troupes d'assaut sortaient du bois, braquant leurs armes sur le campement subitement éclairé par les cellules photoélectriques de la scientifique.

L'équipe des NOCS, les forces spéciales de la police d'État, ne s'attendait pas à tomber sur une scène pareille.

Quand les commandos donnèrent leur feu vert par radio, Eva, Mara, Nieddu et leurs collègues sortirent de la chênaie, arme au poing, et découvrirent une dizaine de personnes devant leurs grosses tentes militaires. Elles étaient agenouillées par terre, les mains derrière la nuque, dans un état de soumission totale. Aucune expression de peur. Aucune volonté de s'opposer. Elles regardaient droit devant elles, ignorant les policiers.

— C'est vous qui les avez fait mettre dans cette position ? demanda Mara à un des agents des NOCS.

— Non, madame. Ils étaient déjà comme ça, comme s'ils nous attendaient.

Rais se tourna vers sa partenaire, rengainant son Beretta :

— Tu as vu ça, Croce ? Je ne sais pas comment, mais ils ont appris que tu arrivais et ils ont pris peur.

Eva ne daigna pas lui répondre. Elle regarda ses collègues en tenue d'intervention passer les menottes aux adeptes de la secte par précaution, et ceux de la section homicides perquisitionner les tentes, accompagnés d'agents en uniforme.

— C'est comme si quelqu'un leur avait dit comment se comporter… Où est Melis ? demanda-t-elle à Nieddu.

Le commissaire secoua la tête, préoccupé.

— Rais, appela Eva. Melis… Il n'est pas là.

Mara Rais reprit son sérieux. Elle s'approcha d'un des néo-nuragiques et lui demanda où était leur chef. L'homme fit comme s'il ne l'avait pas entendue. Mara regarda autour d'elle, vit que personne – à part Eva – ne leur prêtait attention, et lui asséna un coup de pied au plexus solaire avec la coque en fer de ses rangers. Elle lança un regard à sa collègue pour voir si elle avait heurté sa sensibilité, mais Croce ne souffla mot, lui donnant son accord tacite. Mara se pencha vers lui et répéta sa question :

— Où est Melis ? Le prochain, je te l'envoie dans les couilles… Dépêche-toi, j'ai le cul congelé.

Rien à faire, seulement une moisson de grognements.

Mara se releva, prête à décocher un deuxième coup de pied, mais Eva la refréna en la saisissant par le bras.

— Pas ici. Ils nous regardent, dit-elle.

Mara se retourna, vit quelques agents se diriger vers elles et fit un pas en arrière.

— Alors ? demanda Eva à Nieddu et Paola Erriu, qui venaient de sortir de la tente la plus imposante.

Le commissaire défit son gilet pare-balles, imité par son adjointe.

— On dirait qu'ils ont nettoyé les lieux pour ne pas laisser de traces, dit-il, incrédule. Quelqu'un a dû les prévenir qu'on arrivait.

— Melis ? demanda Rais.

— Pas l'ombre d'une piste, répondit Paola Erriu, avisant ses collègues qui exploraient les bois environnants. À moins qu'il se soit caché quelque part là-dedans et que tout ça soit une mise en scène pour nous faire perdre du temps.

Par radio, Nieddu demanda à ses collègues du service aérien de ratisser la zone à la recherche du fugitif. Quelques secondes plus tard, l'hélicoptère se mit en route, faisant tomber un profond silence sur la plaine.

Une lune bulbeuse jetait une lumière diaphane sur la montagne, parfaite symbiose entre le règne végétal et le règne minéral, mais l'obscurité était trop dense dans les vallées : non seulement il était presque impossible de trouver quelqu'un qui se cachait, mais ça risquait même de s'avérer dangereux.

— Il ne peut pas s'être échappé comme ça, dit Eva, la colère perçant dans sa voix.

Nieddu donna son feu vert aux techniciens de la scientifique pour qu'ils passent les tentes au peigne fin.

— Paola, va aussi chercher Mazzotta, ordonna-t-il. Dis-lui que c'est sans danger. Nous avons besoin de son consentement pour déplacer ces têtes de cul.

— Une idée de qui aurait pu faire fuiter notre petite surprise ? demanda Nieddu à voix basse aux deux enquêtrices.

— À la questure ? dit Mara. Ça ira plus vite de te dire qui n'aurait pas pu.

Ilaria Deidda, la vice-commissaire de la section homicides de Cagliari, s'approcha d'eux.

— Aucun de ces fils de putes n'a la moindre intention de collaborer, dit-elle, contrariée.

— Alors qu'est-ce qu'on fait ? demanda Mara.

— On les emmène tous au central et on les inscrit au fichier. Avec relevés dactyloscopiques et prélèvements ADN, si Mazzotta est d'accord, répondit Ilaria Deidda.

— Elle sera d'accord, garantit Nieddu. Elle culpabilise à fond de la mort de Dolores. Comme moi, du reste…

— N'oubliez pas les prélèvements capillaires. Certains m'ont l'air en plein trip lysergique, fit remarquer Mara.

— Et concernant Melis ? demanda Eva.

— Il nous faut plus de monde pour ratisser cette forêt correctement. Et l'obscurité n'aide pas, répondit Ilaria. On va essayer d'obtenir l'aide de la forestière, de la cynophile et le renfort de la police locale, mais il y a plus de deux cent soixante kilomètres carrés à explorer…

— Moi, je reste ici pour donner un coup de main, même si je dois y passer la nuit, dit Nieddu.

— Vous vous sentiriez d'escorter ces *calloni* à la questure et de les inscrire au fichier ? demanda Ilaria aux deux inspectrices, tout en jetant un œil aux adeptes en train d'être séparés et enveloppés dans des couvertures de survie.

— Pour moi, aucun problème, répondit Eva.

— Pour moi non plus, renchérit Mara. De toute façon, ma fille dort chez mes parents.

— Merci, les filles. Désolée que cette partie de campagne n'ait pas porté les fruits escomptés… Je vais annoncer la mauvaise nouvelle à Farci, dit Ilaria en indiquant la radio.

— Je ne voudrais pas être à sa place…, commenta Mara, se blottissant dans son coupe-vent de police.

— Toi, tu restes ici, alors ? demanda Eva au commissaire.

— Oh que oui, répondit Nieddu. Et j'espère bien me retrouver seul face à face avec ce salopard.

— Tiens-nous au courant, alors.

— Sûr.

Tandis que Mara s'organisait avec ses collègues en uniforme pour le transport des suspects, Eva regarda l'immense ciel constellé d'étoiles et ferma les yeux quelques secondes, inspirant l'air piquant et aromatique.

Je suis vraiment désolée pour tout ce que tu as traversé, Dolores. On va le retrouver et le lui faire payer, pensa-t-elle. Je te le jure.

Elle n'eut d'autre réponse que le solfège du vent.

Elle se sentit observée et se tourna brusquement, scrutant les profondeurs de la chênaie.

C'est juste une impression, se dit-elle au bout de quelques secondes. Un tour que te joue le stress.

Mais l'image du bois éclairé par les cellules photoélectriques lui remémora les souvenirs d'une certaine nuit, un an et demi plus tôt. Quand, en tant que femme et que policière, elle avait touché le fond.

67

Parc des Groane, Milan, 2014

Eva regardait filer le Cisnara à l'intérieur du parc, le visage éclairé par les reflets bleuâtres des voitures de police, des ambulances et des cellules photoélectriques de la scientifique. Avec les dernières pluies, le torrent avait enflé jusqu'à la crue. Eva se laissa aller à penser que certaines personnes étaient des digues. Mais pas dans une acception négative. Des digues qui, d'un regard, d'un mot ou même par leur simple présence, te permettaient de te glisser dans ton propre torrent existentiel, sans débordement, sans qu'un élan sentimental soudain te submerge d'un trop-plein de vie, de cœur, de larmes. Des digues. Pour que le courant ne perde pas de sa force. Des digues. Pour garder le regard fixé vers l'horizon de ses désirs.

Mais aujourd'hui, ses digues avaient disparu, l'une après l'autre. Certaines avaient été emportées par le temps. D'autres par les incompréhensions, l'incapacité à pardonner et les déceptions. La plus grande, celle qui donnait un sens et une direction à son existence, par la maladie. Il n'y avait plus personne. Peut-être encore le travail, mais sans doute plus pour très longtemps, vu le pétrin dans lequel elle venait de se fourrer. Il ne restait que ce cours d'eau impétueux qui, une fois hors de contrôle, déchaînait ses pires instincts. La placidité émotionnelle s'était muée en bourrasque, emportant tous les obstacles qui se dressaient devant elle, sa conscience en premier lieu. Elle qui, rebelle par nature, aspirait autrefois de tout son être à cette liberté liquide, avait à présent un besoin irrépressible d'être contenue. Dirigée. Dominée. La vie giclait en toute direction et elle ne voyait pas comment la rattraper. Elle jaillissait comme le sang d'une blessure profonde et Eva en avait déjà trop perdu pour avoir la force de recoller les lambeaux de peau, de juguler l'hémorragie au moins quelques secondes, juste le temps de comprendre qui elle était devenue, ce qu'elle était devenue.

Lorenzo Giansante, un des collègues de la brigade mobile de Milan, fit signe à l'agent en uniforme qui la tenait à l'œil de les laisser seuls et vint s'asseoir à côté d'elle.

— Tu t'es calmée ? Je peux t'enlever les menottes ?

Eva Croce acquiesça.

Il l'observa quelques secondes pour savoir s'il pouvait lui faire confiance, puis il lui libéra les poignets.

— On peut savoir ce qui t'a pris, bordel ? demanda Lorenzo.

— Comment elle va ? répliqua l'inspectrice.

L'homme soupira.

— Tu ne l'as pas loupée. Elle va s'en remettre, mais il lui restera de belles cicatrices... C'est pas qu'elle ne les mérite pas, mais tu es allée trop loin, Eva. On ne pourra jamais te couvrir, il y avait trop de témoins.

— Je le sais. Ça a été plus fort que moi.

Lorenzo se perdit quelques secondes dans la contemplation des reflets roux de sa collègue sous les lumières des cellules photoélectriques : on aurait dit une petite fille, un elfe des forêts.

— Tu as repris du service trop tôt, dit-il d'un air désolé. On aurait dû t'en empêcher.

— Si je n'étais pas retournée travailler, je me serais déjà tiré une balle dans la tête, répliqua-t-elle.

— Ne dis pas ça, bon Dieu, même pour plaisanter…

— Le magistrat est…

— Furieux, la coupa-t-il. Il a peur que ton "intervention" compromette le dossier. Les avocats de la défense invoqueront ton comportement pour enterrer les accusations à l'encontre de la mère. Il est probable qu'en sous-main, le parquet cherche un accord pour éviter des poursuites au civil avec un procès en dédommagement. Pas d'argent, mais la liberté en échange.

— Sa place devrait être en taule…

— Ça, tu aurais dû y penser avant de la cogner, dit-il sèchement.

— Elle avait le même âge que Maya…, dit Eva, comme si cela justifiait sa réaction.

— Je sais… C'est pour ça qu'on n'aurait pas dû t'impliquer dans l'enquête. On est en grande partie responsables.

L'enquête : Katia Giuliani, une gamine de même pas huit ans, avait disparu dans la banlieue nord de Milan. Sa mère, une marginale précipitée depuis un an dans la spirale du crack avec des antécédents de prostitution, deal et menus larcins, semblait ne pas vouloir collaborer avec les policiers, comme si elle se fichait complètement de sa fille. Eva était alors entrée en scène pour sa faculté à interroger les suspects et les témoins, acquise lors de ses années passées au SCO, le Service central des opérations de la police. Elle l'avait cuisinée jusqu'à la faire craquer. Marlena, c'était son nom, avait admis avoir "loué" la gamine à un homme connu dans la zone du bois de Rogoredo*, en échange d'une somme conséquente lui garantissant une semaine de défonce totale. Après sept jours de flottement, Marlena avait

* Haut lieu du trafic de drogue en périphérie de Milan.

réémergé des tréfonds de l'inconscience et s'était souvenue de sa fille. Elle avait cherché l'homme aux alentours du parc, en vain : elle se rappelait à peine la tête qu'il avait. Une voiture de patrouille l'avait arrêtée en état d'agitation manifeste et la disparition de la petite avait fini par arriver sur le tapis.

Après cette révélation, Eva avait réussi à garder son sang-froid et avait cherché à lui arracher le plus de détails possible, car une fois l'annonce de la disparition parvenue à la presse, aux journaux télévisés et aux réseaux sociaux, le temps était compté : l'homme qui avait enlevé la gamine, voyant la mobilisation médiatique, craignant de se faire arrêter pour séquestration, aurait pu se débarrasser de Katia de la pire des manières. C'était déjà arrivé par le passé.

Eva s'était totalement laissé absorber par l'affaire. Katia, à ses yeux, sublimait en quelque sorte la mort de Maya, sa fille ; c'était une occasion que la vie lui offrait de se racheter, de sauver au moins celle-là.

Il fallait qu'elle la retrouve.

Point.

Avec ses collègues de la brigade mobile, ils avaient lancé le protocole *Italian Child Abduction Alert System*, un nouveau système de recherche nationale pour les enlèvements d'enfants, et mis à contribution les collègues du service des communications et de la cybercriminalité pour fouiller le *dark web* et les réseaux informatiques fréquentés par les pédophiles. C'était une course contre la montre.

Au bout de quelques jours, ils avaient identifié le salopard grâce aux images recueillies par un système de vidéosurveillance dans la zone de Rogoredo. L'homme avait des antécédents judiciaires : pédophilie. La brigade mobile était entrée en ébullition. Dans les couloirs de la questure, l'air était irrespirable. Grâce à un tuyau, ils l'avaient retrouvé.

Lui.

De la gamine, en revanche, aucune trace.

Ils avaient conduit l'homme au commissariat central. Alors que l'avocat de la défense avait voulu entrer dans la salle d'interrogatoire avec l'inspectrice et son client, les collègues d'Eva l'avaient pris par le bras et lui avaient conseillé d'aller faire un tour ; quand il avait commencé à se plaindre, ils lui avaient murmuré qu'ils pouvaient l'arrêter sur de fausses preuves, drogue ou contenu pédopornographique, s'il ne dégageait pas de là. L'avocat avait immédiatement compris l'urgence d'aller prendre une grande bouffée d'air frais.

Eva savait y faire. Trois heures plus tard, l'homme était en larmes, agenouillé à terre.

— Où ? avait-elle demandé, réprimant la colère qui faisait trembler sa voix et ses mains.

Il avait avoué. Il lui aurait dit n'importe quoi pour se décharger de ce poids oppressant et soulager sa conscience.

Une heure plus tard, ils étaient au parc des Groane, au nord-ouest de Milan, avec une équipe de la scientifique qui creusait à l'endroit indiqué par le pédophile. Un crachin rappelant à Eva les interminables automnes irlandais rendait l'opération de déblaiement encore plus spectrale. Avec un timing parfait, pile au moment où les techniciens venaient d'extraire le petit corps du sol d'une pinède, la mère était arrivée, accompagnée de son avocat.

— Je veux la voir ! Je veux voir ma petite ! avait-elle crié, courant en larmes à la rencontre de l'équipe de policiers.

À l'écart du halo lumineux des cellules photoélectriques, protégée par l'obscurité, Eva avait ouvert son étui, sorti son Beretta et, quand Marlena était arrivée à moins d'un mètre de distance, elle l'avait frappée de toutes ses forces, lui cognant le visage avec la crosse de son arme. La femme s'était écroulée par terre. Les larmes aux yeux, Eva s'était assise sur elle à califourchon et avait continué de la frapper avec le pistolet en lui vomissant toute sa haine. Quand on avait réussi à la dégager, le visage de la droguée ressemblait à un tableau abstrait : *Rojo fuego*, période rouge. Fin de l'enquête.

— Tu crois qu'ils vont me virer ? demanda-t-elle à son collègue.

— Ben, c'est sûr qu'ils ne vont pas te filer une augmentation…

Il réussit à lui arracher un sourire. Lorenzo Giansante fixa ce visage aux traits délicats, strié de coulures noires dues au léger trait de crayon autour de ses yeux ; il se demanda si c'était à cause de la pluie ou des larmes de "l'Irlandaise", comme ils l'appelaient au sein de l'équipe.

— Oui, il est probable qu'ils cherchent à te mettre dehors, répondit-il.

Lorenzo entendit des pas derrière eux et se retourna. Les huiles de la questure venaient dans leur direction : mines patibulaires, allures de tueurs à gages. Plus que des flics, ils avaient l'air d'une bande de coupeurs de têtes dans une multinationale en crise.

Lorenzo se leva.

— Le questeur arrive. Il a l'écume aux lèvres… Je vais essayer de lui toucher deux mots avant qu'il t'écorche vive…

Eva Croce continua de regarder fixement droit devant elle, les yeux perdus dans le torrent, comme si elle ne l'avait même pas entendu.

Alors qu'il avançait avec peine sur le terrain humide, le policier entendit sa collègue dire quelque chose dans son dos. Une chose dont il allait se souvenir pour le restant de ses jours.

— Ce n'est qu'en devenant mère que tu comprends à quel point tu es imparfait en tant qu'être humain.

Lorenzo se retourna et dit :

— Quoi… ? Eva ?

Elle ne répondit pas, le regard perdu dans l'eau.

Lorenzo secoua la tête et se dirigea vers ses supérieurs.

68

Villages des Ladu, Barbagia supérieure, 2016

Sa tante ouvrit la porte avant même que Bastianu arrive en haut de la volée de marches. Son quintal bien tassé fit craquer les lattes de bois comme si elles étaient sur le point de céder. De la chambre de son grand-père provenaient la pâle lueur d'une bougie et une odeur pestilentielle de vieillesse et de maladie.

— Comment va-t-il ? demanda-t-il à voix basse.

La vieille se contenta de secouer la tête, les yeux rivés au sol. Pour la première fois depuis bien longtemps, Bastianu observa cette femme voilée qui, comme toutes les femmes de sa famille, s'était sacrifiée au culte de l'ombre lui imposant de renoncer à son identité et devenir un fantôme avant l'heure en s'occupant de la cuisine, des tâches ménagères, des enfants et des vieux, aussi silencieuse et invisible qu'un esprit : impalpable mais toujours présente.

Avant d'entrer, l'homme lui caressa l'épaule comme pour lui donner des forces et la remercier pour son abnégation : elle aussi servait la Déesse, bien que selon d'autres modalités que les siennes.

Son grand-père, après avoir achevé le masque, s'était effondré physiquement. Comme s'il avait employé ses dernières forces pour réaliser cet artefact, tout en demeurant exposé aux viles attaques de la sénescence, qui avaient profité de cette brèche dans ses défenses.

Le géant s'assit à côté du lit où reposait Benignu qui, dans sa jeunesse, avait été encore plus grand que son petit-fils aujourd'hui ; désormais, rabougri comme il l'était, il ne paraissait guère plus qu'un enfant squelettique. En l'espace de quelques heures, on aurait dit que quelque chose l'avait desséché de l'intérieur. Bien qu'emmitouflé dans une lourde et épaisse couverture de laine brute, il frissonnait.

Tu te rends compte, l'absurdité de la vie, songea Bastianu. On dit qu'à une époque il avait un physique de taureau, et regarde-le maintenant. Que reste-t-il de cette force de la nature ?

— C'est toi ? marmonna le grand-père.

Bastianu posa sa main sur les siennes. Sa peau était si fine qu'elle laissait entrevoir les veines et les tendons. Ces mains entrelacées symbolisaient parfaitement le passé et l'avenir des Ladu.

— Oui, *mannoi*… Comment vas-tu ?

— Comme quelqu'un qui attend la mort.

Bastianu sourit.

— Tu disais ça l'année dernière. Et celle d'avant…

— Cette fois c'est différent. Et tu le sais.

D'autres, dans ces conditions, se seraient laissés mourir depuis longtemps. Mais pas son grand-père. Cet attachement opiniâtre à la vie exprimait une urgence encore plus fiévreuse que celle d'échapper à la douleur : il voulait être sûr de laisser les traditions millénaires des gardiens de la Déesse entre de bonnes mains. Tant qu'il n'en aurait pas la certitude irréfutable, il ne s'abandonnerait jamais au trépas.

— Je sais, se contenta de dire Bastianu.

— Où est ton fils ?

Il se demanda s'il fallait lui mentir. Il ne faisait aucun doute que, le cas échéant, le vieux s'en serait rendu compte. Alors il opta pour la vérité.

— Il est puni. Il a mis en cause mon autorité, et donc la tienne.

Il perçut dans sa respiration éreintée toute l'amertume et la contrariété de son grand-père. S'il avait eu son fils sous la main, il lui aurait arraché un bras pour lui faire payer le déchirement de voir Benignu Ladu souffrir comme un chien. Cet homme l'avait élevé : pour Bastianu, c'était une divinité en chair et en os.

— Tu te rappelles la première fois où tu es venu avec moi ? lui demanda le vieux, l'esquisse d'un sourire sur le visage.

— Bien sûr, *mannoi.*

— Quel âge avais-tu ?

— Même pas quatorze ans. Un gamin.

— Et pourtant tu avais le sang-froid d'un homme. La lame n'a pas vacillé d'un millimètre. Et le masque flottait sur ton visage tant il t'allait grand. Les jeunes d'aujourd'hui sont différents, ils sont plus faibles. C'est ça qui est en train de nous tuer.

— Il grandira d'un coup. J'y veillerai, je te le jure.

— Il n'y a qu'un seul moyen de le faire mûrir, et tu le sais.

Bastianu lui donna une légère tape sur les mains pour le rasséréner.

— Je le sais, et je le ferai. Toi, pendant ce temps, repose-toi bien et remets-toi vite sur pied.

Benignu croassa comme si son petit-fils venait de raconter une blague.

Alors que Bastianu s'apprêtait à quitter la chambre, la voix rachitique de son grand-père le força à s'arrêter.

— Bastia', dis… Rappelle-moi ce que l'on éprouve en descendant là-bas pour la contempler. Tu ne sais pas ce que je donnerais pour la voir une dernière fois.

Bastianu fit volte-face, s'agenouilla sur les lattes en bois, se pencha vers son grand-père et tenta de lui raconter les émotions et les sensations viscérales que suscitait la proximité de la Déesse.

Benignu souriait en l'écoutant, perdu dans ses souvenirs. Il ne semblait pas s'apercevoir que, tandis que son petit-fils lui parlait en lui serrant les mains, des larmes abondantes baignaient son visage décharné.

69

Viale Poetto, Cagliari

Son réveil n'aurait pas pu être pire : quelqu'un parmi eux avait parlé à la presse et tout avait fuité.

Les yeux encore gonflés de sommeil après la nuit blanche passée entre le mont Arci et la questure, Eva fixait les photos que Mara lui avait envoyées sur WhatsApp, après lui avoir téléphoné pour lui annoncer la “bonne nouvelle”.

— Désolée de te réveiller, mais quelqu'un a saboté l'enquête en racontant tout aux médias, avait dit Mara quelques minutes plus tôt.

— Comment ça, tout ? avait répondu Eva, incrédule.

— Jusqu'au moindre putain de détail… Raccroche. Je t'envoie quelques photos pour que tu voies par toi-même. Je te rappelle tout à l'heure.

Elle lui avait envoyé la une du principal quotidien de l'île, qui titrait : *Le tueur en série nuragique frappe encore. Après les meurtres de 1975 et 1986, une nouvelle victime retrouvée dans le sanctuaire de Serri : c'est la chasse à l'homme.*

Merde…, murmura Eva, soudain réveillée.

Le chapeau précisait : *La victime retrouvée à côté du puits sacré de Santa Vittoria di Serri est Dolores Murgia. La jeune fille disparue il y a une semaine a été tuée dans la nuit au cours d'un rituel macabre.*

— Putain, mais comment…

Le sous-titre y allait encore plus fort : *L'ombre du tueur de vestales plane sur l'île : le parquet a créé une équipe spéciale pour traquer l'assassin, revenu frapper trente ans après. La police tâtonne.*

Au centre de la page figurait une image granuleuse : une photo d'amateur, mais très incisive, du cadavre entouré des hommes de la brigade d'investigation ; le cliché semblait pris à la dérobée avec un portable, mais il avait brillamment immortalisé l'effarement des policiers devant le corps de Dolores. C'était l'œuvre de quelqu'un présent sur la scène de crime, aucun doute là-dessus. Et ce matin-là, à Serri, il n'y avait que des flics.

— Les fils de putes…, murmura Eva, abasourdie.

L'article n'était pas signé : cela signifiait que le quotidien allait protéger son journaliste au nom du secret professionnel, rendant à peu près impossible l'identification de la taupe.

Son téléphone vibra. De nouveau Rais. Elle lui avait envoyé des liens de quotidiens en ligne de l'île : tous relayaient la nouvelle de l'homicide. Eva savait qu'il faudrait moins d'une heure pour que l'information devienne virale, traversant la mer Tyrhénienne pour se répandre comme une tache d'huile sur toute la péninsule, jusqu'au Viminal, qui allait commencer à faire pression sur la questure et compliquer encore la situation.

— Allô ? répondit-elle à sa partenaire.

— Tu as vu ce bordel ? Ils parlent aussi des affaires classées.

— Oui. Tu soupçonnes quelqu'un en particulier ?

Mara souffla.

— Ça pourrait vraiment être n'importe qui… Cagliari est une petite bourgade de province où il ne se passe jamais rien.

Les homicides d'une certaine ampleur adviennent tous les huit, dix ans, au grand dam des journaux. Ça, à l'inverse, c'est le genre de fuite qui, bien vendue, te permet de rembourser le crédit de ta voiture, d'emmener toute ta famille en vacances l'été avec le chien, et de faire en plus un joli cadeau à ta femme et à ta maîtresse. Tu sais bien qu'on est payés une misère…

— Là, c'est plus qu'un policier corrompu, Rais. D'abord quelqu'un prévient Melis et sa bande, et maintenant ce déballage dans les journaux…

— Au point où on en est, on attend d'une minute à l'autre la nouvelle de l'arrestation des néonuragiques et du mandat d'amener pour le gourou.

— Ce serait vraiment la cerise sur le gâteau…

— Si ça se résumait à ça, ce serait une promenade de santé, ma chérie.

— Qu'est-ce que tu veux dire ?

— Essaie de regarder les choses sous un autre angle : qui aurait pu chercher à se venger de ses collègues de la section homicides parce qu'elle a été exclue de l'enquête ? Qui pourrait en vouloir à mort aux gros bonnets pour avoir été placardisée dans un débarras à prendre la poussière avec de vieux dossiers ?

— Merde. Tu ne veux pas dire que…

— Bien sûr que si. En salle de crise, ils débitent des jurons comme s'il en pleuvait, et devine un peu à qui ils les adressent ?

— Mais on n'y est pour rien, nous !

— Va leur expliquer ça…

— Ils nous montent les uns contre les autres, dit Eva. Ils veulent saborder l'enquête.

— Hé ho, réveille-toi ! Ils l'ont déjà fait, Croce.

— …

— Tu es là ?

— Oui. Qu'est-ce qu'on fait ?

— On découvre la vérité, on trouve celui qui nous a mis dos au mur et on lui rend la pareille avec les intérêts, siffla Mara. Par “intérêts”, j'entends qu'on lui cloue les couilles à la porte de la section homicides.

Eva sourit.

— Le temps de me prendre une douche rapide et j'arrive à la questure.

— Moi je prends les clous et le marteau. On se voit là-bas.

Eva se déshabilla devant la photo de Dolores Murgia épinglée au mur et se dirigea vers la salle de bains. Quand son portable se remit à vibrer, elle revint en arrière, pensant qu'il s'agissait de Rais. Ce n'était pas sa partenaire.

C'était *lui*.

Elle fixa quelques secondes le téléphone qui clignotait, puis elle se retourna en le laissant sonner.

70

Territoires des Ladu, Barbagia supérieure

Le jet d'eau glaciale jaillissant de la pompe le réveilla brutalement, le faisant sursauter.

— Bonjour, le salua son père. Tu as pu réfléchir ?

Micheli était accroupi dans un coin de l'étable des bœufs, couvert de fange, de fumier et de foin, entouré d'une nuée de mouches, le regard perdu et traumatisé, peinant à croire que son père ait pu en arriver à de telles extrémités. Ses oncles lui avaient coincé les bras derrière le dos avec une corde avant de l'enchaîner par la cheville à un anneau fixé au mur, comme les bêtes, qui remuaient la queue et urinaient à quelques centimètres de son visage. L'odeur qui sévissait dans la bouverie était révoltante. À en juger par la bouillie à ses pieds dans le canal d'écoulement en pierre, il devait avoir vomi à plusieurs reprises. La nuit qu'il venait de passer serait difficile à oublier.

— Tu me réponds, ou je dois encore te laisser ici toute la journée ? le rudoya Bastianu tandis que ses oncles, aussi silencieux et austères que des statues de granite, observaient leur neveu sans piper mot.

— Non, *pa'*, j'ai réfléchi.

Ce matin-là, une gelée inopinée avait frappé les cultures. Deux vaches et un cheval étaient morts sans crier gare, peut-être à cause du froid, et d'autres bêtes avaient râlé toute la nuit ; d'autres s'étaient agitées comme si elles devenaient enragées et s'étaient blessées en donnant des coups de tête contre les cloisons. Même les enfants avaient commencé à tomber malades, l'un après l'autre. Les mauvais présages de son grand-père se concrétisaient dans toute leur dimension tragique. Bastianu n'avait plus de temps à perdre.

— Alors ? le pressa-t-il.

— Je ferai ce que tu veux, murmura le garçon, la tête basse.

— Je n'ai pas entendu.

Micheli leva les yeux vers son père et répéta :

— Je ferai ce que tu m'as demandé.

Bastianu soutint pendant quelques secondes le regard honteux de son fils avant de hocher la tête :

— Tu le feras ce soir. Je viendrai te chercher après le dîner.

Micheli, vaincu et humilié, acquiesça.

— Libérez-le et lavez-le, dit Bastianu à ses frères. Et enfermez-le dans sa chambre jusqu'à ce soir. Je ne lui fais plus confiance, ajouta-t-il à voix basse.

71

Salle de crise, section homicides, questure de Cagliari

Les deux enquêtrices s'apprêtaient à entrer dans la salle de crise quand le portable d'Eva se mit à vibrer. Elle y jeta un œil à tout hasard, et vit que c'était Barrali.

— Rais ?

— Qu'est-ce qu'il y a ?

— C'est Moreno, dit-elle en lui montrant le téléphone.

— OK, réponds. Si ça se trouve, il s'est souvenu de quelque chose qui pourrait nous être utile. Moi je rentre, histoire de prendre un peu la température.

Eva acquiesça et s'éclipsa au fond du couloir, loin des portes des bureaux.

— Moreno ?

— Bonjour, Eva. J'appelle au mauvais moment ?

— Je t'avoue que depuis que je suis entrée en service, ça a été un flux ininterrompu de mauvais moments. Donc, non. Pas plus que d'habitude, en tout cas.

— Je suis désolé. J'ai vu le déballage dans les journaux…

— Ah, ça. Une belle vacherie. On n'a pas encore vu Farci, mais il doit être fou de rage.

— La pression médiatique ne va pas faciliter l'enquête. On risque de commettre de graves erreurs à force de jouer au chat et à la souris avec la presse. Il faut que vous fassiez attention.

— Je sais, mais en ce qui nous concerne, Rais et moi, y a pas de danger : ils ne nous ont pas mises dans l'équipe spéciale et on a dû remettre les dossiers des anciens meurtres à la section homicides.

— Les petits jeux politiques habituels… Je suis désolé, vraiment.

— Maintenant, on a un autre problème à régler : tout le monde pense que c'est nous qui avons tout balancé aux journaux, pour nous venger… Mais passons. Toi, dis-moi : comment vas-tu ?

— Clairement mieux qu'hier. C'est pour ça que je t'appelle. J'ai réfléchi à tête reposée à la scène de crime.

— Dis-moi tout.

— À mon avis, il s'agit d'un meurtre par imitation. C'est manifestement quelqu'un qui a étudié à fond les vieux dossiers et qui connaît très bien la signification cultuelle des divers éléments. Mais ça ne peut pas être la même personne qui a tué il y a trente et quarante ans. Pour des questions d'état civil, évidemment, mais pas seulement…

— Il y a un détail qui te fait pencher pour cette théorie ?

— Le masque est légèrement différent des autres. Les anciens étaient plus artisanaux, plus bruts. Celui-ci semble tout droit sorti d'un atelier qui les produit en série, je ne sais pas si je suis clair…

— Bien sûr. On peut le faire analyser par la scientifique et voir si on peut remonter à l'artisan qui l'a créé.

— Ça ne coûte rien d'essayer. Ça peut être une piste intéressante.

— Autre chose ?

— Oui… Là, c'est plus une impression personnelle.

— Dis quand même. Personne ne connaît aussi bien ce genre d'affaires que toi, alors…

— C'est lié à la violence avec laquelle Dolores a été agressée avant d'être assassinée. Ça ne concorde pas avec les autres. Les ayant vues, je peux t'assurer que… Ne me prends pas pour un fou, mais il y avait une forme de respect pour la victime, de soin. Du moins à en juger par l'état dans lequel on l'avait laissée. Les cheveux propres et bien coiffés, la peau dépourvue d'égratignures ou d'hématomes… Il y avait une sorte de *pietas*, presque un désir d'intimité. Tu comprends ce que je veux dire ?

— Absolument.

— Je me suis aussi rappelé autre chose. Quelque chose de très important, mais je préfère ne pas en parler au téléphone ni en présence de Mara. Je veux en parler à toi seule.

S'il voulait la prendre au dépourvu, c'était réussi.

— Eva ?

— Oui. Je suis là.

— Tu penses pouvoir me consacrer quelques minutes ?

— Bien sûr. On peut dire ce soir, après le travail ?

— Parfait.

— Merci pour les informations. Je dois te laisser, Farci arrive.

— À plus tard, alors.

Eva raccrocha et avisa la mine de six pieds de long du commissaire qui venait à sa rencontre.

Avant qu'elle puisse ouvrir la bouche, Farci lança :

— Croce, dans mon bureau. Tout de suite.

— Vous voulez que j'appelle Rais ?

— Non. Allons-y.

La policière jeta un regard inquiet en direction de la salle de crise et suivit son supérieur.

72

Questure de Cagliari

— FERME la porte, ordonna-t-il.

— Commissaire, si c'est à propos des articles qui…

— Ce n'est pas ça. Je sais que ce n'était pas vous. Le problème sera de convaincre vos collègues, mais j'en fais mon affaire… Assieds-toi.

Le commissaire lui passa un dossier.

— Le rapport d'autopsie de Trombetta… Jettes-y un œil.

Eva commença à lire, essayant de ne pas penser au fait que, si sa partenaire découvrait qu'elle était allée en réunion avec Farci sans elle, elle le prendrait mal et le lui ferait payer.

— Alors ? demanda son supérieur au bout de quelques minutes.

— Nieddu m'avait déjà tenue au courant des premières conclusions de l'autopsie. Il n'y a rien de neuf par rapport à ce qu'on attendait.

— La fille était gavée de drogue. Et elle a été violée à plusieurs reprises. Elle avait un gros œdème cérébral qui l'a plongée dans un état précomateux. L'hématome extradural au cerveau a été causé par son passage à tabac. Quand on l'a tuée, elle était complètement inconsciente.

— En effet, confirma Eva.

— On est en train d'analyser les tampons contenant la matière organique trouvée sous les ongles de la fille, ainsi que ce qui pourrait être un filament de derme humain, retrouvé entre les dents de la pauvre petite. Avec un peu de chance, nous aurons les premiers résultats ce soir. Qu'est-ce qui s'est passé, selon toi ?

— Avec Rais, on pense que Dolores pourrait avoir participé à une sorte d'orgie rituelle, après avoir été droguée, ou forcée à se droguer. Elle a dû résister et c'est là qu'ils l'ont frappée, puis violée. Quelque chose comme ça.

— Donc toi aussi tu penses que Melis pourrait être impliqué ? Je te le demande pour savoir à quel point je peux m'exposer devant mes supérieurs…

— Commissaire, je ne peux pas en avoir la certitude. Mais si on analyse la situation, ses antécédents et ce qu'on a retrouvé chez lui, en plus du comportement bizarre de ses adeptes, ma foi, ça en fait un suspect assez crédible.

Le commissaire acquiesça d'un air sombre.

— Hier, vous êtes allées au mont Arci.

— Oui, mais nous avons demandé la permission à…

— Arrête d'être sur la défensive comme ça. Je n'ai rien contre toi, ni même contre ta grande gueule de partenaire.

— De quoi s'agit-il, alors ?

— Je veux te mettre en garde. Tu ne connais pas ce milieu ni cette ville. Et je ne sais pas pourquoi, mais j'ai le sentiment que de drôles de personnages gravitent autour de cette affaire. L'arrestation manquée d'hier me l'avait déjà fait pressentir. Les articles d'aujourd'hui m'en ont donné confirmation.

Eva acquiesça. Elle ne savait pas à quoi le commissaire faisait référence exactement, mais elle appréciait ses attentions, tout en s'interrogeant sur ses raisons, étant donné qu'elle ne faisait plus partie de l'enquête. Elle lui posa la question.

— Je sais que je vous ai exclues, mais je n'avais pas le choix. Officiellement, vous ne travaillerez pas sur l'affaire, mais, si vous vous sentez de le faire, je vous demanderai de garder un œil ouvert pour moi, en collaborant avec certains éléments de l'équipe, ceux en qui j'ai le plus confiance.

— Bien sûr, commissaire… Mais… Je peux savoir ce que vous craignez exactement ?

L'homme la jaugea du regard pendant quelques secondes.

— Pour l'instant, je préfère ne pas te le dire, notamment parce que je n'ai pas de certitude… Sache toutefois que la fuite était une manœuvre délibérée.

Eva acquiesça.

— Merci d'être restée jusqu'à l'aube, ce matin… J'ai une autre mission pour vous. Ces enfoirés que vous nous avez amenés ici refusent en bloc de collaborer. Aucun d'entre eux n'a ouvert la bouche.

— Quelqu'un a dû bien les conditionner.

— C'est aussi ce que je pense. Étant donné que Melis est encore en cavale et qu'il ne peut retourner à son domicile, nous pensons qu'il a pu se cacher chez un de ses adeptes les plus proches… Le fait est qu'on parle d'une vingtaine d'adresses, et que je n'ai pas assez de personnel pour toutes les inspecter. Tu penses que…

— Oui, dit Eva avec fermeté.

Farci sourit.

— Bien. Je veux qu'avec Rais, vous accompagniez la vice-commissaire Deidda aux trois adresses que voici. Surtout, soyez sur vos gardes. Melis doit sûrement savoir que nous le recherchons pour viol, séquestration et meurtre avec préméditation. Il pourrait prendre perpétuité, et ses comparses dix ans pour concours moral… Ce sont des chefs d'accusation qui peuvent faire perdre la tête à quelqu'un qui se cache… Tu es armée ?

— Bien sûr.

— Parfait. Si les choses tournaient mal pour x ou y raison, ne prenez pas d'initiatives et demandez du renfort, compris ? dit Farci en lui tendant un document avec les trois adresses et le nom des propriétaires à contrôler.

— Oui chef, répondit-elle, prenant la feuille et se levant.

— Il y a autre chose.

Eva s'arrêta, la main sur la poignée.

— En prévision de cette conversation, je t'avoue que j'ai demandé ton dossier personnel sur notre base de données, et que j'ai jeté un œil à tes états de service pour savoir si je pouvais te faire confiance…

Eva se sentit figée sur place.

— J'ai lu ce qui était arrivé au parc des Groane… Ça reste entre nous, mais pour moi tu as bien fait. Tu as mal choisi ton moment, certes, mais bon… Cela ne signifie pas que je tolérerai des comportements de ce type, compris ? Si une chose pareille se reproduit, c'est un coup de pied au cul et tu pourras dire adieu à ce travail.

— Compris, commissaire.

— Bien. Attention à ne pas vous attirer d'ennuis, et surtout : mets une muselière à ta partenaire.

Eva sortit du bureau le sourire aux lèvres. Elle referma la porte et s'adossa quelques secondes au battant, envahie d'une sensation grisante de légèreté. Elle éprouvait une euphorie semblable à celle de passer entre les mailles du filet après avoir copié à un examen.

Elle secoua la tête, presque incrédule, et alla chercher Mara.

73

Route nationale 195, "Sulcitana"

Eva regarda défiler la gigantesque zone industrielle par la fenêtre en se demandant comment les Sardes avaient pu permettre de ruiner un tel paradis naturel avec ces usines mortifères à quelques kilomètres de la mer, puis elle reporta son regard sur la route. Rais et Deidda l'avaient forcée à faire tapisserie sur le siège arrière, tandis qu'elles complotaient en dialecte pour ne pas se faire comprendre. À tous les coups, elles disent du mal de moi, songea Eva.

Au bout d'un moment, lasse de ce petit jeu, elle enregistra un extrait de la conversation sur WhatsApp et l'envoya à un collègue sarde en poste à Milan en lui demandant de traduire l'échange.

Une fois la réponse arrivée, Eva secoua la tête et montra les crocs.

— Hé, Rais, va te faire foutre. C'est toi la sorcière. Je ne suis pas une *coga* et surtout, je n'ai pas attiré le mauvais sort sur vous, compris ? Je m'habille en noir si je veux, et ça ne fait pas de moi une *bruxa*. Alors occupe-toi de ton cul, OK ?

Rais et Deidda échangèrent un regard embarrassé, puis Ilaria éclata de rire.

— Tu comprends le sarde, maintenant ? fit Mara en la gratifiant d'une œillade admirative dans le rétroviseur.

Le collègue de Milan lui avait aussi suggéré une répartie. Eva lut sur son portable, avec une prononciation hasardeuse :

— Arrête de t'en prendre à moi, *tzia rua bagassa.*

Les deux Sardes se tordirent de rire.

— Et souviens-toi que je suis à moitié irlandaise. La prochaine fois que tu m'emmerdes, je te jette un sort en gaélique et je te fais perdre tous tes cheveux, la menaça-t-elle.

Cette fois, les yeux de la Cagliaritaine s'emplirent d'effroi.

— Hé ho, détends-toi, je rigolais…

— J'en ai ras le cul de ton attitude à la con. Comporte-toi comme une flic, nom de Dieu… On peut savoir où on va comme ça ? demanda-t-elle d'un ton rageur.

— Dans le quartier de Santa Rosa, à Capoterra, répondit Ilaria en consultant ses notes.

Elles avaient déjà inspecté deux adresses indiquées par Farci, mais aucune trace de Melis.

— En tout cas, Croce a raison. Elle n'y est pour rien. C'est cette affaire qui est maudite, reprit la vice-commissaire avec le plus grand sérieux.

— L'affaire de Dolores ? demanda Mara.

— Non, l'affaire qui a obsédé Barrali et qui l'a rendu malade. Ce dossier-là aurait dû rester clos. Traite-moi de *bidduncola* superstitieuse tant que tu veux, mais je crois à ces choses-là. Certains morts doivent rester en paix.

Et allez, encore une, pensa Eva. Mais où est-ce que j'ai atterri, bordel ?

— Écoutez, on pourrait arrêter avec ces charlataneries à la con et se concentrer sur ce qu'on a à faire ? explosa-t-elle.

Un silence étouffant s'abattit sur la voiture et chacune se renferma dans ses pensées.

Sans le savoir, elles songeaient toutes trois à la même chose : Dolores Murgia et l'enfer qu'elle avait traversé.

74

Lieu-dit Santa Rosa, Capoterra

La maison se trouvait en dehors du village de Capoterra, à une demi-heure de route de Cagliari, dans un lieu-dit du nom de Santa Rosa, un ensemble vallonné de petites villas résidentielles enkystées dans la roche, du haut desquelles on pouvait contempler au loin la mer, les hameaux côtiers, la lagune et les longues crêtes boisées. Le vent charriait le bêlement d'un troupeau de moutons en train de paître et le bruissement hypnotique du maquis. Sur ces hauteurs, on respirait un air doux et sain, embaumant le myrte et le romarin. Pour les amateurs de tranquillité et d'isolement, ce lieu était un véritable paradis.

— Joli coin, commenta Ilaria Deidda en regardant autour d'elle.

— Un peu trop en dehors du monde à mon goût, objecta Mara.

— Mais idéal pour quelqu'un qui veut se cacher, non ? dit Eva.

— Tu as vu ça ? Et après elle te dit qu'elle ne porte pas la poisse, fit Mara, narquoise, en se tournant vers Ilaria.

— Ouvrez l'œil, on ne sait jamais, répliqua cette dernière.

— Toi aussi tu t'y mets ? Sache que si j'avais des couilles, je serais en train de me les toucher pour nous porter chance, répliqua Mara.

— C'est bon, tu as fini ton show ? demanda Eva. On peut y aller ?

Mara lui montra son majeur.

Les trois policières se dirigèrent vers la maison. Elle était plus en hauteur que les autres et on y accédait par une impasse privée. Ilaria avait préféré laisser la voiture à quelques centaines de mètres afin de ne pas annoncer leur arrivée.

— C'est moi qui parle, dit-elle à ses collègues.

Eva et Mara essayèrent de voir s'il était possible de contourner la villa pour repérer d'éventuelles sorties à l'arrière, mais le terrain escarpé ne le permettait pas, à moins d'escalader le mur d'enceinte.

Elles traversèrent une petite cour en pierre et se disposèrent en formation : Deidda devant la porte, Croce et Rais sur les côtés.

Deidda sortit son portefeuille de sa main gauche, prête à exhiber son badge, et sonna à l'interphone de la droite, avant de la poser discrètement sur la crosse de son Beretta.

Deux utilitaires étaient garés dans l'allée, signe que quelqu'un devait se trouver dans la maison.

— Qu'est-ce qu'il y a ? Ils font les morts ? dit Mara, trahissant sa nervosité.

— Réessaie, suggéra sa partenaire.

Cette fois, Deidda appuya plus longtemps sur la sonnette.

Rien.

Elle s'apprêtait à refaire une tentative quand la porte s'entrebâilla, retenue par un verrou avec une chaînette en acier doré. De l'intérieur de la maison provenaient les notes de *Don't Stop Believin'* de Journey.

— Oui ? dit une femme blonde d'une quarantaine d'années aux très longs cheveux lisses, le regard méfiant.

— Bonjour. Maddalena Assorgia ? demanda Ilaria.

— Oui. Qui êtes-vous ?

— Police, madame, dit la vice-commissaire en se présentant.

Du coin de l'œil, Eva nota que Rais s'éloignait vers le côté droit de la maison, comme pour vérifier la porte de derrière. Elle la laissa faire et reporta son attention sur la femme. À sa posture rigide et voûtée, elle comprit qu'il allait être délicat de la faire collaborer.

— Que se passe-t-il ? demanda Maddalena en les regardant d'un air dégoûté, comme si elles étaient des perceptrices du fisc.

À en croire le dossier en leur possession, c'était une des adeptes les plus assidues de Melis ; elle était entrée dans la secte cinq ans plus tôt. Une fidèle parmi les fidèles.

— Nous aurions besoin de discuter un peu avec vous, si vous n'y voyez pas d'inconvénient, dit Ilaria, souriante et conciliante.

Elle et Croce maintenaient un contact visuel direct avec la femme, percevant une hostilité croissante dans son regard.

— À vrai dire, le moment est mal choisi, répliqua cette dernière en reculant.

— Non, attendez. Il vaut mieux que…

— Putain, c'est Melis ! Il s'échappe par derrière ! s'époumona Mara, faisant voler en éclats l'atmosphère paisible.

Ilaria et Eva tressaillirent et se retournèrent brusquement vers leur collègue, sortant leur arme après une fraction de seconde.

Un laps de temps fatal.

Deux déflagrations fendirent l'air et Ilaria fut projetée en arrière, comme percutée par une voiture hors de contrôle.

Eva, abasourdie, reçut une giclée du sang de sa collègue, qui s'était écroulée de tout son poids sur le palier, et ferma les yeux instinctivement.

Quand elle les rouvrit, elle aperçut en coin le canon du pistolet qui, à travers l'ouverture de la porte, était pointé sur elle.

75

Lieu-dit Santa Rosa, Capoterra

LORSQU'ELLE ENTENDIT les coups de feu, Mara sursauta et sortit son Beretta, fléchissant instinctivement les genoux. Elle se tourna vers ses collègues et vit Ilaria à terre et Croce debout, le pistolet brandi à deux mains vers l'entrée, qui tirait trois coups en succession rapide.

Mara courut au secours de sa coéquipière et l'aida à traîner le corps inanimé de la vice-commissaire pour l'éloigner de la ligne de mire d'Assorgia. Le sang s'échappait de ses blessures à la poitrine. Mara essaya d'arrêter l'hémorragie en la comprimant avec son blouson et attrapa son portable de l'autre main.

— Tu l'as fumée ? cria-t-elle à Eva, qui ne l'entendit pas, encore assourdie par les détonations. Croce ? Tu l'as eue ou pas ? hurla-t-elle de nouveau, réussissant à se faire comprendre cette fois.

Avec une extrême circonspection, Eva s'approcha de côté de la porte et hasarda un coup d'œil dans la maison. Maddalena Assorgia était allongée sur le carrelage, en proie à des convulsions. La musique continuait, rendant toute la scène encore plus irréelle.

— Oui. Elle est à terre, dit-elle en se tournant vers Ilaria. Où est-ce qu'elle l'a touchée ?

— Elle a dû lui crever un poumon, vu la quantité de sang qu'elle perd, répondit une Mara fébrile, tout en appelant les secours avec son téléphone.

Eva prit son élan et essaya d'ouvrir la porte d'entrée d'un coup de pied, mais la chaînette était trop résistante pour ses soixante kilos tout mouillés.

— Merde ! jura-t-elle quand sa deuxième tentative s'avéra aussi infructueuse.

Elle fixa Rais qui mettait l'appel sur haut-parleur et tentait de ranimer sa collègue.

— Je vais choper cet enfoiré, lui dit-elle en se mettant à courir vers l'arrière de la maison.

— Quoi ? Non, attends… Croce ! cria-t-elle, hystérique. Merde, Croce ! Malédiction…

76

Antenne-relais de Santa Rosa, Capoterra

Son cœur battait la chamade. Ses tempes vibraient tels des marteaux-piqueurs. Sa rate semblait sur le point d'exploser ; les muscles de ses jambes, privés d'entraînement, étaient en feu. Elle essayait de contrôler sa respiration, comme le lui avait appris son instructeur de tir plus de dix ans auparavant, mais n'y parvenait pas. Elle avait quasiment atteint le sommet de la colline escarpée derrière la villa. Aucune trace de Melis. Elle jeta un œil à son portable : il n'avait pas dû s'écouler plus de dix minutes depuis la fusillade et elle entendait au loin le son toujours plus lancinant des sirènes de l'ambulance.

Elle était sur le point de capituler et de retourner à la maison pour aider quand elle l'aperçut qui reprenait son souffle au milieu d'une pinède, à moins de trente mètres. Il se tâtait la cheville. Il essaya de faire quelques pas en claudiquant, mais Eva le vit se plier en deux de douleur. Il avait dû se faire une entorse en prenant la fuite. Il n'avait pas l'air armé et ne s'était pas aperçu de sa présence.

La policière se figea, cachée derrière le tronc d'un pin.

Putain, qu'est-ce que je fais ? se demanda-t-elle.

L'image du corps de Dolores à Serri et les photos de l'autopsie jointes au rapport du médecin légiste lui revinrent à l'esprit. Inondée de colère, elle envoya au diable toute forme de précaution. Elle brandit son pistolet et tira quatre coups dans sa direction.

Melis se jeta à terre et elle courut vers lui tout en le gardant en joue. Elle n'avait fait que le frôler, pour l'effrayer.

— Les mains derrière la tête ! cria-t-elle en s'arrêtant à cinq mètres de lui.

— Qu'est-ce que… Putain, tu ne vas quand même pas tirer sur un homme désarmé ?

Il y avait une pointe de sarcasme dans sa voix.

Eva pressa la détente et une motte de terre et de feuilles explosa à quelques centimètres de la tête du gourou.

— Tu penses que ça me poserait problème, connard ? Ta complice a tiré sur ma collègue…

— Saloperie de tox… Je te jure que je lui avais dit de ne pas le faire…

— Vas-y, lève-toi et pars en courant. Facilite-moi la tâche… Il n'y a que toi et moi ici. Je te bute et je mets l'arme de ta petite copine dans ta main. Du travail bien propre. Allez…, l'encouragea Eva.

— Attends, t'es sérieuse ? Tu es encore plus timbrée que moi ! s'exclama-t-il, en portant lentement ses mains derrière sa nuque. Passe-moi les menottes, lis-moi mes droits, fais ce que t'as à faire, mais putain, si tu touches à un seul de mes cheveux, mes avocats vont te tailler en pièces au tribunal.

— La ferme.

Eva regarda autour d'elle pour s'assurer qu'ils étaient seuls. Circonspecte, et sans baisser son Beretta d'un millimètre, elle s'approcha un peu plus.

— Qu'est-ce que je fais, maintenant ? demanda-t-il.

— Je ne sais pas, tu veux me réciter une poésie ?

— Et j'ai droit à la flic spirituelle, en plus…

— Lève-toi et pars en courant, le provoqua l'enquêtrice en lui donnant un coup de pied dans la jambe. Allez.

— Mon cul, oui… Je n'ai rien fait. Vous vous êtes focalisés sur moi, mais je n'y suis pour rien. Je n'ai tué personne.

— Qui t'a dit qu'on te recherchait pour homicide ?

— Mon petit doigt.

Eva lui balança un nouveau coup de pied et Melis ricana. Sa voix et son rire caverneux faisaient froid dans le dos, surtout conjugués à son visage effilé, tout en os et en cônes d'ombre, sa longue barbe et ses cheveux trop noirs pour être naturels lui donnaient un air méphistophélique. Il s'était enfui de la maison si précipitamment qu'il n'avait pas eu le temps d'enfiler un T-shirt. Sa longue crinière couvrait ses épaules nues et une partie d'un large tatouage sur le dos qui semblait figurer l'enfer. Eva remarqua plusieurs égratignures et ce qui ressemblait à des griffures d'ongle ; elle espérait qu'elles proviennent de Dolores, histoire d'avoir un élément de plus à charge.

— Vous vous êtes trompés de cible, ma chérie. Moi, je ne suis qu'un guide spirituel…

Eva constata qu'il avait des spirales tatouées sur les deux épaules ; elle n'en aurait pas mis sa main au feu, mais elle était pratiquement sûre qu'il s'agissait du même symbole incisé sur le dos de la victime.

— Ben voyons. Un guide qui drogue, viole et assassine des gamines.

— Bon, écoute, passe-moi les menottes et embarque-moi. J'en ai plein le cul d'être allongé par terre et j'ai froid.

— Tu ne veux pas une couverture et une tasse de thé, non plus ? Va te faire foutre, Melis, fit-elle en piétinant sa cheville foulée avec sa ranger.

Il hurla de douleur avant d'éclater de rire.

— Le masochisme, ça fait partie de ta liste de perversions ? demanda-t-elle.

— Non, ma chérie. Je ris en pensant à tous les ennuis qui vont te tomber dessus pour m'avoir traité comme ça. Tu ne sais pas qui je suis ni qui j'ai derrière moi… Tu as de la famille, par hasard ?

Pour toute réponse, Eva lui écrasa de nouveau le cou-de-pied, cette fois en s'acharnant plusieurs secondes dessus.

— Qui te protège ? dit-elle. Aies au moins les couilles de me menacer jusqu'au bout.

— Ils ont envoyé une étrangère… Excellent choix. Les flics d'ici sont tous des crétins.

Eva s'apprêtait à riposter quand elle entendit des bruits de pas derrière elle. Elle fit volte-face et se détendit en voyant débarquer Mara, Beretta au poing, le visage, les mains et les vêtements maculés de sang.

— Croce, éloigne-toi de lui, ordonna-t-elle.

— Ah, enfin la gentille flic, dit Melis soulagé. Dégage-moi cette cinglée, elle a la gâchette facile.

— Rais ? Qu'est-ce que tu veux faire… Je contrôle la situation, ne…

— Je t'ai dit de bouger de là !

Eva obéit, s'écartant de quelques pas.

Mara prit son élan et asséna au gourou un coup de pied dans l'entrejambe qui le fit gémir et se tordre de douleur. Elle se planta au-dessus de lui et, tandis qu'Eva le maintenait en joue, elle lui passa les menottes.

— Vas-y, essaie de répéter que les flics d'ici sont tous des crétins, dit-elle, son accent sarde encore plus prononcé qu'à l'ordinaire.

L'homme ricana entre deux gémissements.

— Donc toi tu es la méchante flic…

— Pourquoi ? Ça t'excite ?

— J'ai plutôt l'impression que c'est toi qui es émoustillée, ma chérie, susurra Melis.

Mara enclencha la sûreté et brandit son pistolet, prête à le frapper, mais Eva l'en empêcha en l'écartant d'un coup de pied.

— Réfléchis ! Si on lui laisse des marques, ils pourraient invalider l'arrestation ou nous chercher des embrouilles. Et c'est bien la dernière chose dont on a besoin en ce moment.

La Cagliaritaine la fixa avec des yeux injectés de sang et balaya les feuilles humides de ses vêtements, mais elle se rangea à son avis : ça lui faisait mal de l'admettre, mais Croce avait raison.

— Et toi, alors ? Pourquoi tu as tiré comme ça, hein ? demanda-t-elle d'un ton accusateur.

— Ben, j'ai vu passer un sanglier et je me suis dit "tiens, pourquoi pas, au moins j'aurais quelque chose pour le dîner"… Pour lui foutre la trouille et le forcer à se rendre, pardi. Pour quoi d'autre ?

Mara secoua la tête.

— Mais vous êtes vraiment deux policières ? les railla Melis.

— Toi, debout, ou c'est moi qui te relève à coups de pied.

— Les filles, vous devriez vraiment vous détendre un coup, vous savez ?

— Comment va Ilaria ? demanda Eva.

— Elle est mal en point. Ils viennent la chercher en hélicoptère, dit Mara, le visage sombre. Elle risque de ne pas s'en sortir.

— Et Maddalena ? Elle est vivante ? demanda Melis, se relevant avec peine.

Eva interrogea sa partenaire du regard, préoccupée.

Rais s'essuya le visage du revers de la main, puis elle persifla :

— Aucune idée, mais j'espère que non… On a perquisitionné ta maison, abruti. On a vu les photos et les dessins au mur : ton compte est bon.

Melis se contenta de cracher par terre.

Ils entendirent le hurlement de nouvelles sirènes. Cette fois, ce n'étaient pas des ambulances.

Eva saisit Melis par le bras et l'adossa au tronc d'un pin sans le moindre ménagement.

— On a deux ou trois minutes maxi pour en tirer quelque chose dans "l'intimité", dit-elle à sa collègue. Tu le sens, ou tu as peur de ruiner ta manucure ?

— Voilà qui est parlé, Croce, dit Rais en s'approchant du prisonnier, un sourire mauvais aux lèvres.

77

Salle de crise, section homicides, questure de Cagliari

Trois petites heures de sommeil derrière elles. Quatorze depuis qu'elles étaient sorties de chez elles le matin. Et ce n'était pas terminé : avant de débaucher, elles allaient devoir se coltiner une belle pile de paperasse et sans doute une sympathique conversation avec les inspecteurs de la direction anticriminelle, comme il était d'usage après un échange de coups de feu. Toutes deux avaient l'air au bout du rouleau : chaussures maculées de terre, vêtements sales, cheveux collés au crâne, éclaboussures de sang sur le visage et sur leurs vêtements imbibés d'une odeur âcre de peur, de cordite et d'adrénaline. Et pourtant, quand Rais et Croce firent leur entrée dans la salle de crise de l'équipe spéciale, elles furent accueillies comme deux stars de cinéma foulant le tapis rouge.

Les policières regardèrent avec un certain embarras les membres de la section homicides qui applaudissaient. Certains sifflaient, d'autres leur donnaient des tapes sur l'épaule. On devinait derrière les sourires bienveillants la jalousie de ne pas avoir attrapé le gros gibier avant elles, mais cela n'empêcha pas leurs collègues de se presser autour d'elles pour un selfie de groupe, relâchant ainsi la pression contenue avec peine pendant ces heures d'angoisse.

Au bout de quelques secondes d'applaudissements, les tapes et les poignées de main déclinèrent et tous retournèrent à leur bureau et reprirent leur mine grave : Ilaria Deidda était sur le billard – de même que la femme sur laquelle elles avaient tiré – et les médecins nourrissaient peu d'espoir pour les deux.

Farci et Nieddu vinrent à leur rencontre et les félicitèrent pour l'arrestation, en s'informant de leur état.

— J'ai juste envie d'enlever mes chaussures et de me poser avec un grand verre de Nepente..., avoua Rais.

— Et toi, la *pistolera*, comment tu te sens ? demanda Farci à Croce. Tu as besoin de te faire examiner ?

— Non, tout va bien, chef.

— Bon... Croce, le vice-questeur et le questeur veulent te parler, quand vous aurez terminé avec l'anticriminelle.

— Pourquoi l'anticriminelle ? demanda Croce.

— Ils ont besoin de votre version des faits pour boucler le plus vite possible le compte rendu de la fusillade. C'est une simple formalité, ne t'inquiète pas.

Croce acquiesça.

— Rais, pendant qu'elle parle avec les inspecteurs, tu vas faire un rapport aux collègues du bureau des relations externes, afin qu'ils puissent mettre au point une déclaration pour la conférence de presse.

— OK.

— Commissaire, si c'est possible, j'aimerais qu'on ne cite pas mon nom dans les éventuels communiqués, dit Eva.

— Bien sûr, Croce. Bien sûr.

Rais regarda les collègues de l'équipe spéciale préparer les éléments à exploiter pour l'interrogatoire du gourou.

— Qui ouvre le bal avec Melis ? demanda-t-elle.

— Moi, répondit Nieddu. Quand vous l'avez amené ici, ses avocats étaient déjà assis là depuis vingt minutes à l'attendre et à fourbir leurs armes.

— Les nouvelles vont vite dans cette ville, commenta Croce.

— En effet. Et ça ne va pas être facile de lui tirer quoi que ce soit avec ces deux chiens de garde à côté, mais je vais faire de mon mieux.

— Vous êtes sûres que vous n'avez pas besoin de voir un médecin ? redemanda Farci. Vous avez vraiment mauvaise mine.

— Tu peux parler, Brad Pitt…, répliqua Rais, les lèvres à peine entrouvertes.

— Tout va bien, commissaire, je vous assure… Du nouveau sur les échantillons de sang ? demanda Croce.

— Une question d'heures, voire de minutes, répondit Farci. Avant que vous parliez avec l'anticriminelle, je veux savoir si vous avez quelque chose à me dire.

— Oui, intègre-nous dans l'équipe spéciale, répondit Rais. On l'a bien mérité.

— Je ne pensais pas à ça, et de toute façon je ne peux pas, tu le sais, dit Farci en baissant la voix.

— Alors donne-nous une augmentation.

Farci se tourna vers Croce pour ne pas envoyer Rais au diable.

— Quand vous étiez là-haut avec lui, avez-vous fait quelque chose qu'il vaut mieux que je sache si je dois protéger vos arrières ?

Les deux policières échangèrent un regard offensé.

— Tu crois vraiment qu'on est ce genre de personnes ? rétorqua Rais.

Farci secoua la tête et Nieddu sourit.

— OK, les petits anges, je vous accompagne en haut, dit le commissaire en chef.

— Attendez, dit Croce. Il y aurait bien quelque chose, à dire vrai…

— Non, laisse tomber…, la mit en garde Rais.

— Qu'est-ce que c'est ? demanda le commissaire.

Croce s'éloigna des bureaux et des oreilles de ses collègues, suivie par Farci, Rais et Nieddu.

— Alors ? fit Farci, tendu.

— Il n'y a rien, dit Rais. L'inspectrice est encore un peu secouée par la fusillade et par cette arrestation mouvementée, et je dirais que c'est bien normal, vu que…

— Silence, Rais… Croce, qu'est-ce que c'est ?

— Melis est sûrement coupable des violences, du viol, de la détention de stupéfiants, voire de la séquestration…, dit Eva à mi-voix. Mais je ne crois pas que ce soit lui qui l'ait tuée.

78

Toilettes du vestiaire des femmes, questure de Cagliari

LORSQU'EVA ENTRA dans les toilettes du vestiaire, Rais, courbée au-dessus du lavabo, se redressa et se tourna vers elle en lui décochant un regard assassin. Croce nota qu'elle avait les yeux humides. De larmes. Elle était d'une pâleur cadavérique, comme si elle venait de vomir. Un des tubes au néon émettait une lumière chevrotante, telle une luciole à l'article de la mort, qui la vieillissait et ne rendait pas justice à son visage.

— Quoi encore, putain ? Je t'avais dit que j'avais besoin d'une minute. Tu es sourde ou quoi ? explosa-t-elle.

Croce s'assura qu'elles étaient seules, puis elle lui lança un regard embarrassé.

— Je viens d'avoir mes règles, dit-elle. Je suis en avance de deux semaines… Ça m'embête de te demander ça, mais je ne connais personne d'autre, maintenant que Deidda… Enfin, bref, tu as un tampon à me prêter ? Je te jure que je te le rends.

Mara la fixa en silence pendant quelques secondes sous la lumière crue des tubes fluorescents.

— Tu me le rends, genre tu l'utilises et tu me le redonnes après ?

— Évidemment, dit Eva en esquissant un sourire. Disons que je te le tiens au chaud.

— Mais tu es *callona* ou quoi ? Trop dégueulasse…

Mara fouilla dans son sac et lui en donna un.

— Moi aussi je les ai eues il n'y a pas longtemps, lui confia-t-elle. De mon côté, j'étais en retard d'une semaine et demie. Je commençais à m'inquiéter…

— Ça doit être le stress, dit Eva.

— Ou peut-être qu'on est en train de "s'harmoniser", comme dit ma mère.

Eva marqua une pause avant d'entrer dans une des cabines.

— Pourquoi tu pleurais ?

— Je ne pleurais pas. Et d'abord, apprends à t'occuper de ton cul.

Eva secoua la tête, résignée à la hargne permanente de sa partenaire, et ouvrit la porte.

— Je me sens coupable…, admit Mara d'un filet de voix au bout de quelques secondes.

Eva fit volte-face et revint dans la salle des lavabos et des miroirs.

— Coupable ? Pour quoi ? Pour ce qu'on a fait à ce petit pervers de merde ?

— Non, pas pour ça.

— Pour quoi, alors ?

— Si je n'avais pas gueulé comme une pédale hystérique, je ne vous aurais pas distraites, les choses se seraient sûrement passées différemment, et Ilaria…

— Rais, cette connasse était armée. C'est sans doute nous qui avons fait une erreur en ne le voyant pas, ou peut-être qu'il n'y a pas eu d'erreur, et que malheureusement les choses se sont passées comme ça et c'est tout.

— Non, c'est de ma faute…

— Écoute, on s'en tape, pour moi ça s'est passé comme ça s'est passé. Elle aurait pu tirer sur toi ou sur moi, c'est la faute à pas de chance. Mais ne va pas t'inventer une culpabilité qui n'a pas lieu d'être. On a agi dans les règles.

— Je te remercie du réconfort, mais quelque chose en moi me dit que ce n'est pas le cas.

— Rais…

— Et puis, pour être sincère, pendant que je l'avais dans les bras et que je comprimais ses blessures, je me suis sentie soulagée à l'idée que ça lui arrive à elle et pas à moi. Moi j'allais pouvoir retourner auprès de ma fille, tandis qu'elle…

— Elle a des enfants ?

— Deux. Un garçon et une fille.

— Doux Jésus… Écoute, je comprends que ce ne soit pas facile, mais ce n'est pas toi qui lui as tiré dessus, OK ? Ce n'est pas toi qui as pressé la détente, et plus tôt tu te feras une raison, mieux ça vaudra.

— C'est facile pour toi…

Eva fixa son reflet dans le miroir.

— Moi aussi ça me pèse, tu ne peux pas savoir à quel point, mais on ne pouvait pas faire autrement. Et puis, je suis sûre qu'elle va s'en sortir.

— Espérons… Si tu veux prendre une douche, j'ai une serviette et des slips dans le casier.

— Tu es sérieuse ? Est-ce que tu aurais été touchée par la grâce ?

— Je ne veux pas me mettre à dos l'héroïne du jour.

— J'accepte avec plaisir. Je ne veux pas parler à l'anticriminelle dans cet état…

— Donne-moi une minute et je t'apporte tout ça… Mais d'abord, je veux savoir un truc.

— Vas-y, balance.

— Si ce n'était pas lui, qui ça peut bien être ?

— Comme tu le dis si bien, c'est une question à un million d'euros, Rais.

Mara sourit. Elle allait répliquer lorsqu'elles entendirent un grand tapage à l'extérieur du vestiaire : des cris de joie, des applaudissements et un chahut dignes d'une coupe du monde de foot.

— Qu'est-ce que c'est que ce bordel ? fit Rais en allant voir.

Eva en profita pour regarder son portable : elle avait au moins dix appels en absence de Barrali, ainsi que plusieurs messages sur son répondeur. Le policier devait être fou d'angoisse. Elle lui écrivit qu'elle lui répondrait d'ici une demi-heure et qu'elle et Mara allaient bien. Elle se nettoya le visage, enlevant les éclaboussures de sang d'Ilaria.

Mara revint en dévisageant sa partenaire avec des yeux exorbités.

— Qu'est-ce qu'il y a ? demanda Eva.

— On vient d'avoir les premiers résultats sur les échantillons biologiques et les cellules épithéliales trouvées sous les ongles de Dolores, dit Mara, incrédule.

— Et alors ?

— L'ADN correspond à celui de Melis... C'était lui, on a arrêté le salopard qui l'a tuée.

79

Territoires des Ladu, Barbagia supérieure

La chambre de son fils était vide. Bastianu sentit quelque chose se dissoudre en lui. Micheli avait pris une décision qui risquait de mettre en péril la cohésion de la communauté. Il avait trahi les Ladu. Il lui avait tourné le dos, à *lui*, son père.

C'est ma faute. J'ai été trop coulant. Je lui ai donné une liberté qu'il ne méritait pas, s'accusa-t-il en observant les rideaux qui battaient au vent, brodés d'argent lunaire.

Liborio, le benjamin de ses frères, le rejoignit et secoua la tête d'un air abattu.

— Parle, Libo'.

— Il a pris un des chevaux les plus jeunes.

— Et ensuite ? N'aie pas peur. Le mal est fait, maintenant…

— Il a aussi forcé un tiroir de ton bureau. Le troisième.

Celui où Bastianu rangeait l'argent des comptes. Il se sentit rougir de honte. Il tourna le dos à son frère pour dissimuler ses yeux qui s'embuaient de larmes, avec cette sensation pernicieuse de s'être fait embobiner.

— Il a laissé un mot ?

— Rien.

— La fille, Esdra… Où est-elle ?

— Disparue elle aussi, répondit Liborio.

Bastianu hocha la tête et se frotta la barbe d'un geste nerveux.

— Appelle les autres, les cousins aussi, et cherchez-le… Il n'a pas pu aller bien loin, ordonna-t-il d'un ton sec en contemplant à travers la fenêtre la brume nocturne qui enveloppait le village.

Son frère était déjà en bas des marches quand il l'interpella.

— Libo', fais passer le mot : personne ne doit parler de cette histoire à *mannoi*, compris ? Personne. Si quelqu'un s'avise de le mettre au courant, il aura affaire à moi.

Liborio acquiesça et le laissa seul. Bastianu ferma la porte et s'assit sur le lit de son fils.

Il avait été choisi pour prendre les rênes de la famille en raison de sa capacité à anticiper l'évolution des événements ; beaucoup disaient qu'il possédait un don de prescience, à l'instar de certaines des anciennes capables de lire l'avenir, mais il n'en était rien : Bastianu n'était qu'un homme à l'esprit vif et pratique, doté d'un don d'observation et d'écoute. Et voilà que ce don représentait désormais une terrible malédiction, parce qu'il entrevoyait avec une grande clarté les implications futures de la fugue de son fils. Mais surtout, il pressentait les actions qu'en qualité de chef de famille il allait devoir entreprendre pour laver ce déshonneur.

Et, en tant que père, cela l'anéantissait.

80

Lieu-dit Capitana, Quartu Sant'Elena

MALGRÉ L'HEURE TARDIVE, Grazia leur avait préparé à manger et s'était retirée pour les laisser seuls dans la cuisine.

— C'est vraiment gentil de sa part, mais je ne voulais pas la déranger à une heure pareille, dit Eva.

— Ça lui fait plaisir. Et puis elle s'inquiétait, elle aussi, elle voulait te voir, répondit Moreno, un petit verre d'eau-de-vie entre les mains. Tu sais comment sont les médias : ils ont tout dramatisé. Les journaux télévisés ont brodé et ils ont transformé cette histoire en une sorte de film d'horreur.

— J'imagine, dit Eva en faisant la moue. Et j'ai peur de ce qui m'attend demain, dans la presse.

— N'y pense pas pour l'instant. Vous avez attrapé le "méchant", c'est le plus important.

Il était minuit moins quelques minutes. Après avoir parlé avec les inspecteurs de l'anticriminelle et leur avoir répété pendant une heure et demie la même version des circonstances de la fusillade et de la capture de Melis, Eva avait fait son rapport auprès du vice-questeur, avant d'assister aux vaines tentatives de Nieddu et des autres collègues de la section homicides pour arracher un mot au gourou en salle d'interrogatoire, en s'appuyant sur l'échantillon ADN qui l'accablait, sur les éléments compromettants retrouvés chez lui, sur ses antécédents pour viol et sur sa fuite. Melis – sûrement sur le conseil de ses avocats – n'avait pas ouvert la bouche : il s'était contenté d'afficher son petit sourire diabolique d'un interrogatoire à l'autre, caressant sa barbichette et secouant la tête comme si on essayait de lui refourguer une batterie de casseroles inutiles et trop chères. Croce avait fini par se lasser et avait fait une dernière halte dans la salle de crise désormais semi-déserte où, à l'aide des schémas et des frises chronologiques au tableau, elle avait retracé les étapes de cette enquête éclair qui avait conduit – aux dires de tous – à la capture de l'assassin. Plus elle jaugeait les preuves, plus elle se convainquait que Melis était responsable de crimes révoltants, mais pas de l'homicide de la jeune fille.

Elle s'en ouvrit à Moreno entre deux bouchées, après avoir déroulé ces quarante-huit heures interminables.

— Donc tu penses qu'il couvre quelqu'un ? demanda-t-il.

— Oui. Je crois qu'il protège quelqu'un et qu'en parallèle, il *est protégé* par quelqu'un. La même personne qui a parlé à la presse et qui l'a averti la nuit du raid.

— Il doit s'agir de quelqu'un de très haut placé, pour avoir eu accès à ces informations.

Eva acquiesça en se nettoyant les lèvres avec une serviette. Elle était dévastée de fatigue, mais en même temps, depuis que Mara lui avait révélé la correspondance avec l'ADN du gourou, c'était comme si une perfusion lui injectait de l'adrénaline en continu dans les veines, la rendant aussi dynamique et alerte qu'une anguille défoncée à la méthamphétamine. Après un rapide saut chez elle pour se changer, elle était remontée en voiture pour se rendre à Capitana, le policier ayant insisté pour la voir à n'importe quelle heure.

— Sans doute quelqu'un qui porte un uniforme, insinua Eva, manifestant ses propres craintes.

Moreno acquiesça.

— Ça expliquerait beaucoup de choses. Donc les magistrats et Farci envisagent de boucler le dossier et de formaliser l'accusation contre Melis ?

— Oui. Ils attendent encore les résultats des diverses analyses de la scientifique, mais ils l'ont déjà transféré à la prison de...

— Uta, vint-il à son secours.

— Exact. Tu sais mieux que moi qu'avec un homicide aussi brutal, qui pousse les requins des médias à venir renifler l'odeur du sang, plus vite on trouve un coupable à jeter en pâture au public, mieux ça vaut pour tout le monde, les enquêteurs en premier lieu.

— Évidemment.

— Ils pensent qu'une nuit derrière les barreaux l'aura fait fléchir. Ils vont recommencer à l'interroger demain, en prison, mais je crois que ce sera toujours la même musique. Ils étaient pressés de trouver un coupable, et Melis est parfait pour le rôle.

— Je sais. Mais le risque est de commettre une erreur.

— Et à mon avis, on en commet une belle, grande comme un nuraghe, pour rester dans le thème.

Barrali sourit.

— Que dit Nieddu ?

— Il est convaincu que cet enfoiré est l'assassin, mais je crois que c'est lié à sa culpabilité pour la mort de Dolores. Je l'ai vu très éprouvé, au niveau psychologique.

— C'est un type bien, il prend ce genre de chose à cœur. Tu as du nouveau sur Ilaria, sinon ?

— Ils l'ont placée en coma artificiel. Apparemment, l'opération s'est bien passée, mais il se peut qu'ils doivent intervenir de nouveau. Cette connasse ne l'a vraiment pas loupée.

— Et toi ? Comment te sens-tu ?

— Sonnée et épuisée. Tout est allé tellement vite que je n'ai pas encore eu le temps de réaliser.

— Physiquement, tout va bien ? demanda-t-il, feignant de ne pas s'apercevoir que ses mains tremblaient quand elle tenait ses couverts.

— Je crois, oui.

Barrali désigna la chemise cartonnée épaisse de plusieurs centimètres qu'Eva avait avec elle.

— Qu'est-ce que tu m'as apporté ?

— Du lourd, dit-elle en la lui passant. Des choses que je ne devrais même pas avoir. J'ai pris ça en salle de crise. Il y a le premier rapport d'autopsie de Dolores, ainsi que les photos des éléments saisis chez Melis. Et de ses tatouages… Regarde notamment ceux sur ses épaules, ils ne te rappellent rien ?

— L'incision en spirale sur le dos de la victime…

— Voilà.

— Ça t'embête si je jette un œil ?

— Je te l'ai apportée pour ça. Je voulais ton avis… Il y a plein d'autres documents, comme les relevés téléphoniques du portable de Dolores ou les rapports d'analyse de son profil sur les réseaux sociaux, sur lesquels je n'ai pas réussi à mettre la main. Mais ça fait déjà un point de départ. Si on découvre que j'ai subtilisé ces documents… Je préfère ne pas y penser.

Pendant que Moreno lisait, Eva en profita pour finir de manger et l'observer. Il semblait clairement plus en forme que la veille ; il se montrait lucide et réactif. Eva savait qu'il fallait en tirer parti pour explorer avec lui toutes les zones d'ombre de l'enquête.

— Eh bien, je dois admettre que tout semble mener dans la direction prise par les magistrats, dit-il. C'est le coupable idéal : le gourou d'une secte où circule plein de drogue, un marginal avec des antécédents de violences sexuelles, les éléments occultes chez lui… Il a pris la fuite pour éviter l'arrestation, il y a aussi la correspondance avec la matière organique sous-unguéale et les tatouages sur son dos… Pardonne-moi l'expression, mais il m'a l'air foutu et bien foutu, conclut-il en lui rendant les documents et en retirant ses lunettes de lecture. C'est le rêve de tout procureur et de tout enquêteur : un homicide spectaculaire résolu en moins de quarante-huit heures. Les promotions vont pleuvoir.

— Mais ça ne te semble pas trop parfait, justement ? Comme un coup monté ? demanda Eva. Moi j'aurais attendu encore un peu avant de l'inculper pour homicide.

Barrali reprit le rapport du légiste et relut quelques annotations.

— Moi aussi, à dire vrai… Quelqu'un a fait le lien entre cet homicide et les anciens dossiers ? Quelle est la ligne officielle sur ce point-là ? demanda-t-il.

Eva secoua la tête, prise au dépourvu.

— Sincèrement, ils ne m'ont pas l'air très enclins à le relier aux deux autres meurtres… Cette enquête est au point mort.

Barrali accusa le coup : il plissa le front et la fixa, incrédule.

— Mais… Le meurtre cérémoniel rappelle clairement ceux de… Pourquoi est-ce qu'ils ne veulent pas les relier ?

— C'est comme tu l'as dit. Ils ont le coupable idéal : un salopard glacial, qui ne collabore pas et ne cherche même pas à se disculper. Ils ont des preuves physiques et même un mobile, avec cette histoire de Nuraxia… J'ai essayé d'émettre des doutes sur leur théorie, j'ai fait part de mes réserves à Farci, mais j'ai juste réussi à passer pour une conne, parce que les tests ADN sont arrivés peu après et qu'ils m'ont donné tort.

— Que t'a dit Farci ?

— Que le stress m'empêchait de distinguer clairement les choses et, surtout, que le dossier était entre les mains des gars de la section homicides, pas des nôtres, à Rais et moi… Une façon élégante de me dire de m'occuper de mes fesses et de rester à ma place.

— Que dit Rais ?

— Comme toujours, elle n'était pas d'humeur à discuter, et en plus elle est sous le choc pour Ilaria. Elle l'a tenue dans ses bras, couverte de son sang, jusqu'à l'arrivée de l'ambulance… En un sens, elle se sent coupable aussi pour ce qui est arrivé.

— Toi, tu as vu Melis en face et tu as eu l'occasion de lui parler.

— Oui.

— Quelle impression il t'a donnée ?

— Bonne question… Il fait partie de ces gens qui te glacent le sang. Un monstre. Un vrai monstre, pourri jusqu'au fond de l'âme… Pour autant, même si je suis convaincue qu'il est mouillé jusqu'au cou dans cette histoire, je ne pense pas que ce soit lui, matériellement, qui ait tué Dolores.

— Ses adeptes ? Ils ont réussi à les faire parler ?

— Rien du tout.

Moreno sirota son alcool, cherchant à mettre de l'ordre dans toutes ces informations nouvelles.

Eva profita de ce moment de silence pour lui poser une question qui lui trottait dans la tête depuis plusieurs heures.

— Pourquoi est-ce que tu étais si pressé de me voir, Moreno ?

L'homme la dévisagea quelques secondes sans répondre. Puis il se leva et prit quelque chose dans un tiroir. Il le lui tendit. C'était un cahier.

— Je dois t'avouer que ma tête… Disons qu'elle me joue des tours, comme tu l'as peut-être remarqué. Ce qui m'effraie le plus, c'est d'oublier des éléments précieux sur les vieux homicides… Alors j'ai retranscrit tout ce dont je me souvenais. Le moindre détail.

Eva feuilleta les pages recouvertes de l'écriture sinueuse et élégante du policier.

— Des souvenirs, des impressions, des choses que j'estime importantes pour les enquêtes… Je me suis efforcé de ne rien omettre. Je voudrais que tu le lises et que tu le gardes avec toi.

— Bien sûr. Merci beaucoup. Ça me sera utile.

— J'espère… Il y a autre chose.

— Dis-moi.

Le policier lui tendit une vieille photo en noir et blanc. Prise dans un environnement rural, elle représentait un enfant d'à peine dix ans et un chien.

— Il s'est passé un bon bout de temps, mais c'est moi, là… Le chien s'appelait Angheleddu, un jeune bâtard intelligent et très protecteur avec moi. Le pauvre… C'est un peu difficile, parce que cette histoire-là, à part à ma femme, je ne l'ai racontée à personne. J'ai gardé ce secret pour moi pendant trop longtemps, mais c'est bien que tu saches avant que la mémoire m'abandonne…

— Que je sache quoi ? demanda Eva, perplexe.

— Le genre de malédiction que je trimballe.

— Je ne comprends pas…

— Je voulais que tu saches que la nuit du 2 novembre 1961, dans la vallée d'Aratu, en Barbagia, j'ai été le témoin oculaire d'un meurtre rituel quasi identique à ceux de 1975 et de 1986… Et j'ai même vu l'assassin.

81

Lieu-dit Capitana, Quartu Sant'Elena

Moreno avait fermé les yeux et lui avait tout raconté, comme s'il revivait cette nuit seconde après seconde, replongé cinquante-cinq ans en arrière dans un cauchemar qui n'avait jamais cessé de le tourmenter.

Eva était ébahie. Si l'histoire était vraie, elle comprenait mieux à présent la nature profonde de l'obsession qui animait Moreno.

— J'imagine que tu dois avoir beaucoup de questions, dit-il avec un sourire las.

— Tu n'as rien dit à tes parents ?

— Non.

— Pourquoi ?

— Par peur, en premier lieu. Peur des conséquences et peur qu'on ne me croie pas.

— Pourquoi est-ce qu'on ne t'aurait pas cru ?

— Mon père était charbonnier, un homme dur, tout d'une pièce, qui ne m'adressait jamais la parole. Je le vouvoyais… Si je lui avais dit que j'étais sorti de chez moi cette nuit-là, il ne m'aurait même pas laissé poursuivre, il m'aurait frappé à coups de ceinturon.

— Et ta mère ?

— Elle était sous la coupe de son mari et des déménagements permanents que son travail lui imposait. Elle avait d'autres choses en tête et ne pouvait pas se permettre de prêter attention à mes histoires. Tu sais, à cette époque et dans ces coins-là, les enfants n'étaient guère plus que des animaux domestiques. Je sais que c'est moche à dire, mais c'est ainsi. Nous ne jouissions d'aucune considération. Les adultes étaient trop occupés à combattre une nature hostile et cruelle pour perdre leur temps avec nous.

— Et la fille ?

— C'est le deuxième frein qui m'a arrêté… J'étais convaincu que quelqu'un la chercherait, mais personne ne l'a fait. C'était comme si rien ne s'était passé, comme si j'avais tout rêvé, et pendant un temps j'ai cru que c'était le cas, vu que l'affaire ne sortait nulle part… Une fois adulte, j'ai fait des recherches. Dans les documents de l'époque, on ne trouvait aucune trace de cet homicide, de la découverte d'un corps, ou de la disparition d'une fille de cet âge dans les environs.

— Incroyable…

— Oui. Quand j'ai vu que personne n'évoquait cette histoire, j'ai pensé que j'avais fait un cauchemar. Mon seul témoin était Angheleddu. Mais il avait beau être intelligent, il n'avait pas encore appris à parler…

Eva eut un sourire de complaisance.

— Alors j'ai gardé l'histoire pour moi, craignant que cette espèce de *bundu*, de démon, revienne nous faire du mal, à moi ou au chien… Rappelle-toi que j'étais un enfant et qu'à l'époque nous étions bien plus influençables qu'aujourd'hui. Et, crois-moi, ce que j'avais vu, regarde… Ça me donne la chair de poule rien que d'y repenser…, dit-il en montrant ses bras. C'était absolument effroyable.

— Je… Je n'ai pas de mots… Je ne sais vraiment pas quoi dire…

— Imagine ce que j'ai ressenti lorsque, moins de vingt ans plus tard, je me suis trouvé devant cette scène de crime à Orune… J'avais quasiment refoulé cette nuit de ma mémoire, et d'un coup, je me retrouvais dedans jusqu'au cou… Et puis, onze ans plus tard, rebelote. Comme une malédiction… Comme, je ne sais pas… Comme s'il y avait réellement quelque chose de métaphysique autour de ces mortes et que ça m'avait touché, contaminé, je ne sais pas comment t'expliquer…

— Je comprends très bien. C'est juste que… C'est absurde.

— À qui le dis-tu.

Ils gardèrent le silence près d'une minute.

— C'est pour ça que tu es devenu policier.

Ce n'était pas une question, mais un constat.

— Oui. Je crois vraiment que oui. La culpabilité de n'avoir rien dit, de ne pas avoir cherché la vérité, a dû beaucoup peser sur cette décision. Une décision rejetée par mon père. Il détestait les uniformes et il avait besoin de bras à la campagne, pas d'un fils flic qui déshonorait son nom. Il ne m'a pas adressé la parole pendant des mois.

— Donc tu as vu les victimes de trois homicides…

— Exact. Toutes exécutées selon les mêmes modalités. Toutes avec les mêmes caractéristiques. Des filles sans identité, sans personne pour venir les chercher ni réclamer les corps… Je n'ai pas besoin de t'expliquer pourquoi je n'ai jamais raconté cette histoire à mes supérieurs de l'époque, n'est-ce pas ?

— Non, bien sûr… Et l'homme masqué que tu as vu… Tu n'as pas remarqué un détail, un élément qui…

— Sa taille, clairement. Et puis… Il avait une cicatrice en forme de demi-lune sur le dos d'une main. À part ça, rien.

— Moreno ?

— Dis-moi.

— Je crois que moi aussi je vais avoir besoin d'un petit verre, maintenant.

Barrali eut un sourire mélancolique et lui versa deux doigts de *fil' e ferru*.

82

Maison d'arrêt de Cagliari, Uta

Pendant que ses deux collègues de l'équipe spéciale consultaient leur smartphone, Maurizio Nieddu trompait le temps en écoutant les deux magistrats affirmer, à voix basse, la nécessité de trouver un mobile inattaquable pour bétonner le dossier et éviter que les avocats de la défense invoquent des troubles mentaux pour dédouaner Melis. Ils devaient blinder leur réquisitoire sur la préméditation, de manière à pouvoir requérir la perpétuité – et l'obtenir au tribunal. Maurizio était d'accord avec eux, mais il savait que les avocats de cet assassin n'avaient aucun espoir : les enquêteurs disposaient de trop de preuves pour que l'enquête ou le procès puissent être compromis.

Pour la énième fois, le commissaire regarda la montre à son poignet : onze heures et demie. Cela faisait maintenant une heure qu'on les faisait patienter dans une petite salle utilisée pour les interrogatoires avec les détenus. Melis se trouvait quelque part dans cette prison récente, enfermé dans le quartier de haute sécurité aux côtés d'autres prisonniers particulièrement dangereux. Ils étaient fin prêts pour le deuxième round de l'interrogatoire : le matin, ils avaient opté pour une ligne commune dure consistant à démolir toute stratégie défensive au moyen des preuves physiques qui, d'heure en heure, se faisaient plus nombreuses et plus consistantes. La dernière avait été la découverte d'un feu de camp sur le plateau du mont Arci où s'étaient établis les néonuragiques : ils avaient essayé de brûler des vêtements et des objets personnels et, aux dires de la scientifique, il était fort probable que le gourou et ses adeptes les aient jetés aux flammes pour effacer les traces de sa présence sur la scène de crime.

Quand les deux magistrats eurent épuisé la liste des arguments à aborder, Nieddu, exaspéré par cette longue attente, se leva, décidé à faire une scène à ses collègues de la pénitentiaire. Au même instant, la porte de la salle s'ouvrit et le directeur de la prison entra avec un collaborateur. Ils avaient le visage sombre.

— Mais enfin… Vous vous rendez compte que…, attaqua le commissaire.

Le directeur l'arrêta en levant la main, comme s'il régulait la circulation.

— Nous avons un problème… Un gros problème, dit-il, livide de honte et de désarroi.

Adele Mazzotta et le substitut Iaccarone, les deux magistrats en charge du dossier de Dolores Murgia, échangèrent un regard tendu.

— Quel genre de problème ? demanda Mazzotta.

— Melis a été retrouvé mort ce matin dans sa cellule…

— Quoi ? crièrent à l'unisson les enquêteurs.

On lisait dans les yeux du directeur le même effarement que dans *Le Cri* de Munch, du moins ce fut à ce tableau que Nieddu associa son regard affolé.

— Vous plaisantez ? articula le commissaire, luttant pour contenir sa colère.

— Non, hélas non.

— Mort comment ?

— Apparemment, il s'est taillé les veines avec une lame de rasoir, dit l'assistant du directeur en leur montrant plusieurs tirages papier. Il s'agissait d'images tirées des bandes de vidéo-surveillance : on y voyait le gourou recroquevillé au sol, ses longs cheveux flottant dans une mare de sang. Le sien.

— Mais comment est-ce possible ? Il était sous haute surveillance, bon Dieu ! rugit Mazzotta.

Le sang reflua soudain vers ses jambes et Nieddu dut s'appuyer au mur pour ne pas s'effondrer. Il se laissa glisser sur une des chaises en plastique boulonnées au sol et s'efforça de ne pas entrer en hyperventilation. Il porta ses mains à sa tête et ferma les yeux, tandis que la salle s'emplissait des cris des magistrats et des jurons des enquêteurs.

Ils l'ont fait taire, se dit-il, anéanti. Ils ont été plus rapides que nous.

83

Lieu-dit Capitana, Quartu Sant'Elena

GRAZIA NOTA que cela faisait des mois qu'elle n'avait pas vu son mari aussi en forme. Elle l'observa plus attentivement pendant qu'il petit-déjeunait et comprit la raison de cette aura de légèreté et de libération salvatrice.

— Tu lui as raconté.

Moreno se tourna vers elle, dérouté.

— Pardon ?

— Ça fait des mois, peut-être même des années, que je ne t'ai pas vu aussi apaisé… Une seule explication me vient à l'esprit : tu as parlé à Eva de cette vieille histoire.

L'homme acquiesça, en rien surpris que sa femme s'en soit aperçue : il n'y avait pas grand-chose qui lui échappait. Peut-être qu'à force de vivre avec un enquêteur, elle en avait acquis certaines qualités par une forme d'osmose : curiosité, esprit d'observation, déduction régressive et intuition.

— Tu aurais fait une bonne policière, dit-il avec un sourire.

— Ne dis pas de bêtises… Un flic à la maison, ça suffit largement.

Ils gloussèrent, enveloppés de cette atmosphère joyeuse et détendue.

— C'était difficile ? demanda-t-elle.

— Non. Elle… J'ai senti tout de suite que c'était la bonne personne, qu'il y avait la bonne alchimie. Non, ça n'a pas été compliqué. Au contraire.

— Comment te sens-tu, maintenant ?

— Comme si j'avais des ailes.

Grazia sourit et lui caressa la main.

— Tu n'as pas idée à quel point ça me rend heureuse.

— Je sais.

— Tu as même fait la grasse matinée : depuis quand est-ce que ça ne t'était pas arrivé ?

— Trop longtemps… J'ai eu l'impression de me libérer d'un poids énorme. C'est vraiment une sensation formidable. Comme une longue douche chaude après une semaine entière sans pouvoir se laver.

— Je suis vraiment contente. Mais nous sommes un petit peu en retard, par contre.

L'homme fixa l'horloge et plissa le front : ce matin-là, il avait une visite chez le neurologue et un rendez-vous chez le notaire pour régler quelques formalités administratives.

— J'ai intérêt à me dépêcher, alors, dit Moreno avant de finir son café d'une traite et de se lever.

Il s'approcha de sa femme, la prit dans ses bras et l'embrassa sur le front.

— Je pensais qu'on pourrait déjeuner au bord de la mer, si ça te va.

— Bien sûr que ça me va… Il faut fêter ça, non ?

— Exactement. Je cours finir de me préparer.

Moreno se lava les dents et, une fois dans la chambre, s'inspecta dans le miroir. Il ignorait si Eva l'avait cru ou non, et peut-être n'avait-il pas envie de le savoir. L'important était d'avoir trouvé le courage de lui faire cette révélation, fissure originelle dont étaient parties toutes les lézardes qui avaient fendillé son existence, en tant que policier et en tant qu'homme. Cet acte d'autoabsolution, et en un sens de réconciliation avec lui-même et avec son passé, l'avait chargé d'une énergie vibrante. Il avait même l'impression que la maladie avait reculé.

C'est peut-être vrai, qui sait, espéra-t-il.

Il sourit, choisit dans son tiroir une cravate aux coloris audacieux, qu'il n'aurait pas portée tous les jours, et se regarda dans la glace tandis que la soie glissait entre ses doigts.

Mais au bout de quelques secondes, son sourire s'estompa, jusqu'à s'éclipser complètement.

Ses mains se mirent à trembler et son front se plissa, tandis que ses yeux s'emplissaient de confusion d'abord, de larmes ensuite.

— Qu'est-ce que… Comment…, balbutia-t-il, dans le cirage, en battant les paupières comme pour ajuster la focale.

Il avait honte de se rendre à l'évidence, mais il n'avait plus la moindre idée de comment faire un nœud de cravate.

84

Caffetteria Tiffany, Via Baylle, Cagliari

Tandis qu'elles prenaient le petit déjeuner sur la terrasse du bar préféré de Rais, savourant la caresse du soleil de midi, Eva jeta un œil aux quotidiens, soulagée qu'aucun journaliste n'ait mentionné son nom.

— J'ai dormi dix heures d'affilée... Je suis complètement dans le coaltar, dit Mara, une grosse paire de lunettes de soleil masquant ses cernes.

— Pour changer..., répliqua Eva sans lever les yeux de ses articles.

— Ah je t'en prie, tu ne vas pas t'y mettre, toi aussi.

Eva, elle, ne s'était reposée que quatre heures. Elle avait rêvé de la fusillade, sauf que dans son cauchemar c'étaient ses jours à elle qui étaient écourtés. Après cela, elle n'avait pas réussi à retrouver le sommeil. Alors elle avait lu le cahier de Barrali presque en entier pendant la nuit, activité qui, au vu des horreurs décrites, avait définitivement eu raison de sa torpeur.

— Je crois que je vais aller faire un saut à l'hôpital pour voir comment va Ilaria, et ensuite j'irai à la mer prendre un peu le soleil, jouer les phoques échoués sur la plage, dit Mara. J'ai besoin de décrocher.

Farci leur avait accordé à toutes les deux un jour de congé, sans contestation possible, pour qu'elles puissent se remettre de leurs émotions. Ou du moins était-ce la version officielle. Les policières, quant à elles, estimaient que les gros bonnets de la questure avaient insisté pour les mettre au repos et ne pas les avoir dans les pattes avec tous ces journalistes dans les parages. Mais Eva n'avait pas la moindre intention de rester les bras croisés. Elle replia le journal et finit de siroter son double expresso.

— Alors, je peux savoir pourquoi tu m'as tirée du lit ? lui demanda Mara.

Eva n'avait pas envie de tourner autour du pot et prit donc le taureau par les cornes :

— J'ai vu Barrali, hier soir, après le travail.

— Pourquoi ? demanda Mara d'un air méfiant.

Eva lui passa le cahier qu'elle avait apporté.

— Jette un œil là-dessus.

Elle se garda bien de lui livrer le secret que Moreno lui avait révélé : elle savait que sa partenaire aurait la mauvaise réaction, reléguant illico Barrali dans la catégorie "cas désespéré". Du reste, Eva elle-même ne s'était pas encore fait d'opinion définitive sur le sujet : sa seule certitude était ce sentiment d'être prise au piège dans une toile de mystères et de secrets qui s'étendait de 1961 à aujourd'hui.

— Qu'est-ce que c'est ? demanda Mara, après en avoir feuilleté quelques pages.

— Il m'a avoué son problème…, dit Eva en se tapotant la tempe. Il a voulu noter ce dont il se souvenait sur les vieux dossiers, avant que la maladie efface tout. En gros, c'est une sorte de journal de bord des enquêtes.

— Tu l'as trouvé comment ?

Eva prit quelques secondes pour trouver le mot juste.

— Résigné, dit-elle enfin. Mais en forme mentalement... Physiquement, par contre... J'ai peur qu'il ne lui reste pas longtemps. Il avait l'air encore plus maigre que la dernière fois qu'on l'a vu.

— Le pauvre... Tu as déjà tout lu ?

— Seulement une partie.

— Et qu'est-ce que tu en dis ?

À son ton, il était clair qu'elle considérait ça comme une perte de temps.

— J'ai trouvé une chose intéressante.

— Je t'écoute.

— Tu te rappelles ces poupées fabriquées avec des tiges de fleurs séchées ?

— Bien sûr. *Sa pippia 'e Mannaghe.*

— Exactement. Dans son "mémoire", appelons-le comme ça, il apparaît que ce détail ne s'est jamais retrouvé dans les journaux.

— Jusqu'à maintenant...

— Il n'en a parlé qu'à deux personnes : Marianna Patteri, professeur d'anthropologie culturelle, doyenne de l'université de Cagliari. Et, à la mort de cette dernière, à son élève...

— Valerio Nonnis, la devança Mara.

— Bravo. Tu as gagné un petit-déjeuner gratuit.

— Tu me fais penser à une chose qui m'était sortie de la tête avec tout ce bordel, dit Mara, changeant de position sur sa chaise.

— Laquelle ?

— Hier, mon contact à l'université m'a appelée, la personne à qui j'avais demandé des renseignements sur notre professeur.

— Et alors ?

— Tu sais pourquoi il n'a pas fait carrière, malgré ce CV du feu de Dieu ?

— Je suis tout ouïe.

— Il avait la fâcheuse habitude de mettre ses étudiantes dans son lit.

— Tiens donc…

— Et celles qui y dormaient jouissaient d'une grande disparité de traitement par rapport aux autres. Une des exclues du harem a porté la question à l'attention du recteur, qui a bloqué son avancement. Ils ont eu la charité de ne pas le mettre à la porte, mais Nonnis est fini au niveau universitaire.

Eva se remémora les mains blessées du professeur et éprouva de nouveau la sensation qu'il leur avait caché quelque chose.

— Essaie de me suivre une seconde, dit-elle. On a quelqu'un qui a un rapport direct avec la victime, vu que c'était une de ses élèves. Qui a la mauvaise habitude de coucher avec ses étudiantes. Qui a de profondes connaissances sur la ritualité et les cultes prénuragiques…

— Qui a été en contact étroit avec l'enquêteur travaillant sur ces crimes, lequel lui a révélé des détails inédits sur le *modus operandi* de l'assassin, continua Mara.

— Qui a les mains abîmées, comme s'il avait cogné quelqu'un…

— Ou *quelqu'une*, suggéra Mara.

Eva acquiesça.

— Qui déteste l'individu inculpé pour le meurtre de la fille et qui n'a pas pris la peine de dissimuler sa rancune. Mieux : qui nous a tuyautées sur l'endroit où le trouver.

— Qui était dans un état d'agitation manifeste lorsqu'il nous a vues, continua Mara.

Elles se dévisagèrent en silence pendant quelques secondes, soupesant les différents éléments.

— Tu le sens, toi aussi, ce picotement dans la colonne vertébrale ? demanda Eva.

— Oui, dut admettre Mara. Mais tu ne dois pas oublier que nous avons un suspect en détention dont le sang a été retrouvé sous les ongles de la victime et que tout le monde estime coupable comme Judas.

— Je sais… Mais pourquoi ne pas aller toucher deux mots à Nonnis, juste pour voir comment il réagit et chasser ce picotement ?

— On pourrait profiter de l'arrestation de Melis pour lui faire baisser la garde et le travailler au corps.

— Excellente idée. Entre-temps, j'appelle Erriu et je lui demande si elle peut mettre quelqu'un sur le lien entre Dolores et Nonnis. C'est peut-être une perte de temps, mais je ne veux rien laisser au hasard.

— Théoriquement, il faudra suivre les canaux officiels. Farci nous a mises au repos, fit remarquer Mara.

— On avait exprimé nos doutes auprès d'Ilaria et elle nous avait promis d'y jeter un œil… Voilà ce qu'on peut dire à Farci, si ça devait parvenir à sa connaissance.

— Et pourquoi ça devrait parvenir à sa connaissance ? demanda Mara, avec un sourire malicieux.

— Tout à fait, répondit sa partenaire, souriant en retour et se levant pour aller payer.

85

Quartier de Genneruxi, Cagliari

LE DEVOIR d'un enquêteur n'est jamais d'accuser directement un témoin ou un suspect de mentir : le truc est de le circonvenir de manière à le placer face à ses contradictions, jusqu'à ce qu'il se retrouve en position de devoir admettre – par des mots, une mimique ou un regard – avoir empilé une belle petite montagne de mensonges. Pour garantir une efficacité optimale, il faut devenir cynique, faux et impitoyable, et développer un talent presque sadique pour exploiter toutes les failles de la personne à laquelle on veut arracher une confession ou des informations capitales pour l'enquête, au mépris de son équilibre psychologique, sentimental ou familial. Quand il s'agit d'un homicide, il est attendu de l'enquêteur qu'il assume une identité nouvelle, généralement peu réjouissante : un costume moral trouble, qui ne laisse rien présager de bon. Les *bons* flics sont des flics *méchants*.

— Oui ? dit Rita Masia, la femme du professeur Valerio Nonnis, quand elle ouvrit la porte de chez elle et se trouva nez à nez avec Rais et Croce.

Les policières avaient fait une visite surprise à l'université, mais plusieurs doctorants leur avaient dit que Nonnis s'était fait porter pâle ce jour-là ; elles avaient alors localisé son domicile – non sans avoir d'abord prélevé quelques cheveux et deux gobelets à café dans la corbeille sous son bureau – et décidé de venir chez lui à l'improviste, pour accroître encore la pression, le traquer sur un terrain intime. Il leur suffit d'un regard pour comprendre qu'elles avaient affaire à une personne faible et que ce serait un jeu d'enfant de la faire craquer.

— Police, madame. Brigade mobile… Votre mari est là ? demanda Rais d'un ton tout sauf cordial, tandis que sa collègue activait l'enregistrement vocal sur son portable, profitant de la diversion.

Sur le visage de la femme, peur et stupéfaction. Quelqu'un ayant bon cœur, à ce stade, lui aurait donné quelques secondes pour se reprendre. Croce et Rais, ce matin-là, avaient laissé leur "bon cœur" au bureau.

— Ne nous faites pas perdre de temps, je vous prie, la fustigea Eva Croce, faisant un pas en avant pour lorgner dans l'entrebâillement. Il est là ou pas ?

— Non… Non, non, il n'est pas là…, balbutia Rita Masia, effrayée par l'attitude insistante des deux inspectrices.

— Tiens, c'est étrange… On parie que j'avais raison ? murmura Mara Rais à sa partenaire, avec des manières de comédienne et à voix assez haute pour que Rita puisse entendre.

— Il a pris sa voiture ? demanda Eva.

— Comment ? Oui, bien sûr… Que se passe-t-il ?

— Ah, donc votre voiture s'est remise à fonctionner.

— Pardon ? demanda l'épouse, de plus en plus troublée.

— Votre mari nous a dit qu'il s'était fait mal aux mains en bricolant sur votre voiture, l'autre jour. Il a donc réussi à la réparer, expliqua Eva.

— Ah, oui, bien sûr… Il l'a réparée, oui. Elle remarche.

— Bien. Tant mieux. Au moins il ne s'est pas fait mal pour rien… Où est-il maintenant ?

— Je peux savoir pourquoi vous le cherchez ? demanda Rita Masia, sur la défensive.

— Vous êtes quoi au juste, son avocat ? la railla Mara.

— Faites-moi plaisir, appelez-le et dites-lui que nous sommes ici. Lui, il connaît les raisons de notre présence, dit Eva d'un ton sec, sans détacher les yeux de ceux de la femme.

Cette dernière resta muette.

— C'est quoi, le jeu du silence ? s'écria Mara au bout de quelques instants. Vous l'appelez ou non ?

— Il est à l'université… Il donne des cours.

— Des cours ? répéta Eva, lançant un regard amusé à sa collègue.

— Madame, nous arrivons tout juste de l'université, où l'on vient de nous dire que votre mari n'était pas là. Manifestement, il s'est fait porter pâle, dit Mara d'un ton cassant. Vous vous moquez de nous ?

La peur traversa les yeux de Rita.

— Alors, la pressa Eva. Où est-il ?

Rita battit plusieurs fois des paupières comme si elle avait du mal à se focaliser sur les deux policières.

— Je ne sais pas…

— Vous ne savez pas, la singea Mara. Donc votre mari vous a menti à vous aussi.

Ce n'était pas une question mais une insinuation venimeuse.

— Je ne…

Eva ne lui laissa même pas le temps de répondre :

— Pourquoi votre mari se comporte-t-il ainsi, madame ?

— Quoi… Je ne…

Les deux enquêtrices avaient flairé le sang qui suintait de cette proie trop faible pour s'apercevoir du pétrin dans lequel elle était en train de se fourrer et, tels deux requins, elles avaient commencé à lui tourner autour, en cercles concentriques ; leur objectif n'était pas de la briser psychologiquement, mais de créer une fracture entre elle et son mari, d'installer une chape de soupçon et de peur qu'elles pourraient faire gonfler à l'envi, comme une crème fouettée, au cas où elles en auraient besoin. Et, à voir l'angoisse dont elle était revêtue, toutes les conditions semblaient réunies pour travailler en ce sens et faire exploser le couple.

— Vous savez qui est cette fille ? demanda Eva en lui montrant une photo de Dolores de son vivant.

— Oui, c'est celle qui…

— C'est la même que sur cette photo ? demanda Mara en lui présentant un gros plan du visage tuméfié du cadavre.

Rita écarquilla les yeux, eut un mouvement de recul instinctif et entra en hyperventilation.

On y est, pensa Rais.

— Que vous a dit votre mari à ce sujet ? poursuivit sa partenaire.

— Mais au sujet de quoi ?!

— Vous avez des enfants, n'est-ce pas ? demanda Rais.

Question simple : Rita sembla se détendre.

— Oui. Deux.

— Et ça vous semble la bonne attitude pour les protéger ? insinua Croce, en lui demandant mentalement pardon.

Nouveau silence. La femme était proche du point de rupture. D'un instant à l'autre, elle pouvait fondre en larmes, les envoyer paître ou s'ouvrir comme une prune trop mûre.

Pile quand elle s'apprêtait à ouvrir la bouche, le portable de Mara se mit à vibrer, brisant la magie de cet instant qu'elles avaient créé avec tant de soin.

— C'est Farci, dit Mara à sa partenaire.

— Tu ferais mieux de répondre.

— Je peux savoir d'où…

— De la section homicides, madame, la devança Eva, en sachant très bien que ce n'était pas le sens de sa question. Votre mari ne vous a pas parlé de nous ?

Le visage de la femme sembla se fendiller, telle une bouteille de bière oubliée au congélateur.

— Il faut qu'on y aille, dit Rais, avec une urgence dans la voix qui inquiéta Eva.

Au regard qu'elle lui lança, Croce comprit que ce n'était pas la peine d'insister. Quoi qu'ait pu lui dire Farci, ça avait eu le pouvoir de la faire blêmir.

— Je…

— Dites à votre mari qu'il aura bientôt de nos nouvelles, asséna Mara.

— Très bientôt, renchérit Eva.

Une précision qui avait tout pour résonner comme une menace.

— Une dernière chose, madame, fit Mara. Les griffures sur le cou, votre mari se les est aussi faites en réparant la voiture ?

Rais la fixa pendant un instant qui parut interminable à Rita, puis la policière étira ses lèvres en un sourire glacial et lui tourna le dos sans attendre de réponse.

Abasourdie et tremblante, Rita Masia regarda les deux inspectrices s'en aller.

Quelques secondes plus tard, elle téléphona à son mari.

En larmes.

86

Voie express, Cagliari

AUCUNE DES DEUX n'avait cru un seul instant à l'hypothèse du suicide de Melis. Cette affaire, qui avait commencé par le réexamen d'un vieux dossier, s'était transformée en quelques jours en une enquête de premier plan qui sentait le mystère et la conspiration à plein nez.

— Suicide mon cul. Quelqu'un a voulu le faire taire avant qu'on lui parle, déclara Rais.

— Aucun doute là-dessus.

— Ça change tout…

— Ou alors ça ne change rien, répliqua Croce.

— Dans quel sens ?

— Dans le sens où, si on y pense, l'enquête sur la mort de Dolores va être classée et tomber aux oubliettes. Affaire résolue. L'assassin s'est suicidé. Pourquoi enquêter sur sa mort ? Il est dans l'intérêt de tous de tirer un trait sur cette histoire. Définitivement.

— C'est clairement dans l'intérêt de la questure…

— Qu'est-ce que tu veux dire ?

— Rien.

Eva la fixa comme si elle lui cachait quelque chose.

— On a été trop dures avec la gentille petite épouse? demanda Mara, changeant de sujet.

— Non. On était à deux doigts de la faire craquer... Au début, j'avais un doute sur Nonnis, mais après ce que nous a dit sa femme et la réaction qu'elle a eue, je suis persuadée qu'il sait quelque chose ou qu'il est impliqué dans cette affaire.

— Hum... À mon avis, le moment est venu d'en parler à Farci.

— Je crois aussi, mais ça peut être risqué. Surtout en ce moment.

— Alors qu'est-ce qu'on fait?

— Ouah, tu as fini par passer au "on"?

— Je te conseille de ne pas trop t'y habituer... Alors?

— L'idéal serait d'avoir une géolocalisation de son portable sur ces dernières semaines pour connaître ses déplacements, d'interroger sa famille et ses amis proches, de pouvoir effectuer des examens sur des échantillons ADN, de mettre ses téléphones sur écoute...

— Comme s'il était suspect?

— Il nous a menti sur ses blessures aux mains. Il a eu un lien avec la victime. Il a collaboré à l'époque avec l'enquêteur chargé de ces dossiers, et il a reçu des informations confidentielles sur l'affaire. Sa femme le couvre... Si j'étais responsable de l'enquête, je l'aurais déjà coffré.

— Mais tu ne l'es pas... Et on en revient à la question du début: qu'est-ce qu'on fait?

Eva parut réfléchir quelques secondes en regardant défiler l'immense masse liquide de l'étang de Molentargius.

— Nieddu a dit que la magistrate, Mazzotta, culpabilisait pour Dolores, comme si elle pensait ne pas en avoir fait assez pour la sauver, dit-elle en écrivant la date et le lieu de collecte sur les sachets plastiques pour pièces à conviction où elles avaient déposé les cheveux et les gobelets.

Elle observa le contenu à contre-jour : il y avait suffisamment de matière pour recueillir facilement l'ADN de Nonnis.

— C'est sans doute le cas.

— Alors moi je propose de tenter notre chance avec elle, vu que Farci nous rembarrerait.

— Mettons qu'elle nous offre une possibilité, comment on présente ça à Farci ?

— Je sais pas, tu pourrais coucher avec, non ? Il m'a l'air d'être ton type.

Mara émit un rire nasal.

— Ben voyons… Je préférerais subir une ablation du clitoris pour le vendre sur eBay plutôt que…

— À ce point-là ?

— Oh oui… Beurk… C'est comme si c'était mon cousin.

— Je ne sais pas, Rais, dit sa collègue, retrouvant son sérieux. On inventera quelque chose.

— Tu pensais trouver une petite ville tranquille, hein ? demanda Mara au bout de quelques secondes.

— Oui, je me suis laissé avoir par les apparences.

— C'est toujours elles qui nous mettent dedans.

Eva se tourna vers sa partenaire en cherchant à comprendre s'il y avait un sous-entendu dans ces mots amers, mais elle avait chaussé ses énormes lunettes de soleil et remis sur son visage ce masque de joueuse de poker professionnelle, alors Eva reporta son attention sur la route, tandis que résonnait dans sa tête le récit de Barrali.

87

Salle de crise, section homicides, questure de Cagliari

QUAND IL LES VIT entrer dans la bruyante salle de crise, Farci acheva de donner ses ordres à un des agents en uniforme et leur fit signe de le suivre au fond de la pièce. Il s'arrêta devant un bureau sur lequel trônait un ordinateur portable, pianota quelques secondes et le tourna vers elles.

Eva et Mara se trouvèrent devant plusieurs photos du cadavre de Melis, en plus de quelques captures d'écran tirées des caméras de surveillance.

— Vous avez aussi une vidéo ? demanda Mara.

— Non. "Curieusement", les caméras de ce quartier de la prison sont tombées en panne pendant une heure environ, dit Farci d'un ton dubitatif. Comme par hasard, juste au moment où – on ne sait comment – notre ami est entré en possession de la lame.

— Donc quelqu'un de la pénitentiaire s'est vendu, dit Eva.

— C'est quasiment certain… La direction a juré ses grands dieux qu'il y aurait une enquête interne, bla-bla-bla. Nous n'avons pas un seul témoin disposé à parler… Je n'ai pas l'impression qu'il faille chercher beaucoup plus loin, n'est-ce pas ?

Les deux policières acquiescèrent et Farci, épuisé, ferma l'ordinateur et s'appuya sur le bureau.

— Vous savez qui pourrait être derrière cette mise en scène ? demanda Eva. Qui le couvre, je veux dire.

— Non, mais j'ai mis plusieurs hommes sur cette piste. C'est une question de temps… Je suis désolé d'avoir dû annuler votre jour de repos.

— Ce n'est rien, dit Eva. Que pouvons-nous faire ?

— Croce, toi tu ne peux pas sortir d'ici. Techniquement, tu es suspendue parce que tu as participé à un échange de coups de feu…

— Mais…

— C'est une pratique de routine, pas une suspension formelle, tu n'as pas à t'inquiéter. Cela dit, je suis à court de personnel avec tout ce foutoir. Pourrais-tu donner un coup de main aux collègues de la section homicides pour interroger nos "chers" néonuragiques ?

— Bien sûr.

— Excellent. Tu donneras la réplique à Mazzotta.

— À quoi bon interroger ces connards ? demanda Mara.

— Techniquement, ils appellent ça des "preuves d'appui", expliqua Farci. Vu que le principal suspect est mort sans avoir avoué, le parquet a besoin d'éléments irréfutables pour bétonner le dossier définitivement… Maintenant que leur gourou est parti pour une vie meilleure, on peut espérer que ses adeptes seront plus enclins à collaborer.

— Vous pensez qu'ils peuvent lui coller l'homicide sur le dos pour de bon ? demanda Eva.

— C'est l'objectif, oui. Mais au cours de l'interrogatoire, vous devrez chercher à savoir s'il y a eu complicité de leur part, s'ils ont participé aux violences et tout le reste. Tu te sens d'attaque ?

Eva hocha la tête. Ce serait l'occasion idéale d'approcher Mazzotta de plus près et, qui sait, peut-être même de lui parler du professeur d'anthropologie.

— Ça devrait être assez simple : si vous vous rendez compte qu'ils ont participé aux viols, vous leur faites miroiter une remise de peine en échange d'une accusation formelle de leur chef… Le magistrat s'occupera de trouver les montages juridiques pour les foutre dedans quand même.

— Et moi ? demanda Mara.

— Ça te dit d'aller faire un tour ? demanda le commissaire.

— C'est toujours mieux que de rester dans ce débarras à examiner des transcriptions de réunions d'il y a trente ans… Je dois aller où ?

— Pour te la faire courte : Trombetta a trouvé entre les dents de la pauvre Dolores de minces filaments de chair. Il s'est dit que la fille avait dû mordre son agresseur, ou un de ses agresseurs. Et il a vu juste, *su dottori*.

— Dis-moi que vous avez réussi à remonter à l'identité de ce salopard…, murmura Mara.

Farci acquiesça.

— La seule bonne nouvelle de la journée. Il s'agit d'Ivan Curreli, un adepte qui, la nuit du raid, n'était pas présent sur les lieux. Certains le considèrent comme le bras droit du gourou. Notre idée, à Nieddu et moi, est que ce type s'est échappé en même temps que Melis et qu'ils se sont séparés ensuite… La recherche sur les bases de données a fourni une correspondance immédiate, parce que ce connard aussi a des antécédents de violence sexuelle.

— Quel fils de pute… Qu'est-ce que tu veux que je fasse ? demanda Mara.

Farci sortit son portable de sa poche et composa un texte rapide.

— Va à cette adresse avec les autres membres de l'équipe, dit-il en lui montrant le téléphone.

Sauf que l'écran n'affichait pas des coordonnées, mais un message : *Je ne sais plus à qui me fier dans ce putain de guêpier. Quelqu'un fait filtrer des informations à l'extérieur. Retrouve-moi cet enfoiré et garde un œil sur les autres. Ne prends tes ordres qu'auprès de moi. Personne d'autre.*

En le lisant, Rais sentit son sang se glacer.

— Tout est clair ? demanda Farci.

— Très clair, répondit-elle.

Si le chef refusait carrément de parler devant ses collègues de l'équipe spéciale, la situation était encore plus préoccupante que ce que Mara imaginait.

— Excellent… Moi je dois aller à une conférence de presse pour informer les médias de ce merdier avec Melis. Ils vont nous tomber dessus encore plus violemment.

— Je ne t'envie pas, dit Mara.

— Commissaire, vous avez repensé à ce que je vous ai dit hier, par rapport à l'incident de ce matin ? demanda Eva en baissant la voix.

— Oui, mais je n'ai pas le temps d'en parler maintenant, Croce… Sache toutefois que je commence à voir les choses sous un jour nouveau.

À son regard, les policières comprirent que lui aussi sentait une odeur de brûlé, mais que ce n'était pas le lieu le plus adapté pour en discuter.

— Allez, filez et ouvrez l'œil.

— Des nouvelles de Deidda ? demanda Mara.

— Elle est encore en coma artificiel, répondit Farci. Mais les médecins disent que… (Son téléphone se mit à vibrer.) Je dois répondre, s'excusa-t-il. J'insiste, restez sur vos gardes.

88

Fourgon de la police d'État, Cagliari

Mara rais lança un regard aux policiers en tenue d'intervention et maudit intérieurement Farci de l'avoir forcée à faire le sale boulot à sa place. À l'intérieur du fourgon, la tension était à son comble et se traduisait par un mutisme généralisé. L'adrénaline initiale avait laissé place à une sensation de peur presque paralysante. Tous savaient bien que le dernier raid s'était soldé par un bain de sang, avec deux corps inanimés à terre. Et que l'un des deux était celui d'une collègue qui luttait à présent contre la mort. C'est à ça qu'aurait dû penser Mara : à sa vie potentiellement en danger, à l'éventualité que, si les choses tournaient mal, ce soit sa fille qui en paie les conséquences. Au lieu de quoi, ses yeux et ses oreilles enregistraient en continu les moindres détails, des bribes de conversations, des regards et des tics nerveux de ses collègues, cherchant à établir qui parmi eux avait sauté de l'autre côté de la barricade.

Ce salaud de Farci t'a joué un sale tour, pensa-t-elle. Déjà qu'ils ne te font pas confiance, s'ils découvrent en plus que tu les tiens à l'œil, c'est la fin.

Après l'épisode de l'agression et la trahison de sa collègue, qui avait pris le parti de Del Greco, le questeur – pour se venger de Mara – avait fait courir le bruit que son "accusation de viol" n'était rien d'autre qu'une tentative de vengeance vis-à-vis de lui, qui s'était permis de remettre ses méthodes en question lors d'une enquête. Un ramassis de conneries : Del Greco n'était qu'un prédateur sexuel avec un bel uniforme, mais cette insinuation s'était enracinée dans les bureaux de la section homicides puis ramifiée dans toute la questure telle une plante vénéneuse et carnivore. Depuis lors, aucun enquêteur de sexe masculin ne voulait avoir affaire à elle, redoutant qu'à la moindre conversation l'inspectrice joue de nouveau la carte du harcèlement et des violences sexuelles ; quant à ses collègues femmes, elles craignaient en se montrant trop proches d'elle de finir sur la liste noire de Del Greco, ce qui signifiait faire une croix sur leur carrière. Alors elles l'avaient complètement isolée, comme une pestiférée. D'un certain point de vue, en l'envoyant aux affaires classées, on lui avait presque fait une faveur.

À part "psychopathe" – étiquette que tu as déjà –, il n'y en a qu'une seule autre que ces enfoirés pourraient détester encore plus. L'infiltrée. La moucharde… Et c'est ça que Farci t'a demandé de faire. Tu veux vraiment courir ce risque ? Qu'est-ce que tu cherches à prouver ?

Elle observa ses collègues silencieux, incapable de répondre à sa question.

89

Bureaux de la section homicides et violences aux personnes, questure de Cagliari

La première tentative fut un coup dans l'eau : l'adepte ne prononça pas un mot, laissant son avocat parler à sa place – lequel, pour l'essentiel, répéta comme un perroquet la même formule : "Mon client invoque son droit de garder le silence".

Adele Mazzotta avait continué pendant une quinzaine de minutes avec son tir nourri de questions puis, ne voyant aucune forme de collaboration, avait ordonné que le suspect soit conduit en cellule.

La magistrate avait déclaré qu'elle avait besoin d'une pause et Eva en avait profité pour téléphoner à Paola Erriu, du commissariat de Carbonia, avec qui elle avait échangé sur les derniers développements de l'enquête.

Une fois l'appel terminé, elle avait pris son courage à deux mains et rejoint la représentante du ministère public qui fumait dehors, en proie à une certaine nervosité. Il avait suffi de quelques minutes à ses côtés pour qu'Eva comprenne que la femme avait été engloutie corps et âme par l'affaire de Dolores et que le poids qui l'entraînait vers le fond était alimenté par une profonde culpabilité envers la jeune fille.

— Ça vous dérange si je vous tiens compagnie ? demanda-t-elle.

— Bien sûr que non. Je vous en prie… Ça ne se passe pas comme j'espérais, là-dedans.

Eva acquiesça. Elles s'étaient mises d'accord pour que Mazzotta prenne l'interrogatoire en main ; l'inspectrice était surtout là pour les apparences, sa présence étant censée inciter les témoins à parler.

— D'un côté, on dirait qu'on leur a bien expliqué le comportement à adopter, commenta Eva. De l'autre, même s'ils se débrouillent bien pour le cacher, je crois qu'ils ont peur de parler.

— Peur… de qui ? demanda Adele Mazzotta, scrutant Eva avec une attention renouvelée.

— Jusqu'à ce matin, j'aurais dit de Melis. Maintenant qu'il est sorti du décor – ou qu'on l'en a fait sortir –, je crains qu'il y ait quelqu'un derrière. Quelqu'un d'important…

— C'est également ce que pense le commissaire Nieddu. Et je commence moi-même à envisager cette possibilité. Ça n'a ni queue ni tête que ces imbéciles s'exposent à une peine pour violences sexuelles en refusant de parler, s'il n'y a pas derrière une menace sérieuse, dit-elle. Ce que je me demande, c'est qui peut avoir un tel pouvoir d'intimidation.

Croce nota que le doute avait commencé à éroder les certitudes de la magistrate et décida d'exploiter la situation à son avantage.

— Madame la substitut, puis-je me permettre de vous poser une question sur l'enquête, sans prendre de gants, au risque de vous paraître déraisonnable ?

Adele Mazzotta souffla la fumée de côté et lui sourit.

— Pourquoi, il y a quelque chose de raisonnable dans cette affaire ?

Eva se surprit à sourire à son tour.

— Dites-moi, fit-elle, revenant à la solennité dévolue à son rôle.

— Vous êtes vraiment si certaine que ça que c'est Melis qui a tué Dolores ?

Adele Mazzotta la dévisagea, troublée.

— Qu'insinuez-vous par là, inspectrice ?

90

Serramanna

Mara sentit la vague d'adrénaline générée par la chasse à l'homme refluer d'un coup quand les troupes d'assaut sortirent de la maison les armes baissées, donnant le feu vert aux enquêteurs.

— Que se passe-t-il ? leur demanda-t-elle.

Personne ne répondit. Sa réputation avait dû arriver jusqu'aux NOCS.

Elle les maudit en sarde, rengaina son pistolet et franchit la porte défoncée au bélier. Quand elle le vit en entrant dans la chambre, elle sentit son estomac se nouer.

Il était complètement nu, à l'exception du masque de *su Boe* qui cachait son visage. Il pendouillait à un mètre et demi du sol : les bras le long du corps, la robuste corde de chanvre fixée à une poutre du haut plafond. Sur le sol, une flaque d'urine, à côté de l'échelle renversée.

Mara enfila des surchaussures et s'approcha du pendu. Elle distingua nettement la marque de morsure sur son pectoral gauche. Même devant la perversion de la mort, son cerveau d'enquêtrice continuait de fonctionner : en observant la blessure, elle déduisit que – puisqu'il était clair que Dolores s'était défendue – le vrai passage à tabac, celui qui l'avait plongée dans un état semi-comateux, devait avoir eu lieu après le viol. Cette information n'était plus forcément essentielle, mais Mara se promit tout de même d'en parler à Farci et Croce, afin d'ajouter un élément au dossier.

Surmontant son dégoût, elle toucha du revers de la main la jambe du cadavre.

— Il est encore chaud. Ça doit remonter à moins d'une heure, dit-elle aux autres. Faites venir la scientifique.

Ils firent semblant de ne pas l'avoir entendue et la laissèrent seule. Elle entendit l'un d'entre eux la singer dehors, et les autres éclater de rire.

— Bande de *gaggi*..., dit Mara en secouant la tête.

Elle lança un dernier regard au corps ballottant et composa un numéro sur son portable.

— Rais, répondit Farci. Tout va bien ?

— Hum, pas vraiment...

— Qu'est-ce que ça veut dire, bordel ?

— On est arrivés trop tard.

— Tu te décides à parler où je t'envoie chier ?

— Ne quitte pas.

La policière retourna dans la chambre, prit une photo du mort et l'envoya à son supérieur.

— Jette un œil à WhatsApp.

Elle l'entendit mettre la conversation sur haut-parleur, puis prononcer une imprécation au bout de quelques secondes :

— *Gesù Cristu*... Dis-moi que c'est une blague, je t'en supplie.

— Tu ne peux pas savoir à quel point j'aimerais, mais je ne peux pas.

— C'est lui ? Curreli ?

— Il est encore suspendu et on ne lui a pas enlevé son masque, mais il a une morsure à la poitrine, donc oui, j'en conclus que c'est bien lui.

— Merde… Ça te semble être un suicide ?

— C'est l'impression que ça donne, oui. Mais au point où on en est, que ce le soit vraiment ou que quelqu'un l'ait mis en scène, qu'est-ce que ça change ?

— Putain de bordel…

— Voyons le temps que va mettre cette histoire pour se retrouver dans les médias, dit Mara.

— Envoie-moi la liste de toutes les personnes présentes sur les lieux.

S'il lui avait demandé ça quelques mois plus tôt, Mara l'aurait envoyé au diable : elle n'était pas une moucharde. Mais à cet instant, elle ne pensa pas à l'impact que cette "collaboration" aurait sur sa carrière, pour la simple raison qu'elle n'avait plus de carrière. En outre, elle était animée d'une forte soif de vengeance contre son ancienne équipe.

— OK. Je fais ça tout de suite.

— Attends l'arrivée des techniciens avant de partir. Veille à ce que personne ne s'approche du corps. Mais surtout, ne laisse personne prendre la moindre photo, entendu ?

— Tu ne veux pas aussi que je passe le balai, tant que j'y suis ?

— Mara, laisse tomber, tu tombes mal, là… Je vais annoncer cette bonne nouvelle et me prendre mon énième savon. À plus tard.

— À plus.

C'est un message pour tous les autres adeptes, pensa Mara en observant le corps qui tanguait. "Essayez de parler, et vous connaîtrez la même fin", ou autre chose dans ce goût-là.

Quelques secondes plus tard, elle sentit son portable vibrer et lut le nom de sa fille sur l'écran. Mara ferma les yeux, ignorant le cadavre qui semblait la fixer par les sombres cavités du masque, sourit et répondit :

— Coucou, mon trésor. Tout va bien ?

91

Questure de Cagliari

La pause cigarette de la magistrate s'était transformée en consultation improvisée. Quand Eva eut fini de parler, six mégots flottaient dans le gobelet en plastique, rempli d'un doigt de café froid, qu'Adele Mazzotta tenait dans sa main. Eva prit ça pour un bon signe : si elle avait eu l'impression de perdre son temps, la magistrate l'aurait interrompue dès le premier mégot.

— Donc vous voudriez faire passer le professeur du statut de personne informée sur les faits à celui de suspect, dit Adele Mazzotta.

— Oui, madame la substitut.

Mazzotta fit volte-face et observa le trafic de la ville. Elle méditait sur les informations que lui avait communiquées l'inspectrice.

— À part vous, quelqu'un d'autre est-il au courant de ces éléments et de vos soupçons ? demanda-t-elle d'un ton neutre, sans se retourner.

— Oui. Ma partenaire, l'inspectrice Mara Rais, ainsi que la vice-commissaire Deidda, avant que…

— J'ai compris. Qui d'autre ?

— Ilaria nous avait dit de suivre cette piste afin de voir si elle avait un intérêt pour l'enquête. Le commissaire Nieddu est également au courant et il a chargé son adjointe, Paola Erriu, de chercher s'il existait d'autres liens entre Dolores et Nonnis, au-delà du seul rapport universitaire.

— Des antécédents ?

— Le professeur n'a rien à se reprocher, si l'on exclut les rumeurs qui ont brisé sa carrière, selon lesquelles il entretiendrait des relations sexuelles et sentimentales avec ses étudiantes et anciennes étudiantes.

— Vous travaillez à l'unité des crimes non élucidés, dit Adele Mazzotta, recadrant la conversation. Existe-t-il des correspondances avec les dossiers de 1975 et 1986, selon vous ? Je veux dire au-delà du cérémonial, qui me paraît identique.

— Selon moi, mais également selon ma partenaire et l'inspecteur Barrali, actuellement en congé, qui s'est occupé de ces dossiers par le passé, il s'agit d'un homicide par imitation.

— Soyez plus claire.

— Nous pensons que quelqu'un a voulu faire porter la responsabilité aux néonuragiques, et à Melis en particulier, en mettant en scène les mêmes circonstances rituelles que pour les anciens homicides. Le meurtre de Dolores a une composante plus sadique : je pense notamment aux contusions dues à son passage à tabac, qui étaient totalement absentes dans les deux affaires non résolues.

— Vous avez déclaré que, lors de votre discussion, Nonnis avait manifesté envers Melis une aversion confinant à la haine.

— C'est exact. Et n'oubliez pas que c'est lui qui nous a suggéré de partir en reconnaissance sur le mont Arci, quand Melis courait encore.

— C'est assez préoccupant... Et sa femme vous a menti, ce matin.

— Aucun doute là-dessus.

La magistrate expira une bouffée de fumée d'un air désappointé et dit :

— Je vais être sincère avec vous : le seul élément concret que vous ayez porté à mon attention est le fait que Nonnis était en possession d'informations confidentielles relatives à l'enquête. Tout le reste est bancal. Ce ne sont que des conjectures et des preuves – si l'on veut employer les grands mots – circonstancielles.

Eva se sentit rougir d'embarras.

— Cependant, poursuivit-elle en se tournant vers la policière, la dernière fois que je m'en suis strictement tenue aux procédures, j'ai perdu un temps précieux et cela a probablement contribué au meurtre de cette jeune fille. Si j'avais eu un peu moins de scrupules, peut-être que…

Eva comprit que ce *peut-être* allait peser sur sa conscience comme un invité mystérieux et dissipé, pour très, très longtemps, instillant en elle le venin du remords et de la culpabilité.

— J'ai une fille du même âge que Dolores. Elle fait ses études à Bologne et… Ces dernières heures, j'ai beaucoup pensé à elle, et à ce que…

— Je peux imaginer, madame la substitut, intervint Eva, la voyant en difficulté.

— C'est pour ça que je veux faire confiance à votre instinct et à celui de votre collègue. Je vais signer une demande de mise sur écoute et de surveillance électronique fondée sur une présomption légitime à l'encontre de Nonnis et de sa femme, avec un haut niveau de priorité. J'en parlerai directement au commissaire Farci, afin d'agir le plus vite possible.

Eva sentit son impression de défaite s'évaporer d'un coup, balayée par une vague d'adrénaline.

— Je vais également ordonner une filature discrète du professeur pendant… disons quatre jours, pour commencer. Par précaution, je vais également demander qu'on jette un œil aux réseaux sociaux, qu'on épluche leurs relevés téléphoniques et qu'on retrace les déplacements du professeur grâce aux bornes auxquelles son téléphone s'est connecté…

— Formidable, balbutia presque Eva, totalement prise au dépourvu.

— J'estime qu'il est prématuré d'effectuer une perquisition et de les convoquer à la questure. Nous ne ferions que perdre notre avantage stratégique. En revanche, je souhaite que vous et votre collègue trouviez des preuves plus consistantes à l'appui de votre théorie. Je ne peux pas faire plus, inspectrice.

— C'est déjà énorme. Merci infiniment.

— Ne me remerciez pas… Je veux coffrer quiconque a participé de près ou de loin à ce crime barbare… Allons-y, comme ça je vous signe les papiers et nous pouvons avancer.

La magistrate noya son dernier mégot dans le liquide goudronneux et, en levant les yeux, vit la pâleur cadavérique qui s'était emparée du visage de l'inspectrice.

— Qu'y a-t-il ? demanda-t-elle, alarmée.

Eva fit quelques pas et lui montra la photo que Rais venait de lui envoyer depuis Serramanna.

— Seigneur Dieu… Ne me dites pas qu'il s'agit de… ?

Eva acquiesça, sans voix.

92

Salle de crise, section homicides, questure de Cagliari

L'HOMICIDE de Dolores Murgia avait interrompu une période de près de cinq mois pendant laquelle aucun meurtre n'avait été commis dans la province de Cagliari. Une accalmie qui avait permis aux enquêteurs de la section homicides de souffler et de boucler leurs vieux dossiers ; certains avaient même perdu la main, oubliant à quel point il était stressant et pesant de travailler sur une "affaire chaude".

Farci, qui lisait les rapports des techniciens sur la scène de crime, leva les yeux pour observer ses hommes : beaucoup travaillaient depuis vingt-quatre heures d'affilée et étaient au bord de la rupture. D'autres, au contraire, continuaient de se donner à fond, telles des abeilles ouvrières, carburant à la caféine, à l'adrénaline et à l'instinct du chasseur mis au repos depuis trop longtemps. Quatre heures plus tôt, après la découverte du pendu, formellement identifié en la personne d'Ivan Curreli, Giacomo Farci avait convoqué une réunion avec tout le staff des enquêteurs, au cours de laquelle il avait informé ses hommes des derniers développements et distribué les rôles entre le personnel de la section homicides et la vingtaine d'agents détachés qu'il avait réussi à grappiller au sein des autres sections de la brigade mobile. Pour optimiser le temps, il avait divisé l'équipe en trois groupes, chacun composé d'une douzaine de personnes : le premier continuerait à enquêter sur l'homicide de Dolores, afin de dénouer tous les points en suspens et de trouver d'éventuels coauteurs en sus de Melis (car c'était encore la thèse officielle) ; le deuxième collaborerait avec la pénitentiaire dans le cadre de l'enquête interne à la prison, pour chercher à comprendre qui avait facilité le suicide présumé du gourou et comment ; le troisième aurait pour mission d'éclaircir les circonstances du deuxième suicide – celui de l'homme retrouvé pendu, le visage dissimulé par un masque – et de remonter en arrière pour lever le voile sur les "protections" dont semblaient jouir les adeptes de la Nuraxia, parmi lesquels quelques-uns devaient encore être mis sur la sellette. À Farci incombait la tâche ardue de coordonner l'enquête, une mission qui le faisait sourire, car le dernier crime dont il s'était occupé directement était un homicide involontaire à la suite d'une dispute de copropriété : une affaire banale qu'il avait bouclée en quelques heures. En réalité, il existait une quatrième équipe, investie elle d'une fonction officieuse : explorer une piste différente de celle qui faisait de Melis l'auteur du meurtre de la jeune fille. Cette dernière était composée de Croce et Rais, qui rentraient en salle de crise après une heure et demie passée entre les bureaux des techniciens informatiques de la scientifique et ceux des communications et de la cybercriminalité, accompagnées de deux hommes que Farci avait empruntés à la section des personnes disparues, Gioele Aiello et Paolo Ferrari, chargés de les aider dans leurs recherches et l'analyse des relevés.

En voyant les deux inspectrices, provisoirement déchargées de leurs fonctions aux affaires classées, Farci leur fit signe de s'approcher de la zone qu'ils avaient aménagée en coin repas.

— Dépêchez-vous. J'ai commandé une cinquantaine de petites pizzas chez Tandem, mais ces hyènes ont presque tout bâfré… Mangez quelque chose, vous avez l'air de deux fugueuses en vadrouille.

— Il pleut des compliments dans tous les sens, ici…, commenta Mara avant de fondre sur la nourriture.

— Comment ça s'est passé ? demanda Farci.

— Très bien. On a déjà lancé les dispositifs de surveillance des e-mails et appareils mobiles des deux époux. Si vous êtes d'accord, je pensais consacrer quelques heures à l'analyse des réseaux sociaux du professeur, pour voir si je trouve un lien direct avec la fille, proposa Eva.

Le commissaire acquiesça : après la réunion générale avec l'équipe spéciale, il en avait tenu une deuxième, beaucoup plus restreinte, avec Rais, Croce et Adele Mazzotta, qui avait insisté pour que les deux inspectrices explorent la piste de l'anthropologue, en leur laissant les coudées franches.

— Toi, tu t'occupes de la coordination avec Aiello et Ferrari. Vous pensez vraiment que le professeur est impliqué dans l'homicide ?

— Il est trop tôt pour le dire…, répondit Mara entre deux bouchées. Mais il sait et il cache quelque chose. Ça ne fait aucun doute.

— Paola Erriu travaille sur le cercle d'amis de Dolores, précisa Eva. Elle cherche à savoir s'ils ont eu vent d'un éventuel rapport entre l'enseignant et la fille.

— Excellent. Mara, tu as eu ton contact à l'université ?

Celle-ci acquiesça.

— Apparemment, le recteur a pris très au sérieux cette histoire de relations avec ses étudiantes. Il semble que Nonnis ait déjà été invité à trouver un autre travail après ce semestre. Il a cessé toute activité au sein de l'université, même les vacations…

Donc, dans quelques mois, il sera au chômage. Qui sait s'il a eu le courage de l'annoncer à sa femme…

En périphérie de son champ de vision, Farci nota que beaucoup de monde les observait. Ce qui lui rappela l'autre mission qu'il avait assignée aux deux inspectrices : celle de rester aux aguets pour chercher à savoir qui, parmi leurs collègues, orchestrait les fuites d'informations.

— Sur l'autre affaire, du nouveau ? demanda-t-il en baissant d'un ton.

— Pour l'instant non, répondit Mara.

— OK. Ouvrez l'œil, j'insiste bien… J'ai mon supérieur qui ne me lâche pas d'une semelle pour cette histoire de médias.

Farci leur passa une liste imprimée avec les noms et les horaires des agents en civil qu'il avait affectés à la filature du professeur.

— C'est vous qui vous occupez de garder le contact avec eux et de recueillir leurs rapports, leur dit-il.

— Merci beaucoup, commissaire.

— J'espère seulement que ce n'est pas une perte de temps et de ressources.

— Du nouveau sur Ilaria ? demanda Eva.

— Pas grand-chose. C'est une guerrière. Son cœur continue de lutter.

— Bien.

— Et la connasse sur qui Croce a tiré ? demanda Rais d'un ton presque frivole, avant de se rendre compte, une seconde trop tard, à la mine furibonde de Farci, d'avoir commis une terrible gaffe.

— Donc vous n'êtes pas au courant…, murmura Farci, embarrassé.

Les deux policières secouèrent la tête.

— Elle ne s'en est pas sortie. Elle est morte il y a quelques heures…

Eva se figea. À la vitesse à laquelle ses muscles faciaux se raidirent et au tic nerveux qui agita sa paupière, les deux collègues comprirent à quel point la nouvelle l'avait dévastée.

— Merde…, commenta Mara en tendant la main pour caresser le bras de sa partenaire, comme pour s'excuser de son manque de tact. Je suis désolée…

Eva la repoussa d'un geste brusque. Elle prit congé en disant qu'il était temps de s'atteler aux réseaux sociaux du professeur.

Farci acquiesça et, à peine la Milanaise eut-elle tourné le dos, qu'il foudroya Mara du regard et murmura :

— Bravo, Rais. Tu viens de remporter la palme de la bourde de l'année.

93

Arrière-pays sarde

MICHELI LADU BÉNIT le dépeuplement des petits villages de Barbagia. Après s'être assuré que la masure était inhabitée, il força la serrure et entra. Il explora la maisonnette, *resolza* au poing, et, une fois qu'il eut la certitude absolue d'être seul, la referma et appela Esdra, qui l'attendait dehors.

— C'est bon ? demanda la fille.

Micheli acquiesça. Il trouva le tableau électrique et, à sa grande surprise, la maison s'illumina comme en plein jour lorsqu'il actionna le disjoncteur.

Les deux adolescents éclatèrent de rire, heureux. Le garçon éteignit toutes les lumières inutiles afin d'éviter d'attirer l'attention de l'extérieur, même s'il avait choisi une maison isolée, en dehors du hameau.

— Tu crois qu'il y a aussi l'eau chaude ? demanda Esdra.

— Il n'y a qu'un seul moyen de le savoir, répondit Micheli en la déshabillant.

Gagné.

La douche brûlante chassa de leurs corps transis toute l'humidité qu'ils avaient accumulée au cours de cette nuit passée à cheval, à fuir par des sentiers muletiers et des chemins pare-feu que Micheli connaissait depuis l'enfance. Après avoir mis une trentaine de kilomètres entre eux et le village des Ladu, Micheli avait profité de la première occasion pour voler la mobylette d'un berger, abandonnant le poulain à son destin. À l'orée du jour, ils s'étaient cachés dans un enclos déserté et avaient dormi une grande partie de la journée, reprenant la route dès la tombée de la nuit. En traversant un des innombrables villages fantômes de l'arrière-pays, Micheli, lassé de conduire, avait décidé de s'arrêter et de trouver une cachette en bonne et due forme.

Pendant que la fille le savonnait, le jeune Ladu pensa à l'humiliation que son père lui avait infligée : il s'en souviendrait jusqu'à la fin de ses jours, et haïssait Bastianu pour le traitement qu'il lui avait réservé.

Plus tard, après l'amour, alors qu'ils étaient sur le point de s'assoupir dans ce lit étranger, Esdra lui murmura :

— Hier encore, tu ne voulais pas entendre parler d'un départ. Qu'est-ce qui t'a fait changer d'avis ?

Micheli repensa à l'ordre que lui avait donné son père, et sentit son sang se glacer dans ses veines.

— J'ai réfléchi à ce que tu m'avais dit et je me suis rendu compte que tu avais raison. Moi aussi j'ai envie de voir la mer, mentit-il en lui caressant les cheveux.

— Qu'est-ce qu'on fait, maintenant ?

— Ils doivent être à notre recherche. Il vaut mieux rester cachés quelques jours.

— Ici ?

— Pourquoi pas ? Ensuite, une fois que ça se sera calmé, on pourra aller à Cagliari et, de là, embarquer sur le premier bateau pour le continent.

Esdra rit, excitée.

— J'ai tellement hâte, dit-elle tandis que ses yeux se fermaient de fatigue.

Au bout de quelques minutes, elle dormait sur lui.

Micheli, lui, ne trouvait pas la paix.

Le regard sévère de son père semblait l'avoir traqué jusque-là.

94

Viale Poetto, Cagliari

Eva, bercée par le bruissement des feuilles de palmiers et par la respiration haletante de la mer, les yeux baissés et la tête enfoncée dans les épaules, remonta lentement les marches de l'escalier extérieur qui conduisait à son studio, une bouteille de Tennent's à la main achetée chez les *caddozzoni* – comme les appelait Rais – devant le parc d'attractions du Cavalluccio Marino : c'étaient des camions-snacks pris d'assaut la nuit, célèbres pour leurs sandwichs saucisse-oignon et leur hygiène et propreté douteuses. C'était sa troisième Tennent's, à dire vrai. Elle en avait salement besoin après avoir découvert qu'elle avait tué quelqu'un ; le fait que ce soit arrivé dans l'exercice de ses fonctions était une subtilité morale qui faisait bien peu de différence à ses yeux.

Son plan pour la soirée était de finir la bière, de se jeter au lit tout habillée et de sombrer dans le coma pour au moins huit heures : elle était fourbue et avait l'impression d'avoir le cerveau en bouillie.

— Tu en aurais une pour moi ? dit une profonde voix masculine qui la fit sursauter, réduisant ses projets à néant.

Eva leva brusquement les yeux et le vit, assis sur la dernière marche qui donnait sur le seuil de son appartement.

Elle se figea, paralysée.

— Salut, la rousse. Qu'est-ce que tu as fait à tes cheveux ? lui demanda l'homme, la quarantaine, les yeux clairs et la chevelure bouclée, nettement plus longue que la dernière fois qu'elle l'avait vu.

Croce se sentait comme un tas d'éclats de verre recollés à la va-vite que le son de cette voix avait suffi à remettre en pièces.

— Comment tu as fait pour me retrouver ? demanda-t-elle à son mari.

95

Quartier de Stampace alta, Cagliari

S'IL AVAIT EXISTÉ un bouton pour éteindre la zone du cerveau constamment absorbée par l'affaire, Mara Rais aurait appuyé dessus depuis longtemps. Mais il n'en existait pas. Même quand elle vaquait à d'autres activités, des plus nobles aux plus prosaïques, sa logique investigatrice, sous la surface de sa conscience, ne cessait de passer au crible les éléments ressortant de l'enquête, les soumettait à l'épreuve de la probabilité, testait leur consistance, les décomposait dans l'espoir de trouver du rationnel dans ce crime absurde. À l'instar de ces applications fantômes qui consomment une bonne partie de la batterie d'un téléphone même si on ne l'utilise pas, l'homicide de Dolores Murgia continuait de lui consumer le cerveau quand elle n'était pas en service.

Mara s'en rendit compte au moment où, alors qu'elle inspectait le cahier de textes de sa fille, prise par l'urgence d'écrire une idée noir sur blanc, elle se surprit à noter un détail sanglant du meurtre à côté de l'écriture bombée et incertaine de Sara, juste au-dessus d'une illustration de Winnie l'ourson.

Bon Dieu. Tu dérailles, se dit-elle en rayant l'annotation avec son stylo.

Alors qu'elle aurait dû être au pays des rêves depuis longtemps, sa fille était encore réveillée, absorbée par un jeu sur le téléphone, attendant sa mère sur le "maxi-lit". Elle aussi, inévitablement, subissait les conséquences de cette enquête, passant trop de temps chez ses grands-parents, dînant et allant se coucher à des horaires insensés, avec une maman à "fonctionnement réduit", comme soutenait l'ex de Mara. Ce soir-là, les rôles s'étaient inversés : c'était elle qui avait demandé à sa fille qu'elles dorment ensemble, parce qu'avec tout ce qu'elle avait vu de noirceur et d'abjection ces derniers jours, elle avait besoin de croire que l'innocence et la bonté existaient encore dans un monde peuplé de vermine comme Melis et ses acolytes. Plus encore : elle sentait la nécessité d'embrasser physiquement cette pureté, de la couvrir de baisers, d'en sentir le parfum et la saveur.

Elle se démaquilla, se lava les dents et finit par rejoindre sa fille. Après avoir éteint, elle la serra contre elle comme si sa vie en dépendait.

— Tu es triste, maman ?

— Non, pourquoi ?

— Parce que d'habitude, quand tu me serres comme ça, tu es triste.

Sa fille était ainsi faite : il lui suffisait d'une phrase pour l'envoyer au tapis.

— OK. Oui, je suis un petit peu triste.

— Pourquoi ?

— Pour plein de raisons. Parce que je te vois peu, parce que le travail est difficile… Plein de choses, Sara.

— Moi, quand je suis triste, je mange une pizza et ça passe.

— Je sais bien, mon amour.

— Peut-être que tu devrais manger plus de pizza.

Mara sourit.

— C'est possible, mon trésor. Mais contrairement à toi, si ta maman mange un peu plus de pizza que d'habitude, son visage commence à prendre la forme d'un panettone, tu vois ? Et alors elle se sent encore plus triste parce que les gens la prennent pour un hippopotame avec un pistolet. C'est ça que tu veux ? Une maman avec des grosses fesses et un gros ventre ?

Sara éclata de rire.

— Et puis, j'ai un autre secret pour faire passer la tristesse.

— Lequel ?

— Je te serre contre moi et ensuite je te touche le ventre, comme ça.

La gamine gloussa, gigotant contre elle sous l'effet des chatouilles.

— Maman, je peux te dire quelque chose ?

— Je t'écoute.

— T'es bête.

Merci, mon trésor. Il ne manquait que toi à l'appel, ironisa la policière en son for intérieur, souriant les yeux fermés.

— Je sais, mon amour.

— Bonne nuit.

— Bonne nuit à toi aussi.

Alors qu'elle se sentait happée par les volutes du sommeil, Mara s'aperçut qu'elle n'avait jamais rien demandé de personnel à Eva.

Qui sait si elle est mariée ou si elle a des enfants, s'interrogea-t-elle. Et si elle n'en a pas, qui sait comment elle fait pour supporter seule toute cette noirceur.

96

Carbonia

Lorsqu'il eut terminé d'installer les photos et d'allumer les bougies, Maurizio Nieddu éteignit la lumière et remplit la baignoire d'eau chaude. Le reflet dans le miroir lui renvoya l'image d'un homme vieilli avant l'heure, même à l'indulgente lueur blafarde des chandelles. Il éprouva un élan de pitié envers lui-même, qui s'éclipsa comme il était arrivé. Il se déshabilla et plia soigneusement ses vêtements, qu'il posa sur l'armoire de salle de bains. Observant les photos dont il était entouré, il se demanda quand tout ça avait commencé.

C'est en 1986 que tu as été contaminé, songea-t-il. Quand tu as vu la vestale au puits sacré de Matzanni… Tu as tenté de l'ignorer, d'aller de l'avant, mais elle n'est jamais partie.

Elle. La *noirceur*. Celle qui s'accumule en vous, jour après jour, qui enfle comme une tumeur, avide et silencieuse.

Le commissaire sourit, parce qu'il y avait une certaine ironie dans sa situation. Il était convaincu que la noirceur agissait différemment selon les personnes en qui elle s'insinuait, mais – surtout – selon les professions qu'elles exerçaient ; et les policiers étaient au sommet de la pyramide des métiers à risque.

C'était ça qui le faisait rire : le fait d'être si près de la retraite, d'avoir réussi à tenir la noirceur à distance pendant toutes ces années, jusqu'à se faire muter à Carbonia, un village assurément plus paisible que Cagliari, où il ne se passait jamais rien, comme pour tromper sa vigilance afin qu'elle ne le retrouve jamais. Et pourtant…

— Et pourtant voilà où j'en suis, murmura-t-il.

Il entra dans la baignoire. L'eau brûlante lui coupa la respiration, mais au bout de quelques secondes il s'y habitua et se détendit, reposant sa tête sur le bord en céramique et étendant les jambes. Il ferma les yeux et la vit comme si elle était devant lui. *Dolores…* À son époque, à la section homicides, après quelques bières ou verres de vin, les vétérans ressortaient souvent l'histoire de *celui de trop* : ils soutenaient que dans la carrière d'un enquêteur il y a un seuil de morts à ne pas dépasser ; pour certains c'étaient dix, pour d'autres cent, pour les cœurs les plus accrochés deux cents, et c'était bien là le problème : ne pas savoir quel était le seuil au-delà duquel la noirceur vous étreignait pour vous emporter.

Pour Nieddu, *celui de trop* avait été le meurtre de Dolores. L'image de ce corps profané, tabassé et saigné comme une bête avait ouvert un gouffre en lui, qu'il n'avait pas réussi à refermer. Sa culpabilité de ne pas avoir été capable de la retrouver avant qu'elle n'affronte son destin funeste avait fait le reste. Melis avait gagné. Que ce soit lui qui l'ait tuée ou non, Maurizio ne s'en souciait plus. À l'annonce de la mort du gourou, il s'était senti comme vidé de toute signification : sa vie n'avait plus de sens après ce énième échec. Cette noirceur qui avait eu raison de son mariage, le poussant à exorciser cet abandon par des aventures insignifiantes et des beuveries animées avec ses amis, était venue le chercher, et cette fois Maurizio avait pris sa main sans réserve, s'était laissé attirer dans son royaume de ténèbres.

Il rouvrit les yeux et se sentit observé par toutes les photos de la jeune fille, qu'il avait disposées avec soin, éclairées par la lumière vacillante des bougies.

— Je suis sincèrement désolé, lui dit-il. J'espère que ce sera suffisant pour obtenir ton pardon.

Il tendit la main et prit la lame.

Quelques secondes plus tard, il ferma de nouveau les paupières. Il ne l'avait jamais révélé à personne, parce que ça aurait été un comble, mais le sang l'impressionnait. Le sien, surtout.

La chaleur de l'eau se fit plus intense, comme la sensation d'épuisement qui l'avait envahi depuis la découverte de la fille. Il fut libérateur de s'abandonner à l'obscurité.

Sa respiration se fit de plus en plus légère. Le battement de son cœur plus ténu. Ses pensées s'effilochèrent dans une brume aussi dense que les volutes de vapeur qui émanaient de la baignoire.

Ça y est, pensa-t-il dans un sursaut de lucidité.

Soudain lui revint à l'esprit un détail qu'il cherchait en vain dans sa mémoire depuis plusieurs jours. Quelque chose de tellement contre-nature que son esprit s'était refusé à le prendre en considération. Il essaya de se redresser pour s'asseoir, mais n'y parvint pas. Trop tard. L'eau était déjà complètement rouge.

97

Viale Poetto, Cagliari

— Tu habites vraiment ici ? lui demanda-t-il après avoir regardé autour de lui. On dirait une planque de fugitif.

Eva enleva son blouson et posa les mains sur ses hanches, un geste que Marco connaissait bien : il ne présageait rien de bon.

— Qu'est-ce que tu viens faire ici ?

— J'étais inquiet, dit-il, finissant d'un trait la bière qu'Eva lui avait passée.

Sans sa veste, elle paraissait encore plus maigre. Elle devait avoir perdu au moins deux kilos depuis leur dernière entrevue.

— Tu aurais pu répondre à au moins un de mes trois millions de coups de fil ou à la chiée de messages que je t'ai envoyés.

— Il me semblait avoir été assez claire, la dernière fois.

— La dernière fois, tu étais bourrée de cachets, alors sincèrement, je ne t'ai pas vraiment prise au sérieux.

— Et pourtant j'étais foutrement sérieuse.

Marco fixa les photos de Dolores accrochées au mur.

— Qui c'est, celle-là ? Ne me dis pas qu'ils t'ont remise à la section homicides.

— Aux affaires classées.

— Mais ils sont fous ou quoi ? Ils ne savent pas que…

— Écoute, tu étais inquiet, voilà, tu m'as vue. Je vais bien et je suis retournée travailler. La mutation ici ne peut que m'aider. Merci d'avoir pensé à moi : tu peux repartir, maintenant.

Marco aperçut la valise de Maya dans un coin.

— Et ça ?

— J'ai débarrassé la maison.

— Donc toutes tes affaires sont ici ? Dans ce trou ?

— Voilà. Si tu veux essayer de vendre l'appartement, je t'en prie. Appelle-moi quand tu seras décidé et que tu auras besoin de ma signature. Je te jure que je répondrai.

— On s'en fout de l'appartement. Je suis là pour *toi*, Eva.

Elle soupira. Elle était trop fatiguée pour discuter avec lui.

— J'ai tué une femme… On me l'a annoncé aujourd'hui. Un échange de coups de feu pour défendre une collègue. Ils étaient en train de l'opérer et elle est morte sur le billard. Crois-moi, je ne suis vraiment pas d'humeur à parler de nous.

— Je suis désolé.

— Moi aussi. Mais je m'en remettrai. On travaille sur une sale affaire et ça fait un bail que je ne dors plus. À part ça je vais bien, comme je t'ai dit.

— Eva, ne le prends pas mal, mais tu as vraiment une sale gueule. Alors épargne-moi ton baratin : tu ne vas pas bien, la rousse.

— Arrête de m'appeler comme ça, dit-elle en détachant l'étui accroché à sa ceinture. (Elle glissa le pistolet dans un tiroir et, sans se retourner, ajouta :) J'ai besoin de prendre une douche et de dormir quelques heures.

— Eva…

— Tu as raison, c'était salaud de ma part de t'ignorer et de ne pas répondre à tes appels. Je suis désolée, OK? Mais ça s'est passé comme ça, voilà. C'est un nouveau départ pour moi. J'en avais besoin.

— Personne ne te dit le contraire.

— Alors laisse-moi tranquille.

Marco acquiesça. Il sortit de la poche de sa veste un stylo et un bloc-notes. Il écrivit quelque chose dessus, déchira le papier et le laissa tomber sur le matelas.

— Voici le nom du chef de la branche régionale de la scientifique ici à Cagliari. C'est un ami proche, on a fait l'école de police ensemble. Si tu as besoin de quelque chose, n'importe quoi, adresse-toi à lui. Je ne connais personne d'autre dans le coin.

— Je n'ai besoin de personne.

— Oui, je m'en suis aperçu, dit-il, cinglant.

Sur le seuil, il se tourna vers elle.

— Maya était aussi ma fille, Eva… Peut-être que tu l'as oublié.

— …

— Et en tout cas, te teindre les cheveux pour ne pas penser à elle ne me paraît pas une bonne idée, tu sais? Tu te rends seulement encore plus pathétique que tu ne l'es déjà.

Elle secoua la tête et se tourna pour répliquer, mais il avait disparu.

98

Commissariat de sécurité publique, Carbonia

Paola Erriu avait cherché le commissaire Nieddu toute la matinée, en vain. Son téléphone sonnait dans le vide et personne, ni à Cagliari ni à Carbonia, n'avait eu de ses nouvelles depuis la veille au soir, nul ne savait où il s'était terré.

— Hé, salut. Des nouvelles de Nieddu ? Il a pointé le bout de son nez ? demanda-t-elle à l'une des assistantes administratives.

— Non Paola. Aujourd'hui on ne l'a pas vu du tout.

— OK, merci.

Mais il est où, putain ? se demanda Paola, commençant à s'inquiéter. Ces derniers jours, elle l'avait vu s'assombrir de plus en plus. Elle savait que son supérieur avait fait de Dolores une affaire personnelle et, quand on avait identifié le corps de la jeune fille au sanctuaire de Serri, quelque chose dans son regard s'était éteint à jamais.

— Désolée de te déranger encore, Assunta. S'il refait surface, bipe-moi ou dis-lui de m'appeler, s'il te plaît.

— Bien sûr.

Paola avait rendez-vous avec une des meilleures amies de Dolores ; grâce à l'analyse de l'ordinateur et du smartphone de la fille, on avait découvert qu'elles s'échangeaient de nombreuses confidences. Ils s'étaient mis d'accord avec Nieddu pour y aller ensemble mais, vu les circonstances, elle décida de se présenter seule. Par acquit de conscience, elle essaya à nouveau de l'appeler.

Rien à faire.

Quand elle tomba sur le répondeur, elle enregistra un énième message : "Bonjour commissaire. Je commence à m'inquiéter… Merci de m'appeler dès que vous pouvez. Je pars interroger notre témoin. À plus tard."

Le commissaire en chef Nieddu vivait seul depuis des années. Et s'il s'était senti mal ? songea-t-elle. Peut-être qu'il dort simplement à poings fermés. Et ça se comprend, vu les journées qu'il vient de passer… Arrête de t'en faire. Il t'appellera dès qu'il sera debout.

99

Branche régionale de la police scientifique, viale Buon Cammino, Cagliari

MARA RAIS TROUVA sa partenaire appuyée au parapet du belvédère du viale Buon Cammino, absorbée par le panorama de cette ville qui s'étendait à perte de vue.

— Croce, c'est pas pour m'acharner, mais aujourd'hui encore tu as l'air d'avoir dormi dans la niche du chien, la salua-t-elle, remarquant que la Milanaise avait carrément renoncé au trait de crayon noir autour des yeux.

Comme ça, sans maquillage, elle paraissait encore plus jeune, et Mara en éprouva un pincement de jalousie.

— Bonjour à toi aussi, Rais, répondit Eva en lui tendant un café acheté au kiosque d'à côté. Je vois que tu t'es déjà préparée pour le défilé de Victoria's Secret, la taquina-t-elle en avisant le fond de teint appliqué avec soin, la couche parfaite de mascara, le rouge à lèvres façon couverture de *Vogue* et le tailleur veste-pantalon de femme d'affaires.

— Qu'est-ce qu'on fait là ? demanda Mara, répandant dans l'air des effluves de Chanel n° 5.

Eva lui montra les sachets pour pièce à conviction contenant les cheveux de Nonnis et les gobelets de café récupérés dans son bureau.

— J'ai un piston avec le grand chef de la scientifique.

— Toi ? Tu as un piston avec… Tu te l'es tapé hier soir ? On ne peut pas te laisser seule une seconde, hein ?

— Ne commence pas avec tes conneries de bon matin, s'il te plaît.

Eva avait hésité jusqu'au dernier moment à s'adresser au contact fourni par Marco ; au bout du compte, pour le bien de l'enquête, elle avait mis son orgueil de côté, mais elle n'avait pas l'intention d'entrer dans les détails avec Rais.

Mara sourit et retira le couvercle de son café, dont elle sirota une gorgée.

— J'avais oublié que tu étais en plein cycle menstruel.

Eva secoua la tête avec un sourire amer.

— Tu es vraiment quelqu'un d'accommodant, hein ? Vraiment, tu sais mettre les gens à l'aise comme personne.

— Je suis flic, ne l'oublie pas.

— Alors comporte-toi comme telle. On y va.

— Et ton plan, c'est quoi ?

— Remettre les pièces à mon contact et obtenir un traitement prioritaire.

— Et dans l'hypothèse improbable où ils te l'accorderaient ?

— Ils ont trouvé trois ADN différents sous les ongles de Dolores. Une partie des caillots de sang appartenait à Melis et à l'autre connard que tu as retrouvé pendu, Curreli. Le troisième individu ne figure pas dans la base de données. Voyons si on réussit à exclure le professeur, pour commencer à réduire le champ.

— Ces échantillons, ils n'ont pas été prélevés de manière très lég…

— J'ai déjà parlé avec Mazzotta, ce matin, pendant que tu t'occupais de ta mise en plis. Elle nous a donné son feu vert.

— On en est là alors ? La course à qui arrive en premier au bureau ? Et d'abord, mise en plis, mon cul oui. Après avoir amené Sara à l'école, je suis passée voir Ilaria au Brotzu.

— Comment va-t-elle ?

— Elle est encore inconsciente. Ils ne m'ont même pas laissée l'approcher.

— Ça, c'était clairement une excellente idée de leur part, la chambra Eva.

— *Scimpra*, rétorqua Mara.

— J'imagine que ça signifie quelque chose de gentil à mon égard, pas vrai ?

— Mais oui. Très gentil.

100

Territoires des Ladu, Barbagia supérieure

Un vent furieux secouait les chênes verts secs, faisant pleuvoir des glands que les enfants allaient ramasser pour les donner à manger aux cochons. Les nuages orageux voilaient la campagne. Mais il n'était pas encore tombé une seule goutte de ce ciel de plomb. Près d'un an s'était écoulé depuis la dernière pluie. La nature, tel un ancien dont on bouleverse la routine, devenait folle. L'eau était un élément essentiel au cycle des saisons. Sans elle, tout partait à la dérive.

Bastianu descendit de la jeep et se dirigea à pied vers le village des Ladu. Les chiens le suivirent en aboyant. Un regard lui suffit pour les faire taire et les disperser. Il entra d'un pas décidé dans la masure de sa tante la plus âgée et la trouva dans la pièce humide, où reposaient les pâtons de pain au levain. Elle était assise dans un coin, entourée par les plus jeunes filles de la famille.

— Dehors, ordonna l'homme d'une voix puissante comme une décharge de chevrotine. Les autres femmes s'éclipsèrent.

— Comment vas-tu ? demanda-t-il d'une voix tremblante, en se mettant à genoux pour serrer ces mains si frêles entre les siennes.

Sa tante avait toujours été là, aussi loin que remontait sa mémoire. Il s'était accoutumé à l'idée de sa présence immuable au point de ne jamais avoir envisagé l'éventualité qu'elle puisse tomber malade ou même mourir ; dans les tréfonds de sa conscience, une part irrationnelle de lui croyait que tante Gonaria, la femme qui s'était substituée à sa mère, ne l'abandonnerait jamais, qu'elle lui survivrait. À cet instant, il prit conscience de toute sa fragilité et du caractère éphémère de la vie.

— Tu es parti du travail en avance pour moi ?

— Bien sûr.

Les yeux de la femme s'embuèrent.

— Il ne fallait pas, Bastianu.

— Ne dis pas ça, même pour plaisanter. Tu veux que je t'amène à l'hôpital ?

— À l'hôpital ? Moi ? dit la vieille avec un sourire caustique. (Elle secoua la tête.) Non, nous ne sommes pas faits pour les hôpitaux, chez les Ladu.

La maladie croupissait en elle depuis qui sait combien de temps ; or, ce matin-là seulement, elle avait vomi à quatre reprises des flots de sang noir. Quand on l'avait fait appeler, Bastianu avait abandonné son travail sur-le-champ et roulé comme un fou jusque chez lui.

— Je voudrais que tu consultes un médecin, ma tante.

— Non, rétorqua la femme d'un air décidé en s'emmitouflant dans son châle noir. Si je dois mourir, que ce soit dans ma maison, où je suis née et où j'ai grandi.

— Tu ne vas pas mourir, compris ?

— Non. Je ne peux pas. D'abord, je dois attendre d'accompagner Benignu.

Bastianu sourit.

— Je t'amène au lit, d'accord ?

La femme acquiesça. Son neveu était le seul homme qu'elle laissait la toucher.

Il la prit dans ses bras avec une extrême douceur, comme si elle était faite de cristal, et la porta dans sa chambre pour l'étendre délicatement sur le lit.

— Une plume pèse plus que toi, ma tante, dit-il en rabattant la couverture.

— Mon corps me trahit.

— Tu as seulement besoin de te reposer un peu.

— Mon père…

— Je m'occupe de *mannoi*. Je te le jure.

— Ne lui parle pas de Micheli…

— Bien sûr que non, sois tranquille. Maintenant, dors. Je t'envoie les filles, d'accord ?

La femme acquiesça. Bastianu posa ses lèvres sur son front et la borda comme une enfant.

Quand il ferma la porte, ses joues rugueuses étaient humides de larmes. Il les essuya du revers de la main et descendit. Il ordonna à ses cousines de prendre soin de Gonaria et sortit. Il traversa la cour où picoraient les poules et rejoignit la remise à bois. Il enleva sa veste et attrapa la cognée. Il commença à fendre le bois avec une violence inouïe. La lame fusait, tranchant les troncs d'autorité. Il épancha dans l'effort physique toute sa colère et son tourment de petit-fils et de père.

Plus tard, ses frères le trouvèrent dans la cabane à outils : il affûtait le fil des haches et des faux avec la pierre à aiguiser. Les étincelles crépitaient et s'éteignaient un instant plus tard, semblables à des étoiles filantes.

— Bastia' ! l'appelèrent-ils à grands cris.

Le géant lâcha la pédale qui actionnait la meule et se retourna.

— Vous l'avez trouvé ? demanda-t-il en épongeant sa sueur.

— Non. Pas encore.

L'homme hocha la tête après quelques secondes d'égarement.

— Il n'a pas pu aller bien loin. Continuez à le chercher et ramenez-le-moi au plus vite. Nous ne pouvons plus attendre.

Les Ladu acquiescèrent et le laissèrent se noyer seul dans son chagrin.

101

Carbonia

PAOLA ERRIU avait mis le paquet et l'amie de Dolores avait fini par parler : ce qu'elle lui avait raconté l'avait complètement déstabilisée.

Elle la remercia et, après avoir pris ses coordonnées pour valider son témoignage – que de toute façon elle avait enregistré sur son téléphone –, elle retourna à sa voiture.

Après cette révélation, elle avait besoin de parler à Nieddu le plus vite possible, parce qu'il était fort probable qu'ils aient commis une bévue phénoménale. Elle essaya de le rappeler, sans résultat.

Putain, mais qu'est-ce qui se passe ? s'inquiéta-t-elle.

Elle réessaya le commissariat. Sa ligne directe sonnait dans le vide, alors elle appela Assunta.

— Salut, Assunta, c'est moi. Des nouvelles du commissaire Nieddu ?

— Non, Paola. Il n'a pas fait signe, ni en personne, ni au téléphone, ni par message.

— OK. À plus tard.

Elle allait démarrer quand son portable se mit à vibrer.

— Putain, enfin, dit-elle en l'attrapant dans son sac.

Mais ce n'était pas ce à quoi elle s'attendait. C'était son avocat, avec lequel elle n'avait pas eu de contact depuis plus d'un an. Erriu plissa le front et répondit.

— Salut, Paola. Je tombe mal ? Tu as une minute ?

— Je… Oui, bien sûr. Dis-moi tout.

— Alors, ce matin j'ai reçu un mail certifié qui te concerne. On me l'a envoyé en tant que ton avocat, et il y a un notaire en copie.

— Ça vient du tribunal ?

— Non, non. C'est un testament olographe.

— Un testament ? Je n'ai perdu personne récemment.

— Un certain Maurizio Nieddu, résidant à Carbonia. En gros, il te lègue tous ses biens. Une maison, quelques terrains, de l'argent…

— …

— Paola ? Tu es là ?

— C'est mon chef, mais il n'est pas mort, répondit-elle abasourdie.

— Je ne sais pas quoi te dire. Je viens de tout transférer sur ta boîte mail. Il y a aussi une note personnelle qui t'est adressée.

— Qu'est-ce qu'elle dit ?

— Je cite texto : "Ne commets pas la même erreur que moi. Arrête ce travail pourri et profite de la vie." Rien d'autre. Qu'est-ce que tu veux que…

Paola Erriu raccrocha. Elle mit le contact, enclencha la première et démarra en faisant crisser les pneus, direction chez le commissaire.

Je t'en prie, chef, dis-moi que tu n'as pas fait ça, l'implora-t-elle.

102

Salle de crise, section homicides, questure de Cagliari

QUAND RAIS ET CROCE entrèrent dans la salle de crise, elles comprirent au pot-pourri d'une dizaine d'après-rasages différents, de transpiration, de nourriture rance et de café froid, d'air surchauffé et de fumée de cigarettes consumées en cachette que l'activité des enquêteurs de l'équipe spéciale s'était poursuivie toute la nuit.

— Quelle charmante odeur, commenta Mara.

Avec son habituel accent traînant, elle prononça quelques mots d'une voix forte dans ce dialecte incompréhensible. Manifestement, les collègues se sentirent touchés par ses paroles, parce qu'ils ouvrirent les fenêtres quelques secondes plus tard pour aérer.

— Je peux savoir ce que tu as dit ? demanda Eva.

— Non, c'est mieux que tu ne saches pas. Je voudrais garder le peu de dignité qui me reste, répondit-elle avec un sourire en coin.

Elles attendirent que Farci finisse de parler avec un des enquêteurs pour s'approcher.

— Voilà, dit Mara en lui tendant un paquet de feuilles.

Il s'agissait d'un résumé de l'enquête sur l'anthropologue que le commissaire avait demandé pour le transmettre aux hautes sphères.

— Excellent, jugea Farci après un rapide examen. Du nouveau ?

— Pour l'instant, rien de particulier. Mais on espère obtenir d'autres éléments dès cet après-midi auprès de la cybercriminalité et de la scientifique.

— On en a impérativement besoin, Croce, parce que je dois renoncer à une partie du personnel de l'équipe.

— Pourquoi ? demanda Mara.

— Un convoyeur de fonds a été braqué sur la 554. Un gros coup, du travail de pro. Un collègue qui n'était pas en service est intervenu : ils l'ont blessé et il a tué un des braqueurs. Les autres sont en cavale.

— Merde.

— De combien d'hommes va-t-on devoir se passer ?

— Au moins cinq ou six.

— Ça fait une sacrée coupe.

— Le vice-questeur aurait voulu plus d'agents encore, car de son point de vue l'affaire Murgia est bouclée.

— Moi, je ne m'inquiéterais pas trop. *Pagu genti, bona festa*, commenta Mara.

— C'est-à-dire ? fit Eva.

— Moins on est de fous, plus on rit, traduisit Farci. En gros, ça veut dire ça. Quand est-ce que vous voulez retourner à la charge avec le professeur ?

Eva s'apprêtait à répondre quand son portable se mit à vibrer dans la poche arrière de son jean.

— Excusez-moi, commissaire. C'est Paola Erriu.

— Je t'en prie, réponds.

— Salut Paola.

Rais et Farci virent l'inspectrice pâlir et balbutier quelques mots incompréhensibles.

— Hé, qu'est-ce qui se passe, putain ? demanda Mara.

Eva baissa l'appareil et, effarée, murmura :

— C'est Nieddu.

103

Carbonia

TOUTES LES AFFAIRES d'homicides ne sont pas identiques. Certaines te collent à la peau pour toujours. Tu les portes en toi comme des cicatrices. Au bout de quelques années, elles cessent de te faire mal et tu n'y prêtes plus attention. Elles deviennent une partie de toi. Le tissu cicatriciel s'atténue au point que tu finis par ignorer sa présence. Mais il suffit d'un détail, d'une odeur, d'un regard ou d'un mot pour réinfecter la plaie, pour rouvrir la boîte de Pandore que tous les enquêteurs ou presque gardent en eux, laissant libre cours à des souvenirs corrosifs et à une culpabilité aussi sournoise que des parasites intestinaux. Et peu importe le nombre de kilomètres, physiques ou psychologiques, que tu pourras mettre entre toi et l'affaire, cette dernière te retrouvera toujours, tel un esprit qui ne trouve pas la paix venu te tourmenter pour obtenir justice. Il fait la queue avec toi à la caisse du supermarché, t'observe dans la salle d'attente du médecin, rôde derrière ton dos lorsque tu dînes en famille. Il te hante, semblable à un amour que tu n'as pas eu le courage de vivre. La soif de vérité s'alanguit avec le temps, mais pas pour ces âmes condamnées à une nuit éternelle qu'il te revient tant bien que mal d'éclairer. C'est ton travail. Ou peut-être plus encore : c'est ce que tu es. Ce pour quoi il te semble être né. Ta mission. Ta condamnation. Et si tu cherches à les oublier, les esprits des victimes t'empêchent de dormir. Tu les devines au pied du lit. Ils murmurent tes fautes. Ils t'accusent d'avoir capitulé. À la longue, ils te conduisent à la folie, et tu ferais n'importe quoi pour les chasser. N'importe quoi.

Barrali connaissait très bien ce type d'obsession, parce qu'il vivait avec depuis plus de quarante ans. Observant le corps de son vieux collègue dans la baignoire inondée de sang, Moreno se demanda quelle avait été l'affaire qui avait contaminé Maurizio, le *péché originel*, comme il l'appelait : ce premier contact violent avec la noirceur qui marquait une rupture dans la vie d'un policier. Quoi qu'il en soit, le meurtre de Dolores devait avoir éveillé en Nieddu de mauvais souvenirs, des démons qu'il n'avait jamais réussi à terrasser. L'obscurité avait fini par avoir raison de lui.

Barrali se signa et retourna dans la cuisine, où Rais et Croce s'efforçaient de consoler Paola Erriu. La policière était dans un état de choc manifeste.

— Il a laissé un mot ? demanda Barrali à Croce.

L'inspectrice lui montra le message que Paola lui avait transmis par mail : *Ne commets pas la même erreur que moi. Arrête ce travail pourri et profite de la vie.*

Barrali hocha la tête d'un air sombre. Il posa la main sur l'épaule de la fille en larmes et lui murmura de tenir bon. Quand il sortit de la maison, les deux inspectrices le suivirent dehors.

— Tu avais déjà vu une chose pareille ?

— Pourquoi tu me demandes ça ? répondit Moreno en lançant un regard interrogateur à Mara.

— Parce que tu ne m'as pas l'air très surpris, Moreno. On dirait presque que tu t'y attendais.

À cet instant, elle aurait vendu un rein pour une cigarette, mais la promesse faite à sa fille eut raison de cette tentation.

— Une seule fois, répondit-il. Il y a des années de ça.

— Toutes ces photos de Dolores… C'est comme s'il avait cherché une expiation, dit Eva.

— C'est aussi mon sentiment, opina Barrali, jouant avec le pommeau de sa canne.

Il était en proie à une forte angoisse. Il avait la sensation que Maurizio n'était que le premier, parmi eux, à être envahi d'une telle brutalité. Et il savait aussi d'où provenait cette menace : du passé.

— Ne me prenez pas pour un fou, mais Nieddu était présent sur la scène de crime de 1986. Il a vu le résultat de ce meurtre-là, même s'il était très jeune.

— Qu'est-ce que tu veux dire ? demanda Mara.

— Que tout découle de là. Tout ce mal, toute cette angoisse viennent du passé. C'est comme si ces vieux dossiers avaient généré une entropie qui allait bouleverser l'équilibre des années à venir.

— Pardon, mais je ne te suis pas, intervint-elle.

— D'aucuns, de manière plus superficielle, diraient que c'est une malédiction, tenta d'expliquer Moreno. Moi je crois plutôt que l'homicide brise un équilibre vital, et que si cet équilibre n'est pas rétabli d'une manière ou d'une autre, le défaut de justice crée des ondes chaotiques qui se répercutent sur nos vies à tous : policiers et victimes. Le mal qui n'est pas cautérisé génère un mal nouveau, dans une spirale infinie.

OK, il est complètement à l'ouest, se dit Mara, hochant complaisamment la tête.

— Ne me regarde pas comme ça. Je n'ai pas perdu la tête. Et si tu crois que je me trompe, tu finiras malheureusement par repenser à ce que je t'ai dit, parce que Maurizio n'est que le premier, s'échauffa Barrali. Je vous attends dans la voiture.

Les deux inspectrices l'observèrent s'éloigner vers l'Alfa de Mara.

— Tu as entendu ? On a un philosophe avec nous. Un Nietzsche à la sauce sarde, commenta Mara.

Sa partenaire n'eut pas le courage de lui dire qu'elle partageait l'avis de Barrali. Elle sentait dans ses tripes la force négative engendrée par la mort de Dolores : comme un courant magnétique dont elle se sentait imprégnée.

— Nous avons perdu un allié précieux et un ami, dit-elle. Moi je suis d'avis qu'on se concentre là-dessus. Notre seul moyen de l'honorer, c'est de boucler cette affaire une bonne fois pour toutes.

— Là-dessus, il n'y a aucun doute, répondit Mara en observant les techniciens de la scientifique sortir de la maison et donner le feu vert aux employés de la police funéraire. D'abord Dolores, ensuite Deidda à l'hôpital, et maintenant Nieddu. L'addition commence à être salée.

Eva acquiesça. Au plus profond d'elle-même, elle revivait le récit de Moreno, depuis le premier homicide, celui de 1961.

Tout est parti de là, pensa-t-elle.

“Le mal qui n'est pas cautérisé génère un mal nouveau, dans une spirale infinie”, avait-il dit. Elle était on ne peut plus d'accord : s'ils voulaient arrêter le chaos qui avait fait irruption dans leur vie, il fallait apaiser le mal qui avait généré cette fracture. Et pour cela, elles devaient trouver le véritable assassin de Dolores Murgia.

104

Caffè degli Spiriti, bastion de Saint Rémy, Cagliari

DIRE QUE C'ÉTAIT la mort de Maya qui avait créé une fracture entre eux serait erroné. Quelque chose s'était déjà brisé à jamais quand les médecins avaient diagnostiqué la tumeur de la petite. Ostéosarcome de haut degré de malignité : une condamnation sans appel. Eva s'était aperçue que quelque chose n'allait pas quand Maya avait commencé à se réveiller avec des hématomes, des œdèmes et des boursouflures qu'elle et Marco n'arrivaient pas à expliquer : c'était comme si quelqu'un, durant la nuit, la frappait ou l'arrachait du lit pour la jeter au sol. Quand les médecins l'avaient examinée, il avait suffi à Eva de surprendre un seul de leurs regards pour sentir son âme se déchirer. Quelques jours plus tard, les douleurs avaient commencé. Des élancements lancinants, continus : "Comme si un chien me mordait les os", disait la fillette. À six ans, Maya avait subi sa première amputation et démarré un cycle de chimiothérapie. Quand le spécialiste lui avait montré les résultats de la scintigraphie osseuse et de la TEP, Eva avait pensé à la rose des sables, ce minéral façonné par le sable et le vent que l'on trouve dans les zones désertiques ; c'était comme si sa fille avait cet agrégat de cristaux à côté des poumons et dans d'autres parties du corps. Lorsque le pédiatre lui avait conseillé d'entamer un parcours de psycho-oncologie, Eva avait compris qu'il n'y avait aucun espoir de guérison.

C'est à ce moment-là que sa relation avec son mari avait sombré : Eva n'avait pas voulu accepter le destin funeste de la petite et avait continué à vivre dans le déni, farouchement cramponnée à l'espoir que Maya guérirait. Marco, lui, avait compris que refuser la véritable nature de la maladie et vivre dans cette bulle d'illusion aurait causé encore plus de dommages et de douleur, à la petite pour commencer.

Eva s'était mise en disponibilité au travail et l'avait accompagnée tout au long de ce calvaire, sans la laisser seule une seconde, développant une relation quasi obsessionnelle avec la petite. Huit mois après le diagnostic, les chirurgiens avaient été contraints d'amputer les deux jambes de Maya. Un jour, alors qu'il la prenait dans ses bras pour la déplacer du fauteuil au lit, Marco avait fondu en larmes devant sa fille. Eva l'avait fait sortir de l'appartement et lui avait littéralement tapé dessus, en lui intimant de ne plus jamais se montrer faible devant Maya s'il ne voulait pas qu'elle lui interdise de la voir ; ces mots avaient accru la distance entre eux. La Eva dont Marco était tombé amoureux et qu'il avait épousée n'existait plus, emportée par Eva la mère, ivre de douleur et de colère contre le monde entier.

Tandis qu'elle l'attendait au Caffè degli Spiriti, la terrasse panoramique la plus select de la ville, dominant tout Cagliari et son golfe du haut du bastion de Saint Rémy, Eva repensa à ces jours de totale affliction : sa réaction virulente émanait d'un profond sentiment de culpabilité. Si Maya était née avec cette maladie, la responsabilité lui revenait en partie, songeait Eva, c'était elle qui l'avait empoisonnée. Les douleurs étaient si vives que la petite avait développé une dépendance à l'oxycodone, un opiacé aussi puissant que la morphine. Les nuits étaient rythmées par ses cris et ses pleurs.

L'inspectrice ferma les yeux et se força à cesser de se torturer avec ces souvenirs.

— Tu m'as surpris, dit-il après quelques minutes, en s'asseyant à la table sous l'élégant pavillon. Je me serais attendu à tout sauf à ce que tu me cherches.

— J'ai été encore plus garce que d'habitude, hier, répondit Eva en haussant les épaules.

— Vive la sincérité, fit-il en souriant.

Il intercepta une serveuse et commanda la même chose qu'elle : dry Martini.

— Tu as appelé mon ami de la scientifique.

— Oui, mais je n'ai pas demandé à te voir pour ça.

— Ah non ?

Eva avala une gorgée et secoua légèrement la tête.

— Tu voulais me demander pardon ?

— Non, je ne suis pas encore arrivée à ce niveau de bonté.

Marco sourit.

— Alors je peux te demander ce qui t'a fait changer d'avis ?

— Un des enquêteurs avec qui je travaillais ici s'est suicidé la nuit dernière.

Marco arqua un sourcil.

— Attends une seconde : toi qui tires sur une femme, un collègue qui se suicide, les photos de cette fille morte sur ton mur… Qu'est-ce que c'est que ce bordel, Eva ?

— Je ne sais pas, mais ce n'est pas le sujet.

— C'est quoi alors ?

— La disparition de cette personne a remué beaucoup de choses, notamment nous concernant. Il y a plusieurs sujets que nous n'avons jamais abordés ou, plutôt, que *je* n'ai jamais abordés.

— Comme le fait que tu ne sois même pas venue à l'enterrement de ta fille ?

Eva s'attendait à cette estocade, mais elle n'avait pas anticipé que ça lui ferait aussi mal.

— Par exemple, se contenta-t-elle de répondre, le cœur en sang.

La serveuse apporta son cocktail à Marco. Il en profita pour payer et dit à sa femme qu'il préférait parler dans un endroit plus tranquille. Ils s'approchèrent des parapets du bastion et s'assirent sur un banc.

— Toutes les femmes du bar te dévoraient des yeux. Tu as bonne mine.

— Merci.

— Ne te fatigue pas à mentir. Je sais que tu ne peux pas me retourner le compliment : je suis bonne pour la casse. Sincèrement, je ne me soucie pas beaucoup de faire bonne impression.

— Je sais, mais il faut que tu ailles de l'avant, tu dois arrêter cette…

— Marco, je ne le dis pas pour te contredire ou te faire du mal, mais tu as beau être intelligent et avoir de l'intuition, tu ne peux pas entrer dans la tête d'une mère. Tu ne peux pas comprendre ce qu'on éprouve. Je sais très bien que Maya était aussi ta fille, mais moi je ne veux pas aller de l'avant. Pas toute seule, en tout cas. Dans le sens où, si je vais de l'avant, c'est avec elle. Avec son souvenir.

— Pourquoi tu t'es teint les cheveux, alors ?

— Une tentative ratée. Je pensais pouvoir me leurrer moi-même. Mais j'ai réalisé aussitôt que ça ne marchait pas comme ça, et je l'ai compris pendant ces quelques jours où, paradoxalement, je n'ai jamais été aussi proche de la mort.

— Je ne comprends pas.

— Je sais que tu ne comprends pas. Tu es un homme.

— On en est là ? Des blagues sexistes, carrément ?

— Je fais équipe avec une collègue particulièrement caustique. Elle doit m'avoir contaminée avec son caractère de merde.

Ils sourirent tous les deux et, pendant quelques minutes, sirotèrent leur verre en silence.

Vu qu'il ne trouvait pas le courage de le faire, ce fut Eva qui aborda le sujet. Mais de manière détournée :

— Tu vois quelqu'un ?

À l'expression de ses yeux, elle comprit que Marco s'apprêtait à lui débiter un mensonge, mais il se ravisa au dernier moment :

— Oui, je fréquente une femme.

Eva hocha la tête, sans animosité.

— Je suis contente pour toi. Crois-moi, je ne cherche pas à me poser en victime, je ne cherche à apitoyer ou impressionner personne avec mon deuil.

— Ça n'a jamais été la compétition à qui souffrait le plus, Eva, même si parfois tu as réussi à me donner cette impression.

— Je sais, et j'en suis désolée. Si tu arrives à refaire ta vie, eh bien, j'en suis réellement heureuse.

— Merci.

— Allez, dis-le-moi.

— Te dire quoi ?

— La raison pour laquelle tu es venu ici.

— C'est-à-dire ?

— Tu crois que je suis stupide ? C'est sûr qu'on a encore de l'affection l'un pour l'autre, et tu resteras toujours le père de ma fille. Mais notre relation s'est terminée il y a longtemps. Alors n'aie pas peur comme ça. Il suffit que tu me poses la question.

Marco ne réussit pas à soutenir le regard de sa femme plus d'une seconde.

— OK, admit-il avec un soupir.

105

Bastion de Saint Rémy, Cagliari

EVA LAISSA PASSER quelques secondes, puis elle lui demanda :

— C'est elle qui te l'a demandé, pas vrai ?

— Oui.

— Donc vous avez des intentions sérieuses.

— Oui, elle dit que… Que c'est le seul moyen pour que je tire un trait définitif sur…

— J'ai compris.

La différence abyssale qui faisait d'eux des quasi-étrangers désormais résidait précisément là : Marco voulait oublier, Eva, elle, ne le pourrait jamais. Elle s'aperçut que, au fond d'elle, elle avait toujours su que son insistance à la chercher, à rétablir le contact, n'était pas uniquement le fruit de la prévenance et de l'affection d'un mari. Peut-être était-ce pour cela qu'elle ne lui avait jamais répondu : pour ne pas rompre irrévocablement le cordon émotionnel qui les rattachait tous deux à Maya. Si lui aussi s'en allait, Eva se retrouverait complètement seule, coincée dans la spirale vertigineuse du deuil et de la solitude.

— J'aurais dû te laisser partir bien avant. J'ai vraiment été égoïste de te maintenir attaché à moi tout ce temps, même si c'était un lien… comment dire… platonique.

— Mais non, tu plaisantes, c'est juste que…

— Je sais que j'ai fait une erreur. Et je te demande pardon. Sache seulement que je l'ai fait parce que… Je n'étais pas encore prête à perdre toute la famille. J'avais besoin de temps. Je ne sais pas si tu peux me comprendre.

— Si, dit-il.

Mais Eva savait qu'il ne pourrait jamais la comprendre, pour une raison très simple : il ne le voulait pas. Il voulait simplement oublier et tourner la page.

— Tu as les papiers ici ?

Marco acquiesça d'un air embarrassé.

— Je… Enfin, ça ne…

— Ne t'inquiète pas. Dis-moi où je dois signer.

Il lui passa le formulaire de séparation à l'amiable et les autres documents pour le divorce accéléré.

— Tu m'inviteras au mariage ? demanda-t-elle une fois qu'elle eut tout signé.

Marco rougit et balbutia quelque chose.

— T'en fais pas. Je plaisante.

— Tu es vraiment devenue une garce. Elle te fait du mal, cette ville.

— Non, elle me sauve, au contraire. Écoute, je dois te dire quelque chose. Qui nous concerne nous, en tant que famille. Avant que tu prennes ce nouveau départ, il y a une chose qu'il faut que tu saches. Une chose qui te fera mal, probablement. C'est aussi pour ça que je me suis autant éloignée de toi.

Il la dévisagea d'un air affolé.

— Il s'agit de Maya.

106

Viale Poetto, Cagliari

PARFOIS, IL EST PLUS FACILE de se dire adieu avec un baiser qu'avec des mots. Croce méditait là-dessus en sortant de la douche. Après la révélation de ce secret qu'elle avait caché à son mari pendant plus de deux ans, elle s'était attendue à une réaction bien différente. Marco avait gardé le silence pendant quelques minutes, puis il lui avait simplement dit : "Merci".

Rien d'autre.

Cette réponse l'avait prise au dépourvu et, avec le soulagement d'être délestée de ce poids, les yeux d'Eva s'étaient mouillés de larmes, comme ceux de Marco.

Poussé peut-être par la conscience de ne pas réussir à exprimer par des mots ce qu'il voulait dire, Marco l'avait embrassée. Un baiser profond, mais à des années-lumière de ceux qu'ils échangeaient lors de leurs premières nuits de passion fiévreuse ; c'était quelque chose de plus intime, une façon de lui caresser l'âme et de lui faire comprendre à quel point – en tant qu'homme et en tant que père – il lui était reconnaissant de son sacrifice et de ce geste de courage et d'humanité. Puis il était parti, car toute parole aurait jeté un voile de vulgarité sur ce dernier moment passé ensemble.

Eva désembua le miroir et passa une main dans ses cheveux humides. Pour la première fois, elle se sentait en paix avec elle-même. La confession l'avait purifiée. Elle ferma les yeux et il lui sembla réentendre les mots qu'elle lui avait dits :

— J'avais vu dans tes yeux que tu n'aurais pas le courage de le faire, alors je ne te l'ai jamais demandé explicitement. Les médecins avaient annoncé que les derniers mois seraient les pires, qu'une fois parvenue au point culminant de la douleur, Maya n'aurait pas été capable de le supporter et qu'ils auraient dû la plonger dans le coma. Il allait sans doute falloir lui retirer d'autres morceaux d'os. Donc encore des opérations, encore des mutilations, encore des douleurs atroces… Je ne supportais plus de la voir souffrir comme ça. Anesthésiée, gonflée par la cortisone, ce n'était plus notre enfant. C'était seulement une âme en peine.

Elle avait réussi à ne pas pleurer pendant tout son récit.

— Une mère ne peut pas voir sa fille dans cet état. C'est inhumain, contre-nature. Précisément parce que j'étais sa mère, je devais mettre fin à cette agonie interminable… et c'est ce que j'ai fait.

— Comment ? avait balbutié Marco.

Elle lui avait dit et il avait acquiescé : elle était policière, après tout, elle savait comment ne pas laisser de traces.

— C'est pour ça que je ne suis pas venue à l'enterrement. Je lui avais donné la vie, mais je la lui avais aussi reprise. Je suis une meurtrière. Il ne pouvait pas y avoir de place pour moi dans cette église. J'espère qu'un jour tu pourras comprendre et que tu pourras me pardonner.

Elle n'avait pas vu l'ombre d'une accusation dans ses yeux.

— Marco, l'avait-elle secoué, s'attendant au pire.

Et lui, au contraire, l'avait simplement remerciée.

La vibration de son téléphone l'arracha à ces pensées. Elle jeta un œil, pensant que ça pouvait concerner l'enquête. C'était un message de Mara auquel était joint le selfie de groupe qu'elles avaient pris le soir de la capture de Melis, entourées de collègues souriants. Parmi eux, Nieddu et son demi-sourire.

Je n'arrête pas de le regarder, je n'arrive pas à croire qu'il ait vraiment fait ça, avait écrit Rais. Il faut qu'on boucle cette affaire. Pour lui aussi.

On va le faire, lui répondit Eva.

Elle continua à fixer la photo quelques secondes.

“Le mal qui n'est pas cautérisé génère un mal nouveau, dans une spirale infinie”, avait dit Barrali. Eva comprit que sa partenaire avait totalement raison : elles devaient résoudre l'affaire avant que d'autres innocents n'en subissent les conséquences.

107

Viale Poetto, Cagliari

Eva Croce avait assisté à la réunion matinale de l'équipe spéciale et pris des notes sur les derniers développements, puis elle s'était terrée dans la vieille salle des archives de la brigade mobile, "siège" de l'unité des crimes non élucidés. Elle avait besoin de solitude et de silence. L'idée était de réexaminer tous les éléments concernant le meurtre de Dolores, en partant de l'hypothèse selon laquelle le gourou de la Nuraxia n'était pas l'auteur des faits.

En entendant un bruit de pas dans les escaliers, elle jeta un œil à l'horloge : deux heures et demie passées. Le temps avait filé à toute allure. Elle pensa que c'était Rais qui revenait du laboratoire de la scientifique, mais non.

— Paola, s'exclama-t-elle, étonnée.

— Salut. Qu'est-ce que tu fiches dans ce trou ?

— Eh bien, je travaille ici, pour tout te dire. C'est là qu'on nous a flanquées, aux affaires classées.

— Maintenant je comprends pourquoi Rais est aussi à cran en permanence.

Erriu arriva à son niveau et, après un instant de gêne, les deux policières s'étreignirent.

— Comment vas-tu? demanda Eva, en l'observant: elle n'était pas du tout maquillée et avait les traits émaciés. Je ne m'attendais pas à te voir ici.

— Un peu mieux, mais encore sous le choc.

— J'imagine bien. Tu es venue parler avec Farci?

— Oui. Je lui ai demandé de pouvoir assister à l'autopsie. On ne s'attend clairement pas à autre chose que… Mais avec tout ce qui se passe ces temps-ci, on veut éliminer le moindre doute sur sa mort.

Eva acquiesça. Pour sa part, elle avait la certitude que Nieddu avait décidé d'en finir: la scène qu'il avait composée ne laissait aucune ambiguïté.

— Tu penses que c'est une bonne idée? Je veux dire, tu te sens prête à y assister?

— Je ne sais pas si je suis prête. Mais je sens que c'est quelque chose que je dois faire, pour lui.

Eva lui caressa un bras et hocha la tête.

— Je voulais aussi te dire en personne que si Trombetta confirme le suicide, je vais demander à me mettre en disponibilité et il est possible que je quitte le service. D'abord Dolores, maintenant Maurizio. C'est comme si je ne me sentais plus à la hauteur.

Eva était sur le point de lui demander pourquoi, mais se ravisa au dernier moment. Ce n'était pas à elle de juger des choix et des comportements de sa collègue, surtout en ces circonstances.

— Je comprends parfaitement. Moi aussi, même si c'était dans un contexte différent, je me suis mise en disponibilité. Parfois c'est le meilleur moyen pour savoir quel chemin prendre.

— C'est ça. Il y a aussi une autre raison pour laquelle j'ai voulu te voir en personne.

— Dis-moi.

— Tu dois m'excuser, mais j'étais complètement à côté de la plaque hier et ça m'est sorti de la tête.

— Mais tu plaisantes. Surtout ne t'en fais pas pour ça.

— J'espère que ce retard ne vous causera pas de problèmes, en tout cas…

Paola Erriu sortit de son sac un dossier et une clé USB et les lui remit.

— Tu avais raison pour Dolores.

Eva fut parcourue d'un frisson glacial.

— À propos de quoi ?

— Hier matin, j'ai interrogé une de ses amies les plus proches. Je n'y suis pas allée de main morte, et j'ai fini par réussir à la faire parler… Enfin bref, elle me l'a avoué.

— Tu veux dire…

— Oui. Dolores et le professeur avaient une liaison.

108

Bureaux de la brigade mobile, questure de Cagliari

Quand l'enregistrement audio finit de tourner, un silence de plomb s'abattit sur le bureau de Farci. Le commissaire secoua la tête d'un air incrédule et dévisagea les autres : les deux inspectrices, Aiello et Ferrari qui les aidaient sur les relevés téléphoniques et l'analyse des réseaux sociaux, et la magistrate Adele Mazzotta.

— Il me semble que c'est un élément aggravant pour le professeur, dit Farci. Nous savons tous que, statistiquement, la victime d'un homicide connaît presque toujours son agresseur. Là, nous avons carrément une relation intime. À ce stade, Nonnis coche toutes les cases du suspect idéal, non ?

Les autres acquiescèrent. Farci avait limité la réunion à eux six, car l'équipe spéciale travaillait encore sur la thèse officielle selon laquelle Melis serait le meurtrier : on avait donné cette information en pâture à la presse pour calmer les journalistes et l'opinion publique, à la demande des autorités.

— Surtout si on ajoute à ça tous les mensonges que lui et sa femme nous ont débités, renchérit Eva.

— Il y a autre chose, intervint Mara. À partir de la géolocalisation et du bornage du téléphone de Nonnis, les techniciens de la cybercriminalité ont établi que le soir précédant l'homicide, il se trouvait dans une zone très proche du mont Arci. (Mara passa la note à la magistrate.) Au bout d'un moment, le signal s'est perdu, mais pendant au moins trois quarts d'heure, sans doute plus, le professeur a gravité dans cette zone.

— Ensuite ? demanda Farci.

— Ensuite il s'est remis en mouvement. Avant de rentrer à Cagliari, il a fait halte dans la zone de Barumini, expliqua Mara.

— C'est loin ? demanda Eva.

— C'est loin mes couilles… Oups, pardon. Je voulais dire : non, justement. C'est à environ une heure de route, depuis le mont Arci. Il s'est arrêté entre Barumini et Gergei pendant encore une heure et puis il a éteint son portable. Il l'a rallumé à six heures du matin, et la triangulation des données indique qu'à cette heure-là il se trouvait déjà à Cagliari.

— Gergei est à une dizaine de minutes en voiture de Serri, dit Farci presque dans un soupir.

Les trois femmes échangèrent un regard satisfait : la piste qui conduisait à Nonnis se précisait de plus en plus.

— Je dirais que tout ceci est relativement ambigu par rapport à ce qu'il a raconté aux inspectrices, commenta Gioele Aiello.

— Une idée sur ce que le professeur faisait dans cette zone ? demanda Adele Mazzotta.

— Bah ça, je ne crois pas qu'il cueillait des asperges, à cette heure de la nuit, fit Mara.

— Rais ! la rabroua Farci, dont le visage prit une teinte violacée.

— Excusez-moi.

Eva croisa le regard de Mara, qui hocha la tête, comme pour lui donner son approbation.

— À partir de la reconstruction que nous avons établie sur la base des éléments en notre possession, nous pensons que la fille a été déplacée, dit Eva en s'adressant à Adele Mazzotta. Dans un premier temps, elle pourrait avoir participé aux rituels sur le mont Arci, où elle a très probablement subi les violences sexuelles de Melis et de ses adeptes, et puis elle a été emportée dans un autre endroit où elle est restée un jour, un jour et demi, période durant laquelle elle se trouvait dans un état végétatif, selon le rapport d'autopsie.

— Donc Nonnis pourrait être la personne qui l'a conduite du mont Arci à la zone de Gergei ? intervint Mazzotta.

Les deux policières acquiescèrent.

— Vous, qu'en dites-vous ? demanda la magistrate aux deux hommes qui avaient participé à l'enquête sur la vie virtuelle du professeur.

— Au vu des preuves rassemblées jusqu'à maintenant, on peut présumer qu'il a joué un rôle dans cet homicide. Je me hasarderais même à dire que cette présomption prend de plus en plus la forme d'une suspicion.

— Et qu'elle est en bonne voie de devenir une certitude, ajouta Mara. Parce que, d'après le compte rendu des deux agents qui surveillaient Nonnis, nous savons qu'hier le professeur a amené sa voiture au lavage. Un ménage de fond en comble de l'intérieur, avec, je cite le rapport, "assainissement des sièges et des moquettes".

— Ça, ça ne veut rien dire. Si c'était lui le coupable, il l'aurait lavée dès le lendemain matin, objecta Paolo Ferrari.

— Dans des circonstances normales, je te donnerais raison, enchaîna Mara. Mais, toujours aux dires des collègues, la voiture du prof "était déjà parfaitement propre avant qu'il l'apporte au lavage".

— Excès de zèle, commenta Eva. Après notre conversation avec sa femme, il s'est forcément douté de quelque chose. Ça l'a rendu nerveux et il a préféré ne pas prendre de risque et effacer toute trace qui lui aurait échappé la première fois. D'où le deuxième lavage.

— On n'exagère pas un peu avec les reconstructions fantaisistes ? ergota Farci.

— Non, je ne crois pas, intervint la magistrate. Cette reconstruction factuelle ne me semble pas dénuée de fondement.

Sur les lèvres de Mara se dessina un petit sourire sardonique et Eva lui donna "accidentellement" un coup de pied dans le mollet.

— J'ajouterais aussi qu'hier – grâce à la surveillance numérique – nous avons entendu les deux époux se disputer, déclara Aiello. La femme s'est montrée très préoccupée, mais Nonnis l'a fait taire de manière assez brusque et il ne s'est pas trahi. Là-dessus, ils ont éteint leurs téléphones et nous n'avons pas été en mesure d'écouter le reste. Mais la tension était à son comble, comme entre deux personnes qui cachent quelque chose.

— Intéressant, commenta la magistrate.

— Comment voulez-vous procéder ? demanda le commissaire.

— Si Valerio Nonnis a vraiment joué un rôle dans ce crime, il a beau être nerveux, Melis a été reconnu comme l'unique auteur des faits. Et sachant que la mort du gourou est maintenant de notoriété publique, je crois que le professeur se sent relativement à l'abri de nos soupçons.

Les autres acquiescèrent.

— Voilà comment je suggère de jouer la partie : exploitons au mieux cet avantage psychologique. Si nous l'arrêtons, Nonnis se fermera comme une huître et réclamera la présence d'un avocat. Convoquons-le plutôt en tant que personne informée sur les faits et enregistrons la conversation en prétextant qu'on ne peut pas s'amuser à consigner tout ce qu'il nous raconte. Les inspectrices, qui ont déjà eu l'occasion de parler avec lui, peuvent l'inviter à les suivre à la questure, sans aucune forme d'obligation. Pendant qu'elles l'auditionneront, je veux que vous fassiez perquisitionner sa maison et sa voiture. J'exige un examen rigoureux : je donnerai personnellement mes instructions à la scientifique.

Farci nota quelque chose sur une feuille et hocha la tête.

— Une fois que vous aurez accompagné Nonnis ici, poursuivit Mazzotta, Aiello et Ferrari pourront embarquer la femme du professeur et l'installer dans une autre pièce. Il est important que Nonnis ignore que nous interrogeons aussi son épouse, parce que j'ai cru comprendre en lisant votre rapport que nous avions affaire à quelqu'un qui présente, comment dire, un fort potentiel de collaboration, n'est-ce pas ?

— Oui, c'est une faible. Elle ne tiendra pas cinq minutes avec moi, confirma Rais.

— Bien. Moi j'observerai et j'écouterai, mais sans intervenir au départ. Faites-les parler, et dès qu'ils s'empêtrent dans leurs contradictions, vous les enfoncez. Dans cette première phase, nous avons besoin de preuves supplémentaires pour soutenir votre "récit". Avec un peu de métier, et si vous la jouez fine, ce seront eux qui vous les fourniront. C'est bon pour vous, commissaire ?

Farci acquiesça.

— Des questions ?

Personne ne répondit.

— Excellent. Alors au travail, dit la magistrate en se levant, mettant fin à la réunion.

109

Caserne du corps forestier, Orani

En voyant que c'était son portable personnel qui vibrait, Bastianu Ladu sortit du bureau et s'enferma dans les toilettes. Il ne répondit qu'après avoir ouvert le robinet du lavabo. Très peu de personnes avaient ce numéro. Et ses frères comme ses cousins savaient qu'ils ne devaient lui téléphoner qu'en cas de circonstances exceptionnelles.

Ils ont sûrement retrouvé Micheli, se dit-il.

— Allô ?

— C'est moi, dit Nereu, un de ses plus jeunes frères.

— Vous l'avez trouvé ? Où était-il ?

— Non, Bastia', je ne t'appelle pas pour ton fils…

— Et pour quoi, alors ? Tu sais que tu ne dois pas…

— Il s'agit de tante Gonaria.

— …

— C'est fini, Bastia'.

Cet homme gigantesque se sentit soudain comme un enfant. Sans défense et impuissant. Il dut s'asseoir sur la cuvette du W.C. pour encaisser le coup et ne pas s'effondrer par terre, en proie à un engourdissement physique presque total.

— Tu es là ?

— Oui, je suis là, dit-il d'un filet de voix au bout de quelques secondes, le cœur tambourinant dans sa poitrine. Ne la touchez pas et ne vous avisez pas de la déplacer. J'arrive.

Il raccrocha et essuya ses yeux humides de larmes. La culpabilité de ne pas avoir été à ses côtés quand elle expirait le mettait au supplice.

Sois un homme, s'intima-t-il en se mordant l'intérieur des joues jusqu'au sang. C'est à toi qu'il revient de maintenir l'unité de la famille. À n'importe quel prix.

Bastianu Ladu cracha le sang dans le lavabo et aspergea d'eau son visage, qui reprit en quelques secondes son apparence granitique habituelle.

110

Quartier de Genneruxi, Cagliari

— Tu sais qu'on est sérieusement dans la merde si on s'est trompées, pas vrai ? dit Rais, en observant la maison de Nonnis par la vitre.

Elle éteignit le moteur mais ne descendit pas de voiture. Elle tapotait le volant avec ses ongles au vernis semi-permanent d'un rouge intense. Encore quelques secondes de ce *tic-tac* et Croce les lui aurait arrachés un à un.

— On ne s'est pas trompées, dit-elle froidement.

— Pour l'occasion, tu ne pouvais pas choisir une tenue un peu plus adulte et un peu moins ado métalleuse ?

— Tu ne vas pas recommencer avec ça. Chaque fois que tu n'es pas sûre de toi, tu t'attaques à moi, je commence à te connaître… Tu es prête ?

— Voilà les agents en renfort. Et si les Nonnis font des difficultés et qu'ils ne veulent pas nous suivre à la questure ? demanda Rais.

— On fait comme a dit Mazzotta : on l'arrête lui, et elle, on l'embarque sous un prétexte quelconque pour la cuisiner. Qu'est-ce qu'il y a ? Tu es nerveuse, Rais ?

— Un peu. Je pense à Nieddu et à Deidda. Je me sens responsable…

— Ne pense pas à eux. Pense à Dolores et à ce qu'ils lui ont fait.

Pendant un instant, Rais baissa ses paupières et son esprit fut envahi par les images du corps au puits sacré de Serri et par les photos du dossier de l'autopsie. Elle songea à la mère de cette pauvre fille et pensa à ce qu'elle aurait ressenti si sa fille s'était trouvée à la place de Dolores.

Quand elle les rouvrit, ses yeux étaient deux éclats de glace.

— OK. Pour Dolores, dit-elle.

— Pour Dolores, répéta Croce.

Les deux inspectrices descendirent de la voiture banalisée et traversèrent la rue. Elles étaient sur le point de sonner chez Nonnis quand, derrière la porte, elles entendirent d'abord un sanglot puis un cri de femme. Elles distinguèrent nettement la voix de Rita Masia qui s'exclamait :

— Maintenant ça suffit, tu dois leur raconter la vérité !

— Putain, qu'est-ce que…, articula Rais, portant sa main droite à l'étui de son Beretta.

Croce colla l'oreille à la porte. Elle perçut le claquement étouffé d'une gifle et le bruit strident du verre volant en éclat.

— On y va, dit-elle à sa partenaire.

Elles empoignèrent leur arme et firent signe à leurs collègues postés de l'autre côté de la rue de les rejoindre.

— Merde, murmura Croce, terrorisée à l'idée de devoir recourir de nouveau à la violence.

III

Quartier de Genneruxi, Cagliari

Quand, au bout d'une minute de cris et d'imprécations de la part des policiers, Valerio Nonnis finit par ouvrir la porte, il se trouva nez à nez avec le canon de quatre pistolets braqués sur lui.

— Mains sur la tête, deux pas en arrière et à genoux ! cria Mara.

Le professeur, pris de court, la dévisagea d'un air hébété comme s'il ne comprenait rien à la situation. Dès qu'il essaya de balbutier un mot, les deux hommes bondirent et le plaquèrent au sol. Ils lui passèrent les menottes sans ménagement, en lui plantant un genou sur la colonne vertébrale et en pressant le canon du Beretta contre sa nuque.

Impossible d'ignorer que la maison avait été mise sens dessus dessous. Ils avisèrent la femme de Nonnis et Mara accourut à son secours tandis qu'Eva, pistolet au poing, explorait la maison pour vérifier qu'il n'y avait personne d'autre.

— Personne, dit-elle en revenant dans le salon. Comment va-t-elle ?

Mara lui montra le visage tuméfié de Rita Masia. À en juger par l'ecchymose qui se formait, Nonnis devait lui avoir asséné une gifle assez violente.

— Ce n'est rien. Il ne m'a rien fait, continuait de répéter la femme, en état de choc manifeste.

— Où sont vos enfants ? demanda Eva.

— Madame ? insista sa coéquipière, en claquant des doigts devant ses yeux. Où sont vos enfants ?

— Chez ma mère.

— Relevez-le, ordonna Eva.

Elle vit Mara se diriger vers le professeur avec un air belliqueux et l'arrêta en la saisissant par le bras.

— Du calme. On a une mission à mener à bien, n'oublie pas, murmura-t-elle.

Mara soupira et "invita" Nonnis à s'asseoir sur le canapé.

— Gardez-le à l'œil, intima-t-elle aux deux agents.

— Je peux tout expliquer… Ce n'est pas ce que…

— La ferme, fit Mara.

Elles emmenèrent Rita dans la cuisine et fermèrent la porte derrière elles. Eva ouvrit le congélateur, prit des glaçons et les mit dans le premier sac plastique qu'elle trouva avant de les tendre à la femme, qui tamponna sa blessure avec, plissant le front sous l'effet de la douleur et du froid.

— Vous avez besoin d'une ambulance ? Vous voulez voir un médecin ? lui demanda Eva.

— Non, non… Je vais bien… Libérez Valerio, je ne veux pas porter plainte, ce n'était rien du tout…

Les deux policières échangèrent un regard lourd de sens. Elles n'auraient pas la moindre hésitation à exploiter cet épisode de violence conjugale pour faire craquer la femme. Mais avant cela, il y avait autre chose qui les avait alarmées et qu'elles voulaient tirer au clair : la maison était toute retournée, comme si elle avait fait l'objet d'une perquisition approfondie, mais par qui ? Et pourquoi ?

— On s'occupera de votre mari plus tard : d'abord, vous pouvez nous dire ce qui s'est passé ici ?

— Madame ! la tança Mara, fatiguée de son aphasie.

— Je… Je ne… Un cambriolage… On a tenté de nous voler, mais…

Rita fondit en larmes.

Mara, elle, éclata de rire.

— Madame, mais vous vous foutez de qui, là ? Vous me faites perdre patience et, croyez-moi, ni vous ni votre mari n'êtes en position de vous le permettre. Qu'est-ce qui s'est passé, bordel ?

Mara avait choisi son rôle dans l'interrogatoire. Eva se glissa donc dans le sien.

— Rais, calme-toi un peu. Viens, on va parler une seconde, dit-elle en la prenant par le bras et en la conduisant dans le salon.

Elle envoya un des hommes surveiller Rita Masia.

— Vous êtes calmé ? demanda Mara à Nonnis.

Il acquiesça.

— Vous voulez bien nous dire ce qui est arrivé à votre maison, professeur ? demanda Eva d'un ton plus aimable que celui de sa partenaire.

— Nous avons subi un…

— Non, non. On s'est peut-être mal exprimées, intervint Mara en fléchissant sur ses genoux. (Ses lèvres dessinaient un sourire satanique.) Maintenant, on oublie les salades que vous avez inventées, Nonnis. Nous étions venues ici pour discuter avec vous et vous demander de jeter un œil à quelques photos, mais nous venons d'assister à une agression. Coups et blessures, violence conjugale : on ajoute vite fait bien fait deux ou trois autres chefs d'accusation, en plus de l'outrage à agent dans l'exercice de ses fonctions, non ? Vous avez envie de faire un petit semestre à la prison d'Uta pour enseigner l'anthropologie ?

Durant cette phase, il était important de continuer à le vouvoyer : elles passeraient au tutoiement au moment le plus opportun, quand elles l'auraient conduit au point de rupture. Au départ, il était plus judicieux pour l'interrogatoire de lui donner l'illusion d'être sur un pied d'égalité avec elles.

— Professeur, vous nous avez menti la dernière fois que nous nous sommes vus, dit Eva, la voix empreinte de déception. Vous voulez vraiment continuer à vous moquer de nous ?

— Je… Non…

Il n'avait même pas le courage de les regarder en face. Et maintenant qu'elles le voyaient sans écharpe, elles reconnurent les marques sur son cou : des griffures d'ongles. Aucun doute là-dessus. Un autre élément qui venait corroborer leur thèse, auquel s'ajoutait son comportement violent avec sa femme. Nonnis avait visiblement des difficultés à maîtriser sa colère et, au vu de l'état du corps de Dolores, la personne qui l'avait tuée avait clairement perdu le contrôle, en proie à un furieux accès de rage.

— Alors ? demanda Mara d'un ton brutal.

Si elle se chargeait des menaces et brusqueries, il revenait à Eva de lui inspirer un sentiment de confiance et d'ouverture.

— Et si on faisait une chose, professeur ? D'abord et avant tout, on va enlever ces menottes.

— Quoi ? Tu as perdu la tête ? s'opposa Mara, parfaitement dans son rôle de méchante flic.

Eva se chargea elle-même de libérer les poignets de l'homme.

— C'est mieux ? demanda-t-elle en lui donnant une tape sur l'épaule.

— Beaucoup mieux, répondit-il.

— Bien. Revenons à nous. Que diriez-vous d'aller en parler au bureau ? Comme ça vous nous expliquerez tranquillement ce qui se passe ?

— Je… Ma femme. Elle va bien ? Je voudrais la voir, d'abord.

— Quoi, vous voulez finir le travail ? le railla Mara.

— Non, grands dieux, non ! Je veux juste m'assurer…

— Certainement, certainement…, fit Mara en allant chercher Rita.

— C'est vous qui avez mis la maison dans cet état ? demanda Eva.

— Quoi ? Non, absolument pas.

La policière hocha la tête. Les époux cachaient quelque chose. Ou quelqu'un.

— Valerio !

Les deux inspectrices laissèrent mari et femme s'étreindre comme si la dispute advenue un instant plus tôt n'avait été qu'une parenthèse insignifiante qu'ils avaient déjà reléguée derrière eux.

— Votre femme est tombée et s'est fait mal à la tête. Nous préférons ne pas prendre de risque et l'accompagner aux urgences, par simple précaution, expliqua Eva.

— Quoi ? Je ne…, protesta la femme.

— Vous avez quelque chose à objecter ? demanda Mara en se tournant vers Nonnis, comme pour le défier du regard.

— Je… Non, bien sûr que non. Vas-y, chérie. Il vaut mieux vérifier, on ne sait jamais.

— Mais toi ?

— Ne t'inquiète pas. Tout va bien se passer. Va faire tes examens et, encore une fois, je suis désolé.

— On y va ? Plus vite on aura tiré ça au clair, plus vite vous pourrez rentrer chez vous, mentit Eva.

Nonnis acquiesça.

— Les gars, vous pouvez nous déposer, avec le professeur ? demanda Eva.

— Bien sûr, inspectrice.

Pendant qu'ils sortaient, Eva adressa un clin d'œil discret à sa partenaire.

— Qu'est-ce que vous diriez d'enfiler une veste ou quelque chose de plus chaud ? proposa Mara à la femme.

Cette dernière acquiesça et Mara l'accompagna chercher un manteau. Quand elles revinrent, Gioele Aiello et Paolo Ferrari entraient dans la maison, leurs insignes bien en vue sur la poitrine.

— Qui…

— Ce sont des collègues à nous. Ils vont surveiller la maison jusqu'à votre retour, expliqua Mara. Vous n'y voyez pas d'inconvénient ?

— Non.

Tant pis pour toi, pensa Mara.

— On est d'accord ? demanda-t-elle à ses deux collègues, qui acquiescèrent.

C'étaient eux qui allaient attendre les techniciens de la scientifique, mais ça, Rita Masia n'était pas censée le savoir.

— Parfait. Moi j'accompagne madame à l'hôpital. À plus tard.

Mara ouvrit la portière de sa voiture et invita la femme à s'asseoir. Elle s'installa à son tour, démarra et quitta le quartier.

— Mais… À quel hôpital allons-nous ? demanda Rita au bout d'une dizaine de minutes, remarquant que l'inspectrice roulait dans la direction opposée au Brotzu, la structure la plus proche.

— J'ai changé d'avis, madame. Si on va aux urgences à cette heure-ci pour une simple égratignure, on n'est pas sorties avant demain matin. Au bureau, nous avons la fine fleur des médecins qui pourront regarder ça en moins de temps qu'il n'en faut pour le dire, l'assura Mara, le sourire aux lèvres. À moins que vous vouliez quand même aller à l'hôpital ?

— Je… Non, ça va.

— Formidable, dit Mara.

Elle ne prononça plus un mot du trajet ; cela aussi faisait partie de sa stratégie. Elle savait qu'à cet instant la femme se torturait avec mille questions, qui avaient pour seul effet d'aggraver son état d'anxiété. Mara ne pouvait pas demander mieux.

TROISIÈME PARTIE

*TERRA MALA**

Des visages anciens reparaissent parmi ceux que je vois autour de moi : des gens qui ont disparu de la terre et du souvenir, qui se sont dissous dans le néant, et qui, subitement, se reproduisent sans s'en douter dans la suite des générations, dans quelque éternité de l'espèce dont on ne comprend pas si elle est le triomphe de la vie ou le triomphe de la mort.

SALVATORE SATTA, *Le jour du jugement*

* Terre mauvaise.

112

Bureaux de la brigade mobile, questure de Cagliari

On donna l'illusion au professeur que cette convocation consistait réellement à solliciter sa collaboration en le laissant une heure dans une pièce à parcourir des photos des adeptes de la Nuraxia à la recherche de visages qui lui seraient familiers. Pendant ce temps, sa femme fut conduite dans une autre salle où un médecin l'examina et soigna son ecchymose au visage ; les deux inspectrices avaient demandé à la praticienne de rassurer Rita et de la mettre à l'aise en lui donnant l'impression que le pire était derrière elle et qu'elle allait bientôt rentrer à la maison avec son mari. Foutaises. Ce soir-là, personne n'irait nulle part.

Une fois Farci et Mazzotta informés des derniers développements de l'affaire, cette dernière avait signé un mandat de perquisition et de séquestre d'éventuelles preuves et pièces à conviction qui valait aussi pour le bureau de l'enseignant : Aiello s'était rendu à l'université avec deux techniciens de la scientifique, tandis que Ferrari continuait de passer la maison au peigne fin avec une équipe plus importante chargée également d'examiner la voiture de Nonnis.

Ce dernier était le plus fort des deux psychologiquement : Croce, Rais et Mazzotta mirent au point une ligne d'interrogatoire "en douceur" destinée à lui faire baisser la garde. L'idée était de le ménager et de gagner du temps jusqu'à ce que leurs collègues trouvent – dans la maison, la voiture ou le bureau – des éléments irréfutables pour prononcer la mise en accusation officielle. Eva étant celle qui avait établi une relation de confiance avec le suspect, c'était à elle qu'incomberait la tâche de l'interroger.

— Il est important que vous le fassiez seule, afin de ne pas lui donner l'impression d'être mis en examen, dit Mazzotta.

— Aucun problème.

— Vous, en revanche, vous devez adopter une stratégie diamétralement opposée, suggéra la magistrate à Mara.

— Je dois lui chauffer le cul.

— Je l'aurais formulé différemment, mais oui, c'est l'idée, répondit Mazzotta sans parvenir à réprimer un sourire. Le commissaire Farci et moi-même observerons et écouterons tout, de manière à pouvoir intervenir en cas de besoin. Nous pouvons commencer ?

Les inspectrices acquiescèrent et ouvrirent la danse.

113

Salle d'interrogatoire n° 1 de la brigade mobile, questure de Cagliari

— NOUS Y VOICI, dit Eva en entrant dans la pièce tout essoufflée. Elle portait sous le bras un épais dossier, dans les mains un café fumant et une bouteille d'eau de deux litres avec deux gobelets en plastique.

— Tenez, voici pour vous. J'ai pensé que vous en auriez besoin, dit-elle en lui tendant la tasse en polystyrène.

— Merci beaucoup. Bien aimable, répondit Nonnis.

— C'est tout naturel. Vous avez trouvé quelque chose ? dit-elle en enlevant son blouson en cuir pour le poser sur sa chaise.

Elle avait demandé à Farci d'augmenter la température de la pièce de quelques degrés toutes les demi-heures : un vieux truc de flic.

L'homme avait mis de côté une douzaine de photos avec les fiches d'information sur les individus concernés.

— Ces photos-là. Il s'agit pour l'essentiel de personnes qu'il m'est arrivé de croiser lors de colloques ou de soirées de lancement de livres. Des événements liés à l'archéologie ou à l'anthropologie sarde. Dès qu'on effleurait le moindre sujet ésotérique au cours d'une conférence, ces gens-là poussaient comme des champignons, dit-il avec une pointe de dégoût dans la voix.

— Excellent, commenta Eva en ouvrant un calepin et en faisant mine de consigner quelques éléments. J'ai eu ma collègue : votre femme va bien, il n'y a aucune complication liée à sa "chute". D'ici une heure elle sera rentrée chez vous.

Nonnis hocha la tête. Son visage trahissait l'angoisse et le malaise. On voyait qu'une montagne de questions lui brûlaient les lèvres, mais il eut le bon sens de les garder pour lui.

Tandis qu'elle lui versait un généreux verre d'eau, Eva déclara qu'il était nécessaire de repartir du bon pied.

— Nous sommes venues vous trouver parce que nous avons lu les rapports d'enquête de l'inspecteur Barrali, dans lesquels il loue vos compétences sur le sujet. Nous avions l'intention de vous proposer officiellement un rôle de consultant sur l'aspect, comment dire, *cultuel* de l'homicide de Dolores Murgia.

L'homme but une gorgée de café et hocha la tête.

— Nous ne nous attendions pas à tomber au milieu d'une dispute conjugale, pour être tout à fait honnête.

Aucune réaction.

— Nous n'avons pas grand intérêt à signaler le délit de violence domestique au magistrat, à moins que votre femme souhaite porter plainte, mais il me semble avoir compris qu'elle n'en fera rien. Ma collègue et moi cherchons à boucler cette affaire d'homicide en bétonnant tous les éléments à charge contre Melis, et nous sommes assez pressées, pour être franche. Si nous pouvions éviter de perdre du temps avec un tas de paperasse… Dans l'hypothèse où vous décideriez de nous donner un coup de main, disons qu'il pourrait être envisageable de convaincre mes collègues que votre femme est simplement tombée.

— D'accord.

— Attendez. Si nous voulons procéder de cette manière, je préfère être claire tout de suite : on arrête les mensonges. Si je m'aperçois que vous me menez en bateau, le marché ne tient plus, j'appelle le magistrat et je fais ouvrir un dossier pour coups et blessures dans la sphère familiale.

— Ce ne sera pas nécessaire. Je serai honnête avec vous.

— OK. Autre chose : comme vous le voyez, je suis seule et, théoriquement, je dois consigner notre entretien par écrit afin de pouvoir le joindre à ma note au magistrat sur le dossier de Melis. Ça vous ennuie si on s'enlève cette épine du pied en enregistrant notre conversation, histoire de gagner du temps et de pouvoir tous les deux rentrer chez nous avant le dîner ?

Eva avait adopté un ton familier, nullement inquisiteur, et Nonnis ne se sentit pas menacé par ses propos.

— Très bien. Aucun problème pour moi, répondit-il.

— Pour des questions de respect de la vie privée, je dois vous demander de signer ce formulaire par lequel vous autorisez l'enregistrement. Je vous informe en outre que vous êtes là en qualité de personne informée sur les faits, étant donné que vous connaissez le coupable présumé de l'homicide, Roberto Melis. Confirmez-vous que vous le connaissez personnellement ?

— Oui.

— Si nous vous demandions de témoigner au tribunal pour apporter du crédit à la piste du meurtre rituel et aux liens entre ces rites et la Nuraxia, vous seriez d'accord ?

— Certainement.

— Formidable. Vous pouvez demander la présence d'un avocat, si cela vous tranquillise.

L'homme était assez malin pour comprendre que recourir à un avocat aurait trahi sa réticence à s'entretenir avec elle ;

réticence que la policière aurait pu interpréter de manière négative, comme une sorte d'aveu de culpabilité.

— Non, je n'ai pas besoin d'un avocat.

En réalité, les caméras et les micros de surveillance étaient déjà en marche, mais il n'avait pas conscience d'être enregistré depuis qu'il avait mis les pieds dans la salle, plus d'une heure auparavant.

Eva actionna l'enregistreur vocal, s'identifia, énonça l'heure et le lieu de l'audition, invita le professeur à décliner son identité et lui demanda de nouveau s'il souhaitait être assisté d'un avocat de confiance où recourir à l'aide juridictionnelle. Nonnis répondit que non et signa le document où il refusait l'assistance judiciaire.

En son for intérieur, Eva exultait : l'imbécile s'était tiré une balle dans le pied.

— J'oubliais, reprit l'inspectrice. Vous avez dit tout à l'heure que vous et votre femme aviez subi une violation de domicile. Avez-vous l'intention de porter plainte ?

— Ça servirait à quelque chose ?

— Sincèrement ? À moins que vous sachiez de qui il s'agit ou que vous nourrissiez de forts soupçons à l'égard de quelqu'un, je dirais que non.

Il avait été convenu que ce serait Rais qui s'occuperait de découvrir – par l'intermédiaire de Rita Masia – ce qui s'était passé dans leur maison ; elles s'étaient partagé les sujets à aborder avec leur suspect respectif, en prévoyant une pause au bout d'une heure pour échanger les informations obtenues.

— Alors non. Ou du moins, laissez-moi le temps d'en reparler avec mon épouse, et nous déciderons quoi faire.

— Bien sûr, bien sûr. Une dernière chose encore et puis nous pourrons démarrer. Vous me confirmez n'avoir eu aucun contact avec la presse au sujet du meurtre de Dolores Murgia ?

— Absolument aucun.

— Personne ne s'est manifesté auprès de vous ?

— Non.

— Excellent, dit Eva, apparemment soulagée. Entre vous et moi, les médias nous en font sérieusement baver et nous souhaitons boucler cette histoire une bonne fois pour toutes.

Exprimer une forme de complicité, mettre le suspect de son côté, lui donner l'impression de faire partie de l'équipe des "gentils" : Croce savait mener un interrogatoire.

— Reparlez-moi de Roberto Melis. Quand vous l'avez rencontré pour la première fois et ainsi de suite.

Elle le laissa parler pendant quarante minutes, sans jamais l'interrompre, même quand il faisait des digressions qui n'avaient pas grand-chose à voir avec l'affaire ni avec Melis ; elle se montra intéressée, lui donnant l'impression d'être suspendue à ses lèvres. Dès qu'elle sentit que le professeur avait baissé la garde – et dès qu'il eut terminé le double café en ayant bu au passage au moins un litre d'eau, vu qu'elle s'était empressée de remplir méthodiquement son gobelet –, elle tira une série de photos du dossier et les lui montra.

Elles représentaient le corps nu de l'homme que Rais avait trouvé pendu à Serramanna, sans masque.

— Voici Ivan Curreli… Vous le connaissez ?

Ce brusque retour à la réalité déboussola Nonnis, qui devint livide.

Mais Eva ne faisait que commencer.

Elle ne lui donna pas le temps de répondre et le pressa avec une nouvelle question :

— Dites-moi, votre femme est-elle au courant que vous avez entretenu une liaison d'environ un an et demi avec Dolores Murgia ?

114

Salle d'interrogatoire n° 2 de la brigade mobile, questure de Cagliari

MARA AVAIT UTILISÉ le même truc que sa collègue en faisant signer à la femme une autorisation par laquelle elle consentait à l'enregistrement de l'entretien et renonçait à la présence d'un avocat. À la différence d'Eva, en revanche, elle n'avait pas amadoué son témoin, mais l'avait menacée en lui disant que si elle ne collaborait pas, son mari finirait sous les verrous pour agression.

Après les questions préliminaires d'usage pour prendre le rythme, Mara lança la première bombe.

— Votre mari a déclaré avoir passé la nuit du 31 octobre au 1er novembre à la maison, avec vous et vos enfants. Vous confirmez? demanda-t-elle négligemment, comme s'il s'agissait d'une simple formalité qu'elle avait besoin de consigner noir sur blanc.

— Oui.

— Vous vous êtes couchés ensemble et il a passé toute la nuit chez vous?

— C'est exact, répondit Rita Masia, tombant dans le piège de l'inspectrice.

Pendant les premières offensives verbales de la policière, la femme s'était mordu une cuticule jusqu'au sang. À présent, elle suçait son pouce comme une enfant.

Mara songea que même sa fille de huit ans aurait été capable de faire céder ses défenses.

— Excellent. Donc vous étiez ensemble. (Mara sourit et secoua la tête.) Alors pouvez-vous m'expliquer pourquoi la géolocalisation du portable de votre mari le situe dans la zone du mont Arci d'abord, puis dans celle de Gergei quelques heures plus tard, cette nuit-là ? demanda-t-elle, caustique, en lui montrant le rapport des experts en communication et cybercriminalité.

Rita blêmit et balbutia quelque chose d'inintelligible.

Rais la travailla au corps avec une autre photo :

— C'est bien votre voiture ?

La photo semblait prise du haut d'un pont suspendu.

Rita ne put qu'opiner.

— Le témoin a acquiescé à ma question, récita l'inspectrice à destination de l'enregistreur vocal. Eh bien, il est étrange que votre mari ait été avec vous cette nuit-là, madame, parce que cette photo a été prise par la police de la route autour de 23 h 30, sur la 131. Votre mari roulait à toute vitesse… Que pouvez-vous me raconter là-dessus ? Il a le don d'ubiquité ?

À la différence de la déclaration de Nonnis, inventée de toutes pièces, les photos de la police de la route étaient bien réelles : Farci les lui avait remises juste avant qu'elle rentre dans la salle.

La femme était dans un état de panique totale. Contrairement à ce qu'elle laissait transparaître, Mara éprouvait de l'empathie et de la compassion à son égard : Rita avait été trompée plusieurs fois par son mari, et elle essayait maintenant de le défendre pour protéger l'intégrité de sa famille, ne faisant qu'empirer sa propre situation. En tant que femme et que mère, Mara se sentait de son côté. Elle aurait voulu éteindre l'enregistreur pour lui suggérer de ne plus prononcer un mot et de réclamer l'intervention d'un bon pénaliste ; mais en tant que policière – et même si ça lui pesait sur le plan moral –, elle devait aller jusqu'au bout, quitte à fouler aux pieds sa dignité. Elle le devait à Nieddu et à Deidda. Mais surtout, à Dolores.

— Votre mari vous a frappée à d'autres reprises ? demanda-t-elle, adoucissant le ton.

— Non.

Le voile de larmes dans ses yeux l'empêcha de voir si elle mentait.

Mara lui versa un verre d'eau et lui passa un mouchoir.

— Respirez profondément.

La femme, prise de court par ce changement soudain d'attitude, obéit. Ça aussi, c'était calculé : un bon interrogatoire était composé à quatre-vingt-dix pour cent de psychologie et, pour les dix qui restaient, d'un mélange de logique et d'intuition. Rien n'était laissé au hasard. Pas même un regard.

Mara s'apprêtait à revenir à la charge quand quelqu'un frappa violemment à la porte.

Rita sursauta sur sa chaise et porta une main à son cœur.

— Attendez-moi ici une seconde, dit Mara d'un ton prévenant.

Elle sortit et se trouva nez à nez avec Farci et Mazzotta.

— Qu'est-ce qu'il y a ? Je suis douée, d'accord, mais pas à ce point-là. Il me faut encore un peu de…

Pour toute réponse, le commissaire lui montra une photo sur son portable.

— Ferrari vient de me l'envoyer. Ils ont trouvé ça en perquisitionnant la maison.

Il s'agissait d'un billet rédigé à la main : *Donne-nous la vidéo, ou on s'en prend à tes enfants.*

Rais en eut la chair de poule.

— Il est plausible que ce billet ait été laissé par ceux qui ont mis la maison sens dessus dessous, n'est-ce pas ? demanda la magistrate.

Rais acquiesça.

— Donc ils cherchaient quelque chose. Cette "vidéo".

— Voilà, dit Farci. Mais ça ne s'arrête pas là. En examinant la voiture, la scientifique a relevé de nombreuses traces de sang. Des projections à vélocité moyenne, donc…

— On l'a frappée dans la voiture, le devança Rais.

— S'il s'agit du sang de Dolores, oui. Il est encore trop tôt pour le dire, intervint Mazzotta. Cependant, cela explique tout le mal que s'est donné Nonnis, en vain, pour laver sa voiture.

— Tu peux me transférer la photo du billet ? demanda Rais à son supérieur.

— Bien sûr. Je te l'envoie.

— Nous devons savoir ce que la femme sait de cette vidéo et si son mari fait l'objet d'un chantage. Ça pourrait être le lien avec Melis, dit la magistrate. Vous vous sentez de continuer ou vous voulez un changement ?

— Croce s'en sort bien ?

— On ne peut mieux, répondit Farci. Cette fille sait y faire. Toi, par contre ? Tu m'as l'air essoufflée. Tu veux que je prenne la relève ?

— Hors de question. Vous pouvez me procurer des photos des traces de sang dans la voiture ?

— Donne-moi quelques minutes.

— OK. Cette fois, envoyez quelqu'un en uniforme pour me les apporter, d'accord ?

— Pas de problème.

Mara envoya un message à sa mère pour lui dire qu'il valait mieux que Sara dorme chez elle, puis elle rentra dans la salle d'interrogatoire, encore plus déterminée.

— Excusez-moi. Une communication de service, dit-elle à la femme qui répondit à son sourire cordial. Bon, madame, permettez-moi de vous poser une question qui va forcément vous paraître bizarre.

— Je vous en prie.

— Vous aimez vos enfants ?

— Quoi ? Bien sûr que oui, quelle sorte de…

Mara lui montra la photo du billet avec la menace :

— Alors il vaut mieux que vous me parliez de ceci.

115

Salle d'interrogatoire n° 1 de la brigade mobile, questure de Cagliari

— J'ATTENDS TOUJOURS une réponse, dit Eva Croce sans détacher ses yeux de ceux de l'enseignant. Votre femme est-elle au courant de votre liaison ?

— Non, elle ne sait rien, admit Valerio.

— Et des autres étudiantes que vous avez fréquentées au fil des années ?

— Je ne…

— Inutile de nous raconter des histoires. Les bruits courent. Nous avons également parlé avec le recteur, qui nous a informés que ce sont vos petites incartades qui ont brisé votre carrière et qu'à partir du semestre prochain vous direz adieu à l'université de Cagliari. Ça non plus, vous ne l'avez pas dit à votre femme ? Il me semble qu'elle ne travaille pas, si ? Comment allez-vous vous en sortir avec deux jeunes enfants à charge ?

Le visage de Nonnis prit une teinte violacée et ses yeux s'injectèrent de sang.

Eva avait volontairement fait monter la température de l'interrogatoire pour voir si le suspect parvenait à maîtriser sa colère. En regardant son visage se contorsionner tel l'emballage d'un bonbon devant une flamme, elle fut assaillie par la certitude que c'était lui qui avait cogné Dolores. Cela lui causa à la fois une sensation de dégoût presque épidermique et une décharge d'adrénaline inhérente à la chasse : elle avait paralysé sa proie.

Peut-être pour ne pas exploser et obtenir quelques secondes de répit, le professeur se versa un verre d'eau et le but lentement.

Eva en profita pour parcourir les messages que lui avait envoyés Farci quelques minutes plus tôt. Malgré la surprise provoquée par ces nouveaux éléments, elle se débrouilla pour n'en rien trahir, préservant une expression imperturbable.

— Vous m'aviez dit que l'objet de cet entretien était de…

— Je regrette, mais vous avez continué à me mentir, l'interrompit-elle brutalement. Quel rapport de confiance peut-on instaurer si vous me cachez un élément aussi important qu'une relation sentimentale avec la victime de l'homicide sur lequel je vous demande de collaborer ?

Nonnis, encore désorienté par le changement improvisé de rythme et de ton imposé par la policière, ne sut pas quoi répondre.

— Et pardon, mais il n'y a pas que là que le bât blesse.

— Quoi d'autre ? se rembrunit-il.

— Redites-moi comment vous vous êtes écorché les mains ?

— Bon, je crois qu'il est inutile de…

— Rasseyez-vous, professeur, sans quoi je vais devoir demander à ma collègue de faire venir votre femme pour l'interroger et lui apprendre que vous avez eu une liaison avec Dolores Murgia – et pas seulement –, que vous allez perdre votre travail et que nous allons vous inculper pour coups et blessures dans la sphère familiale, ce qui vous vaudra le retrait de l'autorité parentale. Vous savez ce que diront les assistantes sociales quand nous leur raconterons que votre femme n'a pas voulu porter plainte contre vous ?

Nonnis paraissait en apnée.

— Il leur suffira de trois secondes pour conclure que votre famille est dysfonctionnelle et que votre femme n'est pas capable de s'occuper des enfants. Conclusion : ils lui retireront l'autorité parentale à elle aussi. C'est ça que vous voulez ? Que vos enfants soient séparés et confiés à une institution ?

Les mains de l'enseignant se mirent à trembler.

— Si vous vous levez de nouveau de cette chaise, dites-moi comment je vais pouvoir vous défendre contre les accusations de ma collègue, qui est absolument convaincue de votre culpabilité ? insista Eva.

— De ma culpabilité ?

— Très bien, vous voulez jouer à ce petit jeu… Avez-vous un alibi pour les nuits du 30 octobre au 2 novembre ?

L'homme exhiba un sourire rassurant.

— Mais bien sûr, j'étais chez moi avec ma femme et mes enfants, comme tous les soirs.

— Ah oui ? Et ça, alors, qui c'est ? Votre frère jumeau ? fit Eva en lui montrant la photo prise par la police de la route sur la 131.

Nonnis blêmit. Cette fois, il se garda bien d'ouvrir la bouche.

— Si j'interroge votre femme et qu'elle confirme votre alibi, je l'inculpe dans la seconde, je ne plaisante pas. Votre portable vous situe dans la zone du mont Arci et, quelques heures plus tard, près de Gergei, à dix minutes de Serri. Ça vous dit quelque chose, ce village ?

Valerio ne parvint pas à se contrôler et battit des paupières. Plusieurs fois.

— Qu'est-ce que vous faisiez là-bas, à cette heure de la nuit ?

— …

— Et ça ne vous paraît pas, comment dire, *bizarre*, que ce soit précisément vous qui nous ayez indiqué où trouver Melis, sur le mont Arci, ce même Melis que vous nous avez dit détester, je vous cite verbatim ?

— …

— Et puis, pardon, mais vous vous êtes regardé dans un miroir ? Vous savez comment on définit les blessures que vous avez au cou, en criminologie ? Des griffures de défense, caractéristiques d'une femme qui cherche à échapper à un viol. Et il se trouve justement que Dolores a été violée. À plusieurs reprises. Redites-moi comment vous vous êtes fait ces égratignures, je vous prie.

— …

Tel un boxeur qui réussit à acculer son adversaire, Eva ne réduisit pas la fréquence et l'intensité de ses coups, mais elle se mit à cogner encore plus fort.

— Interrogée à ce sujet, votre femme a déclaré que vous vous étiez fait mal aux mains en réparant votre voiture, alors que vous-même nous avez dit que c'était arrivé lors d'une fouille archéologique. Qui devons-nous croire ? Est-ce qu'il y a quelqu'un pour témoigner en votre faveur ? Je suis tout ouïe, dites-moi donc qui était avec vous pendant cette fouille afin que j'envoie quelqu'un prendre sa déposition. Allez-y.

— …

— J'ai trois officiers de police judiciaire, en plus de moi, prêts à témoigner que vous avez frappé votre femme, ce qui démontre un tempérament violent. Regardez dans quel état a fini Dolores.

Elle lui montra plusieurs photos du visage tuméfié. Nonnis parvint à peine à les regarder, comme si cela lui coûtait un effort démesuré.

— Allez, observez-les bien… Il me semble que la personne qui l'a arrangée comme ça a de sérieux problèmes de tempérament, vous ne croyez pas ?

— Mais Melis a été…

— Trop facile de rejeter la faute sur un mort. Et je me permets de vous signaler qu'il y a au moins dix personnes qui jurent leurs grands dieux que Melis n'a jamais bougé du campement des néonuragiques jusqu'au soir de notre raid. Et vous, combien de personnes peuvent témoigner de votre absence d'implication dans les faits ?

Yeux brillants. Pupilles dilatées. Front perlé de sueur. Hyperventilation. Tremblement des mains. Divers tics nerveux… Le professeur était à deux doigts de craquer.

— J'aimerais que vous m'aidiez à comprendre. Voyez-vous, en vertu de votre collaboration avec notre collègue, Moreno Barrali, vous avez eu connaissance de détails sur les homicides de 1975 et 1986 qui sont inconnus de la majorité des gens, qui ne se sont jamais retrouvés dans la presse. On peut donc dire que vous êtes un expert de ces crimes, comme peuvent en témoigner les rapports que vous avez produits pour Moreno. En conséquence, qui mieux que vous pouvait mettre en scène un homicide rituel en tout point similaire à ceux d'il y a trente et quarante ans, en faisant porter le chapeau au parfait bouc émissaire, votre grand rival, Roberto Melis ?

— Je crois vraiment qu'il serait préférable de…

— Vous craquez déjà ? Au bout d'une heure et demie ? Je sais ce que vous voulez faire, *qui* vous voulez appeler… Mais comme je vous l'ai dit, si vous vous fermez, si vous refusez de me parler, je vais chercher votre femme, et combien de temps pensez-vous qu'il me faudra pour la faire avouer ?

— Non, s'il vous plaît, elle n'a rien à voir là-dedans…

— Elle ne me fait pas l'effet de quelqu'un de particulièrement résistant. C'est le témoin malléable par excellence, à qui, en sachant s'y prendre, on peut faire avouer n'importe quoi. Pensez-vous que lorsqu'elle verra et entendra plusieurs preuves qui témoignent de votre liaison avec Dolores, elle continuera à vous défendre ? Je vais la mettre en face de toute une série de crimes, parmi lesquels complicité, concours moral à un homicide et simulation d'infraction, pour commencer. Vous voulez me forcer à faire ça ?

— …

— Non, vous n'avez besoin de personne, croyez-moi. Trouvons une solution ensemble, vous voulez bien ? Restez avec moi et je saurai faire preuve d'indulgence. Essayez de me tourner le dos et…

Elle tira du dossier plusieurs photos prises par ses collègues, qui le représentaient à la station de lavage.

— Qu'est-ce que vous me dites de ça, par exemple ?

— Donc maintenant même laver sa voiture est devenu un crime ?

— Vous confirmez que c'est vous ?

— Oui.

— Et vous confirmez qu'il s'agit de la même voiture dans laquelle vous avez été immortalisé par les radars de la police de la route ?

Une question pour un pénaliste plus que pour un anthropologue. N'ayant aucune idée de la bonne réponse, Nonnis resta coi. Dans ces circonstances, chacun de ses silences équivalait à une approbation.

Eva pianota sur son portable et lui montra les photos prises par la scientifique à l'intérieur de sa voiture, envoyées par Farci.

— Ce que vous voyez là, ce sont des traces de sang. Vous vous êtes donné beaucoup de mal pour les faire partir, mais vous auriez dû vous en donner encore plus, vous ne croyez pas ?

— …

— Faisons un pari : à votre avis, quelle est la probabilité que ce sang appartienne à Dolores ?

— …

— On peut parler du mobile ? Mobile passionnel, le préféré des juges et des jurés, et qui, ajouté au stress causé par la perte de poste à l'université et à vos problèmes manifestes de tempérament…

— …

— Vous ne voulez pas en parler ? Très bien, je vais en parler, moi. Avec ce faisceau de preuves, selon vous, combien de temps faudra-t-il à un magistrat pour demander au tribunal d'émettre un mandat d'arrêt contre vous ? Je vous le dis : zéro seconde. Et le juge, en se trouvant face à un parjure, à quelqu'un qui couche avec des jeunes filles et bat sa femme, croyez-vous qu'il aura la main légère ? À mon avis, non. Bien au contraire.

À l'intérieur de la salle s'abattit un silence crispant, dans lequel le professeur semblait se noyer.

— Alors ? demanda Eva après avoir laissé passer une minute et demie.

— Alors quoi ? murmura-t-il, anéanti.

— Voulez-vous que j'appelle votre avocat ?

L'homme s'essuya les yeux et le front du revers de la main et renifla. Sur sa partie de la table luisaient les gouttes de sueur qui avaient coulé de son visage.

— Non, murmura-t-il au bout de quelques secondes.

116

Bureaux de la brigade mobile, questure de Cagliari

— Putain, elle est douée, commenta Farci en observant l'interrogatoire sur l'écran.

— C'est vrai, confirma la magistrate, impressionnée. Elle l'a mis dos au mur et il n'a même pas eu la force de nier.

— Oui, elle est pas mal, dit Rais en croisant les bras d'un air irrité.

Le commissaire et la magistrate lui lancèrent un regard ironique.

— Pas mal ? répéta Farci. C'est une putain de championne, Rais.

— N'exagérons rien.

Mara n'avait pas eu de chance avec l'épouse de Nonnis : quand elle lui avait montré la photo du billet en lui disant que la scientifique l'avait retrouvé dans sa maison, Rita avait éclaté en sanglots hystériques et la policière n'avait pas réussi à la calmer. Devant cette réaction névrotique, Mara s'en était voulu de sa stupidité : elle était partie du principe que Rita avait connaissance de cette menace, ce qui était manifestement une erreur. Le mari avait dû la lui cacher. Alors elle avait annoncé une pause et l'avait laissée seule, allant suivre l'interrogatoire de sa partenaire.

— Il cache quelque chose, dit Rais à Farci et Mazzotta. Croce lui a clairement laissé entrevoir un scénario d'homicide volontaire, avec la circonstance aggravante de la préméditation et la composante de violence sexuelle, et il n'a pas cillé. Il y a quelque chose qui lui fait encore plus peur que la perpétuité, et je ne crois pas que ce soit sa femme.

Farci et Mazzotta gardèrent le silence. Ils savaient qu'elle avait raison.

— Tu veux aller lui donner un coup de main ? proposa Farci.

— Non, ça ne servirait à rien. Il ne parlera pas.

La magistrate s'apprêtait à répliquer quand un collègue de la section homicides attira l'attention du commissaire.

— Pas maintenant, le congédia Farci, reportant ses yeux sur le moniteur.

— C'est important, commissaire. Il s'agit d'Ilaria.

Tous trois se pressèrent autour de leur collègue avec appréhension : ils étaient soudain suspendus à ses lèvres.

— Tu vas te décider à parler ? le bouscula Mara.

— Ilaria… Elle ne s'en est pas sortie. Elle est morte il y a quelques minutes.

Mara vit Farci tressauter comme si on lui avait tiré une balle en pleine poitrine. Il porta une main à son cœur et se courba au point que son collègue dut le soutenir.

Ils l'aidèrent à s'asseoir et quelqu'un appela le 118.

— Non, pas d'ambulance. Je vais bien, je vais bien… C'est seulement un instant de…

Ses yeux s'emplirent de larmes.

Mara dut se retourner, car elle se troublait elle aussi en le regardant.

Dans sa tête, l'inspectrice revit les yeux écarquillés d'Ilaria tandis qu'elle comprimait ses blessures et sentait son sang chaud imbiber son chemisier. Elle ravala ses pleurs et s'assit, en proie au vertige, tandis que la nouvelle tragique se propageait comme un virus parmi les membres de la questure.

117

Salle d'interrogatoire n° 1 de la brigade mobile, questure de Cagliari

LE REFUS de faire appel à un avocat était la note dissonante qui avait alerté Croce. Alors qu'elle n'avait pas évoqué la moindre voie de sortie – une éventualité incontournable de ce type d'entretien, et qu'elle s'apprêtait à la lui présenter –, Valerio Nonnis avait manifesté la volonté de poursuivre seul, conscient des risques que cela comportait.

Pourquoi ? se demanda l'inspectrice.

Une seule réponse relativement plausible lui venait à l'esprit : Parce qu'il y a quelque chose qui lui fait encore plus peur que la prison. Ou plutôt *quelqu'un.*

Consciente qu'elle devait continuer sur sa lancée, Eva joua la carte du message de menace.

— Qu'avez-vous à me dire là-dessus ? demanda-t-elle en lui montrant la photo sur son portable.

— Je n'ai rien à dire.

— Quelqu'un s'est introduit dans votre maison, l'a complètement retournée en cherchant cette mystérieuse vidéo, a menacé vos enfants, et vous n'avez rien à dire ? Quelle sorte de père vous faites ?

— …

— Votre femme l'a vu ?

À la lueur d'angoisse qui passa sur son visage, Eva sut que l'homme avait réussi à cacher ce message à son épouse.

— Écoutez, professeur, je voudrais clarifier une chose avec vous. Un autre enquêteur, à ma place, se serait déjà levé depuis longtemps et serait revenu avec un magistrat pour vous inculper et vous envoyer en prison. Par expérience, je peux vous dire que les preuves qui vous accablent sont irréfutables, celles qui vous disculpent en revanche sont nulles. Mais ma préoccupation première, à cet instant, c'est d'empêcher que de nouveaux innocents paient les fautes des autres. En l'espèce, je fais référence à votre femme et à vos enfants. Ce message est on ne peut plus clair : on menace vos enfants. Vous devez me dire *qui*. Nous pouvons les protéger.

— Vous ne pouvez pas savoir à quel point j'aimerais vous croire, dit Nonnis en accompagnant ces mots d'un sourire mélancolique.

— Dans quel sens ? demanda Eva, prise de court.

— Vous n'avez pas été capables de protéger Melis, même en prison. Pareil pour son bras droit. Ou bien vous croyez vraiment qu'ils se sont suicidés ?

Cette fois, ce fut Eva qui ne souffla mot. Elle tergiversa plusieurs secondes, puis elle poursuivit :

— Qui est derrière cette histoire ?

L'anthropologue secoua la tête.

— Vous êtes vraiment naïve. Vous croyez maîtriser la situation, mais en réalité vous n'avez pas la moindre idée de ce qui se passe.

— Dites-le-moi, alors.

— Pour finir comme Melis ? Non merci.

L'esprit d'Eva tourbillonnait à une vitesse folle pour trouver une brèche dans l'armure psychologique de Nonnis.

La réponse, c'est Dolores, se dit-elle : c'est à elle qu'il faut revenir.

— Écoutez, revenons un peu en arrière, parce qu'il y a un autre détail qui me turlupine… Vous et Dolores aviez une liaison depuis plus d'un an. Et pourtant, il ne reste que des traces minimes de contacts téléphoniques entre vous, ce qui est étrange pour une relation aussi intime. Je crois que vous et cette jeune fille utilisiez des téléphones à usage unique pour communiquer.

Elle entendit presque le craquement de la fissure qui s'ouvrait dans la défense de Nonnis. Elle avait vu juste.

— Vous aviez déjà de l'expérience dans l'infidélité, vous saviez comment ne pas laisser de traces. Si le sang dans votre voiture s'avère être celui de Dolores, vous deviendrez de fait – dans l'état actuel des choses – la dernière personne à l'avoir vue vivante.

— Quel rapport avec les…

— Le rapport, c'est que vous auriez eu le temps de vous débarrasser des téléphones.

— …

— Il y a cependant un détail qui vous a peut-être échappé. C'est vrai, je l'admets, pour le moment nous ne connaissons pas les numéros des deux appareils. Mais… De ce que m'ont dit les collègues du coin, Gergei n'est pas une grande ville, c'est le moins qu'on puisse dire. Combien d'âmes, mille ?

— Où voulez-vous en venir ?

— Vous vous trouviez à l'extérieur du village, ça, c'est votre téléphone personnel qui nous le dit. Et à cette heure de la nuit, en pleine campagne, combien de portables pouvaient être actifs là-bas ?

— …

— Vous savez ce que sont en train de faire nos spécialistes des communications en ce moment ? Ils vérifient tous les signaux émis au cours de ce laps de temps dans la zone où on a retracé votre portable.

Nonnis ne parvint pas à masquer sa surprise.

— Ce n'est qu'une question d'heures, voire de minutes, pour que nous ayons les numéros de vos téléphones fantômes, parce qu'ils auront activé les mêmes bornes que le vôtre. À ce moment-là, nous n'aurons plus besoin de vous pour découvrir la vérité, vous comprenez ? Nous remonterons à l'historique de tous vos messages, vos appels, vos localisations, etc. Je vous offre une dernière chance. Si vous avez un brin de jugeote, collaborez… Qu'est-ce que vous faisiez là-bas ?

— Il y a une chose que vous ne comprenez pas, inspectrice : ni vous ni vos collègues ne pouvez me protéger, dit l'homme d'un ton neutre, presque résigné. C'est comme si moi aussi j'étais déjà mort.

Il le dit avec un tel naturel qu'Eva en eut la chair de poule.

Puis Nonnis éclata d'un rire hystérique qui paraissait incontrôlable.

118

Territoires des Ladu, Barbagia supérieure

Le corps avait été lavé, habillé et disposé sur une planche de bois à côté de la cheminée éteinte, étendu sur une table utilisée comme catafalque, et recouvert d'un linceul nivéen. Les *attitadoras*, les pleureuses, étaient réunies autour de la dépouille de Gonaria, par ordre d'ancienneté, noires et immobiles comme des corbeaux. La chambre mortuaire improvisée n'était éclairée que par une dizaine de bougies. Le silence était total.

Quand Bastianu entra dans la petite maison en périphérie du village, les femmes rompirent le cercle pour le laisser s'approcher. Avec une délicatesse presque sacrée, l'homme souleva le linceul, découvrant le visage de sa tante. Il s'émerveilla de voir comment la mort avait détendu sa peau, la faisant paraître plus jeune qu'elle n'était.

Bastianu lui prodigua l'ultime caresse qu'il n'avait pu lui offrir avant qu'elle rende son dernier soupir. Puis il se pencha et embrassa sa tante sur les lèvres, réprimant ses sanglots.

En temps normal, les *attitadoras* auraient crié, elles se seraient arraché les cheveux et les vêtements ; enfant et jeune homme, Bastianu avait assisté à de nombreuses veillées funèbres au sein de sa famille, et chaque fois c'était un violent étalage de douleur, sous forme de cris et de pleurs des anciennes, qui dans certains cas se jetaient à terre, comme en proie à des convulsions. Mais ce soir-là, les femmes demeurèrent silencieuses et rigides, comme il le leur avait ordonné. Ils célébreraient la mort de Gonaria à un autre moment.

Bastianu fit signe à ses cousins d'emmener le corps et prit la pelle que lui tendait son frère Boele, avec laquelle il allait lui-même creuser la fosse. Puis il prit la tête du cortège, suivi par les femmes.

Soudain, Boele surgit à son côté et lui murmura à l'oreille :

— Bastia', je sais que ce n'est pas le moment, mais Nereu a appelé pour dire qu'il avait trouvé ton fils et la fille.

Le chef de famille hocha la tête, essuya ses yeux humides et répondit :

— Dis-lui de les ramener à la maison, tous les deux, le plus vite possible. De gré ou de force. Et garde ça pour toi, compris ?

Son frère acquiesça et laissa la procession derrière lui pour marcher d'un pas vif vers le village des Ladu. En chemin, Boele se rendit compte qu'il n'avait jamais vu Bastianu pleurer jusqu'alors, et cette révélation le troubla profondément.

119

Salle d'interrogatoire n° 2 de la brigade mobile, questure de Cagliari

Mara interrompit la diffusion de la vidéo sur le PC portable et abaissa l'écran. Elle dévisagea Rita Masia et croisa les jambes, le visage glacial. L'idée lui était venue peu de temps avant : elle avait demandé à l'un des agents qui s'occupaient de l'enregistrement des entretiens et des interrogatoires s'il pouvait lui donner un extrait de la conversation entre Croce et Nonnis ; son collègue avait dit qu'il n'y avait aucun problème et avait transféré la bande sur un ordinateur. Cette trouvaille avait produit l'effet escompté, à en juger par la mine anéantie de la femme.

— Voilà la situation dans laquelle se trouve votre mari, déclara la policière au bout de quelques secondes d'un ton détaché, sans s'acharner : les silences de l'anthropologue et les accusations d'Eva s'étaient déjà chargés de l'envoyer au tapis. Vous ne vous attendiez pas à ce qu'il en soit arrivé là, n'est-ce pas ?

La femme secoua lentement la tête. Elle n'avait pas versé une larme pendant le visionnage. Sa douleur allait bien au-delà des pleurs.

— Ma collègue a été très claire avec votre mari, je vais donc moi aussi être sincère avec vous. Votre mari est impliqué dans l'homicide de Dolores Murgia.

La femme étouffa un cri en se couvrant la bouche.

— Si vous vous avisez de pleurer encore, je vous laisse en plan, j'appelle le magistrat et je vous fais écrouer pour concours moral et complicité, rugit Rais. Vous savez ce que ça veut dire ? Que lorsque vous sortirez de prison, vos enfants termineront le lycée.

Elle lui laissa quelques secondes pour digérer la menace.

— C'est ça que vous voulez ? Finir en prison pour couvrir l'homme qui vous a trompée et qui a mis en danger la vie de vos enfants ?

Rita secoua énergiquement la tête.

— Écoutez, vous avez une bouche pour parler, alors arrêtez avec ces jeux de mime. Vous pouvez me dire quelque chose sur cette vidéo, oui ou non ?

— Non, je ne sais rien.

— Il y a quelque chose que vous savez ? Si vous ne me donnez rien, je ne sais pas ce que je vais faire de vous. Sans informations, j'aurai du mal à convaincre le magistrat de fermer les yeux.

— Cette nuit-là, il est sorti autour de onze heures. Il ne m'a pas dit où il allait. Il est revenu le matin, il avait l'air sous le choc. Il avait les mains tachées de sang, comme s'il avait frappé quelqu'un.

Mara adressa un regard complice à la microcaméra cachée, puis elle reporta son regard sur Rita. Elle ne la pressa pas. En vue du procès, il était toujours préférable de ne pas interrompre une déclaration spontanée, afin d'éviter que la défense invoque une manipulation du témoin.

— Il n'a pas voulu me dire ce qui s'était passé ni où il était… Il m'a dit d'être patiente, qu'il avait une solution pour gagner un peu d'argent et qu'avec ça on pourrait tout arranger. Je ne devais pas poser de questions mais le couvrir, au cas où quelqu'un serait venu demander des comptes sur ses allées et venues.

Sang, sexe et argent : la Sainte Trinité du crime, pensa Mara. Elle resta à l'écoute, sans intervenir.

— Il m'a répété jusqu'à la nausée : "Tu dois te comporter normalement, ne pas attirer l'attention d'aucune façon"... Moi je ne comprenais pas, ou plutôt, j'avais compris qu'il s'était fourré dans le pétrin, mais je n'aurais jamais pensé à une chose pareille, dit-elle en montrant l'ordinateur. Tout mais pas ça.

Rais lui laissa encore quelques secondes, mais quand elle vit qu'elle ne poursuivait pas, elle lui posa une question :

— J'ai besoin que vous vous montriez lucide, maintenant. Prenez une grande inspiration et écoutez-moi bien, parce qu'il en va de votre vie et de celle de vos enfants. Auriez-vous une idée qui expliquerait pourquoi votre mari, depuis le mont Arci, se serait déplacé jusqu'à Gergei ? Qu'est-ce qu'il est allé y faire ? Auriez-vous par hasard une propriété, une maison d'amis ou de parents dans la région ?

Rita Masia s'essuya les yeux et renifla, puis elle murmura :

— Je veux des garanties, noir sur blanc.

Rais éclata de rire.

— Vous êtes sérieuse, madame ? Vous vous croyez dans un épisode d'*Esprits criminels* ?

— Je veux des garanties, répéta l'autre, intraitable.

— Des garanties... Bien sûr, je peux vous en donner une tout de suite. (Elle se leva, alla se poster derrière elle et lui murmura à l'oreille :) Je vous garantis que vous ne sortirez pas de prison avant un bon moment. Et dites-moi, qui protégera vos enfants quand vous et votre mari serez derrière les barreaux ?

Rita Masia la surprit en demeurant impassible.

La policière se dirigea vers la porte avec nonchalance.

— Passez-lui les menottes et emmenez-la, ordonna-t-elle aux deux policiers en uniforme, qui entrèrent dans la pièce.

Mara avait déjà franchi le seuil quand elle entendit la voix perçante de la femme.

— Une maison ! Nous avons une vieille maison de campagne que j'ai héritée de mes parents, juste en dehors de Gergei.

Mara sourit, adressa un clin d'œil à Eva qui l'attendait dehors, et elles rentrèrent ensemble dans la salle.

120

Bureaux de la brigade mobile, questure de Cagliari

— Et dire que j'étais venue ici dans l'idée de prendre des sortes de vacances, dit Croce en mangeant des crackers achetés au distributeur automatique de l'espace restauration.

Rais ricana et se nettoya les mains avec une serviette humide. Chaque fois qu'elle sortait de la salle réservée aux interrogatoires, elle devait se défaire d'une sensation de crasse qui lui donnait la nausée.

— Des vacances… Ben voyons.

— J'ai l'impression que la nuit va encore être longue.

— Ça c'est garanti. Tu penses que c'était lui ? demanda Rais.

Elles se trouvaient dans la petite salle où l'on pouvait visionner les bandes des caméras de vidéosurveillance, y compris celles des salles d'interrogatoires. Croce avait les yeux rivés sur Nonnis : il était seul depuis plus d'une heure maintenant, les coudes sur la table, les mains soutenant sa tête. Il paraissait à bout, et pourtant il ne s'était pas plaint une seule fois de cette attente crispante. Il semblait ennuyé plus qu'autre chose.

— Sincèrement ? Je ne sais pas. Il y a plusieurs éléments qui me paraissent louches.

La salle n° 2 était vide. Après la révélation sur la maison à Gergei, les deux policières avaient mis Rita Masia dans une voiture de patrouille en lui ordonnant de conduire leurs collègues jusque là-bas. Avec eux, une petite équipe de la scientifique était chargée d'effectuer une première inspection des lieux et une éventuelle analyse de la scène de crime, si leurs soupçons s'avéraient fondés.

— Avec tous les éléments à charge ? Croce, même Perry Mason n'arriverait pas à lui éviter la perpétuité en cour d'assises. Le mec est fini. *Spacciau.*

Avec la fin du service, les bureaux s'étaient vidés. Ils étaient nombreux à être partis faire un dernier adieu à Ilaria Deidda, dont Farci. Mara aurait voulu y aller aussi, mais c'était impossible. Elles attendaient un appel qui, elles l'espéraient, pourrait établir de manière définitive la culpabilité de l'anthropologue.

— Quand Barrali va apprendre que le professeur dont il a sollicité les conseils a utilisé ces informations pour mettre en scène un homicide… Je n'imagine même pas comment il va réagir, dit Rais. J'espère seulement que la démence lui a déjà mangé le cerveau, à ce tarif-là.

— Tu es vraiment un être horrible.

— Je le disais pour son bien, qu'est-ce que tu crois ?

Le vibreur de son téléphone portable mit un terme au débat.

— Ce sont eux, dit Rais à sa partenaire.

Croce appela la magistrate, qui réécoutait au casque l'interrogatoire de Nonnis à quelques bureaux de distance.

— Ce sont les collègues de la scientifique, expliqua-t-elle.

— Excellent, répondit Adele Mazzotta en s'approchant de Rais qui avait mis la conversation sur haut-parleur.

— Nous sommes là. Il y a aussi la magistrate Adele Mazzotta avec nous. Vous pouvez parler, dit Rais.

— Nous avons trouvé la maison grâce aux indications de la femme et, après une première inspection, nous estimons qu'elle peut correspondre au lieu où a été séquestrée la victime.

Les trois femmes furent transpercées d'effroi. De manière subliminale, elles avaient espéré se tromper.

— Qu'est-ce qui vous porte à le croire ? demanda la magistrate.

— Des traces hématiques diffuses. Des cordes et un bâillon, taché de sang lui aussi. Des résidus de cheveux longs et noirs. Ce n'est qu'un premier examen, je répète, mais il y a sans doute plus. J'ai voulu vous prévenir tout de suite pour…

— Vous avez très bien fait, intervint Croce. Nous vous demandons seulement, si c'est possible, de nous envoyer quelques photos des lieux, pour nous faire une idée, même approximative.

— Aucun problème, répondit le technicien.

— À première vue, les traces sont-elles de nature à faire penser à un passage à tabac ? demanda Rais.

— Spontanément, je dirais que non. Je répète, il semblerait plutôt que la victime ait été enfermée ici. Elle était probablement déjà blessée, et en tout cas elle saignait déjà.

— Si vous trouvez des téléphones portables, je vous prie de nous rappeler immédiatement, dit Mazzotta.

— Comptez sur nous.

— À plus tard et merci, dit Rais en mettant fin à la conversation.

Elles échangèrent des regards chargés de tension. Les premières images arrivèrent moins d'une minute plus tard.

— Pauvre gamine, murmura la magistrate en les observant.

Les photos de ce cloaque attisaient leur colère et leur soif de justice.

— Allons-y, dit Rais en bondissant vers la salle.

Croce l'intercepta par le bras.

— Attends. D'abord on se met d'accord. Si on entre là-dedans sans être préparées, on risque de tout gâcher.

— Elle a raison, confirma la magistrate.

— Pensons un instant au déroulé de ces nuits et à la chronologie, proposa Croce. Mettons que Dolores était vraiment avec Melis et les néonuragiques, OK? En l'état actuel des choses, on sait que Nonnis se rend dans cette zone. Il emmène probablement la fille dans sa voiture, où ils ont une violente dispute, et – si le timing correspond à la reconstruction de Trombetta – Dolores sombre dans un état comateux après avoir été rouée de coups.

— Là-dessus, ce salopard se fait dessus, parce que ce n'est pas un tueur, dit Rais. Ne sachant pas quoi faire, il l'emmène dans un endroit tranquille : la maison de campagne de sa femme, à Gergei.

— Pourquoi ne pas l'abandonner là ou simplement appeler les secours ? demanda la magistrate.

— Peut-être parce qu'il a peur que la fille se réveille et l'accuse de quelque chose, répondit Rais.

— Mieux vaut alors l'emmener dans un lieu sûr et isolé et attendre qu'elle revienne à elle, fit Croce.

— Mais quand il se rend compte qu'elle ne reprendra pas connaissance…

— C'est là qu'il comprend qu'il n'y a pas d'autre issue. D'où l'idée de faire porter le chapeau à quelqu'un d'autre, et pourquoi pas à Melis ? avança Croce. Il s'occupera plus tard de nettoyer la maison et d'effacer les traces, mais pour l'instant le problème est ailleurs : il faut se débarrasser de la fille.

Rais acquiesça.

— Oui, ça se tient.

— Et la vidéo ? Quel rôle joue-t-elle dans tout ça ? Et où intègre-t-on les morts suspectes de Melis et de son bras droit dans cette reconstitution ?

Les deux inspectrices se tournèrent vers Mazzotta sans parvenir à trouver de réponse sensée.

— Depuis le début de l'enquête, nous avons toutes les trois soupçonné, comment dire, une sorte de niveau supérieur. Je me trompe ?

Les policières secouèrent la tête.

— Nous avons suspecté que Melis était couvert par des personnalités importantes. Et, si vous y réfléchissez, c'est la même chose qui ressort de l'interrogatoire du professeur. Il a dit à l'inspectrice Croce que ni elle ni ses collègues n'auraient pu le protéger. Ce qui pourrait porter à croire que lui aussi est victime de ce "niveau supérieur", non ?

— Mettons que ce soit ça, proposa Eva. Et la vidéo, alors ? Quel serait son rôle ?

— Peut-être que Nonnis avait entre les mains quelque chose de compromettant sur une de ces personnalités, dit Rais.

— Et comment l'a-t-il obtenu ? demanda Mazzotta.

Rais haussa les épaules.

— Dolores, dit Croce. Peut-être que c'est elle, la clé de tout ça.

— Dans quel sens ?

— Réfléchis, Rais. N'oublions pas que Dolores fréquentait depuis plusieurs mois les néonuragiques. Or nous savons qu'en réalité elle avait une liaison avec Nonnis depuis beaucoup plus longtemps, et que Nonnis détestait Melis. Je ne crois pas qu'elle l'ignorait, au contraire. C'est une connexion importante.

— Barrali nous a dit qu'il soupçonnait la secte d'être aussi fréquentée par des personnalités haut placées, soupira presque Mara. Pour le dire clairement, les "trois M".

— Exactement, renchérit Croce, ses lèvres esquissant un sourire triste. Remontons un peu dans le temps et rappelons-nous que Nonnis avait conscience que sa carrière universitaire était finie.

— Donc ses rentrées d'argent aussi, dit la magistrate. Et son épouse a déclaré au cours de l'interrogatoire, je cite : "Il m'a dit qu'il avait trouvé une solution pour gagner un peu d'argent."

— Bingo, fit Rais, saisissant le raisonnement des deux autres. Cet enfoiré aurait pu utiliser la fille comme une sorte d'infiltrée à l'intérieur de la secte, afin de récupérer des éléments compromettants pour faire chanter quelqu'un.

— Mince alors…, murmura Adele Mazzotta.

— Et à en juger par le billet, la maison sens dessus dessous et sa réticence à collaborer, je dirais qu'il y est parvenu, dit Croce. Mais quelque chose a dû aller de travers.

— Le viol. Dolores a été violée. Les prélèvements sous-unguéaux ne mentent pas : Melis et l'autre salopard ont abusé d'elle, déclara Mazzotta. Peut-être qu'elle a réussi à s'éloigner ou à prendre la fuite à la première occasion et qu'elle a appelé Nonnis pour qu'il vienne la chercher.

Eva acquiesça.

— Mais quelque chose est allé de travers. Ils se sont disputés. Pourquoi ?

— Peut-être qu'il reprochait à Dolores de s'être défilée. Ou bien elle a eu peur et n'a pas voulu lui remettre les preuves de ce qu'elle avait vu. Peut-être que cette fameuse nuit, elle a assisté à une scène vraiment horrible et qu'elle a reconnu des personnalités trop puissantes pour pouvoir les faire chanter… Ça, malheureusement, nous ne le saurons sans doute jamais, dit Adele Mazzotta.

— À moins que ce soit lui qui nous le dise, répondit Rais.

— Pourquoi le ferait-il ? Il ne nous fait pas confiance, répliqua la magistrate.

— Non, il ne s'agit pas de ça, dit Croce.

Les deux autres la dévisagèrent, attendant la suite.

— Regardez-le, suggéra Croce en montrant le moniteur. Il vous fait l'effet d'un homme désespéré ? À moi non. Il sait qu'il est à l'abri, parce qu'il a encore une corde à son arc.

— La vidéo, murmura Mazzotta.

— Exact. Elle lui permet de maintenir le statu quo. Surtout maintenant qu'il est entre nos mains et que *ces gens* ne peuvent pas s'en prendre à lui.

— Alors qu'est-ce qu'on fait ? demanda Rais.

— Il faut qu'on trouve la vidéo avant les autres, dit Mazzotta.

121

Salle d'interrogatoire n° 1 de la brigade mobile, questure de Cagliari

Apparemment, Nonnis avait été surpris par le sommeil. Ce n'était pas si inhabituel : l'impact émotionnel d'un interrogatoire générait un stress dévastateur pour quelqu'un qui n'était pas habitué aux policiers et aux questures. Cependant, cela fit réfléchir Eva : à la place du professeur, elle aurait été tenaillée par la tension au point d'en oublier les heures passées sur le gril – avec ou sans ménagement – et rien au monde n'aurait pu lui faire fermer l'œil.

Rais résolut ce problème de sieste en frappant ses mains sur la table, provoquant un vacarme assourdissant.

Nonnis se réveilla en sursaut, bondissant sur son siège.

— Bienvenue parmi nous, le salua l'inspectrice en s'installant en face de lui. Bien dormi ?

Croce s'assit elle aussi et, sans préambule, lui montra son portable et les photos de la maison à l'extérieur de Gergei.

— Ça vous rappelle quelque chose ?

Nonnis fut abasourdi.

— Comme vous le voyez, ce n'est qu'une question de temps, dit Croce en rangeant son téléphone. Au fur et à mesure, tout remonte à la surface.

— Un peu comme la merde. Ou plutôt comme *les merdes*, ironisa Rais. Sympa, le *bed & breakfast* de l'horreur. Qu'est-ce qu'en a pensé Dolores ? Combien d'étoiles elle t'a mises ?

— …

— Il l'a mal pris, tu crois ? demanda Mara à sa collègue.

Eva nota que sa partenaire était passée au "tu", signe qu'elle s'apprêtait à le cuisiner.

— Hum. Je crois que oui.

— Je…, balbutia l'homme.

— Ah, donc tu n'as pas perdu ta langue. Excellente nouvelle.

— Que diriez-vous de nous parler de la vidéo ? proposa Eva.

Avant que l'homme puisse prononcer un mot, la porte de la salle s'ouvrit à la volée sur le vice-questeur Grattaglia, suivi d'un homme si élégant qu'il semblait tout droit sorti d'une couverture de *GQ*.

— Dehors, toutes les deux, aboya Grattaglia en les incendiant du regard.

La gravure de mode se faufila dans la salle et, en passant devant Rais, lui adressa un clin d'œil.

— Toi ? Non, j'y crois pas, grogna l'inspectrice. Dis-moi que c'est une blague.

— Qu'est-ce qui se passe ? demanda Eva.

— Vous avez dépassé les bornes, voilà ce qui se passe, répondit le dandy.

Il s'installa à côté de Nonnis et lui murmura quelque chose à l'oreille en lui tendant un imprimé.

— Qu'est-ce qui n'est pas clair dans le mot *dehors* ? souffla Grattaglia.

Quand elle se retourna vers le professeur, Eva vit que Nonnis était en train de signer un document.

— Puis-je m'entretenir quelques minutes avec mon client, je vous prie ? En privé.

— Merde, articula Croce.

Les deux policières se rendirent à l'évidence et sortirent de la salle. Avant de fermer la porte, l'avocat passa la tête dans le couloir et, s'adressant au vice-questeur, dit :

— Monsieur, vous êtes sûrement déjà au courant, mais l'inspectrice Rais est mon ex-épouse et nos relations ne sont pas exactement idylliques en ce moment. Si vous le souhaitez, je vous enverrai une demande par écrit, mais il me semble que c'est un motif assez flagrant pour l'exclure de l'enquête, vous ne croyez pas ? Je dis ça par souci du bien de tous, et de la transparence de l'enquête au premier chef.

— Mais qu'est-ce qui se passe, ici ? tonna Adele Mazzotta en surgissant dans le couloir.

L'ex-mari de Rais ferma la porte, un sourire aux lèvres.

— Il se passe que ces deux-là ont fait déborder la coupe, dit le vice-questeur. Où est Farci ?

— À l'hôpital, auprès de Deidda, répondit Mara.

— Monsieur Grattaglia, est-ce que je pourrais m'entretenir avec vous deux minutes ? demanda la magistrate.

Son ton était tranchant comme une lame.

L'homme acquiesça, puis il se tourna vers ses subordonnées :

— Rais, tu es exclue de l'enquête avec effet immédiat.

— Mais…

— Rentre chez toi avant que je m'énerve pour de bon. Demain huit heures, au rapport dans mon bureau. Croce, as-tu reçu le rapport définitif de la commission concernant l'usage de la force létale dans l'exercice de tes fonctions, par hasard ?

— Non, monsieur.

— Moi non plus. Alors qu'est-ce que tu fous encore au travail ?

— …

— Disparaissez, ordonna-t-il.

12.2

Village des Ladu, Barbagia supérieure

Ils le lui jetèrent aux pieds comme un vulgaire sac d'engrais. On lui avait attaché les mains derrière le dos et couvert le visage avec un sac noir. Aux bougonnements qui sourdaient de la toile grossière, Bastianu comprit qu'on l'avait bâillonné.

Le garçon ruait et se démenait comme une bête.

— Assez, dit son père.

En entendant le ton râpeux de cette voix, Micheli se figea.

L'homme fit un signe à Nereu, qui lui enleva son capuchon. Ils se trouvaient dans l'atelier de Benignu Ladu. Bastianu était assis sur le fauteuil à bascule du vieux, ses grosses mains sur les genoux, les yeux braqués sur son fils. Le grincement lugubre du bois, qui soutenait à grand-peine le poids de ce géant, semblait découper le silence en tranches.

— Tu m'as trahi.

Le garçon perçut toute la déception et la douleur de son père dissimulées derrière ces yeux d'obsidienne. À cet instant, il comprit que Bastianu pourrait lui infliger toutes les punitions du monde, aucun châtiment ne lui causerait autant de peine que ce regard. C'était comme un adieu. Cette prise de conscience l'anéantit.

— Tu nous as trahis, moi et ta famille… Tante Gonaria est morte. Benignu va bientôt la rejoindre. Si tu m'avais écouté, tout ça ne serait probablement pas arrivé.

Bastianu prit le masque sculpté par son grand-père dans ses mains. Il se leva, le fit tomber par terre et le piétina plusieurs fois avec ses chaussures de chantier, réduisant en morceaux cette merveille qui avait exigé tant de sueur.

— Maintenant, il est trop tard pour revenir en arrière. Tout le mal qui va arriver, et tu peux être sûr qu'il arrivera, ce sera seulement de ta faute.

Avant de s'en aller, l'homme se retourna à peine et dit :

— Tu m'as brisé le cœur, fils.

Micheli se dressa sur ses jambes et essaya de crier à quel point il était désolé, mais ses oncles avaient déjà fermé la porte et fait coulisser le lourd verrou. Il entendit le cliquetis du cadenas et, mortifié, se laissa tomber à terre comme une âme perdue.

123

Parking de la questure de Cagliari

AVANT QUE les inspectrices quittent le bureau, démoralisées, fatiguées et énervées, Adele Mazzotta avait envoyé un message à Eva en lui demandant de la retrouver sur le parking de la questure. Elles l'attendaient dans la voiture de Mara, chacune perdue dans ses pensées.

— Au moins il a bon goût en matière de vêtements, dit soudain Eva, brisant la lourde chape de silence.

Mara éclata de rire et Eva l'imita.

— Voilà. Un gros tas de merde, mais toujours tiré à quatre épingles.

— Ça aurait pu être un gros tas de merde qui s'habille comme une merde. Faut voir le côté positif, non ?

— Oh, merci du fond du cœur, Croce. Merci pour cette bonne piqûre d'amour-propre.

— Il est bon dans son boulot ?

— Malheureusement pour nous, oui. Très.

— Du peu que j'ai vu de lui, la montre, les chaussures et le costume, je n'ai pas l'impression que Nonnis puisse se payer un avocat pareil.

— Ça, c'est clair. C'est absolument hors de sa portée et de celle de la plupart des gens que je connais. On parle d'une étoile montante du barreau.

— Et comment tu l'expliques, alors ?

— Qu'il ait été avec moi ? Va te faire foutre, Croce, explosa Mara, indignée.

— Mais non, imbécile, qu'est-ce que tu vas chercher ? Je voulais dire, qu'il débarque comme ça, de nulle part. Moi, j'ai l'impression que ce sont eux qui nous l'ont envoyé.

— *Eux* ?

— Qui d'autre ? Réfléchis : leur source à la questure leur apprend qu'on est sur le point de le faire craquer, qu'on a un paquet de preuves. Alors, craignant qu'on mette la main les premiers sur cette mystérieuse vidéo – si tant est qu'elle existe –, ils envoient le meilleur pénaliste de la place. Qui se trouve être ton ex.

— C'était bien joué, parce que, comme tu l'as vu, ils m'ont exclue de l'enquête, au moment où on était à deux doigts de découvrir la vérité.

— C'est vrai que vous êtes à couteaux tirés ?

— C'est la flic ou la femme qui demande ?

— Les deux.

— Il m'a fait beaucoup de mal. Il me trompait, un peu avec tout le monde. À la fin, il ne se cachait même plus. Il m'a humiliée au point que c'est moi qui ai fini par jeter l'éponge.

— Je suis désolée.

— Pour répondre à ta question : oui, je le déteste.

— Donc tu exclus la possibilité qu'il puisse nous dire qui l'a engagé ?

— Pure science-fiction. Oublie.

Eva ne savait pas pourquoi, mais elle était sur le point de s'ouvrir à elle et de lui parler de Maya : elle sentait que c'était le bon moment, peut-être parce que pour la première fois Mara avait retiré ce masque de froideur derrière lequel elle se cachait, et qu'il était juste qu'elle lui montre une part d'elle-même en retour. Mais, alors que les premiers mots sortaient de sa bouche, Mara l'interrompit.

— La voilà. Allons-y, dit-elle, ouvrant la portière et sortant dans la fraîcheur de la nuit.

Eva l'imita et elles allèrent ensemble à la rencontre de la magistrate.

— Le vice-questeur est encore vivant ou vous l'avez mangé ? lança Mara.

Adele Mazzotta eut un demi-sourire et s'alluma une Marlboro. Puis, en se frottant le ventre, elle dit :

— Je suis encore en train de le digérer.

Les deux enquêtrices sourirent en retour.

— Vous avez fait de l'excellent travail, je tenais à vous le dire.

— Dommage que ça ne serve pas à grand-chose, répondit Mara, essayant de résister à la tentation de lui demander une cigarette.

— Ça, c'est vous qui le dites.

— Peut-être que vous réussirez à inculper Nonnis, mais pas la personne qui est venue sauver son cul. Pardonnez-moi l'expression, continua la Cagliaritaine.

— Vous pensez que Grattaglia fait aussi partie de la clique ? demanda Eva.

— Je ne sais pas. Il m'a plutôt donné l'impression qu'on l'avait forcé à sortir du lit, s'habiller et courir régler ce "problème". Peut-être que l'ordre venait de quelqu'un d'encore plus haut placé.

— Sûrement le questeur, fit Mara.

— Probable. En tout cas, je n'ai réussi qu'à vous garder vous dans l'équipe, Croce. Pour vous, Rais, il n'y a rien eu à faire.

— Ça ne me surprend pas.

— Je suis désolée. J'ai insisté pour que Grattaglia vous intègre dans l'équipe spéciale, Croce, parce que sincèrement, maintenant que Nieddu, Erriu et Deidda ne sont plus là, à part Farci, je ne sais plus à qui me fier. Vous avez démontré que vous étiez de mon côté, et je peux vous assurer que je ne m'arrêterai pas avant que cette affaire soit bouclée. Donc demain on se remet au travail, inspectrice Croce. Quant à vous, Rais…

— Hum, ce ton sent le coup fourré à plein nez.

— Non, pensez-vous. Je voulais seulement vous demander de protéger nos arrières, si vous pouvez.

Mara hocha la tête.

— Bien. J'y retourne pour expédier un peu de paperasse. Aiello et Ferrari sont rentrés et ils me donnent un coup de main. Vous, allez vous reposer, vous l'avez mérité.

Avant qu'elle se retourne, Eva trouva le courage de parler.

— Madame la substitut, excusez-moi, mais j'aurais une dernière faveur à vous demander.

— Une de vos habituelles demandes déraisonnables ? demanda Adele, le sourire aux lèvres.

— Exactement.

Mara la dévisagea d'un air hébété.

— Avant toute chose, je vous prie de ne pas me prendre pour une folle.

Cette dernière affirmation acheva d'attiser leur curiosité.

— Vous avez ma parole, Croce. Dites-moi.

124

Territoires des Ladu, Barbagia supérieure

L'ODEUR DE PUTRÉFACTION et de maladie était si intense qu'elle en devenait insoutenable. Le petit-fils, en s'approchant de la chambre, crut même que son grand-père était mort. Mais il ne l'était pas, même si son aspect physique laissait penser le contraire.

— Bastianu… Tu as enfin eu le courage de monter, marmonna le vieux avec une pointe d'ironie dans sa voix d'outre-tombe.

Ce "enfin" l'alerta. Les planches du parquet grinçaient sous son poids. Bastianu essaya d'ignorer la puanteur révoltante et s'assit au chevet de son grand-père, blotti du côté gauche du lit. Il lui posa une main sur le dos.

— Tu n'as même pas le cran de me le dire ?

De nouveau, il eut la sensation que le vieux fouillait dans son âme.

— Te dire quoi ?

— Je suis aveugle et vieux, c'est vrai. Et je vais mourir, aussi. Mais je ne suis pas idiot.

Bastianu se sentit rougir de honte.

— Ma fille.

Bastianu émit un long soupir et ferma les yeux.

— Hélas, elle n'est plus.

— Tu crois vraiment que je ne m'en étais pas aperçu ?

— Non. Pardonne-moi, *mannoi*.

— A-t-elle souffert ?

Mentir n'avait plus de sens. Pas avec lui.

— Oui, je crois que oui. Ça n'a pas été une belle mort.

— Exactement comme dans mes rêves.

— Je n'ai pas été un bon petit-fils, je suis désolé. Et pas non plus un bon père.

— On te l'a ramené à la maison, n'est-ce pas ? Ton fils.

Mais comment fait-il pour…, commença à se dire Bastianu, avant de se rendre à l'évidence que l'ancien était doté d'une conscience supérieure. Peut-être parlait-il vraiment avec les ombres.

— Oui. Il est dans ton atelier, là. Enfermé à clé, comme un voleur.

— La fille…

— Esdra.

— Elle. Ils ont fui ensemble, j'imagine ?

— Oui, *mannoi*.

— Tu ne comprends toujours pas, hein ?

— Comprendre quoi ?

— Tu pensais vraiment que je le croyais capable de tuer la fille qu'il aimait ? Que son amour pour la Déesse était assez puissant pour lui faire accomplir un tel sacrifice ?

Bastianu se pétrifia.

— S'il avait été fort, s'il avait été *mon* héritier et *ton* héritier, il l'aurait fait sans ciller, comme tu l'as fait avec ta femme… Mais il a préféré s'échapper et nous trahir.

Son petit-fils était effaré.

— Tu savais déjà que…

— Bien sûr. J'avais seulement besoin que tu ouvres les yeux. Le fait d'être père t'a empêché de voir la vérité. Je ne l'ai pas fait pour lui, je l'ai fait pour *toi*, Bastianu.

Ce ne fut qu'à cet instant que l'homme prit conscience de ses lacunes incommensurables en tant que chef de famille. Ses yeux s'embuèrent, parce qu'il comprit ce que l'ancien allait lui demander.

— Non, je ne peux pas, bredouilla-t-il.

— Si tu ne peux pas, alors je t'en supplie, tue-moi maintenant de tes propres mains. Je préfère mourir plutôt que de voir ma famille partir en lambeaux… Et si tu n'as même pas le courage de m'offrir ce soulagement, passe-moi le couteau, je m'en chargerai moi-même.

— Tu le savais dès le premier instant, répéta Bastianu, sans plus se soucier de cacher l'effarement dans sa voix. Tu savais qu'il allait prendre la fuite…

125

Viale Poetto, Cagliari

Avant de quitter le bureau, Eva avait imprimé la photo que Rais lui avait envoyée la veille. Elle prit la feuille, la plia et la colla au mur, à côté des photos de Dolores. À présent, les sourires enthousiastes de Nieddu, Ilaria et tous les autres – elle et Mara comprises – tranchaient avec la noirceur des autres clichés, illuminant cette obscurité de cet instant de bonheur capturé par le selfie. Elle prit conscience que, où que la vie la mène, cette photo l'accompagnerait.

Elle laissa courir ses doigts sur ces visages et pria au fond d'elle pour ses deux collègues qui n'étaient plus. Elle s'approcha de la valise de Maya, l'ouvrit et prit un sachet en cellophane sous vide dans une poche intérieure. Elle le descella et en sortit les tresses rousses de sa fille. Elle les lui avait coupées, les larmes aux yeux, avant de lui injecter la dose létale de potassium qui allait mettre fin à ses atroces souffrances, se condamnant à vivre un enfer sur terre. Elle étendit les tresses sur le lit, ferma les yeux et les caressa, laissant sa mémoire tactile faire ressurgir les sensations qu'elle éprouvait en touchant les cheveux de la petite.

— Je sens que tu es en train de t'en aller, murmura-t-elle à l'appartement vide. Je ne sais pas si c'est un bien ou un mal, mais j'ai compris que je devais te laisser faire.

Le bout de ses doigts glissait sur la consistance soyeuse des cheveux, recréant l'illusion qu'elle était dans la pièce et qu'elle l'écoutait.

L'île et cette affaire avaient été une sorte de purgatoire pour elle. Elle l'avait compris une heure plus tôt, quand le brouillard de son esprit s'était dissipé et qu'elle avait vu, avec une grande clarté, la solution de l'enquête sur l'homicide de Dolores.

— Peut-être que je suis folle de penser ça, mais j'ai comme l'impression que c'est toi qui m'a emmenée ici, dans cette île, comme si tu savais que j'avais besoin de faire ça pour libérer Dolores, pour te libérer toi, et pour…

Il était difficile de l'admettre. Mais elle se fit violence et le dit :

— Et pour te laisser t'en aller, mon amour.

Elle rouvrit les yeux et se rendit compte que, si Maya avait jamais été présente dans le studio, elle ne l'était plus.

Elle porta les cheveux à son nez, mais son odeur avait disparu depuis longtemps.

— Merci de m'avoir pardonné, dit-elle en s'allongeant.

Quand le sommeil l'emporta, elle serrait encore les tresses de Maya dans sa main.

Sur ses lèvres se dessinait le sourire serein de celle qui n'a plus peur de rêver.

126

Territoires des Ladu, Barbagia supérieure

Le vieux se déplaça avec peine pour s'allonger sur le dos.

— Bien sûr que je le savais, dit-il au bout de quelques secondes.

— Le vrai sacrifice n'était pas celui de Micheli, mais le mien, dit Bastianu, encore incrédule.

Benignu acquiesça d'un signe de tête imperceptible.

— En temps de grande famine, il n'est pas suffisant de sacrifier n'importe laquelle de nos femmes. Ça ne suffit pas à la Déesse… Quand la terre languit et que le ciel ne trouve pas la paix, le *mazzamortos* doit renoncer à ce qu'il a de plus cher au monde afin que la Déesse le juge digne de son pardon.

— Tu as sacrifié mon père, alors. Ce n'est pas une maladie qui l'a tué, c'est toi…

Les larmes strièrent les joues du vieux, se perdant comme deux cours d'eau dans les méandres et les digues des rides qui creusaient son visage

— Je l'ai fait pour te sauver toi, tes frères, et tous les Ladu et les gens qui habitent ces montagnes. Nous sommes les gardiens de la Déesse. Se sacrifier pour le bien de la communauté, voilà notre destin. Il en va ainsi depuis des siècles et des siècles.

Bastianu se dressa de toute sa hauteur cyclopéenne.

— Quand j'ai tué mon fils, j'en ai gagné un autre. Je t'ai eu toi, murmura le vieux.

Son petit-fils se courba et prit sa tête entre ses mains. Il ignora les relents de mort et embrassa son visage, mouillant ses lèvres de larmes amères, se rappelant combien il aimait, enfant, être pris dans les bras de ce géant qu'était son grand-père. À présent les rôles s'étaient inversés.

— Il n'est pas nécessaire que je te tue, murmura Bastianu. Et il n'est pas non plus nécessaire que tu le fasses toi… En ce qui concerne mon père, tu as fait le bon choix. Nous devrions tous te remercier pour ton geste.

Benignu soupira.

Son petit-fils lui déposa un baiser sur le front et le laissa partir.

— Maintenant c'est à moi de faire pareil, dit-il.

Le vieux esquissa un sourire et comprit qu'il pouvait enfin mourir en paix, sans plus d'inquiétude.

— Adieu, *mannoi*, le salua Bastianu, en lui serrant la main pour la dernière fois.

127

Lieu-dit Capitana, Quartu Sant'Elena

EVA AVAIT ATTENDU que Rais ait terminé avec le vice-questeur, puis, sans dire un mot, elles s'étaient dirigées ensemble vers le parking. Mara avait mis le contact et elles étaient parties. Elles n'avaient pas prononcé une parole de tout le trajet.

Mara ne rompit le silence qu'en garant sa voiture devant la maison de Moreno.

— Tu es sûre de vouloir faire ça?

Eva acquiesça.

— Alors on y va.

Ce fut Grazia qui ouvrit et vint à leur rencontre, souriante.

— Bonjour les filles.

Elles se saluèrent et échangèrent quelques banalités.

— Comment va-t-il? demanda Eva.

Une ombre passa sur le visage de la femme.

— La mort de Nieddu l'a beaucoup affecté. Ça l'a vraiment abattu.

— Ça a pris tout le monde de court, dit Mara. Mais Moreno est sûrement celui qui a le plus souffert, ayant travaillé avec lui.

— Où est-il ? demanda Eva.

— Derrière, dans le jardin. Je lui fais faire un peu d'activité physique, dit Grazia avec un clin d'œil.

— Euh…, commença Eva, embarrassée.

— Vous avez besoin de parler de l'affaire, j'avais deviné, la coupa Grazia, avisant les dossiers que Mara avait dans la main. D'accord. Tiens, si je peux en profiter, je crois que je vais aller faire quelques courses. On est arrivés dans cette phase de la maladie où j'ai peur de le laisser seul. Ça ne vous embête pas ?

— Mais pas du tout. On peut rester avec lui, aucun problème, la rassura Mara.

— Parfait. Vous connaissez le chemin, n'est-ce pas ?

Les deux policières acquiescèrent.

— À tout à l'heure, alors.

— À tout à l'heure.

Eva et Mara échangèrent un long regard et rejoignirent Moreno dans le jardin, derrière la maison, où il était en plein taillage.

— Mains en l'air ! cria Mara, le faisant sursauter.

Eva secoua la tête et se cacha le visage derrière la main.

— Mais t'es sérieuse ?

— Je n'ai pas pu résister. Pardon, Moreno.

L'homme porta une main à son cœur et l'invectiva en barbaricin.

Mara ricana et s'assit sous la pergola.

— Pardonne-lui, Moreno. Elle doit avoir eu une enfance très difficile, s'excusa Eva.

— Regardez qui parle, rétorqua l'autre.

— Doux Jésus, j'ai bien failli y rester. Je te retiens, Rais, dit-il en se laissant tomber sur une des chaises en fer forgé. Bonjour, je ne m'attendais pas à votre visite.

— Oui, désolées, dit Eva en s'asseyant à son tour. Nous avons de nouveaux éléments sur l'affaire et nous voulions te demander ton avis. Je te préviens que ça ne va pas te plaire.

L'homme enleva ses gants de jardinage et hocha la tête.

— Ça ne me surprend pas. Vous voulez que je vous prépare quelque chose ? Un café ?

— Je m'en occupe, dit Mara en se levant pour aller dans la cuisine. Toi, Croce, tu le briefes.

Eva passa les dossiers à Moreno.

— À quel point je dois m'en faire ? demanda-t-il, récupérant ses lunettes de vue.

— Il s'agit d'une de tes sources, dit Eva. Valerio Nonnis, l'anthropologue. Nous pensons que c'est lui qui a tué Dolores.

128

Lieu-dit Capitana, Quartu Sant'Elena

Une demi-heure plus tard, Barrali, mis au courant des derniers développements de l'enquête, ferma le dossier et hocha la tête en retirant ses lunettes.

— Vous avez été sacrément efficaces. Bravo, vraiment.

— Mazzotta nous a donné un sérieux coup de pouce. Sans son aide et sa couverture, on en serait encore au point de départ, répondit Eva.

— Je suis désolé pour ton ex-mari, dit Barrali en s'adressant à Mara. C'est un vrai coup bas.

— À vrai dire, ça ne m'a pas étonnée tant que ça. De la part d'un connard pareil, il fallait s'y attendre.

— En quoi puis-je vous être utile, les filles ? Il me semble que vous avez fait un travail exemplaire.

— Il y a une chose qui nous chiffonne, dit Mara.

— Dites-moi.

— L'histoire se tient jusqu'à un certain point. Et là, il y a quelque chose qui coince, précisément la nuit de *sa die de sos mortos*, continua-t-elle.

— Nous avons eu l'occasion d'interroger Nonnis à deux reprises, poursuivit Eva. Les deux fois, nous avons bien vu que ce salaud avait un tempérament violent, certes, mais ce n'est pas quelqu'un qui sait faire preuve de sang-froid. Bien au contraire. Il m'a suffi d'un rien pour le pousser au point de rupture, et c'est là que j'ai compris qu'il n'aurait jamais pu commettre un meurtre. Ou du moins, pas celui de Dolores, qui a exigé une froideur et une planification méticuleuses.

— À moins qu'il n'ait déjà tout organisé dans les moindres détails, comme une sorte de plan de secours, suggéra l'enquêteur.

Eva et Mara échangèrent un regard, puis la Milanaise contempla le bleu cobalt de la mer. Elle s'aperçut que c'était la première vraie journée d'automne depuis son arrivée sur l'île. Des nuages d'orage s'épaississaient dans le ciel. D'ici une heure maximum, ce serait le déluge.

— Non, dit la policière en reportant ses yeux sur Barrali. Nous pensons que ça s'est passé différemment.

— Comment ça ?

— Bah, qui le sait mieux que toi, Moreno ? fit Mara, la voix vibrante de colère.

— Ce n'est pas Valerio Nonnis qui a tué Dolores, dit Eva. C'est toi.

129

Lieu-dit Capitana, Quartu Sant'Elena

— COMMENT y êtes-vous arrivées ? se contenta de demander le vieux policier après quelques instants de silence.

— Demande-lui à elle, dit Mara. C'était son idée.

Barrali fixa Eva et haussa les épaules.

— Tu ne veux même pas t'accorder cette satisfaction ?

— Nous avons commis une erreur systémique : celle de continuer à penser comme des policières. Notre principale préoccupation était de trouver des preuves solides pour une mise en cause irréfutable, et on s'est fourvoyées, ça nous a empêchées de voir la chose la plus simple du monde. Une erreur d'une importance capitale... Mais quand je me suis mise dans la peau de Nonnis et que je me suis demandé ce que j'aurais fait à sa place avec une fille dans le coma ou presque, son sang partout dans ma voiture et sur mes vêtements, et tous les indices qui convergent vers moi, c'est à toi que j'ai pensé.

— Pourquoi donc ?

— Parce que la vérité n'est jamais quelque chose de complexe. La vérité est toujours extrêmement banale, simple. Et si j'avais été à la place du professeur, dans cette situation, avec l'adrénaline à dix mille et la crainte de me faire attraper qui m'empêchent de raisonner, j'aurais fait la chose la plus naturelle du monde : demander de l'aide.

— Et à qui d'autre qu'à mon cher ami policier ? continua Mara. Autrement dit, *toi*, le seul qui dans cette situation pouvait l'aider à s'en sortir.

— Par précaution, j'ai demandé à Mazzotta d'examiner les relevés téléphoniques de ton portable. Au fond de moi, j'espérais me tromper.

— Mais elle ne se trompait pas, dit Mara.

— À partir de ces relevés, on a découvert que la nuit précédant l'homicide, tu as reçu un appel d'un numéro inconnu. Tu t'es mis en route et tu as rejoint le refuge de Nonnis, à Gergei, où il avait emmené la fille.

— La géolocalisation ne ment pas, Moreno, dit Mara. De même que certaines empreintes là-bas, que la scientifique a relevées et reliées à toi.

Barrali ne prononçait pas un mot et, l'espace d'un instant, les inspectrices crurent l'avoir perdu.

— Continue, finit-il par dire en s'adressant à Eva.

— Nous ne pouvons pas savoir ce qui s'est passé exactement cette nuit-là et ce que vous vous êtes dit. Ce que nous pensons, c'est qu'après t'être rendu compte qu'il n'y avait plus rien à faire pour la fille, tu as proposé de mettre en scène l'homicide, en faisant porter le chapeau à Melis pour brouiller les pistes, expliqua Eva.

— Quand Croce m'a mis la puce à l'oreille à ton sujet, avant même d'avoir les relevés sous la main, je lui ai dit qu'elle était folle. Alors, pour me convaincre, elle m'a parlé de ce jour de novembre 1961… Avec ça, il est assez facile d'établir un mobile : en mettant en scène le meurtre rituel à Serri, avec les mêmes modalités que les précédents crimes, tu pensais obtenir suffisamment d'attention sur l'affaire pour faire rouvrir les vieux dossiers : ton obsession, depuis toujours. Du sang frais pour sauver une vieille enquête tombée dans l'oubli.

— Tu avais compris que, toutes seules, on n'arriverait pas à défendre ta cause, alors tu nous as *donné un coup de main*, disons-le comme ça, reprit Eva.

— D'un même mouvement, tu as sorti Nonnis de la merde et tu as rebraqué les projecteurs sur les crimes rituels, renchérit Mara. Un coup de maître.

— Nous sommes quasiment sûres que c'est aussi toi qui as fait fuiter l'info dans la presse, n'est-ce pas ? demanda Eva.

Barrali acquiesça.

— Tu savais que ta tête te jouait des tours et que ce serait peut-être ta dernière chance de faire rouvrir le dossier. Je me trompe ?

— Non, Mara. Tu ne te trompes pas, admit le policier.

— J'imagine que Grazia n'est au courant de rien.

— Tu imagines bien. Elle n'a rien à voir là-dedans. Laissez-la en dehors de cette histoire.

Eva hocha la tête. Elle éprouvait beaucoup de peine pour Barrali. Son obsession s'était tellement enracinée en lui qu'elle l'avait poussée à commettre un meurtre en vue d'obtenir justice. Moreno incarnait un paradoxe terrible, le cauchemar de quiconque est en quête de la vérité : se laisser pervertir par sa propre mission. Et pourtant, ce geste à la fois si contre-nature et si humain lui faisait sentir une proximité avec lui : ils étaient plus semblables que ce qu'elle pensait. Elle aussi avait tué pour un but supérieur, quitte à se perdre elle-même. Raison pour laquelle il lui était aussi difficile de condamner le geste de Moreno.

— Tu aurais pu te donner plus de mal pour effacer les traces de ton implication, lui fit remarquer Mara.

— J'aurais pu, oui, mais je m'en fichais. Je savais que tôt ou tard la vérité referait surface. Je ne pensais pas que ça irait aussi vite, en revanche. Je vous avais sous-estimées.

— Pourquoi Nonnis a-t-il frappé la fille ? J'imagine que tu lui as posé la question, non ? demanda Eva.

— Au départ, Valerio était animé d'un désir de vengeance contre Melis. Il avait convaincu Dolores d'entrer dans le cercle des néonuragiques afin d'obtenir des éléments pour le discréditer. À l'époque, il savait que certaines personnalités influentes fréquentaient ces cérémonies rituelles, mais il n'avait aucune preuve. Quand Dolores lui a raconté ce qu'elle a vu, il a eu une idée.

— L'équiper d'une microcaméra, devina Eva.

— Exactement… Mais la nuit du 31, la situation a mal tourné pour Dolores. Ils l'ont invitée à participer à des orgies et elle a refusé. Alors ils l'ont obligée à prendre des drogues et ils l'ont violée. À de multiples reprises… Ça vous donne une idée de la raison pour laquelle je n'ai eu aucun scrupule à rejeter la faute sur ce fils de pute de Melis : il devait payer, d'une manière ou d'une autre.

— Continue, dit Mara.

— J'ignore comment, mais Dolores a réussi à s'échapper du campement et à appeler Valerio, qui est venu la sortir de là. Je ne sais pas exactement ce qui s'est passé. Sa version à lui pue le mensonge à des kilomètres… À mon avis, il a dû lui demander si elle avait réussi à enregistrer, elle lui a sans doute dit que oui, mais qu'elle ne se sentait pas d'aller plus loin, parce que les gens qu'elle avait filmés en secret étaient vraiment puissants. Peut-être qu'elle n'a pas voulu lui remettre la microcaméra. Lui, il devait avoir perdu la tête. Peut-être qu'elle l'a menacé de le dénoncer ou de tout révéler à sa femme, et vous pouvez imaginer le reste.

— C'est toi qui lui as tranché la gorge, n'est-ce pas ?

— Oui, Mara. Valerio n'aurait jamais pu le faire. Si ça peut t'aider à te sentir mieux, la fille était dans un état végétatif total, elle ne répondait à aucun stimulus. S'il y avait eu la moindre chance de la sauver ou de la réveiller, je ne lui aurais pas fait une égratignure. Je le jure sur ma femme.

— Cette vidéo, tu l'as vue ? demanda Eva.

— Ce n'est pas ça, Croce, intervint Mara. Il *a* cette vidéo, n'est-ce pas ? C'est pour ça que Nonnis n'a pas encore lâché ton nom, parce que c'est toi qui as le pouvoir de faire pencher la balance, maintenant.

— Vous vous êtes bien débrouillées. Je suis désolé de vous avoir menées en bateau, et je ne me pardonnerai jamais que Nieddu soit mort pour… Ceci étant, je n'ai pas l'intention d'aller plus loin.

— Pourquoi ?

— Pour votre sécurité. Vous avez vu le sort qu'ont connu Melis et Curreli. Et il n'est pas dit qu'il en aille différemment pour Nonnis… Oubliez la vidéo. Elle n'est pas si importante que ça dans le cadre de l'enquête.

Eva allait insister, quand elle remarqua que Barrali avait déplacé son regard vers quelqu'un derrière elle. Elle se tourna et vit arriver Adele Mazzotta, Aiello et Ferrari. Le temps que leur avait accordé la magistrate était écoulé.

Barrali se leva.

— Ça a été un plaisir de travailler avec vous, dit-il aux deux inspectrices.

Sa voix était si sincère que même Rais n'eut pas le cœur de répliquer.

— Pour moi aussi, Moreno, dit Eva en lui tendant la main.

L'homme la serra et sourit. En regardant ces yeux doux et placides, Eva ne réussit pas à le considérer un seul instant comme un assassin.

130

Vallée des âmes, Barbagia supérieure

À LA TEMPÉRATURE extérieure, Micheli déduisit qu'ils devaient se trouver en altitude. Il ne pouvait pas voir où il se trouvait à cause de son capuchon, qu'ils ne lui avaient pas enlevé une seule seconde.

— Arrête-toi, lui ordonna son oncle en l'attrapant par le bras.

Quand ils lui retirèrent son couvre-chef, le garçon eut un mouvement de recul instinctif. Il se trouvait au bord d'un précipice.

— Il y a environ deux cents mètres de hauteur, dit Bastianu derrière lui, les mains croisées dans le dos.

Micheli se tourna et observa son père, emmitouflé dans un lourd manteau d'orbace.

— Quand j'étais petit, cette crête rocheuse était le chemin le plus court pour descendre du plateau à la vallée. Bien sûr, il fallait des couilles pour sauter. Il y a deux mètres de vide pour arriver de l'autre côté. Ceux qui se faisaient dessus et renonçaient étaient humiliés par tout le village.

— Papa…

Bastianu l'ignora et continua de parler :

— Une fois, une de nos petites-cousines, elle s'appelait Badora, a voulu à tout prix nous suivre et essayer de se lancer. Moi j'avais six ans, je m'en souviens comme si c'était hier. Elle a pris son élan et elle a sauté. L'espace d'un instant, je l'ai vue comme suspendue dans l'air et j'ai pensé qu'elle pourrait y arriver… Et en fait… Tu te rappelles, Nereu ?

Son petit frère acquiesça.

— Ce qui restait d'elle avait l'aspect d'une arbouse piétinée par un âne. (Bastianu rit.) Je trouve que ça rend bien l'idée, tiens.

— Papa, je t'en prie…

— Tu sais quoi ? Je ne crois pas que tu sois mon fils. Si tu l'étais, je ne serais pas ici en ce moment, dans cette situation.

Le garçon se mit à pleurer.

Bastianu secoua la tête et articula :

— J'ai honte de t'avoir conduit devant nos ancêtres. Tu sais ce qui advenait ici ?

Micheli secoua la tête, cherchant à le faire parler pour gagner du temps.

— Quand nos patriarches devenaient trop vieux pour continuer à guider la famille et que leur corps commençait à les trahir, à les humilier, les fils aînés préparaient un banquet pour toute la communauté, une célébration en grande pompe, comme pour une naissance ou un mariage, mais après la fête ils prenaient le vieux chef de famille et l'emmenaient ici, parfois en le portant carrément sur leur dos.

Micheli tremblait de la tête aux pieds, devinant où son géniteur voulait en venir. Il était sûr qu'il ne cherchait qu'à l'impressionner, à lui donner une leçon. Et pourtant, la fixité de son regard battait cette certitude en brèche.

— En chemin, le benjamin donnait à l'ancien des herbes à mastiquer. Elles avaient le pouvoir de rasséréner l'esprit, d'éloigner la peur de la mort et, quand ils arrivaient au sommet, le vieux avait souvent un sourire béat, prêt au sacrifice.

Bastianu rejoignit le bord calcaire de l'escarpement et regarda en bas, dans la gueule de cet abîme de pierre.

— Le fils embrassait le patriarche, qui lui donnait sa bénédiction, et puis le benjamin le poussait dans le vide… Cette mort violente consacrait par le sang le passage de témoin au sein de la famille. Le vieux se sacrifiait pour la continuité de sa lignée, tu comprends ?

Micheli acquiesça.

— Si les choses s'étaient passées comme elles le devaient, d'ici quelques années tu aurais dû m'emmener ici et me sacrifier devant la Déesse. Mon sang aurait coulé jusqu'au fond des grottes, vous assurant à toi et à notre famille des années prospères, sous sa protection. (Il se tourna vers le garçon.) Regarde-nous aujourd'hui. La tradition s'est brisée, les rôles inversés.

Micheli se mit à hurler et à se débattre.

Bastianu fit un signe à Nereu, qui fourra un chiffon dans la bouche de son neveu, étouffant ses cris.

— Laisse-moi seul, Nereu, demanda-t-il à son frère, qui acquiesça et repartit vers le village.

— C'est magnifique, vu d'en haut, pas vrai ? On a l'impression de pouvoir contempler toute l'île.

Le garçon essaya de s'enfuir en courant, mais Bastianu, avec une vélocité féroce, l'agrippa par le bras, l'attirant de force contre son cœur. Il le serra dans une embrassade qui coupa le souffle à Micheli et sembla lui briser les os. Tout son désespoir de père aurait pu se mesurer à la vigueur de cette étreinte.

— Chut, chut. Meurs au moins en homme, mon fils, lui murmura-t-il avant de l'embrasser sur les lèvres. Je t'ai fait bâillonner pour ne pas t'entendre crier. Ne t'inquiète pas, tu ne sentiras rien.

Avant de revenir sur sa décision, il le précipita dans la gueule de la montagne avec ses bras herculéens et se tourna pour ne pas regarder.

D'en haut, il n'entendit même pas le bruit sourd du corps, mais il perçut comme l'écho d'un rire de femme qui résonnait sur toute la paroi.

C'est seulement ton esprit qui te joue des tours, se dit-il, en essuyant ses larmes.

— *A una bida nche l'ant ispèrdida in sa nurra de su notte. Custa morte est creschende li lugore a sa luna. Abba non naschet si sàmbene non paschet*, récita-t-il en levant les yeux vers le ciel noir de nuages. Quelques secondes plus tard, les premiers coups de tonnerre fendirent l'air et la température – déjà froide – chuta subitement de plusieurs degrés. Bastianu se réfugia juste à temps dans une anfractuosité de la roche. Peu après, une tempête se déversa sur la montagne avec une violence inouïe.

Je n'ai jamais vu autant d'eau de ma vie, pensa-t-il en contemplant l'ouragan, fasciné. *Mannoi* avait raison. Ça signifie que ton travail n'est pas encore fini. C'est à toi qu'il revient de mener à bien ce que ton fils n'a pas réussi à faire : Esdra doit mourir, pour exprimer notre reconnaissance à la Déesse qui nous a pardonnés. Il n'y a pas de temps pour les larmes. Le rite sera célébré ce soir même.

À quelques kilomètres de la vallée des âmes, dans le village des Ladu, Benignu, entendant enfin une pluie généreuse tomber à verse derrière sa fenêtre, sourit, content que son petit-fils l'ait écouté, et il expira paisiblement après quelques minutes.

ÉPILOGUE

> J'ai entendu avec clarté
> Un autre temps
> Et je l'ai vu.
>
> MARCELLO FOIS
> *L'infinito non finire*

Sanctuaire nuragique de Santa Vittoria, Serri, été 2017

ÇA ME FAIT un drôle d'effet de retourner ici, où tout a commencé. J'ai décidé de venir juste avant l'heure de fermeture, pour éviter les hordes de touristes. L'homme qui m'a vendu mon billet me demande si j'ai besoin d'un guide. Il devrait me reconnaître, parce que c'est lui qui a trouvé Dolores un beau matin, il y a neuf mois. Mais non. Il me prend pour une simple touriste, si bien qu'il me parle anglais. Je joue le jeu et je lui réponds avec mon accent de Cork que je n'en ai pas besoin. Depuis que j'ai repris ma couleur de cheveux naturelle, il arrive souvent qu'on me prenne pour une étrangère.

Tandis que je me dirige vers le sanctuaire, je me rends compte que je suis la dernière inspectrice ayant suivi de près l'affaire de Dolores à être encore là. Farci est mort avant Noël. La nuit de l'interrogatoire de Nonnis, il avait eu un “infarctus silencieux" : il avait senti des douleurs, mais il avait continué de travailler comme si de rien n'était, empirant la situation. Un mois plus tard, alors qu'il rentrait chez lui depuis le central, une ischémie cérébrale l'avait foudroyé. Ses collègues soutenaient que c'était le dernier soubresaut de cette affaire maudite. Craignant de connaître le même sort que Giacomo, Ilaria et Maurizio, Rais a demandé une disponibilité d'un an : elle avait besoin de décrocher et elle en avait marre des blagues de couloir sur le fait qu'elle serait la prochaine à tomber. Personne ne sait si elle reviendra. Ça fait environ six mois que je n'ai pas de nouvelles.

Je regarde le panorama du haut du sanctuaire et embrasse du regard toute la Giara di Serri. C'est un lieu incroyable, qui te réconcilie avec le monde. J'inspire plusieurs fois à pleins poumons et je continue de marcher, entourée de souvenirs.

Barrali a été le dernier à nous quitter, il y a une semaine. Si je suis là aujourd'hui, c'est aussi pour lui. Ce matin, j'ai trouvé une lettre dans ma boîte. Elle était si légère que j'ai cru qu'elle ne contenait rien. Au dos de l'enveloppe, il n'y avait que quelques mots écrits à la main. Pas de timbre, pas de destinataire. Seulement une note : *De la part de Moreno*, avec une belle écriture féminine. Quand je l'ai ouverte et que j'ai vu la carte mémoire micro-SD, j'ai compris tout de suite de quoi il s'agissait. C'était le moyen qu'avait trouvé Barrali pour me demander pardon.

Au bureau, je n'arrêtais pas de retourner la carte entre mes doigts en me demandant quoi en faire, s'il fallait la faire parvenir à un juge, la détruire ou simplement regarder la vidéo. Plusieurs personnes sont mortes à cause de ces images volées, et cette pensée m'a accablée d'une immense responsabilité. Finalement, j'ai pris ma décision et j'espère que – où qu'il soit – Moreno ne s'en offusque pas.

Quand je rejoins le puits sacré, j'éprouve une sensation de vertige. Je me penche et effleure des mains les pierres où

Dolores a été tuée. On distingue encore à contre-jour des résidus de sang coagulé. C'est là que je dépose le lys des sables que je lui ai apporté.

Je regarde autour de moi. Je suis seule.

— Bonjour, Dolores, je murmure. (J'embrasse le bout de mes doigts et les pose sur la pierre.) Je suis seulement venue te saluer et te dire que demain cette histoire se refermera pour toujours.

Oui, parce que j'ai fini par avoir le courage de la regarder, cette vidéo. Je me suis contentée d'en faire quatre copies et de les envoyer de manière anonyme aux deux principaux quotidiens de l'île et à deux journaux en ligne indépendants. Sans doute que demain, à cette heure, elle sera devenue virale et ceux qui ont les mains tachées de sang se trouveront crucifiés à leurs propres fautes.

— Nous te le devons, Dolores. Nous tous, dis-je en me relevant.

Tandis que je marche vers la sortie, je repense au vain sacrifice de Moreno. L'unité des crimes non élucidés a été provisoirement suspendue : les vieux dossiers de 1975 et 1986 sont retournés prendre la poussière dans la salle des archives et je crois qu'ils ne seront jamais élucidés. Moi, j'ai été transférée à la section homicides. Je n'ai pas encore compris s'il s'agissait d'une promotion ou d'une énième sanction. Je sais seulement que j'ai décidé de rester à Cagliari. C'est là que je suis née une seconde fois, et je commence à me sentir chez moi, ici.

Quand j'arrive à la voiture, envahie d'une formidable sensation de légèreté d'avoir définitivement laissé cette horrible histoire derrière moi, je sens mon portable vibrer. En voyant le numéro, je souris.

— Tu es encore vivante, alors ?

— Tu pensais vraiment t'être débarrassée de moi ? répond Rais.

— J'avais espéré, oui.

— Où es-tu ?

Je regarde autour de moi et je dis :

— Tu ne me croirais jamais.

DERNIÈRES PARUTIONS

Amity Gaige, *Sous nos pieds l'océan*
David Vann, *Komodo*
James Carlos Blake, *Vies et morts de Stanley Ketchel*
Giulia Caminito, *Un jour viendra*
Peter Swanson, *Huit crimes parfaits*
Rye Curtis, *Kingdomtide*
David Heska Wanbli Weiden, *Justice indienne*
Edward Abbey, *En descendant la rivière*
Larry McMurtry, *Les Rues de Laredo*
Elliot Ackerman, *Le Passage*
Benjamin Whitmer, *Les Dynamiteurs*
Andy Davidson, *Dans la vallée du soleil*
Tiffany McDaniel, *Betty*
Keith McCafferty, *La Vénus de Botticelli Creek*
William Boyle, *L'Amitié est un cadeau à se faire*
Alex Taylor, *Le Sang ne suffit pas*
John Farris, *Furie*
Joe Wilkins, *Ces montagnes à jamais*
Lea Carpenter, *Rouge, blanc, bleu*
Peter Swanson, *Vis-à-vis*
Mesha Maren, *Sugar Run*
James Crumley, *Le Canard siffleur mexicain*
Craig Johnson, *Dry Bones*
James McBride, *Le Vent et le lion*
Pete Fromm, *La Vie en chantier*
Mark Haskell Smith, *Coup de vent*
Kent Wascom, *Les Nouveaux Héritiers*
Pete Farris, *Les Mangeurs d'argile*
Samuel Western, *Canyons*
Keith McCafferty, *Les Morts de Bear Creek*
Jake Hinkson, *Au nom du Bien*
Jennifer Haigh, *Le Grand Silence*
Elliot Ackermann, *En attendant Eden*
Bruce Holbert, *Whiskey*
Jamey Bradbury, *Sauvagen*
Lea Carpenter, *Onze jours*

Cet ouvrage a été imprimé sur du papier
dont les fibres de bois proviennent
de forêts durablement gérées

IMPRIM'VERT®

CET OUVRAGE A ÉTÉ COMPOSÉ PAR ATLANT'COMMUNICATION (VENDÉE)

ACHEVÉ D'IMPRIMER SUR ROTO-PAGE
PAR L'IMPRIMERIE FLOCH À MAYENNE
EN MAI 2021
POUR LE COMPTE DES ÉDITIONS GALLMEISTER
13, RUE DE NESLE
75006 PARIS

DÉPÔT LÉGAL : AVRIL 2021
2e ÉDITION
N° D'IMPRESSION : 98510
IMPRIMÉ EN FRANCE